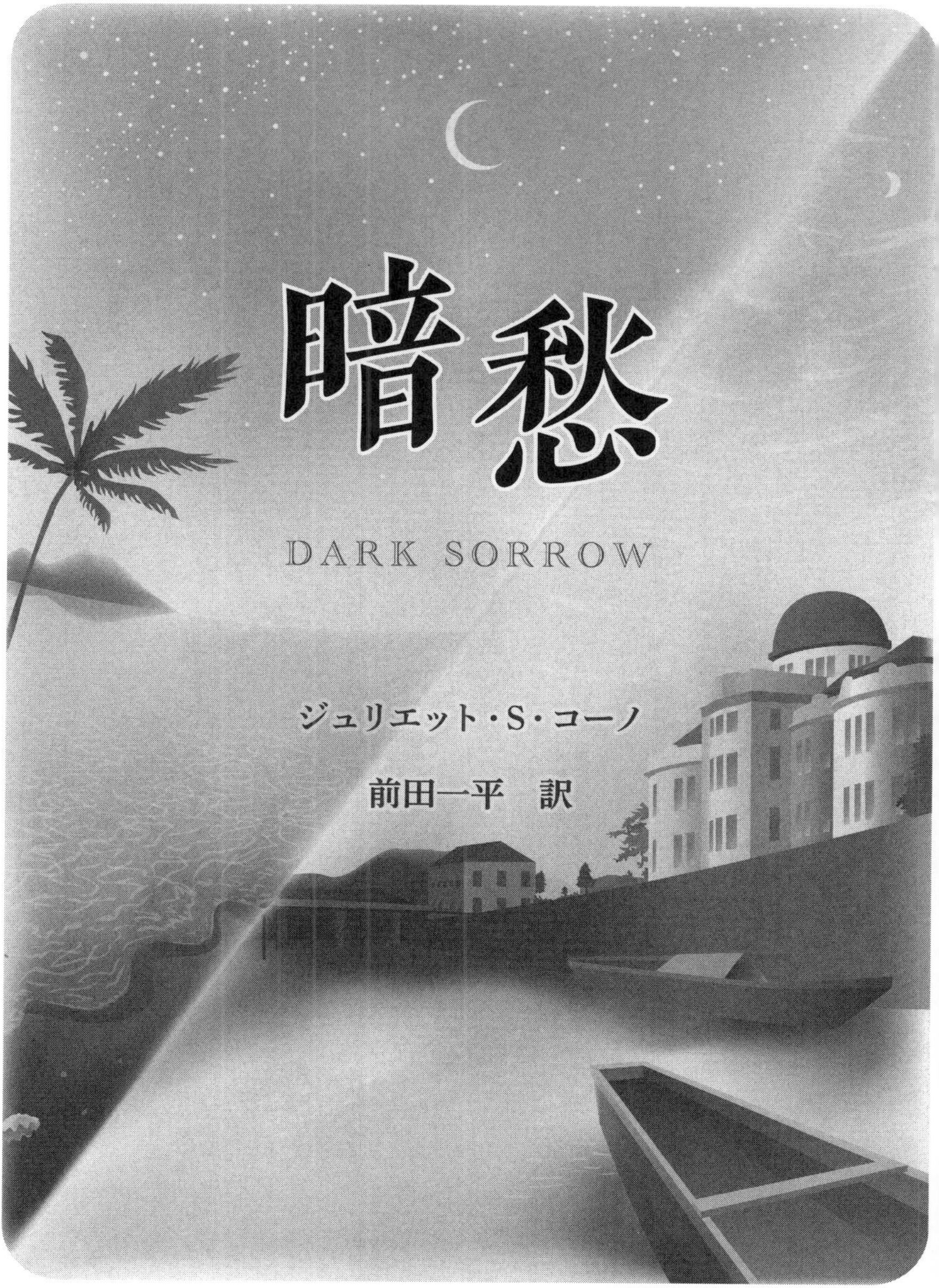

暗愁

DARK SORROW

ジュリエット・S・コーノ

前田一平　訳

あけび書房

ANSHŪ: DARK SORROW

by Juliet S. Kono

Japanese translation rights arranged

with Juliet S. Kono

ダリアスに
平和に

『暗愁』目次

第一部　ハワイ　一九二〇年代―一九四一年十一月

第一章　火の子……10
第二章　火の玉……20
第三章　寂しさ……34
第四章　サトウキビ焼き畑……45
第五章　ミヨのお金……53

第二部　東京　一九四一年十一月―一九四五年三月

第六章　新しい家族……64
第七章　隣人たち……83
第八章　サーちゃんとハルエ伯母……90
第九章　罠……97
第十章　ハマダさん……109
第十一章　アキラの赤ちゃん……123
第十二章　言葉……131
第十三章　スミエ……137
第十四章　飢え……154

第十五章　ノリオ……172
第十六章　飛行訓練……187
第十七章　神風……198
第十八章　焼夷弾……211

第三部　京都　一九四五年三月―一九四五年六月

第十九章　余波……224
第二十章　路上……239
第二十一章　暗愁……250
第二十二章　カズオ……266
第二十三章　約束……282

第四部　広島　一九四五年六月―一九四九年

第二十四章　旅立ち……298
第二十五章　尋問……308
第二十六章　オガワ親子……322
第二十七章　プロポーズ……334
第二十八章　バスを降りる……344
第二十九章　瀕死……355

第三十章　降伏……375
第三十一章　ヒバクシャ……389
第三十二章　治癒――一九四六年の春……404
第三十三章　再び京都へ……414
第三十四章　真なるあるがままの生……435

訳者あとがき……455

たとえ私たちだけが涅槃を見出したとしても――しかるに、彼は正しかったのです、この時節に至りては、我らはすでに遅しと注意したる者は。

――ジョン・ラ・ファージ

第一部　ハワイ　一九二〇年代―一九四一年十一月

あらゆるものは無常なり

――仏陀の教えより

第一章　火の子

生まれは火
火　私の元素
ヒミコ　火の子　私の名前

「火遊びしちゃいけん！」ママが言った。「火傷したいんか？」火が大好きだった。機会さえあれば火で遊んだ。両親は心配した。火傷するよ、家を焼いてしまうよ、育つのに何年もかかるサトウキビ畑を台なしにしてしまうよ、砂糖プランテーション・キャンプの人らの苦労が煙になってしまうよ。いちばん恐ろしいんは、自分じゃのうても、人様を殺してしまうことよ、と。

ある日のこと、パパはサトウキビ畑の草取りをするために朝早く家を出た。私はすぐに台所の薪《まき》ストーブの横に置いてあった箱の中から、古い日本語新聞をわしづかみにして階段を駆け下り、家の床下の隅っこで新聞紙をくしゃくしゃにして山のように丸めた。するとまた階段を駆け上がり、ストーブの上の棚からカウボーイマッチ（訳者註：「どこで擦っても火がつく」が売りの、カウボーイの絵つきマッチ小箱）をひと箱つかみ、両親の寝室に駆け込んでママの数珠《じゅず》を盗み出した。それからまた駆け下りて、履いている下駄にマッチ棒を擦りつけた。パパがパイプに火をつけるのに、マッチ棒を長靴の底に擦りつけるのを見たことがあったからだ。うまくいかない。何かないかとあたりを見渡してから、家を支える肌理《きめ》の粗い梁《はり》にマッチ棒の丸々とした頭を擦りつけた。

ざらりとしたマッチ棒の頭に火がついた。ジュッと音がして、消えかけたかと思うと、ぱっと炎があがった。ゆらゆらと燃えるマッチ棒の先を手で囲い、丸めた日本語新聞紙の下に近づけた。新聞紙は古くて乾燥していたので、すぐに火がついた。炎がパチパチと音を立てると、新聞紙は所々縮んでからふわりと浮かびあがり、それからねずみ色のもろい灰となって落ちた。熱のせいで日本語の長い文字列はくずれ、記事は——私にはねじれた意味不明の文句、遠い昔のつぶやきだったが——煙となって消えた。

これは魔術だった。私はママから盗んだ数珠を両手に掛けて、寺の坊主頭の僧侶たちがするように、口をもぐもぐさせてナマンダブ、ナマンダブとつぶやいた。火が語りかけてきた。私は両手を叩き、獣みたいに足を跳ねあげ、空中に泥を撒き散らした。狂乱した死霊の舞いのようにぐるぐると回り、気まぐれな炎の下に両手を差し入れ、炎をすくい上げて空中で旋回させた。それから、子どもの呪術師みたいに、自分のまわりに霊の軍団を率いた。炎はあおられて、ひょろ長い樹木のように伸び、葉っぱみたいに長くとがった炎の先端が私の擦り切れた服をかすめた。

私は燃えていた。床下から走り出た。地面をころがり、両手で顔を覆った。

「ママー、はよ来て、ヒーちゃん燃えよる！」私にはわかっていた。ミヨはまた、こっそり見張っていたのだ。

「あっち行け！」服が燃えようが、家がくすぶろうが、私は姉の目が大嫌いだった。

「ママが見張りよれって言うたんよ！」

「見張るな！」

ママが家から飛び出てきた。「何ごと？ ヒーちゃんはどこ？」

ミヨが指さした。ママは私に気づいた。くすぶる家のそばで地面にころがって燃えていたのだ。

バケツを探している暇などなかった。ママは雨水を貯める樽まで走っていき、長い髪を水の中に浸した。それをモップのように引き上げると、私のそばまで飛んできた。ママは火を消そうと髪を鞭のように振り回し、銀色の網みたいに水を撒き散らした。水と髪の毛が扇のように広がって、私の身体じゅうを突き刺した。

ウーン、ウーン。私は犬みたいな鳴き声を上げた。

ママは何度も樽まで引き返した。水の中に髪を浸してから私のところへ戻り、それからまた家まで走った。髪を濡らした頭を炎に向けて振り回した。樽の水が少なくなると、家が燃え広がるのを食い止めようとして、ママは池に飛び込み、濡れた髪を抱え込むようにして家まで走った。

「ウーッ！」とママは頭を振るたびにうめいた。

ママがとっさに対応してくれたおかげで、火はシューッと音を立てて消えた。

私は両目を覆った。怒りに顔をこわばらせたママが私を見下ろして仁王立ちし、朝日を背にして長い影を落としていたからだ。濡れたママの痩せた身体は絶望の塊だった。溺れかけた犬ころを助けるみたいに、ママは私を地面から引っぱり上げ、しくしく泣く私を前に立たせ、家の中に押し込んだ。

「何やっとるん、あんたは。マ‐ケ〔訳者註：ハワイ語で「死ぬ」〕たいん？」ママは混成語《ピジン》で訊いた。

「マ‐ケ？」

「死ぬ」

「死ぬ？」

「ヒーちゃんがノーモアよ！」

ママは「ノーモア」、つまり私が死んでしまうことを強調して、私の顔の前で両手をひねってみせた。危うく家を焼く大惨事になっていたこの事件は、私にとって最初の灼熱地獄となったが、そのことで私を叱るたびにママの声は甲高くなるのだった。

ママは私を家の中に引っぱりこんで鏡の前に立たせ、こう言った。「あんた、どういう娘、え？ほら。あんた、いつ、わかる？」私に厳しくなればなるほど、ママの英語はまともになった。「あんた‐煙に‐巻かれて‐焼け死に‐たいん？」

「ううん、たくない」

「あんた‐パパと‐ママを‐苦しめ‐たいん？」

「ううん、たくない、って言った」

「じゃ‐なに？」

「わからん、ママ、わからんのよ」

ママの怒りは倍増した。私がママの数珠をあそびで持ち出して、焼いてしまったからだ。その数珠はパパが結婚記念日にママにプレゼントしたものだった。しかも、それを盗んだことに私は後悔の念も恥じる気持もみせなかった。ママは私を両腕で囲って回転木馬みたいにぐるぐる回しながら、言うことを聞かせようと長いおさげ髪を引っぱり、焼けたまゆ毛を剃り落とし、皮膚の火傷にくさい膏薬を乱暴に塗りたくり、焼け焦げた髪を切り落とした。ママ流のしつけだったのだ。「あんた、ラッキー、今度だけ」ママは腹立たしそうに言った。「たぶん、次、こんなにラッキーない」言葉の合間にげんこつが頭に落ちた。その時、私はまだ四歳だったと思う。それでも、私にはもうわかっていた。何かに取りつかれるということがどういうことかを。ママが火傷の手当てをすればするほど、私はよけい反抗的になってしまうのだった。ミヨもそれに気づいているなと思った。ミヨは私とママのまわりをぐるぐる回りながら、こう歌ったからだ。

てんとう虫、てんとう虫、
飛んで帰れ
おうちが燃えてる、
子どもたちいない

ミヨは私の顔を見た。目を細めて息を飲み、それから大きく目を見開くと、叩きつけるように両手を口の上に重ねた。ミヨが黙ったのは、そのとき気づいたからだ。私にはやめるつもりなどなく、それどころか次は何を燃やそうかと企んでいることに。

「恐ろしいやつ」とミヨは言った。

「ちがう、ちがうもん！」と、私は地団駄を踏みながら言った。

ママは私の両肩をつかんで振り向かせ、顔を見合わせた。それから冷やかな日本語でこう言った。「マッチで遊ぶ子は、いつか火を食べることになる。新聞紙を燃やす子は、火に飲み込まれる。用心せにゃ傷だらけになる。わからんの？ 言うこと聞かにゃ死ぬるまで苦しむんよ」私はうなずいてみせたが、気持ちがこもっていなかったのに違いない。というのは、すでに涙を浮かべていた母は、すぐさま私を揺すり始めたからだ。「ねえ、あんたをどがぁしたらええん？」

解決策があった。ママとパパは私にヤイトをすえることに決めたのだ。大人しくさせるためだ。ふたりはママが一九二〇年に日本から持って来た古い薬剤本を念入りに読み、人体の経絡《けいらく》（訳者註：漢方で言う、つぼの筋道）に散らばる赤い点の分布図を調べた。第十脊椎骨の左側、左へ親指ふた幅分。言うこと聞かぬ子を直すには、ここにモグサをすえよ。それが効かぬなら、背骨に沿ってすえよ。ママは日本語の説明書を読んだ。「背骨から数えて……」私は床の上で足をばたつかせ、両手を叩きつけた。

パパは親指で私の背骨の節《ふし》を数えた。筋束《きんそく》を手探りし、神経管が通っている所を探し当てた。そこに、私を聞かん気の強い子にしている悪い流れがあるのだ。パパが私の背中の悪いところ何箇所かに爪でバツ印をつけ、そこにモグサを置いた。仏壇の線香で火をつけて焼くのだ。ママが私を押さえつけていた。逃げ出そうともがいたが、ママの力は強かった。「いいこと、これ」とママは言った。「あんた、いい娘にする！」

「そうよ、背中の火はお前を大人しゅうさせるんじゃけぇ。じっとしときんさい」とパパは言った。パパは日本語しかしゃべらなかった。両親は私の悪い癖を直そうと必死だった。

パパが火のついた線香をモグサに当てた。ヒューッ。皮膚が焼ける。「ママ、お願い、パパ、お願い、やめて！」

私の叫び声は高く舞い上がり、錆びたトタン屋根に突き当たり、跳ねまわってドアや窓から出て行き、滝のように坂を下り、近所の家々を――タケタ家やナカマ家などを――通り過ぎて、そのまま山を下って行った。両親は大昔の中国の図解が指示するとおりに火と火を戦わせていた。背中のお灸。私をいい娘にするための火あぶりの刑。その日、火を燃やしたことのお仕置き。だけど、こんな罰を受けても、私にはわかっていた。またやってしまう。しかも、すぐに。

夜ごと両親は私を話の種にした。ふたりは小さな声で話したが、寝室の壁越しに声は聞こえてきた。わが家の壁はどこも防音には不向きだった。ママが不安そうに日本語でパパに訊いた。「あの娘はどこから来たんかいねえ」

「大丈夫よ、ママ。心配しんさんな。ちゃんとなるけぇ」とパパはよく言ったものだ。そう言ってから、安心させるためにパパがママの手をぽんと叩く姿を、私は思い描いた。

ママが子供の頃は、親を落胆させるなんて聞いたこともなかったのだ。火で遊ぶなんて考えたこともなかったのだろう。ママの実家の教訓は「いっぺん言うたら十分」。ママは同じルールをミヨと私にも守らせようとした。守ったのは姉だけだった。四つ年上のミヨには、繰り返して言わなくてもよかった。たぶん障害をもって生まれたからだろう、と私は思っていた。ミヨの左脚は右脚より短かった。そういうのを日本語でフジユウと言った。ハワイ語ではムウムウ脚、私たちが使った混成語《ピジン》では「ショット・レッグ」と言った。「ショート・レッグド《脚が短い》」のことだ。私たちは異なる言語を巧みに切り替えた。近所の人たちは目ざとくて、人と違っていることには色んな言葉を使い、色んな顔つきをした。ミヨが誰にもからかわれないようにと、パパはミヨの左足の靴に薄い板で厚みをつけて黒く塗ってやった。ほかの子と全然変わらんようになる、とパパは約束していたからだ。なるほど、誰も気づかなかった。ミヨは学校やキャンプの誰よりもうまく走ったし、ホップ・ステップ・ジャンプができたからだ。ところが、私は違っていた。私は姉みたいにはならず、うちに来ては庭を掘り返す野ブタみたいに、手に負えない子になってしまったのだ。

　うちの両親はふたりとも広島出身だった。山奥の同じ村の出で、近くの農家だったので家族は顔見知りだった。「会釈する程度の間柄」、ママはパパの家族のことをそう言っていた。パパがママの家族に手紙を書いたとき、つまり、娘さんに写真花嫁としてハワイに来てもらえないかと頼み込んだとき、ママは幸運に跳びあがらんばかりだったそうだ。

「ママはね、たいがいの男の人より背が高かったけぇ、日本におったら結婚できんかったかもね」とママは言った。「できとったとしても、相手はせいぜい酒飲みの百姓じゃったじゃろ。そしたら、何畝も何畝もカブラや大麦の種を蒔《ま》いて、死ぬるほど働かにゃあいかんかったじゃろ。たいした収穫にゃなりゃせんのにね。けど、少のうとも、あんたらのお父さんとじゃったら、出世する人と結婚することになったわけよ」

「いやあ」とパパは言って、ママに笑顔をみせた。

「送って来た写真じゃあね、パパはすごいハンサ‐ムじゃったんよ」とママは言った。日本語の中に英語が混じっているのがおかしくて、私とミヨはくすくす笑った。「パパは扇子がぱっと開くみたいな、素敵な笑顔をしとったけぇね。ほんまにママは運がよかったんじゃ」

「そいで、ママはすごい美人じゃったけぇ、パパは一目惚れしたんじゃ」

「結婚してよかった」とママは感慨深げに言った。ミヨと私は両親がほんとに幸せなのがわかった。「うちの親がパパの身元調査をしてね。パパはもう何年もハワイに住んどって、砂糖で儲けとることがわかったんよ。お米にすると何俵分も」とママは自慢げに言った。その思い出話は何度も聞かされていた。「自分の家を持っとって、集水池にゃあ水がたっぷり。かわいい犬と丈夫なラバを飼うとったんよ。サトウキビ畑で働いて日当一ドル、ハワイの横浜正金銀行に預金口座があって、貯金は増えるばっかり。結婚した時ね、パパはうれしゅうて、ナウィリウィリ（訳者註：ハワイのマメ科植物。種でレイを作る）の種でお祈り用のビーズを作ってくれたんよ。ヒーちゃんがママの部屋から盗んで燃やしたやつ」

「パパが新しいの作ってくれる」と私は言った。

「ヒーちゃん、あんた、わかっとらん」ママはまた混成語《ピジン》に戻った。「同じ、ちがう」

ママは自分が強情っぱりの申し子であることに気づいていなかった。一九二〇年にたったひとりでハワイに来たものだから、ママは日本ではありえない自信をつけていたのだ。だからママは変わったし、私たちが生まれると私たちを変えた。私が火に情熱を燃やすのも、この強情さの一部——思いを定めていることはただひとつ、次は何を燃やすかだった。

最初の火のあとは、誰にも見つからないように気をつけた。こっそりと燃やした。便所小屋近くにいた赤アリの列を燃えるマッチで火責めにしたし、バナナ畑ではムカデに灯油をかけて背中に一筋の火をつけたし、犬のダニを集めて死んだ兵隊さんみたいに燃える小枝の上に積み重ねた。こういう火は最高の火だった。というのは、そんなものは焼いたりするものではなかったからだ。秘密の火は禁断の誘惑だった。家の裏手にある錠がおりたままの小屋、岸辺がつるつる滑る灌漑用の溝、サトウキビ畑に捨てられたアイスボックス、サトウキビを刈る鋭利な大ナタ、こんなものと同じだった。してはいけないことは何でもしたし、触ってはいけないものは何でも触った。

第二章　火の玉

私が七歳の時だった。パパは私たちをビッグアイランド（訳者註：ハワイ島のこと）の西側にあるハプナビーチに連れて行ってくれた。到着するとすぐに、私はパパとママとミヨと一緒に海岸線に沿ってゆっくりと散歩し、潮の匂いを楽しんだ。途中で立ちどまり、潮だまりをのぞき込んだ。パパは私を脇に寄せ、こう言った。「海の生き物にゃあ、自分で火を出すものもおるんじゃ――夜中に道を探したり、深うて暗いところを見つけたりするためなんよ。背中やら鱗《うろこ》の中やら、そんなとこにも火があるんじゃ。頭にも尻尾にも」パパは私にウィンクをしたけど、顔の表情は真剣だった。「もっと近うで見てみんさい。ほら。こいつらの秘密がわかるかい？」

「ヒーちゃん、よくない、そんなに見るの」ママはパパと反対のことを言った。だからといって、もちろん私はやめなかった。カメムシを拷問にかけたり、教科書で見たインディアンをまねて棒切れをこすって火を起こしたりした時みたいに、私は潮だまりの生き物の火をじっと観察した。

夜になると薪《たきぎ》を取って来ては、パパが海辺で焚き火をするのを手伝った。合間にパパの膝にすり寄って、星や、海岸沿いに燃える他の焚き火や、はるか沖合に見える神秘的な明かりを眺めた。でも、こんな明かりや火を眺めるのはほんの束の間のことだった。自分たちの本当の住処はカイヴィキの山の斜面だったからだ。そこにわが家の生活はあったし、仕事もあった。大地に深く根を下ろし、まわりのサトウキビや畑のバナナの木やタケノコと一体だった。「うちらは山の人間じゃけぇね」とママは日本語で私たちに念を押すように言った。「爪の中に土をつけて生まれたんじゃ」

パパがうちの野菜畑に仕事に行くときは、ミヨと私はいつもパパの大きな背中を追って、カリフォルニア草（訳者註：イネ科の植物で小穂をつけ繁茂する）やピリ草（訳者註：カヤに似たイネ科の植物）が生い茂る近くの渓谷の小道を歩いていった。パパは一方の肩に鍬《くわ》を、もう一方には杖《つえ》を担いでいた。日本から持ってきた長くて黒い合成ゴムの長靴を履き、ぼろぼろのセーラーデニムと長袖のパラカシャツ（訳者註：格子縞の労働着）を着ていた。これはプランテーションの労働者が、きつい日差しとサトウキビのとがった葉っぱから腕を守るために着るシャツだった。ミヨと私は格子縞の綿《めん》で作ったぶかぶかの服を着ていた。これは足首でしぼった丈夫な服で、夏着として何年も着ることができた。パパは途中でパイプをふかした。私たちの仕事の分担もパパが決めた。ミヨは飲み水用の重い水桶を、私はずだ袋を担いだ。その袋に白菜、へちま、タロイモ、ゼンマイ、ヤマイモ、それにゴボウを採って入れた。ママに持って帰るのだ。

パパは野菜畑の草を刈り終えると、まわりの柵を直した。あちこち掘り返す野ブタや、勝手に杭を引き抜いて牧場から逃げてくる牛や馬から守るためだ。柵の修繕が終わると、パパは長マメとカボチャのつる用に新しい支柱を立て、苗を植えるために鍬で新しく畝を作り、生い茂ってはびこりそうなカリフォルニア草を厚く束ねて引き抜いた。私たちの仕事が終わってパパを待っている間に、ミヨは中が空洞になっている草の茎を折り、パパのポケットナイフを使って葦笛《あしぶえ》を作った。

母が料理してくれる野菜を畑で収穫している間は、鼓《つづみ》を叩きつけるみたいに、小さな背中に日射しが焼けつくようだった。いつもはがまん強いパパもさすがに仕事の手を休めた。そんな時は、どの野菜が食べごろで収穫できるのか、どれが育ち過ぎで捨てなきゃいけないのかを教えてくれた。「いくらパパのお気に入りでも、バカなこと訊いてパパの邪魔しないの」ミヨはお姉ちゃん風を吹かせて、吐き捨てるように早口で言った。「それに、寝たらいかん。うちが全部やらんといけなくなるじゃない」でも、すぐに、瞼《まぶた》にのしかかる日射しに熱気の匂いが重なって、どうしようもなく眠くなった。「あーっ、こら、起きろ！」ミヨはきつく言うと、私の脇腹をけりつけた。「手伝わにゃ。疲れとらせん。なまけとるだけ！」

父が仕事を終えたのはちょうど夕暮れ前だった。時間が経つのも忘れてしまい、夕方まで食い込んでしまったのだ。「急がにゃ」と父は言った。陽は山の向こうに沈んでいた。「暗くなる前に家に帰らんと。ランプがないんよ。それに、今晩は星が出ん。月も出ん」

ミヨと私は荷物をまとめた。「自分の袋は背負いなよ」と、ミヨは眉をひそめて言った。

「言われんでも、わかっとる！」

私たちは曲がりくねった小道をのぼっていった。くねくねした坂道はサトウキビ運搬道に通じていた。そこは赤い岩砕《がんさい》を敷いた細い道路で、うちの家までずっと続いていた。ちょうど急な曲がり角まで来た時のことだった。かすかにシューッという音が聞こえた。風の音か鳥の軽い羽ばたきのようだった。でも、風はなかったし、静まり返った夕暮れ時に空を飛ぶ鳥はいなかった。まわりのワイウィの木（訳者註：ストロベリーグアヴァとも。フトモモ科キバンジロウ）はじっとして動かず、野ブタを追う猟犬も跡をつけてはいなかった。コオロギさえ鳴いていなかった。私たちは聞き慣れない音に振り返った。何だろうと思って首を伸ばした。すると、まもなくして、丸い明かりが近づいてきた。薄暗がりに青い光が浮かんでいた。

「ありゃ火の玉よ」と、パパは足を止めて見つめながら低い声で言った。「死体から出る燐《りん》よ。死んだらな、骨と油が青い光を出すことがあるんじゃ」

「じゃあ、キタノのおじさんとこの死んだ牛よ」とミヨは言った。「一頭、死んだんよ。油、骨、臭いガス」

「マ・ケ人間かも。マ・ケ、死ぬ、死んでる」と私は言った。

「なんで死んだ牛じゃないってわかるん？ 知らんくせに」とミヨは言った。

「早よせんと」パパが言った。「ケンカするんじゃない。火をみたらいかん。人が言うにゃ……」

パパはためらった。思っていることを全部言うべきか決めかねているみたいだった。「……あの火に追われたら、死ぬるんじゃゃげなよ」

袋は重かった。自分の仕事とはいえ、袋を背負って姉やパパみたいに速くは歩けなかった。ふたりの足取りは岩山のヤギみたいに確かで、私がちゃんとついて来ているものと思ってか、急ぎ足で道をのぼっていった。ミヨは上げ底の靴なのに、足はどこも悪くなさそうにパパと並んで歩いた。やがて、だんだんと距離は開き、火の玉がヒューッと背後に迫ってきた時には、私ははるかに遅れをとっていた。

私は走った。でも、のろかった。青い火は回転しながらゆらゆらと近づき、私の頭上をシューッシューッと音を立てて舞った。私は肩越しに振り返って叫んだ。「あっち行け、帰れ！」そう言ってから、私は這うようにして必死に道を駆け上がった。うちは誰の助けもいらん、と自分に言い聞かせ、足の指にしっかりと力を込めた。それも束の間。「パパ、助けて！ あれが……追いかけてくる！」

その頃、姉とパパは道のずっと上の方まで行っていた。ふたりは振り返った。火の玉は道をふさぎ、私と戯れた。私が進むと、火の玉も進んだ。パパは斧を担いで私のそばまで一目散に駆け下りてきた。「ヒーちゃん、走れ！」とパパは言った。「袋はほっとけ。後ろは見るな、早く！」

その瞬間、火の玉はパーッと光って方向を変えた。まっすぐパパをめがけて突進していった。ミヨは立ったままこっちを見ていた。ミヨがいるところをめがけて私は山を駆け上がった。下ではパパが青い悪魔の固まりに斧で切りつけていたが、ほうき星の頭みたいな火の玉はわずか先のところで光を放っていた。シャドーボクシングみたいに、互いにシュッシュッと音を立て、相手を打ち負かそうとしていた。

私はパパの真似をして空中にパンチを食らわした。すると、ミヨの恐ろしい金切り声が夕闇を引き裂いた。私はパパの杖を握ると、道を転がるように駆け下り、火の玉めがけて振り回した。ミヨも後からついて来て、太鼓を叩くみたいに両腕をぐるぐる回したが、いかんせん、私たちは幼くてひ弱だったから、パパを助けることは何もできなかった。

「アアアー！」パパが突然大声を上げた。ミヨも私もパパの両脚がねじ曲がるのが見えた。私たちは走り寄ってパパのまわりを跳ねまわった。パパが痛みの原因を確かめようと足を上げると、大釘《おおくぎ》の先がかかとから突き出ていた。その大きさに私たちは声をなくした。大きかった。十字架上のキリストの足に突き刺さったイエスの釘みたいだった。キャサリン・フェレーラが通っている教会で見たことがあった。ダウンタウンのハライイヒルにあるセント・ジョゼフ教会だ。

ミヨと私はその釘に見入った。パパもじっと見ていた。パパにはわかっていた。抜き取らなきゃならない。太腿に折れた矢が刺さった騎兵を映画で観たことがあるが、映画みたいに放っておくわけにはいかなかった。パパはお腹に力を入れて釘を引っぱった。「イアーッ」手負いの獣みたいにパパは苦痛に唸り声を上げた。

「パパ、パパ！」パパの足から血がほとばしるのを見て、私たちは叫び声をあげた。その血は赤黒く、もうすぐ訪れる夜の闇よりも黒かった。

まるでからかうかのように、火の玉はパパの頭上を舞った。ようやくパパは力を振り絞ってなんとか立ち上がると、血で濡れた長靴を履いたまま片足を引きずって家に帰った。次第に深くなる闇の中、パパの顔には冷たい苦痛の汗が光り、背後には血の痕が点々とついた。それでも火の玉はパパが小道をのぼる間ずっとついてきた。パパの両肩あたりで光が踊っていた。

「パパ、そいつを追っ払って！」とミヨは叫んだ。ミヨはまるでコバエの大群に突然襲われて気がふれたみたいに、バタバタと空中を叩きつけた。パパはミヨを両腕で抱き上げて落ち着かせ、私はふたりのまわりを飛んだり跳ねたりした。

「ほら、ほら、大丈夫」とパパは言ったが、姉はなかなか落ち着かなかった。

「ミヨ！」と、私は大声をかけたが、ミヨは私もパパも見ようとさえしなかった。その目は黒く虚ろで、私たちの向こうの、どこか私の知らないところを見つめていた。その時、ミヨは服の裾を引っぱり上げて口にくわえた。

火の玉は飛び去る前にパパの頭上をぐるぐると回り続けた。その頃には、パパはミヨを連れて帰る役割を私に任せていた。私は姉を引っぱったが、梃子《てこ》でも動かない犬みたいだった。「ほら、ミヨ。帰るんよ。もうすぐよ」その時ばかりは姉に優しくした。

ママはパパの懐中電灯をつかんで、マエダストアまで三キロも走った。ミナミ先生に電話をするためだ。先生はうちに来ると、こう言った。「ミヨは安静にしていればいい。心配いらんよ。すぐよくなる」火の玉にひどく怯えたものだから、姉はショック状態に陥っていたのだ。

ママは姉のベッドの傍らでしくしく泣きながら、やさしい日本語で話しかけた。「ミヨちゃん、なんも心配いらんけぇ。お願いじゃ、何かしゃべって」ミヨが応えてくれるのを願って、姉の肩を叩きながらママは同じ言葉を繰り返した。それからミヨの上にかがみ込んで、手足をさすり続けた。まるでミヨの身体が枯れ葉みたいにゆがんだら困る、とでも思っているみたいだった。姉は心のどこか深いところへ引きこもってしまったので、まっすぐ前をじっと見つめるだけだった。

パパはというと、ママを動揺させまいとして、ほとんど何も言わなかったし、止血用にママが手渡した布切れをかかとに押しつける以外はほとんど何もしなかった。「それも診たほうがよさそうだな」とミナミ先生は帰る前に言ってくれた。

「何でもないです。娘を先に治療しちゃってつかあさい。わしゃあ大丈夫。これよりひどいケガをしたことありますけぇ」

先生が肩をすくめたのを、今でも覚えている。

そのあと、私はパパが家のそばの湧水で足を洗うのを手伝った。パパのケガが心配だったので看護師役を務めたのだ。パパは杖を使って池まで片足で跳んでいった。私たちは丸岩に腰を下ろしたが、その時パパは左脚を右膝に乗せて支えた。すごく痛いはずなのに、パパは歯の間からシューシューと「ヒロマーチ」を吹いてみせた。

イケ　ホウアナ　　いつかまた見ん
イカ　ナニ　アオ　ヒロ　　うるわしのヒロ
イカ　ウル　ウェヒ　ウェヒ　　目もあやな
オ　カ　レフア　　レフアの森よ
レイ　ホオヒヒ　　魅惑のレイは
ヒイ　ア　カ　マリヒニ　　訪《おとの》う者に
メア　オレ　イ　ケ　コノ　　ためらうものなし
ア　ケアロハ　　愛の誘《いざな》い

石油ランプの小さな明りを頼りに、私はパパの踵《かかと》あたりに固まった血を拭き取り、銅色がかった緑色のヨーチンを塗った。それから、ママが古いキモノから引き裂いた布切れを、傷の痛むところに巻いた。傷の中は赤黒くて、ぱっくりと口を開けた醜い穴が、パパの鼓動に合わせて脈打っていた。

二日後、パパの足はフグみたいに腫れあがった。足がズキンズキンとするので、ちょっと触っただけでも、パパは痛みに歯を食いしばった。ツグミの羽毛ほどの軽いものにもひるむほどだった。パパがじっと横になっているときは、私は両手をパパの脚の上において熱を計った。ちょうど、寒いときに手を火にかざすような感じだった。ただ、あたりに香ばしい煙が立ち昇る本物の焚き火とは違って、にじみ出る膿からは何か死んでいるみたいな腐臭が漂ってきた。

「パパ、ミナミ先生を呼ばにゃ」とママは言った。

「いらん、いらん。大丈夫じゃけぇ。わしとミヨちゃんを一緒に診てもらう金がない。心配いらん」パパはママの訴えを退けた。

次の日の晩、パパはベッドから起き上がることができなくなっていた。ママが手を貸さないと動けなかった――ママは一緒に足を引きずって便所小屋へ、寝室へ、それにしびんを置いてあるところまでついて行った。パパはあごを突き出して頭をぐらぐらさせていた。敗血症になって高熱に浮かされていたのだ。パパの脚には炎が這いあがるように青い筋が浮いていた。

ママはミナミ先生に電話をするために、もう一度マエダストアまで砂利道を三キロ走った。カイヴィキ村で電話があるのはマエダストア一軒だけだった。うちの隣のタケタさんの家すら、お金持ちだけど電話はなかった。

ようやく先生が来た。先生はパパの脚のひどい状態を見て、軽く口笛を吹いた。「この脚は朝一番に切断せんといかんな」と言って、先生は首を振った。パパの脚がいつもの二倍にも腫れあがり、皮膚が太鼓みたいにパンパンに張り、にじみ出た膿が光っているのが信じられないといった様子だった。「手の施しようがない。うちには看護師はいないし、町のオカヤマ病院は閉まってる。明日まで待たんといかんな」

パパはうなずいた。「じゃあ、明日」とパパは言った。

「お前さんはまだ若いし丈夫じゃ。なんも心配せんでいい。タクシーを呼んでやるから」

「すいません」とパパは言ったが、痛みに耐えかねて歯の間から息を吸った。

その夜、私はパパに添い寝をした。寄り添うと、パパの熱で身体が温かくなった。パパと共にしたすべてのこと、その記憶の確かな温もりを感じた。パパに治ってほしくて、パパが今行こうとしている道をふさごうと思って、学校で習った韻律詩《ライム》を歌った。

星明かり、星きらり
こよい見上げる一番星
願わくは、かくあれかし
こよいの祈りを叶えかし

パパは私の頭をポンポンと叩き、鳥みたいにやさしく呪文を唱えた。「いい子になーれ、いい子になーれ、わしの娘よ、いい子になーれ」私がじっと顔を見つめていると、パパはゆっくりと目を閉じた。

何時間もパパとミヨの看病をしているうちに、ママは眠りこんでしまった。朝早く、不意に冷たい風が家の中を吹き抜け、それで目が覚めたママは私たちをのぞきに来た。ところがすでにパパは死んでいた。ママによると、私は眠っていたが、寒いので顔をパパの身体にすり寄せていたそうだ。パパはもう冷たくなりかけていたというのに。朝の雨がトタン屋根を米粒みたいに叩きつけ、目覚めた鳥たちがチーッチーッとさえずっていた。

まだ陽は昇っていなかった。

お通夜の最中のこと、お坊さんが蝋燭《ろうそく》に火をつけ、お香を供えるために竜の香炉に線香を並べている時のことだった。読経が続く中、ミヨがベッドから起き上がった。朦朧《もうろう》としながらミヨは大声で叫んだ。「パパ、どこにおるん?」機械のように無表情に、ミヨはこちらに顔を向け、通夜に来ていた人たちをびっくりさせた。ミヨは私に指をさして、こう言った。「ヒーちゃん、パパはあんたのせいで死んだんよ。あんたのせいで死んだんよ!」

「パパ、ちがう。うちのせいじゃない!」そう言うと、私は両耳を手でふさいだ。

「静かに——ふたりとも!」ママはミヨのそばににじり寄って、片手で姉の口をふさいだ。「ヒーちゃんにそんなこと言っちゃいけん。あんたは何言うとるんか、わかっとらんのよ。ええ子じゃけぇ、寝んさい」姉は素直にベッドにもぐり込んだ。

「うちのせいじゃないよね、ママ」

「あんたのせいじゃない。あれはあれ。誰のせいでもないんよ」とママはやさしい日本語で言ってくれた。

その二日後、ちょうどパパの葬式の前のこと、ミヨは目を覚まして、ママが作った魚の頭入りの透明なスープを飲んだ。「覚えとるん——自分が言うたこと?」とママは訊いた。

「ううん、なんで?」ママにはそれで十分だった。

家で葬式が終わると、黒い服を着た人たちは弔意を表すために、大きな道路に通じる狭い道端に並んだ。ミヨと私は一張羅《いっちょうら》の白い薄地のドレス姿で、白い靴をはき、小さな白い帽子をかぶっていた。白は死の色なのだ。ママが言うには、日本では白い服を着て死んだり自殺したりする老人は、白装束で焼かれるそうだ。

葬列が過ぎるのを待っていると、参列者の中から声が聞こえてきた。「マ‐ケるにゃ若すぎるのう」「ほんまよ、若すぎるよのう。もったいないことよ」「あの人はちいと若いのう。あがいな小さい子らを残すんじゃけぇ。ほいじゃが、かわいそうなんは奥さんじゃ」みんなは小声で悔やみの言葉を口にし、思いを声に出してうなずいた。

厳粛な面持ちをした参列者の前を棺が通り過ぎると、みんなは手を振って別れを告げた。パパの遺体の後に続いて火葬場へ向かう自動車の後部座席に、ママは憔悴して座っていた。身体をこわばらせ、顔には疲れをにじませていた。この車はタケタさんのもので、近所では数少ない自動車だった。タケタのおばちゃんと息子のアキラは、道路の端でミヨと私と一緒に立っていた。

ママは集まってくれた人たちに手を振った。ママの手は風に吹かれるサトウキビの長い葉っぱのようにはたはたと揺れた。手首が折れているみたいだった。並んでいるキャンプの人たちみんなに、ぺこぺこお辞儀をしていた。オオムロさんと一人娘のベティ、ジョー・パチェコ、学校のヤング先生、ニシモトさん、カツラばあさん、アルバロ一家、ネコニシのおじさん、プエルトリコ人のブージング、シゲタのおばさん。みんな村の人たちだ。

最初、私は一列に並んで走る黒塗りの自動車の後ろを歩いた。みがかれたクロムめっきが湿った空気に光を反射して、まぶしかった。車がスピードを上げると、私は走って追いかけ、父に向かって叫んだ。「パパ、行かないで。ねえ、あたしを放っとかないで！」

私の声はパパの名を引きずるように山を越え、サトウキビの向こう、林のかなたへと響き渡った。身体じゅうが声を限りにパパの名を長く引き伸ばし、空中に響かせた。私は速く走った。パパがいなくなったら、どうして生きていけるの？　足元で砂利が軋《きし》み、くぐもった音を立てた。

ミヨが叫んだ。その顔は明るい陽を浴びてよけいに蒼くみえた。「戻ってこい、ヒーちゃん、戻れ。いい靴がダメになるじゃない」

　私は走り続けた。


　その日の早く、お葬式と火葬をする前のこと、住んでいる町全体が家から見渡せたので、ママがこう言った。「ヒロではどこで火葬をするか、よう見て。パパの煙は煙突から出るじゃろ。そしたら、パパの霊もお空に昇るんよ」

「で、パパはどこに行くん?」と私は尋ねた。

「パパの霊はね、この世を去る前に、四十九日の間うちらを見守ってくれるんよ」

「それからパパはどこ行くん?」

「ええところよ、ヒーちゃん。ええところ」

「痛いん? 焼かれるときは」人間が霊になる前にどうなるのか、私は知りたかった。

「ううん、ヒーちゃん。ええ火なんよ。じゃけぇ、痛うないんよ」

　疑わしそうにママを見ていたミヨが、私の腕をつかんで引き寄せ、耳元でささやいた。「ええ火なんかありゃせん、バカやね。だまされちゃいけん。ママは何にも知らんのよ」ミヨはその場を離れて再び自分の悲しみに浸ろうとしたが、私は後から追いかけた。

「どういうこと?」私は食い下がった。

「言うたとおり」

「あのね、ミヨ、うちは知りたいんよ」

「ほんとに? えっとね、学校で一緒のミルトン・コハシが死体を焼いとるとこに住んどるんよ。

その子がね、どうなるのか一度見たことがあるって言ってた。顔が焼けると段々はげ落ちるんよ──本をめくるみたいに──一頁一頁が煙になるの──パッパッパッパッと──早めくりするみたいに。人は焼けるとき、まっすぐ起き上がるとも言ってた」

「信じられん──ウソばっかし。パパはそんなにはならん」

「ほら、だからあんたには話しとうなかったんよ。ぼうっとしとるけぇ」

でも、私の頭はミヨが言うほどぼうっとはしていなかった。死体がどうなるかという話は否定してみたものの、ミヨが言ったことは頭を離れなかった。焼けるあいだに起き上がる死人たちの恐ろしい光景が、何日も夢の中に忍び込んできた。死体は炎に包まれ、口は苦痛の叫び声を上げて溶ける──悲鳴に近い。まるで外から聞こえる砂糖工場の笛みたいだった。

その日からずっと四十九日の忌中が終わるまで毎晩、私は家の階段の上り口でパチパチ燃える大きな火の世話をした。ママは火のことは気に留めていないようだったし、少なくとも、私が火をおこすのをやめさせることはなかった。この火はパパの霊がカイヴィキに還るときの道案内をし、その後、この世を去るときの目印になると考えられていた。どこへ行くのかわからないけれど──私たちの知らないところへ。

第三章　寂しさ

パパが死んでから間もなくして、ママはワイナク・キャンプにある工場の売店で働くようになった。ワイナクはカイヴィキとヒロの間にあるもうひとつの小さな村だった。ママは歩いて通った。降っても照っても毎日十キロ週六日。そのたびに、私たちを育てるために両肩に背負った重荷が、ママの長身の体にのしかかった。絶え間なく降る貧乏という雨に打たれて、だんだんとママは曲がった木みたいになってきた。疲れ果て、落ち込み、パパを恋しがり、心の中の何もかも、若い時の楽天的な性格までもがすっかり消えてしまった。ママは歳よりずっと老けて見えるようになった。

私とはちがって、ミヨは涙を流さなかった。私はしょっちゅう泣いた。「泣くんやったら近くに来んで」とミヨに言われるほどだった。だから、私は胸を刺す寂しさの痛みにひとりで耐えた。ハンカチを使いなさい、などといちいち言う人はいなかった。だから、ブラウスの両そでには、すりつけた鼻水の長い痕がついていた。私はパパに会いたくてたまらなかった。だけど、パパがどこにいるのか、わからなかった。

二年後、ママはミヨに学校をやめさせ、一緒に働かせた。

「けど、働きとうない」とミヨは言った。「学校、行きたい」

「わかっとう。ほじゃけど、しょうがないんよ。ママだけじゃ、あんたとヒーちゃんをよう養わんのよ」と、ママは申し訳なさそうに日本語で言った。

「けど、なんでうちなん？」ミヨは泣きながら言った。

その日から毎日、ミヨは近寄りがたく陰気で暗い顔をするようになった。しょっちゅう何かぶつぶつ言っていた。かわいそうにとは思ったが、私にはどうしようもなかった。当時まだ九歳だった私は、学校から帰ってもほったらかしだった。まわりには誰もいなかったし、時間は限りなくあったので、毎日ひとりで歌って遊んだ。火を燃やせるように、天気になあれ、と。てるてる坊主を作って玄関先に首から吊るした――これは小さなお天気神様の人形で、坊主頭の目の見えないお化け人形だった。その人形にパパの古い釣り糸を通して数珠つなぎにした。てるてる坊主は服喪中に顔を覆うベールみたいに風に揺れた。憎しみと恨みを抱いていたミヨは、家に戻ると、てるてる坊主を糸からはずして逆さまに吊るした。まるで、そうすると雨がもっと降って、私が外で遊べなくなるみたいに。

「やめてよ！ママ、ほらミヨが、あれ見て」

「なによ、泣き虫。へん、何するんよ？」

ママは首を横に振った。私たちのことはすっかり諦めているみたいだった。私にはわかっていた。ママは私にもっとやさしい娘になって、村のほかの女の子たちみたいに生け花や裁縫に関心をもってほしかったのだ。その子たちは刺繍台や裁縫箱、それにアンスリウムや蘭の花をいっぱい入れた花瓶を抱え、雨の日も晴れの日も傘をさしてマエダストアの前でバスに乗り、土曜日の午前中はヒロの町で習い事をするのだ。

「ほかの子たちと一緒に行ったらどうなん？」とママは勧めた。

「うち、好きじゃない」と私は言った。あんなおしとやかな女の子にはなりたくなかった。なぜかはわからなかった。

近所のおばちゃんたちがママを訪ねてくると、私をじろじろ見た。指を耳のあたりでくるくる回したこともある。私のことを気がふれていると言いたいのだ。おばちゃんたちはひそひそ話しをした。口の動かし方がそろばんの珠《たま》みたいだった。

もしかしたら、私は頭がおかしかったのかもしれない。というのは、仏壇にパパの遺灰を置いてあるうちの家は、すきま風が入ってきて、私はひとり取り残されるのが嫌だった。時々こどもの寂しい泣き声が畑から聞こえてきたからだ。まるで捨てられて死にかけているみたいだった。私はどこに隠れたらいいのかわからなかった。子さらい鬼や赤ちゃんオバケにつかまるのが怖かった。パケ・ザカ（訳者註：中国人居住地区）幽霊も、カイヴィキ橋の下にいるジプシーや雄ヤギさんの怪物（訳者註：ノルウェー民話「三びきのやぎのがらがらどん」より）も。恐ろしくてたまらず、火を燃やしてぜんぶ追い払いたかった。

「うちはオバケよ」と私の火は言った。「近づくな！」

寒くて暗い夜には、天気になあれと祈った。テルテルボーズ、テルボーズ、アシタテンキニ シテオクレ――私の歌声は幽霊が出るときみたいに、うねる大地に響き渡った。てるてる坊主、てるてる坊主、明日天気にしておくれ。

うちの近くに住んでいるヒロ・ナカマは、私と一緒に歩いて帰るのを禁じられていた。そのうちあの子は死人と一緒に歩くようになるよ、とヒロは母親に言われていたのだ。「話をしたらいかん。

顔を見てもいかん」

「じゃけん、見たらいけんよ。ヒロ、気いつけんさい。あんたを消しちゃる」

「うわ、近寄るな、ちょっと！」と言って、ヒロは必死に走って帰った。ヒロは寂しいということを知らなかった。両親とも健在だったし、兄弟姉妹でいっぱいの家で、くさい納豆みたいにくっつき合って暮らしていたのだ。

私はママのお手伝いをした。火を起こした。洗濯用のお湯を沸かすためと、ママが帰ってから夕飯の支度をするためだった。悪霊たちを追い払う秘密の火も焚いた。悪霊は林の中にも、湧水の中にも、便所小屋にも、池にもいた。野生の動物を寄せつけないための火も焚いた。私の空想の中では、敷地の向こうにマングース、野ブタ、ヤマネコ、それにヤマイヌが潜んでいたからだ。まわりを踊って魔法をかける火も焚いたかもしれない。でも、そんな加持祈祷の火はおもしろくなかった。

庭に散らばった焚き火の跡にはじめて気づいた時も、ママは何も言わなかった。ママはへとへとに疲れていたので、私の好きにさせていたのだ。でも、村の近所の人たちが文句を言うようになった。「サトウキビが焼けたらどうなる？ぜんぶ燃えるよのう。そしたらおじゃんよ」

ママはお手上げとばかりにため息をついて、こう言った。「火のことじゃけど、ぜんぶあんたに任せるけぇ」思うにママとしては、火遊びのことでは私を見限るか、必死に押さえつけるか、いずれかしかなかったのだろう。ママにはほかに考えなきゃならないもっと大事なことがあったのだ。ほったらかしにしてくれて、私としてはうれしかった。

自分では認めようとはしなかったが、ミヨも寂しかったにちがいない。パパは素直な長女のミヨを頼りにしていたので、夏の果物を入れるバケツや鶏小屋の壊れた錠を開けるハンマーを取りに行かせたし、竹林へタケノコ掘りに連れて行っていたからだ。ミヨはパパが仕事をするときの鼻歌が懐かしかったにちがいない。とりわけ、パパに呼ばれること、つまり、自分の名前を呼ぶパパの声が恋しかったにちがいない。それに、パパが生きていれば、ミヨはまだ学校へ行くことができたのだ。友だちをなくさずにすんだのだ。

自分の立場に腹を立てたミヨは、ある土曜日、ママにこう言った。「うち、もう仕事、行かん。やめた」

「わかっとるじゃろ、できんの」

「ヒーちゃんはどうなん。ヒーちゃんが大きくなっても、うちはきっと働かんといけんのよ。ヒーちゃんが学校へ行けるように——この辺の家は大抵そう。下の子を学校に行かせるために、いちばん上の子が働かんといけん。うちは売店から出られんのよ——ずっと。一生よ——まあ見てて!」

「ヒーちゃん、まだ小さい、働けんの。じゃけん、もうやめて!」

ふたりのケンカを聞いていて、私は申し出た。「今日は一緒に行ける——手伝う」

「一日だけ？ 言うんは楽よ。なまけ者、あんたには時間は山ほどあるんよ。ママがうちにおらん時にママの手伝いをしたらどう？ 何様よ——お姫様のつもり？」

「ちがう、お姫様、ちがう。うちでいっぱい手伝いしとる」

「どんな？」

「あんたら、もうええ!」とママは言った。ミヨは嫌そうに服を着た。

ワイナクストアは囲いのない大きな倉庫で、商品を載せた長い棚が何列も並んでいた。釘穴から細い日光が漏れる高いトタン屋根の下は、暖かい空気が漂っていた。店じゅうに糖蜜やバガス（訳者註：サトウキビの搾りかす）の匂いが立ち込め、道路のほこりをかぶった男たちのすえた臭いが鼻をついた。

ママはレジ台の後ろに陣取り、地味な長い服の上にエプロンをつけ、鼻眼鏡をかけて現金箱のお金を数えた。目の周りを充血させて、数字に神経を集中し、売上の精算をするためにそろばんに没頭していたのだ。そろばんの珠《たま》は、はじかれるとパチンパチンと乾いた音を立てた。

ママが少しのあいだ席をはずすと、私はすばやくそろばんを手に取って遊んだ。「やめて」ママは戻って来るなりそう言うと、私の手からそろばんをひったくった。ママはもう私にやさしくなれなくなっていたし、パパが生きていた頃のママではなくなっていた。私は昔のママが恋しくてしかたがなかった。

ミヨがエプロンをつけて大きな声で叫んだ。「ほら、ヒーちゃん、お手伝いするんなら手伝って」ミヨは缶詰が入った箱を上手にきちんと開けた。フルーツの缶詰と肉の缶詰。中にはブラジルから輸入されたものもあった。それから、アスパラガスやコーンのような野菜の缶詰。ミヨは私に缶詰を棚に並べてほしかったのだ。私は両手に持てるだけ抱えてミヨの後について行った。ミヨの足が悪いのは家では見なれていたが、その時、目の前で足を引きずって歩く姿を見て、はじめてわかった。パパが死んでから、ミヨは足が悪いのを人前でも隠さなくなっていたのだ。姉の障害には慣れっこになっていたので、私は考えたこともなかった。つまり、姉の境遇がすっかり変わってしまったことを。全身が、両肩と腰が、ねじれたリズムで上下するようになっていたのだ——しかも、人目をはばからず。パパがいなくなったので、もう誰も靴を直してくれなかったのだ。

店の棚の間をひょこひょこと歩く姉の姿を、私は臆病者みたいに一日じゅう避けていた。プランテーションの古い売店で、明るい光を浴びて、ミヨの障害が人目にさらされていたのだ。私は言葉を失った。子供じみていたとは思うが、私にはどうしようもなかった——ミヨの障害のせいで、ミヨのことも、ママのことも、自分自身のことも、恥ずかしいと思っていたのだ。


十三歳になると、私の寂しさに突然の変化が訪れた。ママとミヨが仕事で留守の間に、タケタの息子のアキラがうちにやって来るようになったのだ。ママは気にしなかった。タケタさんはうちの両親が近所でいちばん信頼している人たちだったからだ。「家族以上よ」とパパが言ったことがある。タケタ夫婦とは日本で同郷だったのだ。

ある日、坂の上に彼の姿が現れた。ハワイの紫サトウキビを両手に持って揺らしていた。坂を下ってくるのを見ていると、彼はポケットナイフでさりげなくサトウキビの皮をはぎ、小さなひと口サイズに切った。アキラはつなぎの服と草履《ぞうり》というカジュアルないで立ちだった。堅苦しくて改まった感じの父親とはちがっていて、両腕をぶらぶらさせたり、あごを突き出して会釈したりするときも、どこか気さくなところがあった。

「ほら、食べなよ」と彼は完璧な英語で言った。はじめて何かをあげると言ってくれた。どこで、どのようにして、そんなにうまく英語が話せるようになったのか、誰も知らなかった。ほかの子たちは彼をハオレっぽいと呼んだ。「ハオレ」(訳者註:ハワイで白人を指す言葉)の英語を話して、白人みたいに振舞う奴のことだ。でも、彼は気にしていないようだった。思うに、彼の話し方がそう聞こえるのは、何かを訊くとき最後にいつも「ハン?」と言い、「ヒアー」という発音みたいに、〝r〟の音を強調するからじゃないかと思った。私は彼が手のひらに載せて差し出したサトウキビを一切れつかみ、口の中に放り込んだ。

「これ、面白そうじゃん」と、彼は庭の焚き火に目をやって言った。「あれは何だい、ハン? それに、あっちも」彼は庭の別の場所を指さした。

私はその日おこしていた焚き火を棒で突っついた——貝殻をガラガラとかき混ぜ、その上に古い鉢類をドサッと落とし、乾いた葉っぱを投げ込んで燃やした。そんな音を立てても、アキラはひるまなかった。それどころか、火のところまで飛んできて、焚き火の世話をする私につきまとった。嫌だったのは、あいつに監視されること、秘密を——私が執念を燃やすただひとつのものを——奪われることだった。

「いつか近いうちに手伝いに来てもいいかい?」と彼は訊いた。私は彼の目をまっすぐ見ていたのに、その問いに不意を突かれて、すぐには返事ができなかった。彼はそわそわとして、もたれかかっていた柵を棒きれで叩き、親指の爪を噛んだ。

「いいよ」と、ようやく私は言った。

その時以来アキラは、雨が降るか家に居るようにと母親に言われないかぎり、うちの家にやって来た。彼は来ることを知らせるために口笛を吹き、道を上がった所にある白アリに食われて中が空洞になったアボカドの木を、グアバの枝で叩いた。そのように、古い切り株を何度も叩いて到着を知らせた。タンタタ、タンタタ、タンタンタン。

そういうわけで、私は彼に火のことを何でも教えてやった。葉っぱ、紙、小枝、髪の毛、指の爪、それに虫の燃やし方を教えた。私たちは紙を燃やすのに古い鏡を使ったし、常緑樹林から取って来たマツの木、シデの木、ポルトガルマツの枝、コア（訳者註：アカシア属のハワイ産高木）、ラパ（訳者註：葉がポプラに似たウコギ科のハワイ原産低木）、それにオヒアの木（訳者註：フトモモ科のハワイ産高木。その花「レファ」はハワイ州の州花）に焼いて穴をあけるのには、パパの虫めがねを使った。木の弾力性を試すためだ。ふたりで火に名前もつけた。走るように燃える火は馬の火、飛び跳ねる火はカエルの火、投げ入れた枝にからみつく火はサルの火。水を含む丸太、空気を貯めた丸太、青紫や青や赤や黄や白い炎。アキラはそれぞれの火の強さを学んだし、それぞれの火の音や匂いを理解した。「火に関しては最高の先生だね、ヒーちゃん」と彼は言った。

アキラの十五歳の誕生日に、タバコを吸ってお祝いをした。パパのタンスの中で見つけた古いブルダーラムだった。私の十四歳の誕生日も間近だった。その頃、ミヨは私にも学校をやめて仕事に行ってもらいたがった。でも、ママが言った。誰かは家の近くにおらんといかん——家を見守るために。そうなることを予測していたミヨは憤慨したが、私はというと、おかげでひそかなお祝いをすることができた。私とアキラは背中を風に向けて、パパが育てたミカンの木に半分隠れ、新聞紙の切れ端にタバコ入れの小袋から刻みタバコを振り落として巻いた。キャンプで年配の女たちがタバコの巻紙を舐《な》めるのを見たことがあったので、私たちも同じように舌で紙を湿らせた。その時だった。おせっかい焼きのシゲタのおばさんが家にやって来た。「コラ、お前たち何しよるつもりや？」

「何にも」と言うと、私は両手を背中に回して、火のついたタバコを怯《ひる》むことなく手のひらでギュッと握りつぶした。すぐさまタバコを捨てて、空き地に出た。アキラは後からついてきた。「何にも？ そがあなバカなこと言うてウソつくんじゃない」まるでひとつの長大な単語を発音するように、おばさんは一気に言った。「お前たち、タバコ吸う。臭う。だますの、ダメ。ママ、どこいる？」と訊いてきた。

「仕事。なんで？」買い言葉みたいに私は言った。その時、私は悟った。逆らっている限りおばさんは帰らない、と。おばさんを怒らせたことがわかったので、私は声の調子を抑えて愛想よく言った。「ああ、母は店で働いています――ワイナクの。どうかしたんですか？」

「よくない、お前たちこどもをこんなにほったらかして、だからよ、それに生意気言うんじゃない。わかる？ もう――厚かましい！ それにお前、タケタの息子さん、家で親の手伝いせんといかんやろ。お前たち、タバコに火遊び、よくない。火傷する。タバコのことだけじゃない。意味わかる？」おばさんはメキシコ民謡のラ・クカラーチャ風に眉を踊らせて笑った。

「ええ、もちろんです。おっしゃること、わかっています」と、私は学校で習った英語で最高の敬語を使い、にっこりと笑った。おばさんに帰ってほしかったのだ。

もう私たちがむきになってはいないとみると、おばさんは諦めて帰って行った。私たちはおばさんの帰る姿をじっと見ていた。おばさんが見えなくなると、またタバコに戻った。私たちふたりは既にふかしたタバコの煙を鼻から吸えるようになっていた。だから今度はドーナッツの輪の作り方を練習していた。両頬を煙でいっぱいに膨らませ、頬をポンポンと叩き、大きさの違う丸い輪を口から吐き出すのだ。

「あの人、ママに言いつけると思う？」私は不安になって訊いた。

「心配しなくていいよ。シゲタのおばさんはお節介なだけ。それに頭がおかしい。家を焼いたり畑をダメにしたりさえしなければ、あの人は何も言わないさ。ぼくたち、火には十分気をつけてるから、何にも起こらないさ」

「だよね。気をつけてるからね」

晴れた夜には、畑で働く人たちがサトウキビ畑に残した古い板と馬の手綱と防水シートでテントを作り、タバコが吸えるように庭でキャンプをした。ママとミヨは忙しすぎて気にしている暇などなかった。よく燃える火をおこし、パチンコを使ってグアバの林で仕留めたスズメとハトをあぶり焼きにし、近所に住むハセガワさんの柿の木から盗んだ柿をカリカリに焼いた。赤く燃える炭の下ではサツマイモを焼いた。

私たちは近くの深い草むらに寝そべって、星を眺めながら地球とともに回転し、火のことを考えた。「熱は十分かな——どう思う?」と私はアキラに尋ねた。

「さあね。でもすごく熱そうじゃない?」

そういうふうに続いていった。まるでほかの生き方などあり得ないかのように、私たちは無邪気な時間の一瞬一瞬をむさぼった。大声で歌も歌った。キャンプファイヤーの歌、カウボーイの歌、それにハワイの歌。どれも学校で習ったものだ。「オー・マイ・ダーリン・クレメンタイン」、「オールドスモーキーの頂きで」、「ワイキキの浜辺で」、それに「島の歌」。

私たちはタバコを吸い、アキラの家族が定期購読していた『サタデー・イブニング・ポスト』誌の古い号の絵を眺め、焚き火の明りで宿題をした。

互いに抱き合って寝た。

第四章　サトウキビ焼き畑

アキラと私がまだ一度も燃やしたことがないのは、サトウキビ焼き畑の火だった。これはプランテーションの所有者が畑でわざと燃やす火で、葉っぱを焼き払い、茎だけ残して刈りやすくするためだった――しかも、この火を扱えるのは熟練労働者だけ。私たちはこの仕事をするには若くて未熟すぎる、というのがプランテーションのルナ（訳者註：サトウキビプランテーションの現場監督）の頑《かたく》なな考えだった。しかも、女の子には焼き畑の火をつけさせなかった。私が十五歳の誕生日を迎えた夏のこと、サトウキビ畑を焼く日が間近に迫っていたので、私たちは胸をわくわくさせていた。畑の火を私の家のポーチから眺めようと計画を立てていた。

畑を焼く日、アキラは私の家まで走ってやって来た。色あせた生糸の壁糸織《かべいと》りのシャツに古いカーキのズボン姿で、二股の足袋で草履をはさみ、白い鉢巻をして、サトウキビを切るナタを脇にぶら下げていた。サムライみたいだった――揺れるちょんまげ姿の男たち、剣で戦う男たち、地を這うような男たち、その末裔。彼は洞穴から聞こえるような声で私に向かって大声で叫んだ。

「ヒーちゃん、さあ、行こう！」

私はポーチで髪にブラシをかけていた。私の髪はもうパパの釣り糸みたいな子どものころのもつれ毛ではなく、ママの髪みたいに黒くてしなやかだった。私は頭を振って髪全体を揺らし、波のようにうねらせた。以前は、パパが壁に取りつけていた小さな鏡に映る自分の姿に見とれたものだ。なんてなめらかで艶のある肌なんだろう、と。夏の間に背も伸びていた。私はだんだんとママに似てきていたけれど、ミヨはパパ似で、器量よしではないが身体は頑丈だった。私と違って、ミヨは容姿に無頓着だった。「困ったことよ——見かけばっかり気にして」とママは釘を刺した。おめかしする快感には危険が潜んでいたが、正直に言って、私は自分の容姿に満足していた。

「聞こえなかった？ 行こうよ」とアキラは言った。

「どこへ？」アキラの声が聞こえるほうへ頭を傾けた。私は風で髪を乾かしていたので、手すり越しに身体を曲げていた。

「サトウキビに火をつける手伝いをするんだよ。ランナーになるんだ。さあ行こう、おもしろいから。ぼく、父さんの代わりをするんだ」

「なんで？ お父さん、どこにいるの？ 私が行っても怒られない？」

「うん、怒るもんか。ぼくと一緒ならね。きみがぼくの仲間だってこと、ここの人はみんな知ってるから」

「うん、だけど——」

「うちの父さんは腰を痛めたんだ。仕事ができないんだよ」

「わかった。じゃあ、待ってて」

私は着替えた。震える手と急に不器用になった指で古いセーターのボタンを掛け、パパの色あせたジーンズの中にたくし込み、ウエストのまわりにベルト代りに細い綱を巻きつけて結んだ。古いタオルを額に巻くと、パパの水筒に水をいっぱい入れ、パパが使っていたポケットナイフをベルトの結び目にひもで縛りつけた。安全なわが家から外に出る前に、パパが使っていた金襴緞子《きんらんどんす》のお守りをタンスから持ち出して首に掛けた。階段の途中で私を出迎えたアキラは、まるで気持ちのはやる花婿みたいに私の手を引っ張った。私は急に恥ずかしくなったが、アキラは容赦なく引っ張り、私を畑まで引きずらんばかりだった。

「ほら早く、のろまだなあ。ポトッツ（訳者註：「小さい」を意味するニックネーム）とこの怠け牛みたいじゃないか」と彼は言った。「どうしたんだよ」

私は胸がつぶれそうだった。その日の朝は、彼が言うことひとつひとつに信じられないほど傷ついた。胃はむかむかしたし、足はぐらぐらした。互いの指を絡ませて、私たちはアルガ農園まで走った。そこの屋敷は三十エーカーものサトウキビ畑に囲まれていて、その日は収穫の準備のために畑を焼くことになっていた。火つけ役の人たちが集合していた。ジョー・カストロがひどい混成語《ピジン》で最後の指示をしている間、彼らは庭のそこここに立っていた。ジョーはプランテーションのボスだった。彼はアキラに声をかけた。「おいニッポ人、何するわかる？ そんで、誰これ？」

「この娘はぼくの友達――アオキさんちの娘だよ」

「その娘、連れてくる、オッケー。でもケガするなしね、ワカル？ お前たち待つ――むごうで」と言って彼は山の方を指さした。「そんで、サンダとソトマタ（訳者註：いずれもニックネーム）の奴らの笛、聞くまで待て。そいづが合図だ。今んとこは、お前ら行く前、トラックに荷物積む、手伝え、ええが？」

アキラと私はすえた臭いのする大柄でモジャモジャ頭の男に向かってうなずき、その男が突きつけたひと握りのマッチと、石油をしみ込ませた布を巻きつけた松明を受け取った。トラックに鍬やサトウキビの刈取り鎌を積み終えると、アキラと私は指定された場所まで黙って歩いていった。燃える畑を見渡せる坂の上まで来ると、アキラは隣に座るようにと地面を叩いた。すると無造作に、いつもするように私に腕を回してきた。彼の息が匂った。甘酸っぱくて、擦ったマッチの匂いみたいだった。まるで大地の深みから湧き出るように、彼の身体の奥底から漂う匂いだった。私はそれを深く吸い込んで味わいたかった。

それでも、私は何食わぬ顔をして、じっとアキラと一緒に待っていた。山から風が吹き下ろし、サトウキビは長い線を描いてざわめき、畑は波打った。私たちの落ち着かない心と身体も逆巻く風にあおられた。「もうすぐ、この辺一帯が火の海になるよ」と、アキラは息を凝らし、空いている片方の手を目の前の光景に向けて振りかざして言った。「きっとでっかい火になるよ。アルガ農園は広大だから。俺たちがおこす火なんか、ここのに比べればちっちゃなもんさ。ここの火みたいな火は二度と見ることはないよ。生きてる間はね、ヒーちゃん。生きてる間はさ」

そう言うと彼は私の顔を見つめた。熱い息を顔に吹きかけるような眼差しだった。私は自分の両手に視線を落とした。

「ホイ、ホーイ」畑のカポホ（訳者註：ハワイ島ヒロ南東にある地区）側にいた男が目の前のサトウキビに火をつけると、大声で叫んだ。あちこちの畑で笛が鳴りだした。アキラはすっくと立ち上がった。

「あれはサンダとソトマタの奴らだと思うよ。用意したほうがよさそうだ」

「ねえ、私に火をつけさせて」と、私は湧きあがる興奮を抑えながら言った。松明の柄にマッチを擦りつけるとすぐに、マッチ棒の先にボーッと炎が上がった。アキラの視線が私の顔に向けられた。すると、風が吹いて火は消えた。何がどうなったのか、わからなかった。こんなに簡単に火が消えたことは一度もなかったのに！　いつもの自信が彼の視線を浴びて崩れてしまった。

次は地面にかがみ込んでマッチを擦った。震える両手でマッチ棒の先をかこった。タバコを吸う人たちが同じように風の中でマッチ棒を顔に近づけるのを見たことがあった。私は火がつくのをじっと見守っていた。それから、身体をぐるっと回して、ついたばかりの火を松明に移した。油がしみ込んだぼろ布は燃え、どす黒い煙を吐き出した。私は煙に巻かれて咳き込み、息苦しくなった。

アキラが笑った。「ヘーイ、ぼくの火娘ちゃんはどうなっちゃったの、ハン？」

私はどこか胸の奥で小さく縮こまってしまった。その頃は、彼にからかわれるたびに、私の顔はいつも赤くなるみたいだった。彼の言うことは、それまでとは違う重みと意味を帯びるようになっていたのだ。

火つけ役たちが防火帯の隅から隅まで大声で合図を送ると、私たちに開始を知らせる笛を吹いた。「合図だよ。行こう」アキラの声がした。ずいぶん遠くから聞こえるように思えた。私は這うようにして立ち上がり、彼の後を追った。まるで私の足は泥でできていて、自分が何に支えられているのかわからない、といった感じだった。前を走っていたアキラは細い葉の茂みに松明を傾けて火をつけた。彼は立ちどまると、松明を私の方にぐいっと突き出した。「ほら、持てよ。松明を中に入れるんだ——あっちの方だよ」

私は彼が指さした方へ走っていき、風に吹かれて垂れ下がったサトウキビの銀色の茂みに松明を差し出した。葉の茂みはパチパチと音を立てたかと思うと、金線細工のように燃え上がった。乾いた穂先は松明の炎を吸いこみ、それが葉の一枚一枚へと広がった。そして、熱で小さな破裂を起こしながら、何畝も広がるサトウキビは炎に包まれた。

私がアキラの所まで戻ると、アキラは「下がって」と言って、私が近寄らないように両腕でさえぎった。「風向きが変わったら焼けちゃうよ。それに、シャツの袖と髪の毛には気をつけて」彼は私の体をぐるりと見回して大丈夫か確かめた。それから立ち止まり、私の顔から髪の毛を払いのけて目をのぞき込んだ。

ウズラやら、スズメやら、ネズミやら、コウロギやら、バッタやら、ヒキガエルやら――小動物と虫が慌てふためいて畑の中から逃げ出してきた。頭上では鳥たちが巣とヒナを守ろうとキーキー鳴き出した。鳥たちは高く舞い上がると、灼熱めがけて急降下した。私もまた、身体が火の中へ火の中へと傾いていく感覚を覚えた。

炎は空に向かって燃え上がり、うごめく長い影となって私たちの頭上を覆った。私たちは近くの丘によじ登った。

アキラと自分の息遣いが耳についた。一緒に丘の上にいる時も火をつけている間も、私はこう思っていた。踏み板を跳び越え、飛び石を踏みしめ、一気に橋を渡ったからなのだ、その途中であちこちの火の前を通り過ぎたからなのだ、と。

アキラは私の方を見て、肩に腕を回してきた。私の髪の毛に顔を埋めて息をしながら、片腕で私を引き寄せた。私はそれでもまだ物足りないみたいに、彼のシャツや首や身体に滲みついた煙としょっぱい匂いを深々と吸い込んだ。驚いたことに、私は喉の渇きを覚えた。急に恥ずかしさで内気になり、声が出なかった。

焼き畑が終わると、焼け焦げた畑からカイヴィキ小学校の裏手にあるアイスポンドまで歩いて行った。この池は近くを流れる川の一部になっていて、川は牧草地を通って谷間を抜け、村の端を流れて海に注いでいた。私たちは池で腕と脚の煤を洗い落とし、膝まで深い池の中を歩き回った。水面が私たちの痩せた身体と周囲の木々を映していた。アキラが水をかけてきた。私も水をかけ返した。涼しげな水滴が、彼の毛のない滑らかな肌を滑り落ちた。それから、指が折れるのではないかと思えるほど、互いの手をきつく握りしめた。気持ちを抑えて自分たちと自分たちの人生を守るには、そうするしかなかったかのように。

私たちは川のそばで仰向けになり、バッファローグラス（訳者註：イネ科の芝草）を噛みながら身体を陽に当てて乾かした。燃えるサトウキビの煙は風に吹かれてほとんど消え去り、空は再び澄み渡った。うとうとしかけた時だった。アキラがすり寄ってきて、顔を胸に載せてきた。私はわずかに身体を動かして、彼を両腕で抱きしめた。

「さあ、もう帰らなきゃ」と言って、彼はふたりの身体の奥深くで野火のように燃える高ぶりからさっと身を引いた。脇に放っておいたタオルの鉢巻と私の赤いセーター、それに指の別れた彼のソックスをふたりで拾い集めた。私たちはこの些細な作業をいそいそとこなし、ふたりの身体が本当に求めているものから気をそらせた。ふたりの足どりはのろく、身体じゅうに浴びた熱の重さを引きずった。私はアキラの顔を見ないようにした。耳の奥がズキンズキンと脈打った。何もかもが輝いて見えた。草の緑はこれまでになく鮮やかで、空はかつてないほど青かった。

アキラは私の手を取り、引き寄せた。私たちは西日をさえぎるほど生い茂る道端の草むらに入っていった。向かい合って膝をついた。そのまま横になった。アキラの顔が私の顔に覆いかぶさった。

ふたりの身体のほてりを冷ますところはどこにもなかった。

第五章　ミヨのお金

その夏の間ずっと、私の若い身体の奥底で炎が抑えがたく燃え続けた。ミヨはそのことに気づいていた。私に背を向けて眠っていたのかもしれないが、私にはわかっていた。寝ないで私を待っていたのだ。私が夜遅くこっそり家に帰るといつも、ミヨはしっかり目を開けていた。それがどんな感じなのかをミヨは知りたかったのに、怖かったし恥ずかしくもあったので、じかには訊けなかったのだ。

「臭うぞ」ミヨは鼻をクンクンさせて言った。獣の熱いほてりに、私の衣服の内側から漂い出る酵母菌か何か腐りかけの植物のような臭いに、ミヨは敏感になっていた。自分の身には思い描くことさえできないある種の放埓さと自由を、私の中に感じ取っていたのにちがいない。パパが死んでから、ミヨの不自由な脚は元のままになっていたので、そのせいでミヨは走ることも好きなように動くこともできなくなっていた。気をつけないと転んでしまう危険があったのだ。それに、ミヨは中学校より上の学校に行っていないことを恥じてもいた。

今のところ、ミヨの全人生は工場の売店の周辺に限られていた。たぶん、望めるとしても、せいぜい砂糖工場で働くボーイフレンド程度だっただろう。「ここから出られんのよ」と彼女は言った。自分の人生は店の狭くてわびしい通路の間で、棚に並べるために置かれた何列もの缶詰の間で、身動きがとれなくなっていると思っていたのだ。彼女の人生は、繰り返されるサトウキビの植えつけや収穫、繰り返される焼き畑、むっと鼻をつく肥料置き場、酸っぱい臭いのする用水路の泥、それに埃っぽいサトウキビ運搬道路を中心にしてぐるぐる回るだけだったのだ。

「えっ、また、どこ行くつもりよ?」私がアキラに会うために夜中に出かけようとすると、ミヨはいつも叱った。アキラと私は畑の窪みや家の裏手の暗がりに身を隠し、貯水タンクにしっかりともたれかかり、月明かりを浴びて若い身体を波のようにうねらせた。

「火遊びしとる」とミヨは言った。私がベッドにもぐり込もうとすると、ミヨは一緒に使っている掛布団を身体に巻きつけた。「気をつけな。自分が何しとるんか、わかってないんやから」ミヨはすぐに私を叱ったが、叱ることしかできなかった。

私は恥じることを知らなかったし、ママは疲れすぎて気にもかけなかった。あるいは、その種の問題に手を染めるには私はまだ幼すぎる、とママは思っていたのだろう。私は私で、ミヨの言うことなどお構いなしに、自分の人生の新たな展開をひけらかした。私は家をこっそり抜け出す前に、何度も髪にブラシをかけ、ママの口紅を塗った。それをミヨがじっと見ているのを、私はしっかりと目の端にとらえていた。口紅の減りぐあいが早いのをママに気づかれたくなかったので、たくさんは使わなかった。それでも、つける時はいつも、ミヨに見える側にはこれ見よがしに塗りたくった。

「いやに気取っちゃって」と彼女は言った。

「ひどい」ミヨの声が聞こえた。私はアキラの子を妊娠していた。ミヨの声はヒステリーに近かった。「ほんとにひどい！」そう言ってテーブルを叩いた。ミヨの言うとおりだったが、私にはどうしようもなかった。

ママは前もって私にくぎを刺していた。このことは口に出すな、ミヨには話すから、と。ママにはわかっていたのだ。ミヨは私の顔を見たら余計に怒るだけだということが。ママはミヨのお金をぜんぶ私のために使おうと考えていたのだから、なおさらだった。私にできることはせいぜい、ふたりの言い争う声が聞こえる自分の部屋の壁にもたれて、恥ずかしさに身体を丸めるぐらいだった。

「うちのお金よ。ヒロムと結婚するために長い間貯金したのに」

「あんたのお金じゃいうことはわかっとる」とママは言った。その日のママの会話は全部日本語だった。きちんと話しをするためだった。

「わかってるんなら、じゃあ、なぜ？　なんであの子に私のお金をあげんといけんの？　一度だって私に優しくしてくれたことないんよ」

ミヨは自分の立場をがなり立てた。なのに、ママはミヨがわめき散らすに任せた。最初はなぜかわからなかったが、ママはミヨの言うことには何でもうなずいているように思えた。その話し方も低い声でゆっくりと落ち着いていて、おもねると言ってもいいぐらいだった。ミヨをなだめすかすためだったのだ。私にはその光景が見えるようだった。ママはミヨの抗弁をひとつひとつ巧みにかわしていたのだ。もしミヨが私の事情に対して聞く耳をもたなければ、困ったことになるからだ。ママはミヨに協力を求めたが、結局はミヨのお金が必要だったのだ。それでも、ママはミヨがいさぎよく諦めてくれることを望んでいた。ミヨには折れてほしかったのだ。私の事情に対するママの考えをミヨが受け入れるまで、ママは一歩も引かないつもりだった。

「あんたの妹を日本へ行かせるのに、あんたのお金が必要なんよ。こんなことになるなんて、誰も思わんかったけぇねえ」と言うママの声が聞こえた。

「うそだ。あの子はわかってたはず！　あの子がアキラと出かけるたびに、私は注意したんだから。言い訳無用よ、あの子は。知らんかったとは言わせん」

ママは再び私の弁護に回った。「言い訳できようができまいが、ママが言いたいのはこういうこと。しかたがないの。そうなってしまったの、もう決まり」

「で、あの子をこのまま行かせるん？」

私にはママの思いがよくわかった。ふたりの娘が自分の元に戻ってくるように、また家族が、どんな家族であれ、私のことでバラバラにならないように心を砕いていたのだ。そのために、ミヨには言いたいことを言わせる必要があったのだ。私があやうく家を焼きそうになった時は別にして、これほど毅然としたママは見たことがなかった。

それでも、ミヨは自分の立場を主張し続けた。「うちはどうなるん？　うちも結婚したいんよ！」

「あんたはまだ若い、結婚はあとでもできるけぇ」

「うちは一生……結婚は諦めんといかんのよ、あの子のために。なんで？」

ミヨはヒロム・オオウチと一年ほどつき合っていた。ふたりは日本の映画を観に町の映画館へ行ったことがある。ヒロムはミヨをヒロのカウンティ・フェア（訳者註：郡の農業祭）に連れていったことがあるし、家の裏庭に咲いていたアンスリウムの花をミヨに持ってきたこともあるし、ミヨにキスしたこともある。彼はまれにうちに来ることがあったが、そんな時はいつもデブのオバタが一緒だった。だから出かけるときは、ミヨは車のベンチシートでふたりに挟まれて窮屈に座らなければならなかった。

　ヒロムはヒロ製糖工場でサトウキビの圧搾機を見張る仕事をしていて、ワイナクストアに頻繁に通っている間にミヨに会ったのだ。彼もミヨもほとんど教育は受けていず、ふたりとも家計を助けなければならなかった。だからこそ、ふたりは似合いだとミヨは考えていた。とりわけ、こどもが産まれたら、自分たちが受けられなかった教育を受けさせようと決めていた。そういうことをふたりはすっかり計画していたし、それが多分ミヨにとって人生を変える唯一のチャンスだったのだ。

「これはどういうこと？　うちのお金やろ？　学校やめて働いてるんは、うちなんよ。だから、みんなごはん食べられるんやろ？」

　ママとミヨが言い合いをしている間、私はふたりの前に出て、手を差し出して許しを請いたかった。特にミヨの許しを。それでも、自尊心がそうさせなかった。私の心の奥には、こんな事情になっても潰れない頑《かたく》なな固い芯があったのだ。

「なんでアキラはヒーちゃんと結婚できんの？」とミヨが訊いた。

「結婚？　ふたりは若すぎるんよ。ヒーちゃんは十五になったばっかり。妹がかわいそうや思わんの？　あのね、ヒーちゃんのせいばかりじゃないの。しょうがないんじゃけぇ。パパはね、うちとタケタさんとこは家族みたいに思うとったんよ。けどね、こがいなことになったら――まあ、ぜんぜん別問題なわけ。誰も責められんのよ」

「それにしても、あいつはどういう奴なんよ？」

「さあね。言えるこたぁ、結婚できんのなら、ヒーちゃんはね、カイヴィキにゃあおられんってことじゃ。どこかよそに行かせにゃならんのよ」まるで、考え抜いた結果みたいな言い方だった。昔の自信にあふれたママみたいだった。「世間は残酷なもんよ。それに、ヒロは狭い町じゃけぇ。陰で噂されるにきまっとる。そんなん、ごめんじゃけぇ。東京にいる兄さんのシイチと奥さんのハルエに手紙を書いて、しばらくヒーちゃんを預かってくれんかと頼んだんよ。パパだってそがいにしたと思うんよ。あの娘を助けるためにね。後で戻ってこれるし。その頃にはきっと世間の人も忘れとる思うんよ」

「うちには選びようがないみたいやね！」とミヨは諦めて言った。そう言うと彼女は椅子を押し戻したが、わざと床をきしらせた。すっかり機嫌を損ねていたのだ。「どうぞ、うちのお金を持ってけば。あの子にあげたらええわ！」

ママとミヨの長い話し合いから間もなくして、ママの兄のシイチ伯父から急ぎの手紙が届いた。

……まことに申し訳ない。ヒーちゃんに来て欲しくないということではなく、この時期に来るのは賢明ではないと思うからです。日本は中国と戦争中で、噂によると、もっと大きな戦争になるらしい。アメリカともどうなるのかわからない。食べ物もほんとに乏しい。残念だけど、うちには余裕がない。ヒーちゃんはこんな苦労には慣れてないだろうし。……

同じ日、ママは返事を書いた。

どうかヒーちゃんを預かってください。あの娘はここでは生きていけないのです。あの娘には恥を耐え忍ぶことはできないでしょう。あんな身体をした若い娘がどうなるか、わかるでしょう。日本ではきっと大丈夫。誰もあの娘のこと知らないのですから。兄さんとハルエさんに生活費として毎月必ずお金を、それにできるかぎり食料と服も送ります。仕送りはきっとそちらの役にも立てると思います。……

シイチ伯父は不安ながらも同意した。

日本へ行く前に、私とアキラはもう一晩密会を試みた。近所に住むクラスメートのレスチチュート・アルバオにこっそりと手紙を預け、学校にいるアキラに手渡してもらった。こんな急ぎの手紙のやり取りによって、アキラと私は双方の家の間にある浅い溝の近くで会う約束をした。アキラはヒロへ行くのに、私たちみたいにハワイ郡スクールバスには乗らなくなっていた。誰も気づかないうちに、父親に車で送ってもらっていたのだ。だから、ふたりが会える唯一の機会がなくなっていた。私はまだヒロ中学校へ行っていたし、アキラは通りの向いにあるヒロ高校へ行っていた。ふたつの学校を隔てているワイアヌエヌエ通りは、とても渡れそうにない大きな川のように思えた。

その夜、約束した場所に着いた時は、星も三日月すらも出ていなくて、すでに暗かった。空き地の角で小さな焚き火が燃えていた。そこにアキラの影が見えた気がして、抱きつこうと思って走り寄った。驚いたことに、陰から出てきたのはアキラの父親、タケタのおじさんだった。冷たい空気の壁を顔に浴びせられたように、私はたじろぎ、後ずさりした。

「お前は、お前は」タケタのおじさんは額をぬぐって私の目をまっすぐ見据えると、ゆっくりだが荒々しい日本語で言った。それから、私の顔に向けて指を振ると、口からつばを飛ばしながらわめき散らした。おじさんは手の甲で口のあたりをさっと拭うと、こう言った。「お前のせいで息子を見張らにゃならん。お前のせいで息子を押さえつけて木に縛りつけにゃならん。お前のせいで、あいつがしゃべれんように、さるぐつわをかませなゃならん。お前のせいで、あいつはわしを嫌うようになった。おかげで、わしがどがいな気持ちか、お前にわかるか？　どうじゃ？」おじさんは私の顔に迫ってきた。すると、言葉では言い表せないような苦痛に顔をゆがめて、こぶしで胸を叩いた。「わしがどがいな気持ちか、わかるか？」おじさんは繰り返し訊いた。私は唖然として、おじさんの険しい顔を見つめるばかりだった。

「家族同士で話し合いをした時に、お前の母親にゃ言うとる。お前らふたりは二度と会わんことにする、と。それで話はついとるんじゃ。なのに、お前は決まりを無視してわしに逆らいよる。えぇか、息子がお前に会いに行くぐらいやったら、あいつを縛りつけるほうがましじゃ。一生でもかまわん。わかったか。もう二度とあいつにゃ会うな。うちの辺にゃ来てもらいとうない！」

「でも、これはアキラの赤ちゃんよ」

「わしの知ったことか。アキラもじゃ」

「なんでそんなこと言えるん？」

タケタのおじさんは背中を向けて私を無視した。低い声でブツブツと言う、うなり声にも似たくぐもった声が聞こえた。「お前とお前のバカな火なんぞ」

近くの古いフトモモの木で物音がした。アキラが縛られていた。口をふさがれた布越しにもぐもぐと何かを言ったが、顔は見えなかった。私が立っていた明るい空き地から見えたのは、彼の両手いるのが見えた。

だけだった。縛られたロープの下で両手をバタバタさせていた。両手首をひねって木を叩きつけて

「アキラ！」私はそう叫ぶと、飛び出した。

タケタのおじさんが素早く割り込んできて、私をさえぎった。「いかん」とおじさんは言い、その場で私の行く手をはばんだ。「頼む……」と、まるで私に向かって祈るように、おじさんは挙げた両手を固く組み合わせた。「わかってくれるよの。わしらのこたあ、そっとしといてくれ」

その出来事があった後、きっとアキラは会いに来てくれるものと思っていた。しかし、何の連絡もなかった。数日経った頃、スクールバスを降りると、高校へ歩いていくアキラの姿が見えた。彼の気を引こうとして、私は腕を挙げて必死に振り回した。気づいたかどうかわからなかった。アキラは私の身体を、まるでガラス越しみたいに、透かして見ているように思えた。それに、彼の顔は私のお天気神様の人形みたいに無表情だった――私のてるてる坊主、てる坊主――両目がないのでどこも見えない、何も見えない。

浜辺にはたくさんの火がある。パパが教えてくれた魚の背中やヒレの火、海岸線にちらつく火。それだけではない。

潮が寄せては返す波間の白い砂の中で、光が虹色の蛍みたいに動き回る。その火のきらめきを両手ですくい取り、走って父に見せに行く。そのちっちゃな光の斑点は、父のところに届く前に、たいてい水と一緒にこぼれ落ちてしまう。だから何度も行ったり来たりしないといけない。最初は波打ち際まで、それから父が座って待っている砂山まで。たまに父の目が

濡れていることがある。まるで、とても疲れていて、身体の中が波で洗われているみたいに。こんなに楽しいのに、どうして父は悲しいのか、私にはわからない。

「手の中のお星さまを見て！」死んだ海の生き物の骨が発する燐光が、まだ手のひらで光っているうちに父のところまでうまく運ぶことができたら、そう言うのだ。父は私の頭をポンポンと叩くと、青い火の光の斑点をのぞき込み、それから頭をそらせて笑う。銀色の歯が口の中で泳ぐ魚のようにキラキラしている。

私はプレジデント・クーリッジ丸でハワイから神戸に向けて旅立った。一九四一年、十一月初めのことだった。

第二部　東京　一九四一年十一月——一九四五年三月

一切の感情は苦なり。

——仏陀の教えより

第六章　新しい家族

出航して八日目のことだった。一羽の黄色い蝶が私の寝棚の上をひらひらと舞った。その蝶は船中に閉じ込められたまま、故郷のバイカウツギの生け垣からも、柔らかい陽光からも、風の浮力からも、頭状花からも、はるか遠く離れてしまったのだ。こんな話がある。蝶になった夢を見たのに、自分は人間になった夢を見ている蝶なのではないかといぶかる中国人の話だ（訳者註：『荘子』の故事「胡蝶の夢」）。同じように私も、自分がどちらなのか測りかねていた。すると先の蝶は羽をたたんで、私の頭上で天井から逆さまにぶら下がっていた。私はあの蝶なのだ、と思い始めていた。絶え間ない波のうねりに合わせる羽の動きを感じていたし、羽を広げるその度に、波が私を深い深い眠りの中へと、あるいは、愚かな私には思い描けぬ遠い遠い夢のような未来へと運んでいった。まもなく波はおさまった。私は最初の火を越え、海を越え、何か別の夢の中に、別の土地に来ていた。海は六月の夕暮れのヒロ湾みたいに穏やかだった。すると黄色い蝶はいなくなっていた。舷窓からのぞいてみると、紫色の本州が薄暮の水平線にぼんやりと浮かんで見えた。早朝に下船の予定だった。

船が陸地に近づくと、実際はまだずっと遠かったけれど、喫水《きっすい》の深い船が停泊する港の臭いがしてきた――ディーゼル燃料や腐敗した下水や腐りかけの魚や海藻があふれ、それらが混ざり合って空気はすえた臭いがした。私は後まで残る臭いに身がすくみ、口いっぱいに出ていた唾液を飲み込んだ。船の進行は緩慢だった。港へと向かう水域はかろうじて航行可能だったのだ。というのは、タグボートや平底船や帆船や軍用輸送船、それに私が乗っているような遠洋航路船が進路を競っていたからだ。

早朝のまだ暗い内に、私はほかの人たちの後についてタラップを降り、入国審査を済ませ、桟橋の送迎用デッキで待っていた。何もかもが大きく見えた。私は薄手の白いドレスと麦わら帽子という場違いな格好をしていた。厳しい冬の気候には不向きだった。刺すように冷たい風をあまり防いではくれなかった。旅の身支度をしてくれた時、ママは日本の十一月がどれほど寒いかを忘れていたのだ。何日も鏡を使っていなかったので、私はみすぼらしく、やつれ、憔悴した顔をしていたにちがいない。体重は落ち、八日間も海に出ていたので身体はまだ揺れているようで、細くて青白い華奢な身に寒さが滲み、もはや燃え尽きたマッチ棒みたいにげんなりしていた。体温はあっても十分ではなく、身体の中のいちばん小さな火すらも灯せず、いささかの温もりも安らぎも与えてはくれなかった。八日間、私は狭苦しい寝棚の中で震えていた――家が恋しかった、寂しかった、惨めだった――それに、朝になるとひどいつわりに苦しんだ。そんな弱った身体で、赤ちゃんは大丈夫だろうかと心配だった。

シイチ伯父とハルエ伯母は、その日の朝、私を出迎え、そのまま東京まで連れて帰る予定だった。そのためには、前の日に東京から来て、一晩、旅館に泊まらなければならなかった。私は待つようにと言われていた場所から動かないようにした。寒さの中でじっと立っていると、まわりの人たちはみんな真剣な面持ちで動き回っていた。人だかりの中に外国人はほんのひと握りしかいなかった。軍用輸送船を下船ないしは乗船する若い兵士たちが、肩にライフル銃を背負い、身体に合わない皺だらけのカーキ色の軍服に巻きゲートルと軍帽という姿で、私の前を押し合うようにして通り過ぎた。真剣な顔つきの日本人青年たちは皆とても若く、なめらかな肌、輝くような黒い目、それに穏やかな口元をしていた。拡声器ががなり立てていた。ノッテクダサイ！　マンシュウコク！近くに座っていた兵士たちが雑嚢《ざつのう》を持ち上げ、整列して満州行きの汽船に乗り込んだ。どの兵士もアキラに似ていた。一人ひとり引き止めて、その顔を両手で包んで自分の顔に近づけ、陽の当たる葉っぱや濡れた草のようなアキラの温い息を嗅ぎたかった。生い茂る草花のような息を。

あのような光景は見たことがなかった――何百人もの人間が動き回っていたのだ。ちゃんと言われた場所で待っているかを確認するために、ママが書いてくれた説明書きを何度も取り出さなければならなかった。怖くなってきた。誰も来なかったらどうしよう？「プリーズ。タスケテ　クダサイ」と言って、私は人の気を引こうとした。「オリタ　バカリ、アソコノ……」と言って、私は乗っていた船の方を指さした。じろじろと疑わしそうな目で見られたが、誰も応えてはくれなかった。きっと私は奇妙な姿に見えたにちがいない――日本人なのに背が高くて真っ黒く日焼けしていた――ほとんど誰にもわからない言葉を喋っていたのだ。

どこからともなく、背の高いひょろりとした男の人が現れて近づいてきた。黒いスーツと短いウールのコートを着ていて、泳ぐように動かす手足がぐにゃりとした操り人形みたいだった。三十代後半か四十代前半といったところで、ちょうど伯父の年格好だったが、自信はもてなかった。ただ、近づいてきたその人は、わずかだが見覚えのある不自由な足をしていた――ミヨと同じ障害だ――それに、人ごみの中で見え隠れしている時から、その人はママによく似ていた。間違いなかった。ママと同じように背が高いので、歩くと前かがみになっていたのだ。ママによると、お兄さんは少し英語がわかる。そのつながりだけでも、私はほっと安心できるのだった。

「シイチ伯父さん？」と私は大きな声で言った。

その人の後ろには赤ん坊をおぶった女の人が立っていた。首のあたりに巻き髪を結っていて、小柄で顔は丸く、きつい表情をしていた。私が伯父に向かって声をかけるや、その人は首を回してまわりの人たちの反応をうかがった。たぶん私の声が大きすぎたのだろう。私が見ていることに気づくと、その人は顔をそむけて目を落とした。

「そうだよ」と伯父は言った。堅苦しくお辞儀をしてから上げた顔には、安堵の笑みが浮かんでいた。私はすぐに安心できた。「で、お前がヒーちゃんだね。いらっしゃい」私は伯父の言葉ひとつひとつを聞き取ろうとして、注意深く耳を傾けた。

伯父家族と初めて会う時のために、ママが礼儀正しい挨拶を教えてくれていたし、ママを相手に何度か練習もしていたので、私は伯父のお辞儀にぎこちなく返礼をした。顔を突き出し、あごを前に出してこう言った。「わた……くしはご厄介になり……お初にお目に」ひどい日本語でしどろもどろだった。

伯父の笑顔が大きくなった。知らない人の笑顔を見て、この時ほど気持ちが和らいだことはなかった。その時、ふと気がついた。小さいころから、伯父の顔はいかめしい写真の中でずっと見ていたのだ。それはママがベッドの上の壁に鋲で斜めに留めている写真だった。写真では伯父は険しい表情をしていたが、実際は全然ちがった。私はすぐに伯父が好きになった。

「ヒーちゃん、こっちはハルエ。伯母さんだよ」シイチ伯父は後ろを振り返り、灰色の着物を着た背の低い女性のほうに軽く合図をした。私もその女性にお辞儀をしたが、その人は何も言わないし何もしないので、握手をしようと思って手を差し出した。ところが、途端にばつの悪さを感じた。その人は私の差し出した手を前にして、後ずさりしてしまったのだ。「赤ん坊はユキちゃんって言うんだ」とシイチ伯父は続け、妻の背中で寝ている子の頭をポンとやさしく叩いた。「それから、後ろにいるのがサーちゃん」

赤子の妹をおぶった母親の背後の人込みの中から姿を現すまで、女の子の存在には気づかなかった。その娘はおかっぱ頭で、かすかにおざなりな会釈をすると、髪が顔の両側にばさりと垂れ下がった。その時、その娘が母親にもごもごと何かを言うのが聞こえた。「……すごく背が高い……すごく黒い……」しかし、私にははっきりしない言葉もあった。私とは対照的に、サーちゃんは小柄だった。彼女が振り向いて父親に何かを言おうとすると、父親は聞こえるように屈み込まなければならなかった。

伯父はほかのいとこについて話し始めた。男の子ばかりだ——ノリオにイワオ——ふたりとも私の新居となる家でみんなの帰りを待っていた。ところが、私は半分うわの空だった。というのは、ハルエ伯母の背中で寝ている不器量な赤ん坊に気を奪われていたからだ。お茶わんみたいな髪型とふっくらとした赤いほっぺはかわいかったが、私は自分の子がそれほど不器量ではないことを密かに祈った。アキラとの赤ちゃんはこの子より少しだけ遅い生まれになるのかと思うと、驚きを抑えられなかった。この子は伯父伯母の「遅くにできた子」にちがいない。ママがそう言ったことがある。ほかの子たちは——サーちゃんもノリオもイワオも——歳はずっと上で、私の年齢に近かった。ハルエ伯母はママと同い年ぐらいなので、伯母は私の母親であってもおかしくなかった。

「で、船旅はどうだった？」と伯父が訊いた。

私は乏しい日本語で口ごもりながら言った。「大丈夫、だったと思う……でも、船酔い、なった」

「え、本当？」サーちゃんが澄ました顔で言った。「船には何度も乗ったけど、酔ったことは一度もない」言いたいことはよくわかったが、私は何も言わなかった。サーちゃんがそう言った後に、ぎこちない沈黙が続いた。

その頃には、私たちはハルエ伯母の後に続いて——シイチ伯父さえも——一列になっていた。ハルエ伯母はまるで戦場の軍曹みたいに私たち小隊を率いた。伯母は伯父の後について歩くということはなかった。日本の女性はそうするものとばかり思っていた。ハルエ伯母は決然とした統率力でもって、毅然たる態度で群衆の中に分け入り、私たちを手荷物預かり所まで率いていった。私は中に入って通関手続きを済ませた。

私が戻ってくると、伯父は待ち切れなかったように尋ねた。「それで、お母さんは元気かい？」伯父は荷物を積んだ棚まで行き、大きな荷物は自分で持ち、小さな荷物を私に手渡した。伯父のがさがさした両手が私の手をかすめた。重労働をする人の手だった。「会いたいなあ。いつも楽しい子だったよ」と伯父は言ったが、急に顔が曇った。「お父さんのこと、本当に残念だったね。亡くなった時、お母さんは本当につらかっただろうね。仲の良い夫婦だったから」

シイチ伯父の言葉の何かが気に障り、ハルエ伯母はきつい表情をしてこちらを振り向いた。ずっと前にママがパパと話しているのを聞いて、思ったことがある。ママのお兄さんは見合い結婚で、必ずしも幸せな結婚ではなかったのだと。でも、私はまだ小さかったので、理由など気にならなかったか、あるいは、きちんと聞いていなかったかだろう。だからその時は、伯父夫婦の事情を断片的に聞いて推測をしたにすぎない。ただ、こう思っていた。どうもハルエ伯母が私の母に嫉妬していたことに関係があるんじゃないかと。一度パパから聞いたことがあるが、パパはママと出会う前にハルエ伯母と知り合いだったそうだ。ということは、パパがハルエ伯母をハワイに誘わず、その後ママに結婚を申し込んだので、そのことを恨んでいたのだろうか。ただ、その時すでにハルエ伯母はシイチ伯父と結婚していたはずだけれど。私が見ていることに気づいたハルエ伯母は、ぎらついた目で私をにらみ返した。

私はまた歯をカタカタ言わせていた。「すごく寒い、船の旅……」私は適当な言葉をさぐった。言いたいのはこういうことだった。私が寒いのはアキラを失い、月のめぐりを失い、母と姉のやさしさを失い、自分の子ども時代を、娘らしいふくよかさを、私の火を、髪の毛にからむ草の葉を失ったからだ。それに今は、新しい伯母が怖かったからだ。私はその伯母の後ろを不格好なバッグを持ってとぼとぼと歩いていたのだ。

「あんたみたいに長い船旅はしたことない」とサーちゃんは言って、再び私をさえぎった。「でも、船にはいっぱい乗った」そう言うと彼女はぷいと頭をそらし、あごまで長いおかっぱの髪を大人ぶって振り払った。「それに、一度、船で広島まで行った。そうよね、お父ちゃん?」彼女は返事を期待して父親のほうを向いたが、父親は娘の言うことを聞いていなかった。「うちは船酔いをしないって、みんな言ってた」

私は笑みを浮かべたが、何も言わず、この娘が好きになれるだろうかと考えていた。サーちゃんは私をつま先から頭までじっと見てから、鼻であしらうようにつんと顔を上げた。もういい、という合図だった。

歩き始めて間もなく、私たちは桟橋の道路側まで来ていた。通りには奇妙な自動車がたくさん走っていた。見たことのない型の車だった。人々は列を作ってタクシーを待つあいだ、寒さの中で互いに体を押しつけ合っていた。奇妙なことにタクシーは蒸気で走っているみたいだった。

「歯のカタカタを止めなきゃいかんね。でないと、病気になるよ」とシイチ伯父は私を見て言い、自分のコートを差し出した。確かに、その通りだった。私はこんな寒さは経験したことがなかった。「ほら、これを着なさい。ハワイとは大違いだよね」うなずいた私は希望の明かりが灯るのを感じた。明らかに伯父は私のことを心配してくれていた。これは思いもよらぬ、しかし、うれしい驚きだった。

ようやく配車係がタクシーに案内してくれた。伯父は私のスーツケースをタクシーの屋根に縛りつけると、私のために後部ドアを開けてくれた。

「待って」そう言うと、サーちゃんは私より先に乗り込んで奥の窓際に座った。

「サーちゃん、ヒーちゃんはお客さんなんだよ」と伯父が言った。

「お母ちゃんがそうじゃないって言ったもん」

「なに?」

「その子はお客さんじゃないってお母ちゃんが言ったの。みんなと同じように働かなきゃいけないって」

「もういい！今日はお客さんなんだ」

「放っといて」とハルエ伯母が割り込んだ。

「オジサン、ダイジョウブ　ダカラ」と私は英語で話しかけた。これがサーちゃんと母親の怒りをさらに買ったにちがいない。見合わせたふたりの顔を見てそう思った。

サーちゃんは一旦は面食らったように見えたが、すぐにもち直して、まるで私が言ったことを理解しているかのように振舞った。その応答が驚くほど的確だったのだ。「じゃ、いいわ」と彼女は言った。「あんたは真ん中に座れば、あたしの横」

タクシーの排気ガスは薄かったが、それでも私は気分が悪くなった。開けた窓側に座れば楽だっただろう。しかし、この新しい家族の機嫌を損ねたくなかったので、私は腹立たしい気持ちと口を抑え込んだ。これはいついかなる時も、私には容易なことではなかった。

神戸駅でタクシーを降りて、そこから東京行きの汽車に乗った。途中、たくさんの駅に停まった——名古屋、豊橋、静岡、横浜——名前を知らないほかの町にも。東京に着くのは午後遅くになるとのことだった。

戸惑ってしまった。細かい埃、石炭や便所や車内販売の臭い、固い座席、押し合う身体、じろじろ見る目、乗り合わせたまだ若そうな兵隊たち。薄茶色の軍服を着た彼らは、物静かだが真剣な面持ちで、整然と座席に座っていた。どこに行くのだろう、と私は思った。

その頃には、私の白いサマードレスは煤で縞模様になっていた。空腹ではあったが、何も言わなかった。もう自分の家にいるわけではないし、自分に何が許されるのかもわからなかったからだ。それに、構ってもらえないことにも慣れていなかった。汽車の中ではサーちゃんとハルエ伯母と私が同じベンチ座席に窮屈に座った。またサーちゃんが窓側で、私をはさんでハルエ伯母が通路側に座った。汽車は込み合っていた。あれほどたくさんの人間は見たことがなかった。しかも、みんな日本人なのだ。

ようやくサーちゃんとユキちゃんに煎餅でわずかな食事をさせた後で、ハルエ伯母は残りを私にくれた。その時は伯母と目を合わせることができたので、私は笑顔を作ってみせた。伯母も無理に笑顔らしきものを返そうとしたが、さっと向きを変えて通路を隔てた反対側の窓の外を見やった。汽車は蛇がすべるように平坦な田舎を走り抜けた。私は自分の席から景色をじっと眺めていた。刈り取りの終わった広い田んぼ――片づけも終わり、霜が降りるのを待っていた――浅い小川、わらぶき屋根の煙突から出る煙、落ち葉や茂みを熊手で掻《か》く人たち、弟や妹をおぶった小さな子どもたち。カタンコトンという単調な響きに、幼いころに聞いた母の声が重なる。オイデ、オイデ。ダッコ、ダッコ。

やっと東京駅に着いたかと思うと、またタクシーに乗った。再び私はサーちゃんと伯母とユキちゃんの間でぎゅう詰めになった。座席の下で脚を組まなければならなかったし、石炭が燃える熱と臭いの息苦しさに、もう一度耐えなければならなかった。それに、サーちゃんは身体が小さいのに場所を取りすぎた。私が少しでも身体を寄せると、必ずサーちゃんは身をくねらせた。だから、私は身体を引かざるをえなかった。

サーちゃんのことは無視することにして、私は街の様子をしげしげと見つめた。どちらを向いても人が溢れていた。しゃれた通りに立ち並ぶ壮麗な外観のビル群の前を通り過ぎた。一帯が石造りの建物ばかりの地区もあった。正面の構えに近づきがたさがあったので、政府関係のビルのようだった。中には家畜小屋みたいで場違いな建物もあったが、時間をすり抜けてきたような古い建築物もちらほら見えた――重厚な門構えの巨大な寺院や大邸宅で、石造りの高い塀と大きな堀に囲まれていた。いちばん目を引いたのは、いたるところに飾られている日の丸の旗だった。

突然、運転手はタクシーを道路わきに寄せた。

「え？ どうしたんですか？」シイチ伯父が訊いた。

「もっと石炭を入れないと」と運転手は言った。待っている間に、目の前を軍隊の護送団がゴーゴーと音を立てて通り過ぎた。十台以上のトラックが、油が燃える汚い煙を吐き出していた。

「最近、兵隊を見ることが多くなったよ」伯父は事もなげに言った。近くでは、歩行者たちが立ち止まって小さな旗を取り出して振っていたし、旗を持っていない人たちは、トラックが通ると道路の端に並んで頭を下げていた。

タクシーはさらに走り続け、あまり裕福そうにはみえない地区にやってきた。そこには安っぽい単調な二階建ての家が立ち並び、低い平地にひしめき合っていた。こんな竹や泥や木や紙でできた燃えそうな家を、ママだったら「ビスケット箱の家」と呼ぶだろう。色合いは地味で、窓の四角い透明ガラスだけが光を放っていた。東京は故郷のハマクア海岸の丘陵地にうねる緑のサトウキビ畑とは似ても似つかない所だった。何もかもが荒涼としていた。

混雑した狭い街路には、自動車や自転車や人力車が行きかう中、着物姿の労働者や店員があふれていた。私たちが乗ったタクシーの運転手はその間を縫うように巧みに走り抜けた。運転手が見事にハンドルを操作している間、私は伯母さんの疲れた顔をのぞき込んだ。バックミラーに伯母さんの丸顔が現れては消え、また現れた。前方に広がるのは、明るい色ひとつない侘《わび》しい光の海。何もかもが灰色、暗いブルー、黒、それに茶色。憔悴し、生気は失せていた。

まもなく家に着くものと思っていたが、伯父はかがみ込んで右側を見てから運転手に、私の推測するところでは、こう言った。「ニホンバシで停めてください。スミダショウテンガイに行きたいので」

「なんで今、あそこに行かなきゃならないの?」ハルエ伯母は身を乗り出して眉をひそめ、運転手とシイチ伯父の間の前部座席の背をつかんで訊いた。

「ヒーちゃんに上着がいるんだ」

伯母は顔をそむけて黙り込んだ。

タクシーは小さな絹屋の前で停まった。そこは小さな文房具店と食器店に挟まれていた。窓側に座っていれば、きっと建物に手が届いたにちがいない。それほどタクシーは狭い街路で建物の近くに停車したのだ。タクシーが停まると、シイチ伯父はサーちゃんと私に一緒に来るようにと合図した。ハルエ伯母にも目を向けたが、伯母は首を振ってあごを上げ、目を合わせなかった。

玄関の真上にある黒っぽい松の板に、フランス語と英語と日本語で「ル・スワ・ブティック ザ・シルク・ショップ　絹屋」と店名が刻まれていた。伯父がカーテンを分けて中に入ると、鈴が小さく鳴った。高い天井、古い黒ずんだ糸杉の板張り、それに松材の飾り細工の明るい木目のせいで、店の中には優雅なきらびやかさがあった。しかし、その洗練さに反して、店内は客もいないし品物もなかった。

「いらっしゃい!」店内の優雅さにふさわしい落ち着いた物腰の高齢の女性がそう声をかけると、あざやかな紫の着物姿ですべるように近づいてきた。「お久しぶりです」と、その女性はシイチ伯父に声をかけた。

「お久しぶりです、キマタさん」と伯父は言うと、深々と頭を下げた。

「本当にお久しぶり。どうぞお入りになって、こちらへ、こちらへどうぞ」と言うと、その女性は私たちに座布団に座るよう促した。床に腰を下ろすと、両足をどこに置けばよいのかわからなかった。それでも、このお針子さんの話す言葉についていけたのがうれしかった。彼女はこれまで出会った人みたいに早口ではなかったからだ。その話し方にはどこか物憂い感じがあった。たぶん、この人の話し方は静かな物腰を特徴とする生業《なりわい》に由来しているのではないかと思った。その落ち着きは上着やズボンや着物に仕立て上げる上質な絹の生地に特有のものだったからだ。

「ハルエさんはどこ？」と彼女は尋ねた。

「タクシーの中よ」サーちゃんが答えた。

「あら、あなたがサーちゃんね」キマタさんはサーちゃんに軽く会釈をした。「タクシーまで走って行って、お茶でもどうぞって、お母さんに言ってくれない」

サーちゃんは天井を見上げた。それを見て私は決めつけた。この子は気に入らないことを言う人には誰にでも意固地になるのだと。

「ほら」とシイチ伯父は促した。「聞こえただろ？」サーちゃんは立ち上がり、口を固く結び、床をドンと踏みつけるみたいに右足を上げると、素早く身をひるがえして出て行った。

「で、こちらは誰かしら」と店の女性は私の方に振り向いて言った。

「姪のヒーちゃん。妹の娘です。うちに住むことになったんです」

「住むって、今？」キマタさんは怪訝《けげん》そうにシイチ伯父を見た。「まあ、ひどい時に」私が何も言わないので、彼女は伯父のほうを向いて話題を変えた。「それで、シイチさん、ご商売のほうはいかが？」

「一九三九年に売却しなきゃなりませんでした」伯父はかすかに肩をすくめた。「中国との戦争が始まって二年目でした。ハルエにも私にも段々と状況は悪化しましてね。だから、お宅から絹を買うのをやめたんです。今はふたりとも政府機関の仕事をしています。私は靴の縫い合わせ、ハルエは綿で縫製をやってます」

「どうされたのかなって思ってたんですよ。いろいろと変わってしまいましたからね」キマタさんは店の殺風景な棚に目をやった。「大きな戦争が始まるっていう噂です。みんな怖がっています。これから先、いつまで店を開けていられるかわかりません。今は従業員はたった一人なんです。以前は十人もいたんですよ」彼女は奥にいる人に声をかけた。「アッちゃん、お茶をお願い」

「はーい」と女の人が甲高い声で答えた。

その声に続いて、サーちゃんがひょっこり戻ってきた。走ったために息を切らせていた。「お母ちゃんは入りたくないみたい」と言った。「タクシーの中で待ってるって。疲れたって言ってた。

キマタさんには、お構いなくって」そう言うと、お茶と菓子を受け取るためにサッと座った。

「それで、ご用は?」キマタさんが伯父に尋ねた。

「ヒーちゃんの上着を買いに来たんです。この子はこの気候に合う服を持ってないもんで」

キマタさんは用心深く湯飲みを置くと立ち上がり、席を外した。部屋の奥の壁際に据えた大きなタンスから和服の上着を取り出し始めた。一枚一枚きちんと重ねられ、桑や麻やミツマタ製のふわふわした手漉《てす》きの紙に包まれていた。彼女は何着かを持ち上げては広げてみせた。まるで入念な儀式でもしているかのようだった。虫食い予防のため、一枚一枚に樟脳のツーンと鼻につく臭いが漂った。私は唾をごくりと飲み込み、吐きそうになるのを抑え込んだ。

「わあっ」上着が引き出されるたびに、サーちゃんは口をあんぐりと開けて声を上げた。

キマタさんが持ってきてくれた上着に触れると、上質の絹が私の指の間をすべり落ちた――虹色に流れ落ちる滝のような鳥や葉や花や蝶の絵柄――外の風景にはない色彩が、まるで人の生活を明るくするために、これらの衣装に寄せ集められたみたいだった。

「このお嬢さんみたいな若い娘には赤がいちばん似合うわ」とキマタさんは言った。

「ええ、そうですね」と伯父は言い、赤い上着を手に取った。まるで重さを計っているかのようだった。

キマタさんと伯父が選んでくれたものを有難く受け入れる気持ちではあったが、私としては青いほうが好きだった。でも、どれが好きかと訊かれなかったので、この買い物には口出しできないものと思った。

「少しお金……ある」と言ったが、私の日本語はおぼつかなかった。「上着……ちょっと払える」

「アメリカのドルは取っておきなさい。上着の支払いは私が。これは歓迎のしるしだよ。心配いらない。絹は高くないから」と、シイチ伯父はキマタさんに聞こえないようにこっそりと言った。それから声を上げて言った。「さあ、新しい上着をきてごらん」

私は上着にそでを通した。すると、絹が冷たい水のように身体をさらりとすべり落ちた。キマタさんが隅っこの棚から姿見を持ち出して、私の前に据えてくれていた。私のお腹はまだ目立っていなかったので、新しい上着はよく似合ったが、いちばん驚いたのは自分の顔のほうだった。ハワイを離れて以来これほど近くで顔を見たことがなかったからだ。きれいだったし大人になっていた。身体は細かったけれど、鏡の中の自分の姿に見とれてしまった。もしママが私を見たら、しかも私のような境遇の者がこんなに着飾っているのを見たら、いろいろと言いたかったことだろう。じゃけぇ、あんたは厄介なことになるんよ！

「お父ちゃん、あたしも上着ほしい」とサーちゃんが言った。「あれと同じみたいの」

「お前はいっぱい持ってるじゃないか。それ以上はいらん、わかった？」

「でも、ヒーちゃんのみたいにきれいじゃないもん。ヒーちゃんがお金払うんだったら、私の買えるでしょ？」

「サーちゃん、そういうことは許さんよ。今日だって、一緒に行きたいっていうのはわがままで、余計なお荷物だったんだから。お金は注意して使わないと、ね。」

サーちゃんはふくれっ面をして立ち上がると、くるりと向きを変え、さよならも言わずにキマタさんの店から怒って出て行った。

「娘の無礼、申し訳ありません」サーちゃんが出て行くと、シイチ伯父は言った。

「大丈夫よ。今の時代、若い子たちには難しいんだから」

「ええ、そうですが、言い訳にはなりません」シイチ伯父はため息をつくと、私のほうを見た。

「もう帰らないと。ハルエが待ってる」

シイチ伯父とキマタさんは互いにいとまごいをした。伯父がお針子さんにさよならを言うと、それぞれが近い将来の再会を誓い、それから、こんな時だからと互いの健康を願った。

「この上着、ほんとにいい？」タクシーに戻る途中、私はまた訊いた。

「うん」と伯父は言った。「暖かくしなきゃ。それに、絹は綿よりずっと安いんだ。誰も日本の絹は買わないんでね。ボイコットされたんだよ」私はうなずいた。ただ、よくはわかっていなかった。カイヴィキ村の外は、私には閉ざされた世界だった。外の大きな世界のことはまだ何も知らなかった。

「遅いじゃない。何してたの」ハルエ伯母はそう言ったが、伯父と私がタクシーに乗り込むと、小声で何かをぶつくさ言った。早口だったので私には理解できなかったが、伯父にはわかっていたにちがいない。というのは、伯父が何か言おうとしたからだ。ところが、その瞬間、ハルエ伯母が顔をそむけたので、伯父は何も言わなかった。私は買ってもらったばかりの赤い上着を着たまま、ぎこちない沈黙に挟まれて、新しい住居へとタクシーで向かった。

サーちゃんとハルエ伯母は、まるで二匹の番犬みたいに、タクシーの窓から吹き込む冷たい風に向かって顔をつんと上げていた。私は居心地の悪さを覚えながら、まっすぐ前を見て、じっとして動かなかった。


一九二〇年代に日本を襲った大不況の間に貧困は深刻化し、ママが言うには、ママのお兄さんもハルエ伯母さんもそれぞれの家族も飢え寸前だった。ママはお兄さんに本当にハワイに来てほしかったようだ。シイチ伯父もしばらくは移住を考えたようだが、ママによると、ハルエ伯母が頑固に反対したそうで、それきりとなった。結局、ふたりは広島から東京に出て小さな商売を始めた。伯父は竹を編み、伯母は子供服を縫った。

東京では、シイチ伯父とハルエ伯母と四人の子供たち、ノリオ、サーちゃん、イワオ、それにユキちゃんは本所地区のはずれに住んでいた。ムコウジマ、つまり向こうの島、という所で、隅田川の北東部にあった。そこは貧しい労働者が住む地区で、低い土地に小さな工場が立ち、家々が密集していた。あちこちに汚い溝が走る不潔なところで、よく氾濫した。東京の廃品回収業者や貧民、それに生活困窮者たちが住みかとしていた。

私が暮らしていたヒロの町には向島みたいな所はなかった。ママの説明を聞いた時には、故郷の町のヴィラ・フランカみたいな地区を思い浮かべていた。そこは小さいけれど丈夫で手入れの行き届いた家々が建つところだった。ところが、ここはどちらかというとスラムだった。ただ、伯父と伯母は周辺の地区に比べると、まだましな所に住んでいるようにみえた。近づいてみると、ふたりの家は頑丈そうで見かけも悪くなかった。後になってハルエ伯母が言ったところによると、「伯父さんが広島魂の生真面目さで家を修復したんだよ」とのこと。

中に入ると、狭い一階部分に小さな台所があった。土を固めた床に、薪を燃やす竈《かまd》、深い流し台、それに細くて長い調理台があった。一段高いところに畳を敷いた食堂兼居間があり、ごちゃごちゃした庭に面していた。もともとは誰かがきちんとした日本庭園を造ろうとしたのだろうが、どう見てもでき損ないという有様だった。細くて急な階段を二階に上がると、閉所恐怖症になりそうな廊下沿いに、天井の低い小さな寝室が二部屋あった。廊下の突き当りには鏡つきの戸があった。そこは便所で、中にはしゃがんで用を足す便器があった。

その日の夜は、いとこの男の子たち、ノリオとイワオのふたりと一緒の部屋に寝かされた。私がこの家に来たせいで、誰がどこに寝るかの段取りを混乱させてしまったのだ。それまでは子供たちみんなが一部屋で寝ていたのが、今は別々になり、私が男の子たちと、伯父と伯母が女の子たちと寝ることになった。後で知ったのだが、サーちゃんは私と同じ部屋では寝たくなかったそうだ。部屋を隔てている薄い壁に、私はすぐに居心地悪さを覚えた。そんな壁では咳も泣き声も叱る声もおならも何もかも筒抜けだった。そうとわかるのに時間はかからなかった。

私より一、二歳年上で、背が高くやせぎすだったノリオは、部屋の隅っこで顔を壁に向けて寝た。私もできるだけ邪魔にならないようにと心掛けたが、長身で無骨者だったので、おしとやかにというわけにはいかなかった。九歳だったイワオはそれほど気を遣わなかった。私がいても彼にはそれほど厄介ではなかったようだ。イワオは兄と私の間に寝て、戸にいちばん近い場所を私にあてがってくれた。「女は夜中にシーシーにいくでしょ、男よりも」と、実際の音をまねる言い方をした。

私は生まれて初めてお風呂に入らずに寝た。家に着いて食事を終える頃には、ひどく疲れていたし寒かった。それに、知り合ったばかりの伯母にお風呂の場所を訊くのが怖かった。

そば殻の枕に頭を沈めるや、壁の向こう側からハルエ伯母の声が聞こえてきた。聞き取れないところがあったとは思うが、言っていることはわかった。「上着なんかなくてもよかったのに。あの娘が使えるものはここにあるんだし。男の子のものでも」

伯父が何と答えたのか、聞き取れなかった。まもなく、ふたりの声は止んだ。けれど、みんなが寝静まって、起きているのは自分だけかと思っていると、またふたりの声が聞こえてきた。今度は伯父の声のほうが大きくて、言葉の最後に「わかるか」と言って語気を強めた。その都度、すすり泣きやむせぶような声が聞こえた。

伯母の返事を待っている間に、私は眠ってしまった。

第七章　隣人たち

翌日の土曜日、目を覚ますと陽射しがまぶしかった。一瞬、どこにいるのかわからなかった。すると急に自分の置かれた境遇を思い出して、思わず両手をお腹にすべらせた。自分のことが悲しくも哀れだった。私は泣いた。そうこうするうちに階下から伯母の声が聞こえてきたので、すぐにすすり泣くのをやめた。部屋を見回すと、男の子たちはもういなくて、布団は片づけられていた。最初の日だったから、遅くまで寝かせてもらったのだろうと私は思った。故郷に思いを馳せ、アキラは何をしているだろうかと考えた。布団の中でじっとしていると、ハルエ伯母がサーちゃんを何かのお使いに行かせるのが聞こえた。何事かと私は聞き耳を立てた。「ハマダさんとトウマさんとオモトさんのところに行って、家《うち》に……」伯母は大声で言った。

サーちゃんは出かける前に私の部屋に上がってきた。「ようやく起きたのね。もういい時間よ。お母ちゃんが下であんたに用事があるって。だから、着替えたりご飯食べたりしてる時間はないよ。お客さんが来るんだから」後になってわかったことだが、ハマダさんは家の右隣に、トウマさんは裏手に、オモトさんは道の向かい側に住んでいた。私が階段を下りている時に、ちょうど皆さんが来られた。みんな一様に丸髷《まるまげ》を結い、黒っぽい装いだった。サーちゃんは床に据えた低い食卓にお客さんたちを案内したが、私のことは放ったらかしだった。お客さんたちは私をじっと見つめた。ただそうするだけで、訊きたいことがあったとしても、誰も何も言わなかった。

私が座るや否や、ハルエ伯母は私に台所に行くよう命じた。「お茶を淹れて。それから湯呑みを載せたお盆にお茶菓子を入れて。お茶っ葉は棚にあるから」私が立ち上がって台所へ向かうと、みんなの目があとを追ってきた。

ほかの女性たちとは違って、伯母は黒っぽい冬の着物の上にしゃれたグリーンの上着を着ていた。髪型も違っていて、丸髷を昨日よりも高く結っていた。そのため、首筋があらわになり、ずっと若くみえた。私はその丸髷を引きずり下ろしてやりたい気持ちだった。

「あらあら、サーちゃん、きれいなお嬢ちゃんになって」一人の女性の声が台所まで聞こえてきた。私はお茶を淹れるのにバタバタしていた――台所用品やお盆や茶瓶や湯呑みを探していたのだ。

「ええ、ええ、でしょう」ハルエ伯母の声は、私に話しかけるときよりも高く軽やかだった。鼻高々だから声も高くなったというわけか、と私は思った。

私が台所でお茶を淹れて座って待っていると、伯母がやってきた。伯母はママがおみやげに持たせたブラウンシュガーを小さな紙袋に分け始めた。そのうち三袋を女性たちがいるところへ持って行った。「これをおすそ分けしたくて」と伯母は言った。

「あらまあ、何なの?」一人の女性の声が聞こえた。

「お砂糖よ」

「お砂糖? まあ珍しい。でも、どこから?」

「ハワイよ」とサーちゃんが言った。

「あら、それはそれは、ありがとうございます」

「そんなに騒がないで」ハルエ伯母は独特の早口で言った。「ヒミコ アオキにお礼を言って。主人の姪《めい》なの」伯母は私に声をかけた。「ヒーちゃん、こっちへおいで。お茶をもってきてね」

薄暗い台所から居間へ急ぐ途中、私は低い梁《はり》に頭をぶつけてしまい、あやうくお盆を落とすところだった。サーちゃんのクスクス笑いが聞こえた。それは無視して、私は低い食卓まで歩き、なんとかお盆をおいた。その時、ハルエ伯母が私を女性たちに紹介した。すると、まるで誰かが指揮しているみたいに、一斉に女性たちは私の頭からつま先まで視線を浴びせ、それからハルエ伯母に視線を戻した。たぶん、私がまだ旅行用の衣装に新品の赤い上着姿だったからだろう、と私は思った。みんながじろじろ見るので、私を変な人だと思っていることは確かだったが、私のお腹のことを怪しんでいるからかどうかはわからなかった。いずれにしても、この人たちの審判は表情に出ていた。

「ハワイですって? ずいぶん遠いところから来たのね」トウマさんという女性が私を見つめながら言った。「いつか旅の話を聞かせてね」

「ええ」と私は気のない返事をした。

近所の三人の女性たちの中でいちばん若いハマダさんが、顔を伏せたまま私のほうに体を向けた。「ご恩は一生忘れません」と彼女は言った。「お砂糖は貴重ですから、うちの子供たちはもう長く味わったことがないんです」その声は感情がこもって震えていた。彼女はコンパスの針のような格好をして私のほうに向くと、両手を突き出し、床に頭をつけてお辞儀をした。ようやく顔をあげると、ハマダさんはやさしい笑みを浮かべた。その顔の美しさに私はハッとした。息をのんだまま彼女の目に釘づけになった。どうも私はきれいな人としか仲よくしないところがある。ミヨがよくそう言っていた。自分は足が不自由だし器量もよくない、だから、姉じゃなかったらあんたの友達にはならんかったやろね、とも言った。もちろん、いつだって否定はした。けれど、それは本当だった。火遊びもそうだが、人や物の美しさに魅せられるという少女じみた子どもっぽい衝動に駆られるところが私にはあった。

トウマさんが私にもう一度話しかけた。「船旅はどうでした?」私はハマダさんに見とれていたので、トウマさんが話しかけたことに気づかなかった。

「聞こえなかったの?」ハルエ伯母が言った。

「え?」私は動転して訊いた。

トウマさんは奇妙な顔つきで私を見ていた。「海を渡るのはいかがでしたか?」今度はゆっくりと慎重な言い方だった。

「ああ、大丈夫だった」と私は答えたが、まだハマダさんから目を離すことができないでいた。彼女はかつてのきれいだった頃のママを思い出させたからだ。私はママに会いたくてたまらなくなっていた。新たな試練を生き抜くために、ママの教えと感覚のよさが必要だったのだ。

砂糖が入った袋をのぞき込んでオモトさんが言った。「あら、このお砂糖、変わってるわね。茶色よ」

「茶色?」ハマダさんが訊いた。

私は彼女の方を向いて下手な日本語で謝った。「白い砂糖じゃない、すいません」

「どうして茶色なのかしら」トウマさんは訊いたが、私はもう何も言わなかった。白砂糖は高価で、ブラウンシュガーは精製されていないので安い、ということを日本語で言えなかったからだ。ところが、何も言わなかったので、私がトウマさんを無視したと思われたようだった。トウマさんは伯母の方に顔を向け、伯母はそれを察知して、こう言った。

「ヒーちゃん、今日はハマダさんの考えてることしか気にならないようね」私は顔がほてり、両手のひらが汗ばんできた。笑顔をしていたとは思うが、体中が燃えるようだった。「この娘、昨日はね、シイチさんばかり気にして、私のことは無視したのよ」伯母は続けた。違います、と私は言いたかったけれど、考えがまとまらなかったし、言葉が出てこなかった。それに、トウマさんはきれいじゃなかった。

女性たちは顔を伏せてお茶ばかり見つめていた。誰もしゃべらなかったし、ハルエ伯母や私の方を見ようとしなかった。しばらくして、オモトさんがためらいがちに言った。「また糸の値段が上がったわね」

「ええ、魚もよ」すかさずトウマさんが言った。

「それに野菜も。政府の食糧庫にもないのよ」ハルエ伯母が言った。

「世の中、またよくなりますよ」ハマダさんが言った。

「あなたは若いから楽観的なのよ」オモトさんが言った。

「でも、本当にそう思っています」ハマダさんが言った。ハマダさんが話をするときの誠実な表情や頭を片方に傾《かし》げるさまを私はじっと見ていた。彼女を見ていて、その品のある物腰と振る舞いが好きになった。

「この前、息子が中国から手紙を送ってきたの」トウマさんが言った。「あの子はあっちの戦争には反対でね、こっちの方に広がらなきゃいいけどって書いてたの。お砂糖をいただいたことを知ったら、あの子は喜びますよ。私たちが飢えてるんじゃないかと心配してましたから」

「あの話、聞きました？」ハルエ伯母が言った。「サツマさんとお子さんの何人かが飢え死にしたこと。ひどいわね」

「本当にね……さあ、そろそろ、おいとましなくちゃ」トウマさんが言った。「義理の父と母に何かご飯を作らないと。夫がオランダ領東インド諸島に、それから息子が中国に送られてから、両親が一緒に暮らしに来たんですよ」

続くようにしてオモトさんも失礼しますと言った。伯母がトウマさんとオモトさんを玄関まで見送って戻ってくると、ハマダさんも帰ろうとした。「まだいいじゃない」と、軽率にも私は言ってしまった。「砂糖、まだ残ってる。でしょ、伯母さん？」伯母が何も言わないので、私は台所へ入って、もう一袋もって戻って来た。「さあ、もっと持っていって」

「あらまあ、でも、もう結構ですよ」とハマダさんは言った。

「ええ、でも、ぜひ」私はいちばんかわいい笑顔を作った。鏡に向かって何度も練習したことのある笑顔だった。もちろん、ハルエ伯母はお客さんの前では何も口出しできなかったが、私の目には見えていた。私の大胆な行動に伯母は呆然としていたのだ。

ハマダさんはこれ以上私たちに気を使わせたくないとでもいうように、お邪魔しましたと言うが早いか、滑るように家を出て行った。その姿は風に吹かれて空に舞い上がる一枚の葉のようだった。あれほど優雅にふるまえるのなら、私は何だって差し出していたことだろう。

音ひとつ立てない立ち居振る舞い、水が流れるようなしぐさ、ハッとさせられるような品のよさと魅力。私は一日中ハマダさんのことが脳裏を離れなかった。帰ってほしくないと思ったが、そんなことハルエ伯母には一言も言えなかった。別に構わなかった。ハマダさんには私の心がわかっているとと感じていたからだ。

第八章　サーちゃんとハルエ伯母

「ほら、起きろ、臭い」翌朝、サーちゃんは私の部屋に飛び込んで来るなりそう言った。従妹に起こされた時、私はハマダさんと一緒にいる夢を見ていた。まだ布団に入ったばかりのような感覚だった。しかも、夕べもお風呂に入らなかった――日本人にはありえないことだった。

「何時？」と私は訊いたが、言葉がまどろっこしかった。

「もう五時よ」

「五時？　なんでこんなに早く？　今日は日曜日じゃない？」

「曜日なんて関係ないわ。うちでは毎日五時に起きるの。慣れた方がいいよ。昨日はお母ちゃんが寝かせておいてくれたけど、もう終わりだからね」

　私は不満な気持ちに駆られて足で布団を蹴りたかった。むしろサーちゃんの脛《すね》を蹴った方がスッキリするかもしれない、とさえ思った。ハワイの実家では、学校が休みの日は好きなだけ寝られたし、学校がある日でもぎりぎりまでベッドの中でゴロゴロできた。

　サーちゃんが私を見下ろすように立った。「お母ちゃんが朝ごはんの支度を手伝えって」

　私はずっと着ていた同じ服の上に上着を羽織って階下に下りた。すごく寒かったので、自分が特に汚いとは思わなかった。朝食は居間にある低い食卓にすでに用意されていて、みそ汁と炊き立てご飯の湯気や漬物の塩の匂いがした。小さな白い皿に豆腐と魚の干物が一切れ載っていた。「サーちゃん？」私は声を上げて呼んだ。誰も応えなかった。誰もいないみたいだった。お腹がすいていたので、私は座って刻んだ濃い緑の大根の葉っぱを指でつまんだ。朝ごはんはこれだけ？　卵は？　ミルクは？　パンは？　ハワイの実家だったら……と比べてしまって、私はホームシックになり、吐きそうになった。

「ヒーちゃん、お行儀を忘れたの？　お父さんが座るまで食べてはいけないのよ。それに、指で。ああいやだ」サーちゃんの声が台所から聞こえてきた。ミヨみたいに私のことをずっと見ていたのだ。

「お腹、すいてた」と、私は一語一語ゆっくりと言った。

「そんなの言い訳にならないわ。待たなきゃならないの。着替えもしてないし、顔も洗ってないじゃない」

「着替え、持ってない、どこで顔を洗うか、わからない。誰も教えてくれない」持ってきたムームーに着替えるのは場違いのように思えた。

「なんで訊かないの？　お母ちゃんが枕元にお古を置いてたでしょ？」

「気がつかなかった」私は気持ちを落ち着かせ、言葉を選んで言った。

「ほんとにもう」サーちゃんはため息をついた。「何もかも教えてあげないといけないんだから。お母ちゃんが言ったとおりね」

「ハワイ　ニ　カエル　マデノ　シンボウ」と私は英語で言った。

そう言うと、私は階段を駆け上がり、大急ぎで着替えをした。着物の着方が正しいかどうかわからなかったが、そんなことどうでもよかった。顔を洗いたかったが、お風呂と同じで、場所がわからなかった。誰も何も言ってくれなかったからだ。訊こうとしたこともあったが、サーちゃんは無視した。それからは意地でも何も言わなかった。もう一度、二階の便所を確認したが、洗面台はなかった。おかしいなと思いながら、階下に戻った。すると、横の小窓越しに、イワオが台所の外側の出入り口からすっと入ってくるのが見えた。その時はじめて洗面所が目に入った。私はその小さな部屋に駆け込んだ。そこには洗面台とほうろう引きの蓋つき便器がふたつあった。二階で使っているのと同じしゃがむタイプのものだった。ふき取り用に新聞紙を四角に切って置いてあった。それにしても、風呂場はなかった。

私は急いで顔を洗った。急がなきゃいけないことが腹立たしかった。というのは、実家では何をするにしても、自分のペースで好きな時にしてきたからだ。ハワイを立つ前に「何でも自分でするように。ひと様に世話をかけちゃダメ。目立っちゃダメ、怠けちゃダメ」とママに言われていたので、私は「目立たない」ようにしていたが、みんなの視線はナイフのように私に注がれた。確かにいい子にすると約束はしたが、それも難しいように思われてきた。

洗面所を出て台所に戻ると、伯父と従兄弟たちが向かい合って床に座り、ハルエ伯母が一杯目のご飯をついでくれるのを待っていた。サーちゃんはまだ台所にいて、背丈より高い棚にある小さな茶碗に右手を伸ばしていた。「私が取る」と私は言い、手伝おうとして彼女の方へ近づいた。「いいの。あたし何百回もやってるんだから。背が高いからって……ウーッ」と彼女はうなり声を上げた。爪先立って少しでも背伸びをしようとしているようだった。ところが、その時バランスを失って、着物の長い袖で調理台に置いてあった皿を落としてしまった。「何やってんの」皿が割れるとサーちゃんは言った。

「どうしたの?」ハルエ伯母が狭い台所に飛び込んできた。

「お母ちゃん、この娘、ほんとに不器用」サーちゃんが大げさな言い方をした。

「いいえ……ワタシ ジャ ナイ!」私は半分日本語、半分英語で言った。「こっちよ」と私はサーちゃんを指さして言った。

ハルエ伯母は私の言うことには耳を貸さなかった。「うちには余分なお皿はないんだから。罰として、あんたは床を皿にしなさい」そう言うと、伯母は出て行った。

「ヒーちゃん、おそーじ」サーちゃんは歌うように節をつけて言った。私が四つん這いになっている姿を思い浮かべてワクワクしている証拠だった。

「イェア イェア、オマエ オオキナ トラブルメーカー」と私は英語で言った。言葉の意味はわからないだろうが、嫌みな感じは伝わるだろうと思った。


その後しばらくして、皿洗いの水の中に腕を肘《ひじ》まで沈めていた私に、ヒーちゃんが言った。「そんなに石鹸使っちゃダメ。それにね、終わったら私と一緒に来るようにって、お母ちゃんが言ってた」

「でも」私は言った。「ハワイから持ってきたママの写真、あんたのお父さんに見せる約束してる」

「忘れることね。今日はすることいっぱいあるんだから。あんたがお風呂に入れるように、銭湯の場所を教えてあげなきゃならないし。家にはお風呂がないのよ」なるほど、それで私以外みんなお風呂に入っていた理由がわかった。それまでは、風呂場を教えてくれないのは、私に屈辱を味わわせて大人しくさせる策略かと思っていた。「それから、食料の配給を受けるのにパン屋さん、豆腐屋さん、それに配給所も知っとかないと」

サーちゃんは家の近くにある雑然とした横丁に私を連れ出した。そこは頭上に家の屋根がせり出していて、まるでアーチの下を歩いているみたいだった。サーちゃんは話し方も歩き方も速かった。私は合わない下駄をはいていたので、ついて行くのがやっとだった。「それしかないんだ」以前、伯父がやさしく申し訳なさそうに言ってくれたことがある。「すぐに合うのを買ってあげるからね」

横丁を通り抜けると、あたりは人々でごった返していた。私は迷子にならないように、サーちゃんの小さな背中から目を離さなかった。すぐに、家のみんなが通う銭湯に着いた。通りには似たり寄ったりの小さな建物が無数に立ち並んでいたが、この銭湯も例外ではなかった。「ここでお風呂に入るの。最初の二日はお母ちゃんも大目に見てくれたけど、もうお風呂に入らずに寝ちゃだめ。どうして訊いてくれなかったのよ」

「ドウシテ イッテ クレナカッタ ノヨ！」私は英語で言った。

街を歩いている間、サーちゃんはあちこちの店の人のことを、あれやこれやとしゃべりまくった。私は店のことも店の所有者のことも知らなかったので、彼女のゴシップには何の興味も湧かなかった。ただ、人々が彼女に気さくに声をかけるし、中にはやさしく話しかける人もいたので、私は驚いてしまった。サーちゃんは街の人たちの前では愛嬌をふりまいて屈託がないので、二重人格なのかなと私は思い始めた。

ようやく家に帰りついた時には、私は疲れ切り、心は暗かった。自分の人生は滅茶苦茶になってしまった、という思いがしてならなかったからだ。「ちょっと二階で横になる」と私は言った。

「どういうこと？　病気でもない限り、昼間に寝る人なんかいないわ。お昼寝をするのはユキちゃんだけよ。晩ご飯の支度をしないと。お母ちゃんが帰るまでにご飯を炊いておかなきゃならないの。それに、畳んだ布団の置き場所と外の干す所をまだ教えてないし。それから、居間のストーブと七輪の使い方を教えるようにって、お母ちゃんに言われてんの」

その後のこと、私は米をとぎながら機嫌よく振舞おうとした。たどたどしい日本語でこう言ってみた。「いろんなとこ、連れてって、ありがと。ハワイ、ぜんぶ、すごく違う」

「感謝なんかしないで。あんたは店のある場所や火の起こし方を知っておかなきゃならないの。だって、今日から買い物も炊事もぜんぶあんたがやるんだから。私の代わりよ。お母ちゃんはそのつもりなの。だって、あんたはここに来たんだから。私は学校の勉強がいっぱい。だからあんまり時間がないのよ」

すぐにわかった。サーちゃんは特別な子、恵まれた子、ハルエ伯母のお気に入りだったのだ。それを最初からはっきりさせようとして、家の仕切り屋である伯母は、どんな家事をさせるにも私の名前を最初に口にした。その日も、縫製工場から帰ってくるなり伯母は言った。「ヒーちゃん、外に行って薪《たきぎ》を取ってきて。それから食卓の用意をして。お湯を沸かすのも忘れないで。さあさあ、ほらほら」

その日の夕方、晩ご飯が終わると、ハルエ伯母とサーちゃんが銭湯へ行く用意をしているのが目に入った。ふたりは玄関口にいて、着替えを丸太のように丸めて脇に挟んでいた。もう一方の腕は小さな洗面器を抱えていた。洗面器にはタオル、石鹸、それにブラシが入っていた。

「ま、待って」と私は言った。「私も連れてって」

「だめよ、来ちゃだめ。あんたはユキちゃんの面倒を見なきゃ。これからひとりでお風呂に行きなさい。まだ皿洗いが残ってるし、食事の片づけもあるでしょ。後で行きなさい」とハルエ伯母は命令した。

「でも……」私は銭湯が見つからず迷子になるんじゃないかと不安だった。

床に座って新聞を読んでいたシイチ伯父がこの会話を聞いて顔を上げ、こう言った。「ハルエ、連れて行きなさい。ユキちゃんは私がみるから。それに皿も洗っとくよ。明日からはヒーちゃんもひとりで行けるだろう」

「この娘はどうやったら覚えられるの？　ユキちゃんはどうしたらこの娘に慣れるの？」

「明日から覚えればいいじゃないか。それにユキちゃんのことは心配いらん。一体なんでヒーちゃんをそんなに追い詰めるんだ」立ち上がって私たちに近づいてくるときの伯父の声はきびしかった。夫にたしなめられて、伯母の目は怒りで燃えていた。伯母とサーちゃんは玄関口で立ち止まり、私が用意をするのを待っていた。

「あいつらのことは気にするな」出かけようとする私に、伯父は優しく言ってくれた。「お風呂で温まってきなさい。明日からはひとりで行けるよ」

「親切に」と私は言った。「気持ち、ありがたく」伯父は物憂げな笑みを浮かべた。もはや、私はこの不幸な夫婦の間にあって、互いの怒りの矛先が向けられる避雷針のような存在だった。決して居心地の良い立場ではなかった。

第九章　罠

「戦争だぁ！」手に持った日本国旗をはためかせて、近所の込み合った横丁を男が叫びながら走り抜けた。「真珠湾《パールハーバー》を爆撃したぞ！」

ママ、ミヨ、アキラ！　家には誰もいなかったので、ハマダさんの家に行って戸を叩いた。が、反応がないので、今度はオモトさんの家まで走った。「これ、どういうこと？」オモトさんが戸を開けるなり、私は訊いた。

「わからないけど、家にいたほうがいいわよ」と彼女は言ったが、その目はどこか冷たかった。家に閉じこもる前に、私はさらに情報を求めて近隣の商店街へ走っていった。そこかしこで人々が小さく寄り集まり、奇襲爆撃するとは日本はあっぱれだ、などと話をしていた。小さなタバコ屋や本屋で売られている新聞には、既に大きな活字が躍っていた。アメリカ戦艦撃沈のニュースであることはひと目でわかった。というのは、新聞には簡素な絵があって、炎と煙が柱となって立ち昇る湾や、明らかに不意を突かれたといった有様の戦艦が描かれていたからだ。写真に写る勝ち誇った日本政府の役人たちの顔が、日本帝国海軍の軍事行動とアメリカの惨敗を裏づけていた。

その夜、伯父が私たちに言った。「日本は正気を失ってる。何をやってるつもりだ」伯父の言ったことに私は驚いた。

「父さん、そんなこと言わないで」ハルエ伯母はそう言うと、日本国民を守るかのように腕組みをした。「日本がしたことを誇るべきよ」

「何を誇るんだ? ひどい状況だよ。お前みたいな人間が……」

「私みたいな人間が何よ?」とハルエ伯母は言った。

「私、ハワイに帰れる?」ふたりの喧嘩など意に介さずに私は訊いた。私は帰りたかった。

「向島区役所で確認してみよう」とシイチ伯父は言った。「多分、帰国を許可してくれるだろう」

翌日、シイチ伯父は仕事を途中で抜けて、私を役所に連れて行ってくれた。そこは地域住民の記録を保管している所だった。たくさんの外国人が並んで待っていたが、あえて誰にも話しかけなかった。せっかくの機会をダメにしてしまうかもしれなかったからだ。

「私、ハワイ出身。帰国できますか」私は入国管理係に精いっぱいの日本語で伝えた。

「お前たち日本人の裏切り者が我が国を出て行くことは許可されていない」と、窓口の格子の向こう側から彼は言い、それを伯父が通訳した。「少なくとも戦争が終わるまでは」彼はトランプを片切るように、私の書類を何度もゆっくりとシャッフルし、私を解放してくれるはずのスタンプを片手でもてあそんだ。「心配はいらんよ。まもなく日本の赤い日の丸がお前の国の空に昇ることになるから」彼はうすら笑いを浮かべ、窓口の保護バーの下から私の書類を押し戻した。

日本は外国人を抑留しておいて、しばらく軟禁状態にし、工場や政府の仕事で働かせていた。どういう扱いになるかは、その人の年齢や日本国内における境遇によることもあった。バイリンガルの人は日本の国民戦時協力のために翻訳の仕事をしていたが、私は運がよかった。入国管理の担当者は、私が十分な教育を受けていないとみるや、役に立たないと判断した。おまけに、私のお腹が目立ち始めていたので、役所は私を伯母と伯父のところへ帰してくれた。

その日の夕方は、いつものことだが、私が晩ご飯の支度をした。その頃はサーちゃんの名前が呼ばれるのは最後の最後になっていた。母親の口からは、イワオの名前までが姉の名前より先に出てきた。イワオは男の子だしサーちゃんより年下だったので、この家では恵まれた境遇にはなかった。家庭内の私の立場はこのように固定され、私の生活はただの住込みの家事手伝いに成り下がってしまった。家族の者は皆、私の役割を当然のこととして意に介さなかった。私は雑巾《ぞうきん》も同然で、汚れのふき取り役だった。押しつけられた仕事のせいで、すでに私の両手は惨めにもひび割れていた。家の中ではどん底の仕事だった。

その夜、私は家事を丁寧に済ませたいと思いながらも、わざと鍋をガンガンとぶつけ、胸のつかえを発散して大いに満足感を覚えた。迷惑はかけたくなかったし、受け入れてくれた伯父の家族には恩義もあったが、ついついこのように大人げなく振る舞ってしまうのだった。というのは、日を追うごとに、私の意思は首を絞められて自由を失っていくように感じられたからだ。とりわけ帰国を許されない今は、なおさらだった。

台所仕事が終わると、私は繕い物を持って居間に行き、家族のみんなと一緒に座った。「お父さん、ぼくの下駄、直して」イワオがそう言っているところに私は腰を下ろした。

「お父さんにそんなこと頼むんなら、新しいのは要らないのね」とサーちゃんが言った。「履き方が乱暴だから、いつも鼻緒が切れるのよ」

「ううん、違うもん。ノリオ、なんか言ってよ」

「サーちゃん、イワオは乱暴じゃないよ」と、ノリオは気のない言い方をすると、読んでいる本から顔を上げた。両目に髪が垂れていた。日本に来て以来、ノリオがしゃべるのを聞くことはめったになかった。ノリオは内気で暗い人だと前から思っていたが、その夜のノリオの低い声は性格にぴったりだと思った。

「みんな、静かにしてくれ」とシイチ伯父は言った。「お前たちに話しておかなきゃならん大事なことがある――気をつけなきゃいかんことだ。これからは難しい時代になる。だから、人の目を引くようなことはしたらいかん。戦時中なんだ。だから、口は慎め。つい気を抜いてしまうからな」伯父は真剣な顔つきで私たちを見た。「特に思想警察には気をつけんといかん。やつらは家にやってきて、お前たちを連れ去る輩《やから》だ」

「思想警察？」サーちゃんが言った。

「うん、憲兵隊のな」

「ケンペイタイ、何？」私は訊いた。

「政府の警察だよ」とシイチ伯父は言った。

「ぜんぶヒーちゃんのせいよ」とサーちゃんが言った。「だから、うちらは用心せんといかんのよ」

「いや、みんな用心せんといかん」と伯父は言った。

「でも、誰が政府の悪口を言うの？」とイワオが言った。「ぼくらじゃないよ！」そんなことをする人がいるなんて、イワオには信じられなかったのだ。

ただ、サーちゃんの言うとおりだった。私がアメリカから来たせいで、この家族が疑われていることは間違いなかった。

「自分のすべきことをして、何も言うんじゃないぞ、いいか」と伯父は言った。

その夜遅く、私は冬用の厚い布団にくるまって、その人たちのこと、つまり奇妙な警察のことを考えて寒気を覚えた。その人たちの夢を見たのだ。私を捕まえに来て、家から引きずり出し、脳みそをえぐり出し、両脚を大きく広げて赤ちゃんを身体から引っぱり出す夢を。そんな赤ん坊強盗や知能強盗や肉体強盗が、私の思考や記憶を破壊するのを阻止できず、アキラのことを思い出せなくなるのではないかと恐れた。アキラの顔も、父も母もミヨも思い出せないのではないか。自分の赤ちゃんの顔もわからないのではないか、と。

伯父の注意があってから間もなくして、イワオが大声を上げた。「来たぞ!」ある朝のこと、学校へ行く支度をしていたイワオは、走って階段を下りてきた。「窓から一人、見えた」

「なに言ってる?」と私は言った。

「憲兵隊の思想警察だよ」

「ヒーちゃんを捕まえに来たのよ」とサーちゃんは言って、手を叩いた。

「やめんか!」とノリオが言った。「笑いごとじゃない!」

みんなは正面の小さな窓まで行って外をのぞいた。最初は何も見えなかった。「外は、誰もいないよ」と私は言った。

「よく見て、路地の向かいのオモトさんちの玄関口だよ、陰のところ」とイワオが言った。イワオが指さした男は黒いスーツ姿に黒い帽子をかぶっていて、仕事着や軍属の制服を着たまわりの男たちとは違っていた。

ノリオもその男の姿に気づき、すばやく窓から身を引いた。「うちに何の用があるんだろう」

「言ったでしょ、ヒーちゃんを連れに来たのよ」とサーちゃんが言った。

男はそれから何日か近辺を見張っていて、うちの家を疑わしそうに見ていた。イワオは放課後毎日、家に帰ると着替えをして男の後をつけた。トウマさんの家やハマダさんの家の屋根に上って、オモトさんの家の方を偵察するイワオの姿を見かけたことがある。男がうちの家を見張っているかもしれないからだ。身軽で機敏かつ決然たる態度のイワオは、物陰を縫うように密集した家々の間を風のように移動した。例の男は見張られていることにまったく気づいていなかった。

一週間後、イワオから報告があった。「奴は消えた。暗い路地がやつを飲み込んで、地獄へ突き落したんだ」

「よっしゃ、地獄こそやつにふさわしいところだ」とノリオは言った。


「イワオは腹が据わった子だから、尾行がばれても、憲兵隊だって一目置かなきゃならないでしょうよ」事件後まもなくのこと、伯母はハマダさんにそう語った。ハルエ伯母はめったに見せない笑みを浮かべて、隣家との間を仕切る簡素な竹製の柵《さく》に寄りかかって話していた。台所に座っていた私にも、伯母がハマダさんを相手に話す嬉々とした大声は聞こえた。まるで私に聞えよがしな言い方だった。しかも、ハマダさんとの親密な関係をひけらかす伯母流のやり方だったのかもしれない。私がハマダさんに好意をもっていながら、あまり会うことができないことを伯母は知っていたのだ。「でもね、たしかに腹は据わってますけど、歌のうまさに比べればなんてことないですわ。あの子の声は鶯の鳴き声より澄んでますのよ。きっと聞いたことあるはずよ」

ハルエ伯母さん、あんたの自慢話にはうんざり。サーちゃんはああだ、ノリオはこうだ。今度は、イワオは最高の歌手ときた。本当に歌がうまいのなら、私も一度ぐらい耳にしているはずなんですけど。

その日の煮込み料理を火にかけると、私はユキちゃんを背中から下ろして、一緒に台所を出て居間に行き、座ってノリオのシャツを繕った。開けた障子の向こうは庭で、午後の陽光が差し込んでいた。その頃には、私のお腹は人目につくほど大きくなっていたので、ユキちゃんを長く抱いているのが不安になっていた。その日、ハルエ伯母はいつもより早く仕事から帰ってきて、柵越しにハマダさんと長話をした後、庭の花の手入れをしていた。見ていると、伯母は竹の茂みにまで伸びたツツジの葉のない徒長枝を剪定していた。その時、イワオが階下に下りてきて、障子の前の縁側に座った。イワオの姿を見て、ハルエ伯母は声をかけた。「イワオ、竹を切って、サーちゃんに竹トンボを作ってやったらどう。気に入ると思うよ」

「ナイフを取ってくる。ヒーちゃんにも作ってあげよう」

ハルエ伯母は首を振った。「ヒーちゃんにはいらないよ」

イワオは家の中に入ってきたが、私の近くに来るとためらうような足取りになった。私の顔をちらっと見るや二階へ駆け上がり、竹を切るポケットナイフをつかんで下りてきたが、その時は私を避けて通った。

イワオが竹を削って他人のおもちゃを作るのを見るのにも飽きてしまい、私は顔を下に向けて自分の仕事に専念した。私も竹トンボが欲しい、と思った——せめて気晴らしにはなるだろう。すると縫い目が生地の端から端まで歪んでしまった。私はため息をつき、糸を引き抜いて最初からやり直した。

その時だった。庭の竹林でイワオが歌い始めた。アカペラで歌い出しは穏やかに高まり、そのうち声は太く強くなった。二階の窓から顔を出す近所の人たちもいた。その歌には聞き覚えがあった。聞いていると悲しい気持ちが込み上げ、涙が出てきた。イワオの声は風となって歌の種子を拾い上げ、それを郷愁に疼く私の胸深くに埋め込んだ。

シナ　ノ　ヨル
シナ　ノ　ヨル　ヨ
ミナト　ノ　アカリ
ムラサキ　ノ　ヨ　ニ

トウマさんの義父さんのトウマ爺《じい》が裏窓から大声を上げた。私には見えなかったが、声は聞こえた。「イワオ、まあ、わしらはお前の歌を楽しめるってもんだ。しかも、今んところタダでな。区ののど自慢大会に出たらどうだい。優勝まちがいない――それに少しは金にもなる」

サーちゃんが階下に下りてきた。イワオの歌を聞いて勉強が手につかなくなったのにちがいない。気がついたら、彼女は私のすぐそばに来ていた。「オゥ！」私は飛び上がらんばかりに驚いて、そう言った。

「なんで泣いてんの?」と、彼女は私の顔をなめ回すように見て訊いた。

「何でもない」

「何でもないことで泣く人はいないわ。なんか理由があるはずよ」

「私、ちがう」

「じゃあ、頭が変なのよ。お母ちゃんに言うからね」

「どうぞ、気にしない。何かの理由で泣いてても、ぜったい言わない！」私は立ち上がり、縫い物を投げ捨て、部屋の隅に蹴とばした。ユキちゃんが泣きだした。私は台所へ駆け込んだ。湯呑と皿を下ろす手が震えた。

「縫い物のこと、お母ちゃんに言いつけるから。それに、ユキちゃんはどうするの？」

「ユキちゃんが何？」と私は言った。怒りのせいで私の日本語は明瞭になった。ママが英語をしゃべるときと同じだった。「一度ぐらい面倒みたら？　そしたら何でもお母さんに言えばいい！」そう言っている間ずっと、人を敬うようにというママの声が聞こえてきた。怒りをあらわにしてしまってから、自分の態度が悔やまれた。私はママとの約束を破ってばかりだった。

その夜、私は疲れ切っていたし寒くもあったが、最後まで起きていて、電気を全部消し、ストーブの残り火が消えるのを確かめ、家の錠を掛け、身体を引きずるようにして二階へ上がった。廊下の端にある部屋で着替えをしてから寝室に入った。男の子たちはすでに眠っていた。私は布団の上に座り込んだ。じっと暗闇を見つめたまま、涙をこらえることができなかった。両手で顔を覆ったが、嗚咽を抑えられなかった。誰も起こしたくなかったので、傍らに手を伸ばして枕をつかみ顔に当てた。すると、枕の中に何か妙に硬い物が感じられた。私はとっさに手を引っ込めた。ハワイでは時々ネズミが家の中に入ってくることがあったので、それかもしれないと思ったのだ。何だろうかと調べてみて、私はハッと息を飲んだ。同時にうれしさが込み上げてきた。枕カバーの中に隠れていたのは、小さな竹トンボだった。

シイチ伯父とハルエ伯母はふたりとも、じめじめした汚い工場で長時間単調な仕事をしていた。ふたりは夜が明ける前に仕事に出かけた。それからは一日中ずっと、耳に残るハルエ伯母の声が脳裏に鳴り響き、あれやこれやと仕事を命じた。皿を洗え、ユキちゃんにご飯をあげろ、掃除をしろ、靴下を洗え、布団をたため、ご飯を炊け、息子たちのシャツの破れを繕え、海藻を洗え、ニンジンを切れ。

物資が不足していたので、私はすでに自分の紐つき靴を戦時国民協力に供出していた。靴を献上したことについて、サーちゃんはこう言った。「あんたが靴をお父ちゃんにあげるなんておかしいと思う。だって、お父ちゃんはあんたの靴の革で日本の軍人さんの靴を作るのよ。あんたの国のアメリカ人はどうなるの？」

「あんたのお父さんのため」と私は言った。本当だった。工場労働者は有りったけの革を探してくるよう政府に要求されている、という話を聞いていたからだ。

私が手放した靴の革と同様に、綿も不足していた。一方、絹は豊富で、冬のフォーマルな服装に使われた。その年の春早く、伯父はもらったばかりのわずかなボーナスから、私たちの夏の着物を作る綿布を買うお金をくれた。日本に来てから最初の数ヵ月、私には着るものがほとんどなかったし、サーちゃんは服が小さくなっていたからだ。贅沢なのは明白だった。それでも伯父は頑なで、私が断ろうとするとよけいに譲らなかった。ユキちゃんはサーちゃんのお下がりを受け継げばよかったが、私の分はよけいな出費だった——これが伯父と伯母の関係にさらにひび割れを生じさせる原因となった。

めずらしくふたりとも休みが取れたある日のこと、私はサーちゃんと一緒に電車に乗って日本橋へ出かけた。日本橋ではあちこちの商店街に行ったが、細長い横丁のどの店にも商品はほとんどなかった。とある店舗で、運よく綿の反物を見つけた。探していたものに近かった。サーちゃんは立ち止まって、しばらく見ていた。

「サーちゃん、もう行かなきゃ」テーブルの上の商品をざっと見てから、私は言った。「高すぎる」

「待って、もうちょっと。あんたはいつもせかすんだから」

「お父さんに言われた、キマタさんに会わなきゃ。安い店、知ってるはず」

「そんなことしか考えてないの？」

「ううん、でも……」

「これ、きれいじゃない？　こんなにきれいなの、もう手に入らないよ。ほかの店にはあんまり物はないんだから」

「私、わからない。買い物したことない」

「そうよね、あんたにはわからないよね。だから言ってるでしょ、この店は一番いい綿製品を売ってるみたいだって」

サーちゃんはいろんな布を手に取り、身体に合わせ始めた。やがて藍色の絣《かすり》を手にした。小さなかわいい模様が上品に散りばめられているもので、サーちゃんはすぐに気に入った。

「行こうよ」と私は言った。その店にいても無駄だったからだ。

「でも、あたし、これ、すっごく欲しいの」と彼女は言った。甘ったるい言い方だったが、すねて訴える声に近かった。目は期待の色を浮かべて私を見つめた。生地を胸まで当てて、鏡に映る自分の姿にうっとりして、サーちゃんは頭をあちらこちらに傾《かし》げた。そのたびに絹のような黒髪が縄のように揺れた。「すっごくきれい」

「そうね、でも本当に高すぎる」

「でもぅ」と彼女は言い、よけいに鏡の前で身体をくねらせた。その時わかった。彼女が何をねらっているのかが。「あんたのお金、少し使わせてくれない？」

私は何も言わなかった。お金をあげなかったら、何をする気よ？

「ねえ、いいでしょ？」

「ほら、どうぞ」と私は言った。着物の袖からお金を取り出し、必要な額を数え、ミヨが私にしたように、差し出された手のひらに叩きつけ、私のお金の一部をあげた。

私はその店にあった安いもので我慢したが、手元のお金はかろうじて足りた。支払いが済むと、辛抱強く相手をしてくれた店員にきちんとお礼を言えないほど、喉と胃に焼けるような痛みを覚えた。

私はサーちゃんを横目でにらんだが、彼女は知らんぷりだった。「あたしが買ったものを見たら、お母ちゃんもすごく喜ぶわ」と彼女は言った。そして、ハンドバッグを女生徒っぽくひねるようにして、帰り道を歩いていった。私は帰りつくまでずっと黙ったままだった。

翌日、ハマダさんが私をつかまえて、こう言った。「サーちゃんと一緒に夏用の着物の生地《きじ》を買ったそうね。伯母さんによると、あなた、自分用にきれいな反物を買ったそうじゃない。持ってきてよ。見たいわ。それに一緒にお茶でもいかが」

「ええ、どうも……でも今日は」と私は言い、そそくさと立ち去った。

第十章　ハマダさん

一九四二年の新年を前にして、寒さが厳しくなってきた。厚着をしていたので、初めは服装でお腹を隠すことができた。ところが、すぐに近所の人たちの好奇の目にさらされるようになり、もはやなすすべがなかった。もう私の妊娠は明らかだったので、私の日本滞在の理由はあらぬ憶測の的ではなくなっていた。私が出歩くたびに、近所の人たちはじろじろ見つめ、ひそひそ話をするようになった。これは恥ずべき事態なのだと私に思わせようとしていたのだ。それにしてもママの言うとおりだった。ヒロにとどまっていたら、私はもっと恥ずかしい思いをしていたことだろう。日本には私を知る人がいないから大丈夫、とまでママは言っていた。まさしく。私は顔を上げ、自分のすべきことに専念した。

ハルエ伯母は言葉にこそしなかったが、私の噂のことで不機嫌だった。やさしい伯父は噂のことなど気にせず、いつでも身体を休めるようにと言ってくれたし、夕食では自分の魚や野菜を少し多めに差し出してくれた。サーちゃんはというと、私が注目を浴びることに不平をこぼした。その一方で、イワオはお腹の赤ちゃんに興味津々だった。ノリオは大して反応を示さなかったが、私のお腹が大きくなるにつれて、寝室の壁の方に身体を縮めた。確かに私はノリオより年下だったけれど、私はもう妊娠していた。なのに、ノリオの態度はまるで私が伝染病にでもかかっているかのようだった。女の子をあまり知らないな、と私は思った。

ある日の朝早く、家の前の枯れかけた南天の木にお米を洗った水をかけていると、ハマダさんが飛び出してきた。

「そうよ、お米のとぎ汁で生き返るかもね」と彼女は言った。

「伯父さん、教えてくれた」

「あのね、会えてよかったわ。まだうちへお茶に来てないでしょ。私、お砂糖のお礼ができてないのよ」

私がユキちゃんを連れて工場から帰るところや、外で洗濯物を干したり玄関先で掃除したりしているのを見かけると、いつもハマダさんは誘ってくれたが、私はずっと断っていた。「それに、買った生地を持ってきてね。すごくきれいなのを選んだって、伯母さんから聞いたわよ」ええ、ええ、確かに、すごくきれいなのですよ。

その時は仕事がいっぱいあったけれど、「ありがとう。すぐ行く」と私は言った。ただ、生地は家に置いたままだった。

その日、お邪魔して驚いた。家の中があまりにも整然としていた。それもそのはず、ありえないほど物がなかった。まるで、家財をぜんぶ売却しなければならなかったかのようだった。目に見えるものといえば、低いテーブルと座布団だけだった。ハマダさんは三十代半ばで、結婚していたが、年齢よりずっと若くみえた。ご主人は年上で、私はまだ会ったことがなかった。また、家には男の子ひとりと女の子がふたりいて、ジュンというもうひとりの男の子が軍隊に入っていた。家に子どもがいるのを見て驚いたが、その子たちはきれいな母親のわりには特に器量よしというわけではなかった。特徴といえば、内気でおとなしく、元気がなかった。もう明らかだった。お腹をすかしていたのだ。すると、ハマダさんは私の考えを察したかのように、こう言った。「うちの子たち、今日は具合が悪くて」これを合図とばかりに、うつむいてばかりで私を一度も見ないし挨拶もしなかった子どもたちは、どこかに引き下がった。

私はハマダさんと向き合って、床にじかに座った。私たちのあいだにあるのは赤い漆塗りのお盆だけだった。そのお盆には二つの湯飲みと小さな生け花、それに葉っぱの形をした小皿にピンクの饅頭がひとつ、薄い竹べらを添えてあった。「どうぞ」と、手のひらを上にして彼女は言った。

私は何も考えずに饅頭を取り、丸ごと口の中に放り込んだ。中の餡《あん》をひと噛みしてから気がついた。竹べらで二つに切って彼女と半分わけにしなければならなかったのだ。「すいません、私、知らなかったの……あなたの……」私は口ごもってしまった。

「いいの、気にしないで」と彼女は言ってから、口に手を当てて笑い始めた。

「何か変?」

「小豆が歯にくっついて、おかしな顔なんだから」彼女がいっそう声を上げて笑うものだから、私もつられて笑ってしまった。私たちは笑い声と込みあげる親近感で急に気持ちがほぐれてきた。

「ネエ、あなたのうれしそうな顔を一度でも見られてよかった」と、彼女は着物の衿《えり》を直してから言った。「いつも深刻な顔してるから」

「忙しかったからだと思う」

「それに心配だったからでしょう」

「ええ、心配――特に家族のこと」

「私だってそうなりますよ」彼女は一瞬ためらってから、こう続けた。「でもね、あなたとは違って、私の父と母はもう生きていないの。だから、心配する必要はないのよ」

死んでる！　ママとミヨが死んでるかもしれないと思うと、胃がえぐられるような思いだった。そんなこと、その時まで考えたこともなかった。私はしくしく泣き始めた。ハマダさんが腕を伸ばして「大丈夫？」と慰めてくれたが、私は飛び上がるようにして家を出て行った。

きまりが悪かったので、翌日、彼女の家に行って私はこう言った。「ハマダさん、昨日はごめん。ハワイの事情、わからないので怖い。家族や友だちのこと、気になる、特に、死んでるかもって思うと」

「心配ないわ。きっとみなさん元気よ。新聞によると、日本軍はあなたの島は爆撃してないから」

「日本にいること、ほんとに嫌」と私は口をすべらした。もう本心を隠すことができなくなっていたのだ。「すごく寒い、イェア？　それに、なにもかも全然ちがう――食べ物も、臭いも、話し方も。それに私を見る人の目も」

「すぐに慣れるわ。ホームシックになってるだけよ。おうちのことはお父様がちゃんと面倒見てくださってると思いますよ」

「お父さん？　でも、死んでる」生きていたら、父は私にすごく失望しただろうなと思って、私はまた泣き始めた。

「ほら、ほら」とハマダさんは言うと、私の方に近寄って背中を叩いてくれた。「お父様のことを持ち出して悪かったわね、ごめんなさい。知ってたら言わなかったのに。その若さで親を亡くすとは」

「あの、もう帰ったほうがいいって思う。私、ずっと泣いていそう」

「大丈夫よ。ここでしばらく休みなさい」

「いろいろ仕事ある」

「仕事は逃げないわ。もう少しいても害にはならないでしょ」

私たちは座ったまま何も言わず、私が落ち着きを取り戻すのを待った。頃合いを見計らって、つまり、私の悲しい気持ちが収まったのをみて、ハマダさんは言った。「ちょっと訊いてもいいかしら」

「ええ」と、今度は訝《いぶか》しげに答えた。

「何でもないことなの。出過ぎたことかもしれないけど、失礼なことを言うつもりはないの。あなた、言葉の最後にヤーって言うでしょ、あれ何？ 気になる人もいるの」

「ああ」と言って、私は笑った。「イェアのこと？ 私、時々、日本にいるってこと忘れる。ハワイではそう言うの。ジャナイ？っていう意味。日本人が言うネェみたいにイエスを意味するときもある。日本語のネェも混乱する。だってチョットとかアノネみたいな違う意味あるでしょ」

「まあ、イェアてそういう意味？ すごく変に聞こえたわ」彼女はそう言うと満面の笑みを浮かべた。それからは、言葉の最後に私はネェと言うようにしたし、ハマダさんは逆にイェアと言った。その言い方がすごく変だったから、私たちは笑い転げた。だから、私はお腹を抱え、ハマダさんは両手で口をおさえなければならなかった。

その日以来、お茶と饅頭だけのおつき合いではなくなった。私は胸の中にあるものすべてをハマダさんに鯨みたいに吐き出した。私は内緒にしてねと断って、いちばんの秘密をハマダさんに打ち明けた。「誰も知らないけど、赤ちゃんの父親の名前はね、アキラ タケタ。きっとハルエ伯母とサーちゃんはすごく知りたいはず」

ハマダさんは私の明け透けなところに驚いた。「アメリカ人は違うのね」と彼女は言った。

それからは、信頼のおけるハマダさん相手に何でも打ち明けた。というか、しゃべり過ぎた。「わかってるの、ありがたいと思わなくちゃ」と私は説明した。「実際、私を引き受けてくれたこと、伯父と伯母に感謝してる。でも、難しいときもある。シイチ伯父とハルエ伯母はよくケンカする、ハルエ伯母とはうまくいかない、いとこたちには戸惑うばかり。たとえばノリオはね、奇妙なことする。廊下ですれ違うときなんか、私のお腹に当たらないように、壁に自分の身体を押しつける。サーちゃんはわけもなく冷たくする。その点、イワオはいちばん普通」私は両頬をふくらませ、息を吐いた。それからこう言った。「ここが大嫌い。溶け込めない。日本、ほんとに変わってる。みんな、いつも私をじろじろ見る。じろじろ、じろじろ！」

「そうね、たしかに日本人はそういうところあるわね。だからこそ、私たちはお互い行儀よくできるんじゃないかしら」と彼女は言い、押し殺すように笑った。しかも、彼女は自分の言ったことを笑っても、私の山ほどの不平を笑うことは決してなかった。

ハマダさんとの関係が深まっていた頃、私は他の女性たち、つまりオモトさんとトウマさんとは疎遠になっていった。その変化が気になって、その女性たちの態度についてハルエ伯母に尋ねてみた。「どうしてオモトさんとトウマさん、私に話しかけないの？」

「わからなくもないけどね」と伯母は横柄な言い方をした。その頃はたいてい毎日そんな口ぶりだった。「それはね、あんたがハマダさんと買い物に行ったりお茶を飲んだり公園に行ったりするのに、あの人たちを仲間はずれにするからよ。傷つけられたわけよ。人様を軽んじたらだめ、ヒーちゃん。バチが当たるよ」たしかにハルエ伯母の言うとおりだったが、伯母の言うことだから素直に受け入れられなかった。いずれにしても、あの女性たちは人間が小さく愚かだと思った。

少なくとも週に一回は、ユキちゃんをおんぶしてハマダさんと電車で浅草へ出かけて買い物をした。その後は銀座へ向かい、ウィンドー越しに手の届かない商品を眺めて楽しんだ。オモトさんとトウマさんがたまたま家の外にいて、間に合わせの菜園の世話をしたり洗濯物を干したりしているところに私たちが通りかかると、ふたりとも仕事の手を休めて私たちを目で追った。彼女たちは習慣でお辞儀はしたが何も言わなかった。ハマダさんを独り占めにしていることにすっかり満足して、私は彼女たちを無視した。親しい女の友人ができてうれしかったのだ。こんな経験は初めてだった。

私はハマダさんに夢中になっていたので、伯母のこともないがしろにした。ただ、ハルエ伯母は私のお腹を支える柔らかくて長い布を巻きつけたがった。そのことでハマダさんに不平をこぼすと、驚いたことに、ハマダさんはこう言った。「ぜひそうしなさい」ハルエ伯母が正しいことを認めざるを得なかった。お腹を持ち上げる帯を巻くと楽になったのだ。「胸も巻いたほうがいいわよ」と、ハマダさんは伯母のさらなる提案に応えて言った。そう言われるまで、私はその提案を無視していたのだが、ハマダさんに促されて伯母の言うことを実行した。その間、伯母はあまり口出しはしなかったが、ただじっと監視はしていた。私が腹帯と胸のさらし布を巻くのを見て、伯母は薄ら笑いを浮かべたが、それから片方の眉を釣り上げて軽蔑を露わにした。

伯母の憤りが増すのを察して、ハマダさんは言った。「伯母さんが家にいないときだけうちに来たら？　あの人を怒らせたくないのよ」

「どうして？　暇なら、いつだって来てもいいじゃない」と私は言った。

「あのね、どうしてそういう風にしたがるのかな？」彼女は怪訝《けげん》そうに首をかしげた。「多分、考え方をちょっと変えたほうがいいわね。伯母さんの機嫌を損なわないで、しかも自分の思うようにするって、可能じゃないかしら？　伯母さんに逆らわないようにすれば」

「そうするんだけど、どうしようもない」

「そうしたくないからでしょう、ネェ」

ハマダさんは人づき合いが賢明だとよく思ったし、彼女の言うことには耳を傾けたかったが、なにしろ私のハルエ伯母嫌いは根が深くなっていた。この短い期間に私の目に映った伯母の姿はただひとつ、ヤマンバのそれだった。村人の子を食らう鬼女のことで、日本の昔話に出てくる。夜寝る前に、イワオを傍らにして、ママがしてくれた山姥《やまんば》の話を聞かせたことがある。私が知っている数少ない物語に飽きると、イワオはこう言った。「ハワイのお話をしてよ」

「うん、いいよ」と私は言った。イワオは私のお腹にすり寄ってきた。ノリオも部屋にいたが、相変わらず壁の方を向いていた。私は話を始める前に、儀式張って語り部のマントみたいに膝の上に赤い上着を広げた。

「私の故郷のカイヴィキはね、すてきなところ」と私は話し始めた。「ハワイにはね、いっぱい色がある――この生地みたい」私は郷愁に駆られて、広げた上着を両手で撫でた。「これも信じないと思うけど、きれいな色した海の生き物がいて、自分で火を出すの。それで深うて暗い海の通り道を照らすの」

「作り話じゃない?」

「ちがう、ちがう。本当。私のお父さんがね、まだ生きてる時よ、見せてくれた」

それからママとミヨのことも話した。アキラのことも少しだけ話した。「いちばんの友だち、とってもすてきな男の子、丘の向こうに住んでて……」

「じゃ、その人が赤ちゃんのお父さんなんだね」と、イワオは知った風な言い方をした。

「それ、誰が言った?」私はきつい口調で訊いた。

「サーちゃんだよ。でも、ぼくは気にしないから」

もしかして、ハマダさんが私のいちばんの秘密を伯母に漏らして、伯母がサーちゃんに話したのだろうか? 裏切られた気がして、すごく動揺してしまった。そのとき思った。誰も信用できないな、と。多分、かつてママが伯父夫婦と手紙をやり取りしている間に、うっかりアキラのことを書いたのかもしれない。だったら、私が秘密だと思っていたことは、初めから秘密ではなかったことになる。

「でも、ほかの人は気にする」と私はイワオに言った。

「みんな心が狭いだけだよ」とイワオは言った。「ぼくは違うよ」

「それはお前がまだガキだからだよ」と、部屋の隅からノリオが声をかけた。それを聞いて私はびっくりした。ノリオは眠らないで聞いていたのだ。

「ガキじゃない。兄ちゃんとは違うもん」とイワオは言って、兄貴を足で蹴った。

その時以来、私がアキラの話をするといつも、ノリオは布団の中でもぞもぞして不愉快そうにため息をついた。母親と同じで、もううんざりという感じだった。私は彼の態度などとるに足りないと思い、放っておいた。だって、ノリオはまだ学生じゃない？　同い年のアキラはもうすぐ父親になるというのに。多分、ノリオはそのことが気に入らないのだ。アキラはこの数年で既に十分すぎる人生経験をしたけれど、ノリオはというと、大人としての人生は始まってすらいないのだから。かわいそうに、と私は思った。

その夜はみんな落ち着かなかった。私は何かの温もりを感じて目が覚めると、わき腹に異様な圧迫を感じた。赤ちゃんは大丈夫かなと不安に思ったが、何のことはない。ノリオとイワオだった。ふたりは眠っている間に、寒いので黒い頭を私のお腹にすり寄せていたのだ。「ノリオ、イワオ、ほら、私のお腹の上で寝てる！」と言って、私はふたりを揺すった。イワオはうめき声をあげたが、眠ったまま元の場所に転がっていった。ノリオは事態に気がついて、恥ずかしそうに私を見上げた。それから、自分の布団をつかんで体に巻きつけ、しかられた動物みたいにこそこそと戻っていった。

私はすぐには寝つけなかった。すると、どこからか口げんかの声が聞こえてきた。伯父と伯母ではないことはわかった。この頃は娘たちが一緒に寝るようになっていたので、ふたりが寝室でけんかをする機会はずっと減っていたのだ。私は耳をそばだてた。音はハマダさんの家から聞こえてきた。皿が割れる音や人が床や壁に投げつけられるような音が聞こえてきた。「お父さん、お願い」ハマダさんが甲高い声を震わせて懇願した。子どもが泣きだした。私は助けに行きたかった。でも、ついさっき、あの人に裏切られたと思ったばかりだよ、本当にそうしたいの？　それに、行ったとしてどうなる？　私に何ができる？　結局は、その後に突如として訪れた静寂が近隣と私の躊躇する気持ちを包み込み、私は身体の動きを奪われて布団の中でじっとしていた。

「夜中の騒ぎ、聞こえた？」朝ごはんの時にサーちゃんが訊いた。

「聞こえたことは、お前には関係ない」とシイチ伯父が言った。

「この娘はみんなに聞こえたことを言ってるだけよ。珍しいことじゃないでしょ」とハルエ伯母が言った。

「それでも」とシイチ伯父は言った。「気にするな」

シイチ伯父が仕事に出かけた後、サーちゃんは父親の茶碗と湯呑を持って私の後から台所に入ってきた。彼女が言った。「ハマダさんの旦那さんはね、ただの飲んべえで、家族を殴るの。お母ちゃんがあんたにあそこに行ってほしくない理由のひとつはそれよ。世間体ってものがあるでしょ。あんな人とつき合っちゃいけないのよ」

私の半身が、だからこそ――私たちはハマダさんの友人でいなきゃ、と言った。もうひとつの半身は、どうでもいいと思った。私は洗い物のお湯に両手を突っ込み、伯父の湯飲み茶椀のふちについた茶渋を力まかせにごしごしとこすった。

それから数日のあいだ、ハマダさんの姿を見かけなかった。家は誰もいないみたいに暗く静かだった。ただ、次に会った時はいつもの彼女と変わりなかった。ご主人とのけんかはさほど深刻ではなかったのにちがいない。彼女はそのことについて何も言わなかったし、私も訊かなかった。暴力を受けたとしても、見た目ではわからなかった。それに、大抵の日本人はそうなのだが、ハマダさんも人様にいらぬ心配をかけてはいけないという考えにとらわれていた。私もアキラのことは何も言わなかった。その実、ハマダさんが私の秘密をばらしたのではないかと疑っていた。私たちは何も話さず何も打ち明けず、何事もなかったかのように振る舞った。ただ、今は互いの秘め事ゆえに、どこか張り詰めた緊張感は隠せなかった。私はただ、ハマダさんには自分のことをこれ以上ぜったいに話さない、と自らに言い聞かせるだけだった。彼女は家の庭を仕切る竹垣越しにハルエ伯母と頻繁に話をしていたが、アキラも話題になっているのではないかと私は疑っていた。そう思うと、私の目にはハマダさんが危険な存在に映った。注意しなければならないが、その一方で、彼女とのつき合いと友情はやはり必要だという考えに至った。今でもいちばん親しい人——いや、私にとって日本でたったひとりの親友だったのだ。にもかかわらず、彼女に対する疑念は私の心の中で鎮められぬ火のように広がり始めた。

私は家にこもるようになった。家族のみんなが仕事や学校に行っている昼間は、ユキちゃんの世話をした。ユキちゃんをおんぶして、ストーブと七輪の火の番をし、お粥を作り、男の子たちのポケットのつぎ当てをし、女の子たちのソックスのほころびを繕い、長い列に並んで米や野菜や燃料の配給を待った。

日々の仕事に飽きると、よくアキラと故郷のことを思った。「故郷の家族に手紙を書き続けなきゃいけない？　誰も返事くれないのに」と私はシイチ伯父に尋ねた。

「そうすべきだと思うよ。政府はすぐにも制限を解くかもしれないし。そういうことって、わからないものさ」

「でも、すごく空しい。手紙を書いても全部検閲を受けて返ってくる。これ、見て！」

私は返送された手紙を伯父にみせた。当局の大きな赤い印章と不受理を意味する誰かの印、裁可を示す象牙の認証印、それから読めも理解もできない赤い大きな漢字の塊がいくつか押印されていた。

「こりゃひどい。こんな私用の手紙だったら検閲を通ると思うよね。戦時中は心というものがないようだ」とシイチ伯父は言った。

手紙が返されるたびに私は泣いた。その後しばらくして、手紙を書くのはやめた。日本政府が外国へ出す手紙に厳しいのであれば、ハワイからの手紙が私に届くはずがないと思った。私は意気消沈して、こう考えた。私が故郷に手紙を書くのが難しいとしたら、ママとミヨも同じ試練を味わっているに違いない。手紙を書く気にすらならないほど、ふたりの状況の方がもっと悪いのかもしれない。

ある日の午後のこと、私は居間の床に座り、鍋の中の米を何度も手でかき回し、コクゾウムシをつまみ出していた。イワオは私の傍らで床に腹ばいになって朝日新聞の一面を読んでいた。その時、伯父と伯母がいつもより早く仕事から帰ってきた。伯母は買い物袋を台所に置き、私たちがいる居間に入ってきた。伯父も入ってきて一緒に座った。伯父も伯母もそれぞれ新聞の好きな頁を取って読んだ。

私は日本語が読めなかったので、イワオに言った。「何か読んで。漢字の読み方の練習になる」「いいよ」と彼は言って、短い記事を二、三読んでくれた。「待って、面白いのがある。お父さん、難しい言葉があったら教えてね」伯父はうなずいた。イワオは記事を読み始めた。書き出しはこうだった。米国政府はアメリカ在住の日本人を家畜のように一斉検挙して、強制収容所に送り込んでいる。伯父と伯母は読んでいた新聞を置き、イワオの声に耳を傾けた。

「どうしてアメリカ人はそんなことするんだろう?」読み終えるとイワオは言った。

「わからない」と私は言った。ああ、ママ、ミヨ、アキラ——どうしてる?

「アメリカ人は皆殺しにするつもりじゃないの」とハルエ伯母は言った。

「お前、黙ってろ」とシイチ伯父がぴしっと言った。「気は確かか? 言うことが極端すぎる。わしの妹のことかもしれんのだぞ!」伯母は素知らぬ顔をした。

「アメリカ人、そんなことすると思う?」と私は訊いた。

「誰にもわからんよ、ヒーちゃん。だけど、これは戦争なんだから……」伯父は肩をすくめた。私はしくしく泣き始めた。イワオは畳の編み目からはみ出た糸のゆるみを引っ張った。

イライラして伯母は言った。「イワオ、やめなさい! それにヒーちゃんも、いい加減にしないと。何も起こらないから。で、ヒーちゃん、こういうときじゃない? 慰めてもらいにハマダさんの家へ走っていくのは。あんたのいちばんのお友だちはどうしたの? 最近あんまり見かけないけど。やっぱり、あんたにもふさわしくない人でしょ?」

「やめんか」とシイチ伯父はハルエ伯母に言い、それから私に言った。「ヒーちゃん、気を落としちゃいけないよ。お母さんだってうれしくないだろう。それに、伯母さんのことは気にしないでいいから」伯父は腹立たしそうに伯母を横目で見た。

私はうなずき、自分の持ち物をまとめて二階の部屋へ上がっていった。イワオが後からついてきた。

「ごめんね」と彼は言った。「お母さんはいつも本気で言ってるわけじゃないんだ」

「お母さんの代わりに謝らなくていいの。外で友だちと遊べば!」

第十一章　アキラの赤ちゃん

妊娠五ヵ月になると、アキラの赤ちゃんはお腹の中でかすかに動き始めた。ちょうど、日本行きの汽船の中で寝棚の上をひらひらと舞っていた蝶みたいだった。六ヵ月目にはお腹を蹴って私を揺すり始めた。不安定な関東平野の下で起こる小さな地震のような感じだった。

「イワオ、さわってみて」アキラの赤ちゃんが初めて動いた時、私は台所から声をかけた。イワオはサーちゃんと一緒に居間の小さな低いテーブルで勉強をしていた。

イワオは走ってきて、岩棚みたいな私のお腹に手を置いた。「うん！」と彼は声を上げた。「これは奇跡だね」

「あたしが先に学校から帰ったのよ」とサーちゃんは大声で言うと、下唇をとがらせ、ふくれっ面で台所に駆け込んできた。「どうして私を呼んでお腹をさわらせてくれなかったの？」

「ほら、今さわって。赤ちゃん、まだ動いてる」

「もうさわりたくない」サーちゃんは足をドンと踏みつけて出て行った。

それからは毎日、アキラの赤ちゃんは盛んに宙がえりをし始めた。羊水の中で浮遊し、両手両足を伸ばして大きく成長した。赤ちゃんは狭い空間ででんぐり返るものだから、私のお腹のいろいろな器官に身体を押しつけてきた。その時の奇妙な初めての感触に、私は目が覚めるのだった。

近所の人たちがたくさん手を伸ばし縁起をかついで私のお腹をさわり、男だ女だと推測し合った。「お腹が南瓜みたいに丸いと男の子よ」とハマダさんが言ったことがある。最近では話をすることがあっても世間話だけだった。「それから、夏のウリみたいに長くてのっぺりしたお腹だったら、女の子よ」

しかし、私のお腹はわかりにくかった。丸々としているわけではないし、横に張っているわけでもなかったので、推測が難しかった。近所ではマッチ棒か線香を出し合って、男か女かで小さな賭けが盛んにおこなわれた。ハマダさんに警告されていた。「あんまり人にお腹を触らせてはいけません。それに、人の顔をちゃんと見なさい。きつい顔の人は、赤ちゃんと母親の両方に険悪な悪霊を残していくわよ」彼女の言うことは迷信に過ぎないとわかっていたが、ハルエ伯母には私のお腹をさわらせなかった。私は心の奥底で伯母を悪霊に結びつけていたのに違いない。

そのことでハルエ伯母が伯父に恨みがましく不平を言うのが聞こえた。ふたりは寝室にいたのだろうが、伯母の低く響く声は聞こえてきた。しかも、はっきりと。「ヒーちゃんはたちが悪い。お腹にさわらせないのよ」

「お前がそう思ってるだけだろう。頼めばいいじゃないか」

「言ってくれてもいいじゃない?」

「お前は心が狭いな」

「私が、心が狭い? あの娘はどうなのよ」

「ああ、わかるよ。ふたりとも問題だ。妹がいたら、ふたりの扱い方がちゃんとわかるだろうに」

「いつも妹のほうが私より立派みたいに言うよね。それにいつもヒーちゃんの肩をもつし。あなたの妹にはうんざり。ヒーちゃんにもうんざり。あの娘は単なる厄介者じゃない」伯母の声がひきつった。「誰もわからないの? あなたとイワオは見えてない。近所の人たちも見えてない。みんなあの娘と仲良くしたがる——あの娘は避けてるっていうのに」

伯母にとって私は誠実な人間ではなかったのだ。それでも、どうであれ、伯母にはお腹をさわらせたくなかった、絶対に。

ある日のこと、どういう風の吹きまわしか、ノリオは学校から帰ると私に話しかけてきた。まだ黒い制服姿で、片方の腕から外套が垂れ、もう一方の手はカバンを握っていた。珍しく太陽が出て春の気配がする日だったので、私は家の台所の入り口横の階段に腰を下ろし、うつむいてノリオのシャツの繕いに没頭していた。その時までノリオが私に話しかけることはめったになく、ただ私がいることに不平をもらすか必要なことしか言わないか、いずれかだった。ところが、その時は帽子を脱いで大きな笑顔をみせてくれた。平らで切れ長の目が、すべすべとした顔の中できらきら輝いていた。どうみても私に話しかけようとしているみたいだった。わずかにためらってから、彼はこう言った。「訊いてみたかったんだけど……あの、お腹にさわってもいいかな?」

「うん、いいよ」きょとんとして私は言うと、縫物を傍らに置いた。

ノリオは最初は恥ずかしそうだったが、ゆっくりと私のお腹の上に温かい手を置いた。最初は恐る恐る遠慮がちにさわっていた手がしっかりとしてきた。「女の子だと思うよ」と宣言すると、彼は私を見上げて思案するように瞬きをした。「まちがいない」

ノリオのふるまいには実際のところ驚かされたが、彼はただ仲良くしたかっただけなのだ。それからは、私の前でもずっとくつろぐようになった。ノリオは心が狭いというけれど、それは多分イワオの言い草だったのだ。それに、彼のシャツやズボンにアイロンをかけ靴下を洗うのは私だとか、野菜を漬けるのも私、自分や兄や姉が食料の買い出しをしなくてもよいように配給所に行くのも私だというのは、たぶんイワオの思い込みだったのだ。

「家に新しい赤ちゃんができるのはいいことだよ」とノリオは言った。「母の気持ちも和らぐよ。赤ちゃんが好きだからね。それに、母のことをきつい人だと思っているかもしれないけど、それほどでもないんだよ。ここ数年で人が変わってしまって。辛いことがたくさんあったからね」

私のお腹に触れるノリオの手は私に善良で穏やかな霊を宿してくれた。しかも、彼がしたことや言ってくれたことのおかげで、私は伯母にもっとやさしくしようと心に決めた。その日の夕方、バタバタと火をあおぎながら鍋をかき混ぜる伯母の横で、私は料理をしながら言ってみた。「伯母さん、赤ちゃん、どっちか当ててほしい」

「あたしを何だと思ってんの?」伯母は振り向いて言った。その目は私に穴をあけるドリルのようだった。「あんたはみんなにお腹をさわらせてるじゃない。ばかげたお遊びの相手がいないときだけ、あたしのところに来るんだから。金を払っても、あんたのお腹はさわらないよ!」伯母は片方の肩と顔をぐいっと上げると、料理に使っていた箸を落として出て行った。

私はそれぞれの皿に料理を盛ると、煙と熱から逃れようと竈《かまど》の前の腰掛けから離れ、ごちゃごちゃした台所の調理台横にある長椅子に座った。アキラの赤ちゃんがお腹の中でごろんと動いた。まるで何かのショックが伝わったみたいだった。その反動で、今度はお腹いっぱいに動き出し、両手でお腹を押し上げ、お尻をわき腹に押しつけ、それからでんぐり返った。赤ちゃんの反応は慌ただしかった。不意に解き放たれた感じだった。アキラの赤ちゃんはハルエ伯母の憤りを感じたのだろうか。伯父と伯母の言い争いを聞いた時には泣いたのだろうか。アキラの赤ちゃんがどうなるのか、私にはわからなかった。こんな生活では幸せな将来を約束することはとてもできなかった。与えられるものもほとんどなかった。星も鳥も花も、それに希望もなかった。

とは言え、妊娠していても生活費を稼ぎたいという気持ちが衰えたわけではなかった。私はボーイスカウトの火打ち石と火打ち金（カイヴィキから持参していた道具）で火をおこす技を身に着けていたので、政府支給の週一人あたり六本のマッチを節約できた。私はすぐに近所の女性たちに火打石の使い方を教え始めた。火打石は刃物店にいっぱいあった。最初にハマダさんに教え、それからハマダさんが他の人たちに私を紹介した。

誰かの家で火をおこす手伝いに行くときはいつも、ハルエ伯母は腐った臭いを嗅ぐように鼻に皺を寄せて、こう言った。「いらんことを」しかし私は何も言わず、仕事の依頼に応じた。こんなささやかな仕事でも何円かの稼ぎになった。

以前は私を避けていたトウマさんまでが、燃料の節約法を自分と嫁と姑《しゅうとめ》に教えてもらえないかと、ハルエ伯母に頼み込んだ。それまで私は彼女たちを敬遠していたのに、そんなことよりも必要性が勝《まさ》ったというわけだ。その日、ハルエ伯母は私の午後の火打石レッスンの予約にサーちゃんを伴わせた。

トウマさんの家に着くと、トウマ家の三人の女性たちは最初にサーちゃんに挨拶した。トウマさんのお嫁さんが言った。「サーちゃん、お手伝いに来てくれてありがとう」

「うん」とサーちゃんはうなずいたが、気持ちがこもっていないのは明らかだった。トウマ家の女性たちはサーちゃんのそっけない返事に当惑し、互いに顔を見合わせた。

トウマさんが私に挨拶すると、背後にいたお嫁さんとお姑さんは手で口を押さえて笑った。こらえられないという感じだったので、私は無視することにした。「さあ入って」とトウマさんが言った。「久しぶりじゃない」

女性たちは私を見て戸惑っているようだった。多分、私は背が高く、不格好で、女らしくなく、大きなお腹をしてよたよたと歩く娘だったからだろう。変な日本人だったわけだ。日本に持参した呪物を前にして、私が深々と頭を下げているときは特にそうだった。それは囲炉裏の火の神様のつもりで紙と棒で作ったものだった。それ以前に教えた他の女性たちも、同じような表情を浮かべていた。

ハワイで、まだ私が子どもの頃、ママが縁起物として家の周りに松や竹を飾ったり、棚や戸口に磁器製の大地の神様を置いたりしたものだ。私はそんなものには大して関心を払わなかったが、今はそういうものを敬うことが大切に思え始めた。大地の神様を敬うようになったのは、多分、お腹の中の新しい命のせいだったにちがいない。命というものが如何にか弱いものかが段々とわかってきたからかもしれない。ともかく、火をおこすレッスンの前に、家の火の神に拝礼する除霊の儀式を執り行った。悪霊を払うためだった。みかんと団子を供え、蝋燭に火をともし、かしわ手を三回打って拝礼した。どこの家にも霊が住みついていたが、あえて危険を冒すことはしなかった。日本に来る前にママが警告してくれていたからだ。「火の前では慎むように。火をもてあそんだらいけん。正しい使い方を覚えんさい。気つけにゃ、赤ちゃんに何が起こるかわからんけぇ」

長いレッスンの間、サーちゃんはずっともぞもぞしていた。私と女性たちは火打ち道具を使って火花をおこす作業中ずっとクスクス笑っていた。その後は、ついた火種を消さぬよう一緒に息を吹きかけた。フーッ、フーッ、フーッ。これを何度も何度もやった。サーちゃんはうんざりといった視線を送ってきたが、私は「もっと、もっと」と励ました。退屈したサーちゃんは笑いの輪には加わらず、はしゃぐ女性たちを信じられないとばかりにじっと見つめていた。

そんなことにはお構いなく、女性たちは成功するまで作業に没頭した。ひとたび火がつくと、火は女性たちの顔のまわりを舞うように燃え上がり、戦争が彼女たちの生活に植えつけた緊張感とか恐怖感を多少なりとも和らげてくれた。私はわざと長く滞在し、サーちゃんのもう我慢できないという顔をほくそ笑んで見ていた。いけないとは思いながらも、私はサーちゃんを困らせるのを楽しんだ。

帰る間際に女性たちが礼金を差し出したので、私は儀礼上きちんとお断りした。「まあ、そんなこと……」

「いえ、いえ、どうぞ受け取って」と女性たちが言うと、また私は「こちらこそ」とか「ご親切に」と儀礼の言葉を重ねた。その後、数え切れないほどのお辞儀の末に、ようやく私はお金を受け取った。このようなやり取りでお金の授受が円滑になるのだ。これは全部「シバイ」、つまり演技、嘘だった。私の本音は、お金をもらってすぐ帰りたい、ということだった。

外に出るや、サーちゃんが言った。「じゃあ、それ渡して」私は彼女の顔をまじまじと見つめたが、何も言わなかった。

サーちゃんは続けた。「今日からお母ちゃんはね、もらったお金は全部お母ちゃんのものにしたいの。あんたは自分のものにはできないよ」

「稼いだお金、半分以上、いつもお母さんにあげた」

「お母ちゃんは全部ほしいの。あんたが要る分はお母ちゃんがくれるから。さあ、渡して」

「お金、直接、お母さんに渡す、あんたじゃなく」

「好きにすれば。でも、言うとおりにしないでお母ちゃんに叱られても、私のせいにしないでね」

「わかったよ！」と私は言った。「お金が欲しいんだろ？ さあ、取れば！」封筒をサーちゃんに投げつけた。その瞬間、ミヨのお金に関する罪悪感の波がどっと押し寄せてきた。別問題なんだから、と合理化しようとしたが、心の奥底では同じことだとわかっていた。

「待ってて。お母ちゃんに言ってくる」彼女は封筒を投げ返し、家の中へ駆け込んだ。

私はお金を着物の袖にたくし込んで彼女の後を追ったが、玄関先で手を突き出して立っているハルエ伯母に、行く手を不意に阻まれた。一寸もひるむことなく、私は背筋を伸ばして伯母を直視した。それから袖の奥深くをまさぐって封筒をつかみ、それを伯母に差出した。伯母は封が破られていないか素早く確かめた。封が破られていないこと、つまり、私が金をくすねていないことに満足すると、「晩ご飯の支度を手伝いなさい」と言って、そのまま立ち去った。

私は赤ちゃんを守るためにお腹に腕を回した。

第十二章　言葉

毎週毎週、家の米袋は軽くなっていったが、私はできる限りお金を稼いで貯えていた。食事の量は少しずつ減らしていったので誰も気づかないほどだったが、まもなく一日二食になった。食べ盛りの子どもたちがいたので、わずかな食料を工夫して長もちさせた。その頃はママのことをよく考えた。パパが死んだ時、ママの顔色が変わったこと、とりわけミヨと私に食べさせるものが少ないことを嘆いて、ママがいつも目に涙を浮かべていたことを思い出した。食料をもっと手に入れるために日本語がうまくならなければ、と思った。故郷のヒロにいたポルトガル人の魚売り女みたいに、上手に駆け引きができなければならなかった。

それからは人々の話す言葉に真剣に耳を傾け始めた。どうみても、私がしゃべる日本語は舌がもつれるひどいアメリカ訛りで、浜松のウナギみたいに言葉が身をくねらせて口から出てきた。どうりで、みんなが私のことを変な人だと思うわけだ。私は不適切な言い方で男性と女性の双方に知らずにこう話しかけていたのだ。オイ、ミズ　クレ。無知ゆえに、私の口調は粗野で無礼で品のない人の言葉に聞こえたのだ。

言葉の苦労をハマダさんに打ち明けると、お子さんの本を何冊か貸してくれた。しかし、その本は私には難しかった。日本語の表意文字をなかなか覚えられなかったからだ。仕事が終わってから夜寝るまで勉強したし、サーちゃんに助けを求めすらした。イワオとノリオには自分の勉強があったので、家の中で時間がたっぷりあるのはサーちゃんだけだった。それなのに、彼女はこう言った。「忙しいの。イワオに訊いて。あの子は暇だから」訊いた私がバカだった。それでもすぐに、人の話を聞けば耳で覚えられることがわかった。しかも結果的に、話し言葉は必要に迫られて早く身についた。ただ、読み書きは相変わらず遅かった。数週間はもたもたしたが、その後は敬語を使えるようになったし、高尚な言葉と俗な言葉を使い分けることも上達した。どうしても使う必要がある言い回しや拝み倒す言葉も身についたし、抑揚をつけて言えるようにもなった。それに、遜《へりくだ》る「お」も。こうして身につけた新たな技量がなかったら、私は家族を餓死させていたかもしれない。みんなは私に頼っていたし、私はみんなを落胆させたくなかった。

私が食料を買いに配給所に出かけ始めた頃、ハルエ伯母は私に嫌味ったらしく言った。「あんたは値引きの仕方を知らないんだから、なんの助けにもならないよ」しかし今は、私が店の人や道端の露天商と一人前に交渉できるようになっているのを知って、伯母の嫌味はなくなった。

身に着けた丁寧な日本語を試していたある日のこと、「ショウユ クレ！」と言っていたのが「この醤油、いただけますか？」に変わった。すると、行きつけの醤油屋さんは大きな笑顔を見せた。

「ええ、いいですよ！」と彼女は言った。

「おいくらですか？」その日までは、まず英語で考えてから場違いな日本語に置き換えていたので、多分「イクラ？」と無礼な言い方をしていたのではないだろうか。

「三十銭です」

「とても高いですね」私はもはや以前の「タカイナ」という言い方に戻ることなく、そう言えた。

それからは醤油屋さんと普通に交渉ができた。その日は二升の醤油を二十銭で買った。売主は値引き交渉の間ずっとうなずいたり、微笑んだり、励ましてくれたりした。

私は最良の商売人を相手に買い物ができるようになった。しゃべるとまだ時々「イェア」と言ってしまったが、それでもせいぜい変わった癖ぐらいにしか思われないようだった。

ある日のこと、私が日本語を勉強しているのを見てノリオが言った。「英語を教えてくれないか」ノリオはすごく頭がよくてまじめだと、ハワイにいる時ママから聞いたことがある。数学と外国語を勉強するために大学に行きたいらしいとも聞いていた。

ノリオに頼まれてから毎日、彼が戦時工場に改造された学校へ仕事に行く前に、単語をひとつ教えて練習させた。「ノリオ、今日の単語はツレインよ」

「ト‐レイン」

「そうじゃない、ノリオ。ツ‐レイン、ツ‐レイン。ツレインよ」

「チュウ‐レイン、チュウ‐レイン、チュウ‐レイン」

「まあまあね」

ノリオは私が教えた単語を発音練習のために真剣に大きな声で反復したが、学びたい一心からか気持ちが高ぶり、声がうわずった。このような英語のレッスンのおかげで、私は母語と故郷へのつながりを感じられたし、多分、ノリオは空腹感を忘れられただろう。当然のごとく、ハルエ伯母はこのレッスンに反対してノリオを叱った。「英語は敵の言葉――女々しい奴の言葉よ。うちでは英語を使うことも勉強することもダメ。ここは日本よ。アメリカじゃないの」

対応策として、ノリオが学校へ行く前に二階の部屋に隠れ、一日二語、いや三語も教えるようになった。「ノリオ、今日の言葉はツリー、サン、フラウァー。聞こえた? ツリー、サン、フラウァー!」ノリオは反復したが、やはり音を外した。「チュ-リー、サ-ン、フラワー」

その頃には私と伯母は互いに意固地になって関係がこじれすぎ、私はもうどうでもよくなっていた。だから、伯母が私のことを放っておいてくれたらいいのにと思ったし、私も伯母を放っておけたらいいのにと思った。けれども、家の中は狭すぎて、一緒に心地よく暮らすことはできなかった。互いの憎しみの気持ちが文字どおり家の壁板に響いた。

ある朝、ノリオと一緒に二階にいたら、部屋の入り口にサーちゃんがふらりと現れた。「あ、見つけた」と彼女は言った。「待ってなさい。お母ちゃんに言いつけてやるから」

「よくもお前は」とノリオは言い、サーちゃんをつかまえようと手を伸ばした。が、彼女のセーターをつかみ損ねた。

「誰にも止められないよーだ」

「学校に行ったほうがいいよ」と私はノリオに言った。使っていた単語表をすばやく隠したが遅かった。朝早く出かけたハルエ伯母が家に引き返してきた。何か忘れ物をしたのだろう。伯母には珍しいことではなかった。母親が戻るや否や走り寄り、私たちのことを言いつけるサーちゃんの声が聞こえた。

「お母ちゃん、ヒーちゃんはまだノリオに英語を教えてるよ。今晩言おうと思ったけど、お母ちゃんが戻ってきてよかった」

ハルエ伯母は二階に上がってきて、かんかんになってこう言った。「私は前になんて言った?」伯母は私にハンドバッグを投げつけた。「うちではダメ!」

サーちゃんは私とはわずか一歳ちがいなのに、もっと年下のように思えた。しかも、彼女は自分の外見に異常にこだわった。毎日、鏡に映る自分の顔をしげしげと見つめ、しきりに口を尖らせては笑顔を作ってうっとりとし、風に揺れる花みたいに右に左に頭をかしげた。廊下に置いてある鏡の前でサーちゃんがそうするのを見ていて、私は認めざるを得なかった。私はハワイの家で同じことをミヨの目の前でしていたのだ。その時、私の姿は癪《しゃく》にさわったにちがいない。

子どもじみてはいたが、私はハマダさんにサーちゃんのことを愚痴った。私が従妹の妬《ねた》ましい境遇を嫌悪していることにハマダさんは気づいていたからだ。それに、私が言うことをハマダさんが伯母に漏らしても、私はもう気にしなくなっていた。アキラのことを打ち明けてからは、もはやハマダさんには隠しておく秘密などなかった。互いの立場などお構いなく、ふたりの間の緊張感にも頓着せず、私はハマダさんと連絡を取り合ったし、ハマダさんは何度も私に諭してくれた。「おうちの娘さんと張り合っちゃだめよ」

「わかってるんだけど……あの娘はむかつくの」

「自分を大切にしなきゃ。自分を貶《おとし》めちゃダメ」と彼女は言った。「赤ちゃんが生まれるんでしょ。あなたが赤ちゃんになってどうするの」

そうこうするうちに、ハワイにいた頃には関心がなかったことだが、ママがしていた仏教と地霊信仰の儀式が大きな慰みとなった。サーちゃんや伯母や身の回りの何もかもが手に負えなくなったことが原因だった。毎朝、なにがしかの精神の安定を保つために、私はすべての大地の神々に感謝した――水の神、木の神、山の神、海の神。かしわ手を三回打って神々に呼びかけた。大地と家の霊に感謝し、祭壇の守り神に頭を下げ、はたまた、この世に生まれては逝き、また生まれ来るすべての魂のために、位牌の傍らに灯るご先祖様の蝋燭の火を絶やさなかった。太平洋両岸のすべての人たちに、生ける者にも死せる者にも、安らかなれと私は祈った。それから自分の心に欠けているものを会得できるよう祈願した。深い憐みと大人の心、正しい自己認識、サーちゃんとハルエ伯母をより深く理解することを。

第十三章　スミエ

一九四二年の三月と四月、冷たい雨がよく降り、単調な生活の中でもとりわけ荒涼とした日々が続いた。皮膚のひび割れは骨の近くまで深くなり、ただ家の壁に踊る火だけが心地よいと思える毎日だった。天気の良い日には、家事から解放されるや外に出て、家の前の路地でいとこや近所の子どもたちと遊んだ。

アキラの赤ちゃんがまだお腹にいる間に、歌や子どもたちの歓声や詩の言葉を聞かせたかった。私の身体を通して、心の軽快さを感じてほしかった。もう既に私の子宮の中を涙の川が幾筋にも流れていたからだ。アキラの赤ちゃんは喜びよりも悲しみをよく知っていた。それがわかっていたからこそ、私は楽しくしようと努力した。この赤ちゃんが私に人生を違う目で見させてくれたのだ。自分のことだけではなく、赤ちゃんや他の人たちのことも考えられるようになった。ただ、他の人のことを考えるのは、まだまだ難しくはあった。

戦争は続いていた。何が起こっているのか、私はほとんど知らなかった。新聞は読めなかったし、忙しすぎてあまり関心をもてなかった。戦地からは遠く離れていたし、戦争について訊けるほどの知識もなかった。伯父もノリオも私に戦争のことを話してくれる暇はなかった。ただひとつだけ戦争とのつながりを感じたのは、その年の四月から週二日、ハルエ伯母が近くの日本帝国陸軍病院で奉仕活動を始めたことだった。

ハルエ伯母の仕事を話題にしている時、ハマダさんがこう言った。「あの人はね、たくさんの負傷兵を心の闇から救ってあげたらしいわよ。満州や中国やフランス領インドシナで戦った兵隊さんたちで、毎日毎日壁に頭をぶつけたり、窓から外をじっと見つめたり、眠っている間に叫んだりするそうよ。自分がした恐ろしいことや昔起こったことしか見えないらしいの」

「兵隊さんたちは何をしたの？　伯母はどうやって治すの？」と私は尋ねた。あの伯母に一体どんな善行ができるのか知りたくてたまらなかったのだ。

「さあね。でも、忘れられないほど恐ろしいことだったはずよ」とハマダさんは言った。

じめじめした寒さは五月の初めまで続いた。寒さが続いたために新鮮な食品は乏しく、塩辛い漬物しか食べられなかった。そんなある日の夕方、家族みんなが家にいたところへ、私は焼き立ての栗を出してみんなを驚かせた。夕食後、台所から焼き栗を運ぶと、子どもたちは熱い大きな器に手を突っ込み、すばやく栗をつかむと、手の中にフーフーと息を吹きかけて冷ました。

「ヒーちゃん、ユキちゃんにもあげて」とハルエ伯母が要求した。「食べるかどうかみてみてよ」

私は栗の皮を歯でむき、実を小さく割って、私の膝に座っているユキちゃんにあげた。ユキちゃんは実を何度か噛んでから飲み込んだ。

「もっと」と彼女は片手を差し出して言った。

私はもうひとつ取って彼女に与えた。驚いたことに、今度は一度だけ噛んで丸ごと飲み込んだので、すぐにのどに詰まってしまった。

「何したの」と言って、伯母は私たちの方に駆け寄ってきた。すると、ユキちゃんをさっと取り上げ、あわてて背中をたたき始めた。ユキちゃんはすぐにせき込んで実を吐き出した。「あんたがあげた実は大きすぎたのよ。よく見て。どんな母親になるつもり？」と言うと、伯母は吐き出された栗の実を私の顔に投げつけた。

「私はそんな……それほど」と言った途端、私は体をふたつに折り曲げた。痛みの波が身体中に押し寄せた。陣痛が始まったのだ。

「赤ちゃんを産むには若すぎるねえ。腰はまだ子どもみたいに細いじゃないの」と産婆さんは言った。「嘘は言わない。これは難産になるね」

私は耐えられない陣痛の痛みに両目をきつく閉じて息を止めた。産婆さんの難題？それは足から先に出てこようとする赤ちゃんをぐるりと回転させることだった。「でも、心配いらない。私を信じて」と彼女は言った。「大丈夫よ。前にもやったことあるから。あなたの赤ちゃんは足から先に出てこようとしてるの。きっと歩きたいのね」産婆さんのユーモアに私は弱々しく微笑んだ。

私は痛みに耐えかねて床の上でのたうち回った。「アキラー！」私は苦しみのあまり叫び声を上げた。こんなに痛くなるなんて、ママは何も教えてくれなかった。身体の中が燃えているみたいだった。私は再び故郷のサトウキビ焼き畑の熱を感じていた。

もっと毛布を、もっとタオルを、もっと水を、もっと石油を。産婆さんにあれやこれやと頼まれて、ハルエ伯母は部屋を出たり入ったりしていたが、これっぽっちもやさしくなかった。むしろ、その晩は私の出産のせいで、それでなくても既に狭くなっている自分の部屋で、みんなが寝なければならないことにイライラしていたのだ。その腹立たしそうな顔を見ていて、私は伯母が消えてくれたらいいのに、産婆さんと私だけにしてくれたらいいのにと思った。

私は伯母に自分のいちばん無防備な姿を見られたくなかった。私の恥毛や赤ちゃんの頭が出てくるところを伯母に見られたくなかった。それでも伯母は部屋に入ってきた。私の股間を、いちばん無力な私の姿を見たくて興味津々だったのだ。そうすればきっと、伯母にとって私はそれほどイライラの対象ではなくなるだろうし、シイチ伯父からいろいろと聞かされている私の美人の母親も、そんなに謎めいた存在ではなくなるのだろう。私が姿勢を変えるたびに、伯母は首を伸ばしてにじり寄ってきた。一度、私が大きなうめき声をあげると、伯母は言った。「うるさい。我慢しなさい。日本の女はこんな小さいことで泣きわめいたりしないよ」

それだけ聞けば十分だった。それからは、私は一言も声を発しなかった。産婆さんにお腹を押されても、うめき声をぐっとこらえた。その代わり布団を握りしめたが、やがて布団は両手をすり抜け、手のひらに爪が食い込んだ。アキラ、アキラ、アキラ、と心の中で繰り返し叫んだ。その名にしがみついた。アキラの名前は、このお産を無事にやり遂げさせてくれる命綱だった。

お産は長引いた。「医者を呼んだ方がいいと思います」とうとう産婆さんは伯父と伯母に言った。

ハルエ伯母は目を細めた。「どうして？　なんで？　私たちはみんな問題なく出産しましたよ。医者を呼ぶとお金がいります。医者だって、まったく！　この娘は単に弱虫なだけよ」

「うるさい、お前は。そんなこと言うもんじゃない。バチが当たる」とシイチ伯父が諭した。

「バチ？　そんなもん。ヒーちゃんを孤児院に入れてよ。そしたら、この娘のこと、気に病む必要ないから」

「口を慎め！　ヒーちゃんは家族の一員、妹の娘だ」
「ああ、そうよね。お妹さんの娘よね！」
「よくもそんな！　勝手に人を放り出すもんじゃない、わかるか？　今あの娘を放り出したら、わしらは餓鬼道に落ちるぞ。お前はみんなを地獄の火の中に突き落とすことになる——全部お前の血も涙もない心のせいだ！」このようにシイチ伯父は私を思って意見をしてくれ、伯母に来世を思い起こさせた。

伯母が恐れていることがあるとすれば、ただひとつ。それは自分の魂が救われるかどうかという問題だった。だから何としても、伯母は自分の箸と茶碗を大事にしなければならなかった。自分の茶碗は永遠に燃える（訳者註：施餓鬼《せがき》あるいは盂蘭盆《うらぼん》に言及）と諭されて、伯母は耐えられず、それ以上毒づくのを思いとどまった。

その日、シイチ伯父が家にいて私をかばってくれて本当に運がよかった。伯父は私たちの口げんかによく割り込んできてくれたが、大抵は仕事で家にいなかった。たまに家にいるときは、できるかぎり家庭内の和を保とうと努めてくれた。それに私は伯父と伯母の関係が段々とわかり始めていた。シイチ伯父が確固たる信念をもっている事柄に関しては、伯父の発言は家庭内において最後通告だった。伯父は医者を呼びに行くために外套を羽織った。

「待って」と産婆さんが言った。「医者を呼ぶ前に、もう一度やらせて」

産婆さんが赤ちゃんを押し出す間、私は分娩の最後の激しい陣痛に耐えた。すると、伯父と伯母が盛んに声をかける中、アキラの赤ちゃんはこの世に滑り落ちた。スミエと名づけた。

出産が終わっても、私は母乳が出なかった。何ヵ月も食べるものがほとんどなかったせいだと思った。スミエは生まれる前から私の身体を吸って干からびさせ、イチジクに巣くう蛆虫《うじ》みたいに内側から私の肉体を蝕《むしば》んだ。スミエが生まれる前から、私の身体には与えられるものが何も残っていなかった。それでも、わずかな栄養を吸い取ろうとして、スミエは私の乳首を必死に吸った。最初は茶色いものが出てきたが、何の足しにもならない滴《しずく》だった。乳首を吸いながら、スミエは不満を漏らした。「ウーム、ウーム」と言うとぷいと乳首を離し、のけぞって大声で泣いた。生まれてすぐの欲求が満たされないために、スミエの睡眠は不安定になった。私は経験がなかったので、自分の身体がどうなったのか、わかりようもなかった。ただ、スミエを抱きしめて揺することしかできなかった。娘と自分の痛みを和らげるために。

エーン、エーン! スミエはお腹をすかして目を覚まし、まるでサトウキビ畑に捨てられて死んでゆく子どもみたいに泣き叫んだ。毛がなくピンク色で目が見えず、口を大きく開けて鼻で地面を掘るサトウキビ畑のネズミみたいに、スミエは私の身体に顔をすりつけてきた。むずかって、私に身体をあずけて上下にもぞもぞ動いた。その力は奇跡に等しかった。飢えのせいで人は奇妙なことをするものだが、赤ちゃんも同じだった。

「ほら、これを食べなさい」とシイチ伯父は言って、防寒のために仕事着の上に着ていた外套、つまり古い羽織の袖に隠しておいたわずかな食べ物を、私に差し出してくれた。私に体力をつけさせたかったのだ。「ほら、ひよこ豆に餅に干し柿にパン切れ」伯父はそれらをまるで手品みたいに私の手のひらにばらまいた。

「ありがとう」と私はか細い声で言った。

ひどく空腹だったので、私はむさぼるように食べた。その間、シイチ伯父は泣きやまぬスミエを抱きかかえて腕の中で揺すり、「よし、よし」と言ってあやしてくれた。生まれてから最初の数日間で、スミエは体重が減り、声の力もなくなりはじめた。そのスミエに伯父は歌を歌ってくれた。

モシ、モシ、カメヨ……「まだ諦めちゃあいけないよ、いいかい？」……セカイノウチデ、オマエホド……「自分の命ほど大切なものはないんだから、しっかりつかまっていないと。うちで死なれちゃ困るよ。だって、うちに泳ぎ着くまでこんなに長くかかったんだからね」……モノハナイ……「頑張るんだよ、いいかい？」……ドウシテ　ソンナニ　ノロイノカ？　伯父は赤ちゃんを上下に揺り動かす合間に、かならず歌を歌い話しかけてくれた。スミエの握力を試すために、伯父はスミエの握りこぶしの中に小指を差し入れた。「その調子。うん、生きられるよ」と伯父は言った。その目には割れたガラスのように涙があふれていた。

ノリオとイワオは代わるがわる二階へ上がってきてはスミエに話しかけた。ふたりの声は命と息遣いの流れとなって、この世を生きる生命力へとスミエをおし進めてくれた。サーちゃんは、心配してというよりも好奇心から、赤ちゃんの様子を見るために、一度だけ兄弟についてきた。「見て！」と言って彼女は笑った。「道路の向こうのミハタさんちの歯なし婆さんにそっくり。ヒーちゃん、なんでお乳が出ないの？」奇妙なことに、彼女の言葉にはいつものとげとげしさがなかった。妙におとなしくて、戸惑っているみたいだった。多分、この新しい命のせいだろう。

「お寺で子どものためのお祈りはしたくないからね」サーちゃんを無視して、イワオがスミエに言った。「うちには今までお地蔵さんはいらなかったんだから。お前が最初になっちゃだめだよ」

「そんなこと言うもんじゃない」とノリオが叱った。

言い方はよくなかったかもしれないが、イワオの気持ちは理解できた。だから、私は彼を責めることはできなかった。誰だって、地蔵さまに水をかけて私の死んだ子を弔ったり、スミエの名前を縫いつけた赤いよだれ掛けを地蔵さまにつけたりしたくはなかったからだ。

「でも、どうしてみんな、かわいいお祝いを持ってくるの？　ほら、この靴下や手袋やシャツ。この子のために作ったんでしょ」とサーちゃんが言った。

「そんなことしか気にならんのか？」とノリオが訊いた。「お祝い？　あっちへ行け。ヒーちゃんの前でそんな話はするな。お前は妹だけど、顔を見たくない」

「お母ちゃんに言いつけるから」

「どうぞ」とノリオはうんざりして言った。

「あいつのことは気にしないで」と、サーちゃんがその場を離れると、ノリオは言った。「近所の人たちの注目やお祝いを全部ヒーちゃんが受けてるから、うらやましいんだよ。あの子がどんな子かわかるだろ。全部自分のものにしたいんだ」

まもなくして、スミエの両目は薄い膜ができて曇ってきた。私は動揺した。スミエが闇を透かしてあたりを見ようと手探りする様を見ていると、私は正気を失いそうだった。まるで、苦しむために自分をこの世に産み落としたのは誰なのかを知りたがっているみたいだった。お前はだれ、と彼女の目は問うているようだった。どうしてこんな飢えと痛みに私をさらすの？　スミエは私の干上がった乳房がひりひりするまで必死に乳を吸った。

空腹のせいで、絶えず空腹だったせいで、スミエはこぶしで歯茎をこすり、ひび割れるまで指の関節を噛むようになった。そのうち、自分の肉を吸い始めた。もはやとても辛抱できずに、栄養が流れ出てくるのを待っていた。まるで飢えた獣のように、私の乳首に襲いかかろうと待ち構えていた。けれども、何も起こらず、何の助けにもならず、役に立たなくなった私の乳房は、乳を蓄えて張るどころか、しゃもじみたいにぺちゃんこになった。スミエは両こぶしを私の身体に叩きつけ、空腹の痛みに声を上げて泣いた。

私の部屋を訪ねたイワオが、こう訊いてきた。「どうしてスミエって名前にしたの？」

「その名前にしたのはね……」先を続けるのをイワオは待っていたが、私はそれ以上の説明ができなかった。本当はこう言いたかったのだ。スミエと名づけたのは、この子が最後の子、私のたったひとりの子になるからだ、と。これ以上の子はつくらない、つまりスミエの名前となっている「スム」ことが、私の思いだったのだ。この子が死ぬなんて考えてもみなかった。

生まれて三日目に、スミエのお腹が熱くなってきた。乳が出るのを待っている間に、そのお腹は水につけておいた豆みたいに膨らんできた。スミエは衰弱していたので、ぐずって力なく口をパクパクさせるだけだった。私は口移しで水を与え、舌の先を吸わせた。

「ヒーちゃんを助けにゃならん」と伯父はハルエ伯母に言った。「この子を死なすわけにはいかん」

「でも、ミルクを買うお金がないでしょ！」

ハマダさんが私とスミエを見舞いに来ないので、また旦那さんと喧嘩をしているのかなと思った。彼女には出産前から会っていなかったので、四日経ってようやく彼女が来てくれた時は、まったく期待もしていなかった。その頃は既にスミエは生気がなく、あまり反応もしなくなっていた。ハマダさん自身も顔色が悪く具合が悪そうだった。「ごめんなさい。いつもならもっと早く来てたんだけど……」彼女は長いため息をつき、肩をすくめ、眉間に苦痛のしわを寄せて私を見た。

「いいんです」と私は言ったが、彼女の右目の下にかすかだが間違いなく黄色っぽい変色があるのに気がついた。それでも、彼女に会えたことに安心し、また以前のつき合いもあったので、彼女が私的な問題を抱えているかもしれないとか、彼女の重荷を軽くしてあげなければという気遣いも忘れてしまって、私は出し抜けにこう言った。「ハマダさん、助けてくれませんか。赤ちゃんにお乳が必要なんです。私の身体は乳が出ないんです」

「さあ……そうねえ……あっ、ひとり知ってますよ。多分助けてくれるでしょう……」ハマダさんはそれだけ言うと、すぐに帰っていった。その日のうちに、彼女からある連絡先を記したメモ書きが届いた。ハマダさんの紹介で、私はカトウさんを知ることになった。この人は近所の立て込んだ地区に住んでいた。

「ほら、見て。乳牛みたいでしょ」スミエを連れて行くと、カトウさんはデーバ、即ち、梵天《ぼんてん》様みたいに笑って言った。「私には日本の子どもたちのお乳がたっぷりあるの。ほら、おっぱい大きいでしょ。そう、これが私流の貢献なの。政府はね、私たちにいっぱい子どもを産んでほしいのよ。だから、私も子だくさんというわけ。それにね、妊娠するたびに配給を増やしてもらえるのよ」

私は撚糸《よりいと》で作った人形みたいにぐにゃりとした娘を両腕に抱いて、カトウさんの脇に回った。彼女はスミエをのぞき込んでから言った。「こんなにお婆さんみたいに痩せて干からびてしわくちゃになるには早すぎるわ。まあ、かわいそうに。でも、心配ないわ、私に抱かせて」私はうれしくなって、スミエを預けた。「ほら、おっぱいを飲んで」そう言うと、カトウさんは着物をはだけて乳首を露わにし、スミエの吸いついてくる卵型の口の中に放り込んだ。スミエは両唇で乳首をくわえた。乳をごくごく飲んでは、疲れたとばかりに大きく息継ぎをし、それから両頬を長い間すぼめて乳を吸った。

私は乳菩薩に出会ったのだ。有難さが胸に溢れ、私は日本に来る前にママにもらった金の首飾りロケットと鼈甲《べっこう》の櫛、それに小さい時にパパが海岸で見つけてくれたコヤスガイの貝殻をカトウさんにあげた。シイチ伯父は、私からのお礼の印に加えて、わずかながらお金を添えてくれた。カトウさんはスミエにたっぷりと栄養を与えてくれ、おかげで二、三日も経つとスミエの土色だった顔がピンクになり、便も硬くて黒っぽい小石みたいなものから、金色の渦巻きに変わった。いい匂いだった。その時だけは、私は満足してほくそ笑んだ。ハルエ伯母の助けを借りずにやり遂げたのだ。この頃の伯母は仕事から帰るとこっそり自分の部屋に入って閉じこもり、私を避けようとした。一方で私は、スミエの喜ぶ声に応える自分の声が伯母に聞こえるように、また、スミエの幸せが家や近所の隅々にまで届くようにと、わざと振舞った。私がよい母親になることを、ハルエ伯母に納得してもらいたかったのだ。

スミエが丈夫になるにつれ、私はだんだんと虚弱になり、ある日、立つとめまいがするようになった。お乳をもらいにカトウさんの家にスミエを連れて行くのも、その日のおむつを洗うのもやっとだった。「ヒーちゃん、あんたの元気はどこいった?」朝食の準備や洗濯のために階下に下りてこない私を怪しんで、私の部屋に入ってくる度にハルエ伯母はそう言って馬鹿にした。

「あの娘にかまうな」と言う伯父の声が聞こえた。「お前はわかってない」

「あの娘は単にだらしないだけ、働きたくないだけよ。気分が悪い、食欲がない、横になりたい。ぜんぶ言い訳。いつもいつも、毎日毎日」伯母の物言いはミヨみたいだった。

私は妊娠中、あばら骨が見え始めたノリオとイワオに自分の食べ物をあげていた。また、バラ色に染まっていた頬が色を失い髪の毛も少し抜けてきたユキちゃんには、私の分の豆をあげた。私は日本の国旗に似て真ん中に赤い梅を押し込んだ日の丸ごはんばかり食べていた。これでは栄養が足りず、もう立ち上がることもできなくなっていた。立ち上がろうとする度に、ふらっとして倒れた。まるで誰かが私を倒そうと、鉈《なた》をつかんで両脚に切りつけたみたいだった。とうとう私は文楽の人形みたいに、ぶざまにも床の上に倒れこんでしまった。

ハルエ伯母の不平を聞いてから間もなくして、小刻みな足音が聞こえてきた。イワオが父親の言いつけに元気よく「はい」と答えて、家を飛び出していったのだ。その時、ハルエ伯母は腹立ちまぎれに障子をバタンと閉めた。家中が揺れた。

シイチ伯父は先回りをして、地区の数少ない医者を呼びに行かせたのだ。戦争のせいで医者のほとんどは外国に送られていた。ちょうどその時、サーちゃんが浮かない顔をして二階の私の部屋にやってきた。お乳をもらいにスミエをカトウさんの家へ連れて行くよう父親に命じられていたのだ。「ほら、あんたの泣き虫をこっちに寄こして」と彼女は言った。私と目を合わせなかった。

ようやく医者が来ると、伯母は私の部屋の障子の前を行ったり来たりした。医者が私を診ている間、伯母は筵《むしろ》の上で足をすり急《せ》かすような音を立てた。ようやく医者は障子を開けて顔を突き出し、家の者に診察結果を伝えた。「ヒーちゃんは脚気《かっけ》ですな」声の調子は重々しかった。

「脚気！」ハルエ伯母はそう言うと、私の部屋の障子をいっぱい開けた。すると、伯母は医者の後を追って滑るように階段を下りていき、とどまることなく質問を浴びせかけた。「お薬代はどこで手に入れたらいいんですか？　誰があの娘の世話をするんですか？　誰が買い物をするんですか？」

「あの娘の具合は深刻です」と医者は言った。「最善を尽くしてあげなさい」玄関の戸が閉まる音が聞こえ、医者は足早に立ち去った。その足音にはどこかほっとした響きがあった。

私が病気だったせいで、ハルエ伯母は仕事に行けなくなった。家にいる毎日、伯母は檻に閉じ込められた獣のように激しい怒りを露わにした。家にふたりだけだったある朝のこと、伯母が私の部屋に駆け込んできた。「うちから出て行け！」と彼女は言った。「お前は役立たずなんだから」

「何て言ったんですか？」眠っていた私は、伯母にたたき起こされた。

止める者は誰もおらず、分別を強いる医者も夫も子どもたちも家にいなかったので、伯母は思う存分に怒鳴ることができると思ったわけだ。「初めて見た時から、お前は身体が弱くて役立たずだったよ。こうなると思ってた。泣き虫を連れて、ここから出て行け。お前は仕事ができん。何にもできん。これを何だと思ってんの、え？ 慈善？」

「お願いです、伯母さん。病気はどうしようもないんです」と私は言い、ハルエ伯母の罵声を聞いて泣き出したスミエの背中を叩いてあやした。スミエが落ち着くと、私は両耳をふさぎ、怒り狂った蜂のように刺す伯母の言葉から顔を守った。

ハルエ伯母は私の布団をはぎ取った。布団がはじき飛ばされると、私は取り戻そうと両手でもがいた。私が布団をつかむより早く、伯母は布団に飛びつき、さらに遠くへ投げた。私は両腕で自分の身体を抱きしめた。全裸をさらしているみたいで、まったく抵抗するすべがなかった。

「どうしてそんなことするんですか？」と私は訊いて、スミエを自分の身体で包み込んだ。

「どうして？ お前が厄介者だからよ」

伯母は私の両手首をつかんで、部屋から引きずり出そうとした。引きずられながら、私は思い出した。カイヴィキでパパとアキラの父親が雨林で仕留めた野ブタを引きずり出すのを見たことがある。それと同じだった。ただ、私は予想以上に重かったのに違いない。伯母は私の身体を引っ張りはしたものの、あまり動かせなかった。

私を引っ張っている合間に、伯母はかんかんになって言った。「あんたは何もかも無茶苦茶にしたのよ。何の助けにもならない。うちはあんたにお金を使っただけ。あんたの母親が送ると言ってた食費はどこよ？ あんたに必要な服はどこ？ うちの子はみんなやせ細って、ユキちゃんは髪が抜け、イワオは歯が抜けてる。ぜんぶあんたのせい。腹立たしい。出て行け。いてもらいたくない」伯母は私の丸めた身体を両こぶしで叩きつけた。

その時だった。誰かが階段を上がってくる足音が聞こえた。ノリオだった。「おかあ、やめろ。そんなことしたらいかん！」と彼は叫んだ。

ハルエ伯母は顔を上げ、急に振り返り、両手を上げた。それからノリオをにらみつけ、部屋から飛び出ていった。

「ありがとう」と、私は涙を浮かべてノリオに言った。

「礼なんか言うなよ」と彼はあえぎながら言った。不満と怒りのあまり語尾が途切れた。「母のことは許してほしい。気がかりなことが多いんだよ」

長い沈黙の後――ふたりとも止めていた息をぜんぶ吐き出すみたいに――私から思い切って口を開いた。「学校から帰るの、早いんじゃない？」

「書類を届ける使いを先生に頼まれたので、ちょっと家に立ち寄ろうと思ったんだ」

ちょうどその時、ハルエ伯母が私の布団の下にある天井をほうきの柄でバンバン叩いた。「どうぞ、どうぞ」と伯母は大声を上げげた。「ノリオに何でも言えばいい。私を悪者にすればいいわ」

ノリオは階下に駆け下りた。「やめなよ、な！ あの娘をこんな目に合わせる筋合いはない」ノリオの物言いは父親の厳格さと正義感を思わせた。その後に続く不気味な沈黙の間、私はふたりの荒い息遣いや互いをにらみつける姿を思い描いた。

私が病気になってから間もない頃、寝室で伯父がサーちゃんに話しかける声が聞こえた。「お前はもう学校には行けない」

「でも、どうして？」信じられないとばかりに彼女の声は甲高かった。

「ヒーちゃんは病気だし、お母ちゃんは働かんといかんし、今は戦時中だし。お国のために戦っている兵隊さんたちに、できることは何でも提供せんといかん。お前にできることがそれなんだ、わかるね？」

「ううん、全然わからない。なんでそんなに犠牲にならないといけないの？」彼女の声は震えだした。「ひどい。なんでノリオは辞めなくていいの？　イワオは？」

私は自分の部屋でじっと横になったままスミエを抱きしめた。

その後、ハルエ伯母がシイチ伯父を追いかける音が聞こえた。「学校に行かないと、子どもたちは」と彼女は大声を上げた。「私たちみたいになってほしくないの――工場の労働者や百姓なんかに。それに、なんでサーちゃんがヒーちゃんのためにそんなに働かないといけないの？」

「ほかにいい方法があるんなら、そのとき話し合おう」と伯父は冷たく突き放し、家を出て行った。

その日からサーちゃんは配給を受けに行き、ユキちゃんの世話をし、スミエをカトウさんのお乳をもらいに連れて行き、家の遣いをした。そうすれば伯母が仕事に戻れるからだ。私は起きられる日には二階の窓にもたれて、サーちゃんが妹やスミエや薪や配給品を抱えて家を出入りする姿を見ていた。カトウさんのお乳をもらいにスミエを私の部屋に連れに来るときはいつも、サーちゃんは心を閉ざし無表情だった。彼女の腹立たしさを責めることはできなかった。彼女の立場だったら、私だって同じ気持ちになっていただろう。

ある日、サーちゃんが言った。「あんたは病気でラッキーよね。何もしなくていいんだから。あんたがお風呂に入れるように、お父ちゃんは特別な浴槽まで入れてくれたのよ。でも、ただで得するわけにはいかないわ。だって、世の中、そうなってないんだから。私に何かくれなきゃ、スミエをカトウさんちへ連れていかないって言ったらどうする？ どうするのよ？」

「どうせ何かあげなきゃいけないんでしょ？」スミエにお乳をもらわないわけにはいかなかったので、その日はためらわずに古くなった赤い口紅をあげた。

次の日、サーちゃんは片手にもう一方の手を重ねて突き出した。「ほら」としか彼女は言わなかった。

「じゃあ、私のネイルポリッシュを持ってけば」

こんな無理強いが続いた末に、手元にはてるてる坊主しか残らなかった。「この人形はだめ。スミエのだから」と私は言った。たったひとつのアキラの思い出だった。「もう何も残ってなさそうよ」

「ううん、あるじゃない。腕時計はどうよ。あたしは時計がないの。働いてるから時計がいるの」

腕時計があることを忘れていた。私はすっかりやせ細った手首から、いやいやながらきれいな銀のブローヴァ（訳者註：米国の時計メーカーのブランド）を外した。それはもともとミヨのものだったが、餞別代りにもらったものだった。ミヨはその時計を買うためにワイナクストアで何時間も働き、棚の在庫を補充し、床にモップをかけ、客の相手をし、ママの手伝いをしたのだ。私はサーちゃんの神経に腹が立ったが、彼女のカップ状に合わせた両手の中に時計を落とした。

「どうも」とサーちゃんは言った。彼女は時計を手首にパチンと留めると、腕を伸ばしてうっとりと見つめた。「すてきでしょ、ね?」

「自分で言うか」と、私は歯を食いしばって言った。あんたがどう思おうと、まだ私のものだから。本当は私のものなのに、あんたはそれを盗んだのだ!

機嫌を直したサーちゃんは両かかとでくるりと向きを変え、仕事に戻っていった。

第十四章　飢え

サーちゃんが学校を辞めさせられてから間もなくして、ノリオも辞めることに決めた。そもそも学校が真鍮と配管部品工場に改造され、ノリオもパートで働くようになってからは、そんなにたくさんの授業には出ていなかった。「学校を辞めてはだめ！」と、ノリオが決心を語った時に私は言った。「数学か言語学の教授になるという夢はどうするの？」

「後からでもできるさ。今はサーちゃんと母さんを助けないと。ヒーちゃんもね。校長のナイトウ先生にうちの事情を話して理解してもらってるんだ。ヒーちゃんがよくなったら学校に戻るよ。約束する」

「だめよ。今、学校に戻らなきゃ」と私は言った。「私はだいぶ良くなったから。脚は回復してる。ほら、もう這うことができるでしょ？」私は布団から障子まで這って行こうとしたが、危なっかしかった。ノリオはおもしろそうに私を見ていた。「芋虫みたいじゃないか」と彼は言った。「心配いらない。ぼくは夜学に行けるから。そうしてる友達はいっぱいいるんだ。それに、ヒーちゃんの回復はそんなに長くはかからないよ」

シイチ伯父とハルエ伯母は政府の工場で働き続けた。残りの私たちがすることは、食料をちゃんと確保することだった。その頃から、私の体調がまずまずのときは毎日、ノリオが私を手押し車に乗せて配給所に連れて行ってくれた。これは荷物と私を運ぶためにノリオと伯父が作ってくれたねこ車みたいなものだった。カトウさんの家で朝の授乳が終わると、ノリオはスミエをおんぶし、サーちゃんはユキちゃんをおんぶした。

「行きたくない」出かける日は毎日、サーちゃんはそう言った。

「行かないと！」とノリオは言った。

「こんなこと大嫌い、それにお兄ちゃんも大嫌い！」とサーちゃんはノリオに言って、まるで自分はこんなことをするような人間じゃないとでも言うように、頭をそらして髪の毛をはね上げた。近所の配給所で私たちは長い列に並び立ち、順番を待った。時々ハマダさんを見かけることがあったが、丁寧におじぎはしてくれるものの、立ち止まって私たちと話をすることはなかった。その顔には心の葛藤がみてとれた。

病気のための一時的救済措置として、私は医師の処方によって特別な食料配給が受けられた。このささやかな恵みのおかげで、ハルエ伯母の機嫌がやわらいだ。私が受けていたビタミンB注射の代金を補ってくれたからだ。サーちゃんまでがうれしそうだった。母親から何銭かをねだって、前から欲しかったスカーフやヘアピンを買うことができたからだ。

一九四二年はスミエの誕生と私の病気で、あっという間に過ぎた。ところが、一九四三年の春の到来は遅く感じられた。多くの桜の木が枯れたためだった。樹皮をお茶や食料にするために皮が剥ぎ取られたからだ。ところが、難を逃れた木々に花が咲き始めると、一斉に開花した。まるで被害を受けた木々の分の埋め合わせをするかのようだった。

とりわけ体調が快復しつつあったので、私は食料を余分に手に入れるためにノリオとサーちゃんと協力し合った。サーちゃんは相変わらず不平を言ったが、逃れられないと自分でもわかっていたし、ノリオがすぐに言い聞かせもした。ノリオとサーちゃんがおんぶや抱っこに飽きてくると、荷物でいっぱいの手押し車に子どもたちを私と一緒に座らせた。敷物の下のとげや釘の頭などは気にしなかった。その頃、スミエは九ヵ月ぐらい、ユキちゃんは間もなく二歳になるところだった。ふたりはとてもおとなしかったし、むずかることはめったになかった。まるで私たちの苦労を理解しているかのようだった。たまにサーちゃんが勝手に姿を消すことはあったが、そんなわがままも時がたつにつれ徐々に少なくなった。

たいていみんなそうだったが、私たちも食料調達とお金を稼ぐ算段がいちばんの関心事となった。配給所で主要な食料品を手押し車に詰め込んだ――しなびたナス、ぐにゃりと柔らかいトマト、玉の小さいキャベツ、曲がった大根、こま切れのカボチャ、カップ十杯の米――だったのが後に週あたり七杯に減少――これが家族全員分だった。戦争が長引くと、米と肉はわずかばかりになり、配給所には物がほとんどなくなった。日本の食糧庫は空っぽだったのだ。私たちは売れるものを求めて何千人もの市民とともに、大昔の猟師みたいに街中をうろついた。ノリオとサーちゃんと私は――学校がないときはイワオまでが――闇市の商人みたいに客引きをするようになった。「寄ってらっしゃい、見てらっしゃい」とノリオは大声で客を誘い、あっちでジャガイモ、こっちで大根、魚一匹あるいは二匹を買うために、私が集めたマッチ棒とタバコの値段を声高に叫んだ。

その頃、私たちは隅田川に架かる永代橋を渡り、それからはるばると闇市が盛んな浅草まで足を延ばした。人だかりと屋台の間を押し分けて、高く売りつけ、高く買わされた。

夕方、ようやく一日の仕事を終えて家路を急いでいると、煙と埃でかすんだ夕暮れの空に光の筋が透けて見えた。商店やビルやお寺や神社や家々の間を縫うようにして帰るころ、空はこの世のものとは思えないピンク色の夕焼けに染まっていた。たそがれ時の柔らかいさざ波のような光と深まりゆく陰が、私たちの顔のほてりと疲れた足の熱を冷ましてくれた。すると突如として私たちは変容するのだった。まるで、私たちのシルエットが突然その土地の歴史や祖先の墓や約束や歌曲や詠唱から浮かび上がってきたかのようだった。私は脳裏に思い描いた。街中を通り抜け、風にきらめく川面やそよぐ葦の葉を眼下にしながら橋を渡る時、私たちの姿は古代の凛《りん》とした祖先のそれだった。食料を運ぶ手押し車は壊れて傾きボロボロだったが、私にとっては黒塗りの東洋の籠《かご》、ふたりの赤ちゃんは黒髪のマスコット、年長の子どもたちは護衛として私の傍らを走る忠実な従者だった。

そして私は赤い衣装を身にまとった貴婦人。東洋の都へと先導する護衛たちは、細身の背筋をぴんと伸ばし、風に旗を翻し、槍の柄みたいな脚を高く上げて行進した。魅惑のさざめき、リュートの調べ、詩歌の吟唱、遊女たちの誘惑、松明の炎、そして宮廷の男たちが、私の白昼夢に彩りを添えてくれた。気分は高揚し、胸の鼓動はあの世から聞こえてくるようで、私たちは恍惚の境地にあった。

その頃の自分が夢想に耽りがちだったことは自覚していたが、おかげでサーちゃんのふくれっ面や不平たらたら、加えて子どもたちの健康や自分の病気の心配、はたまたハルエ伯母のしっぺ返しを、しばし忘れることができた。しかも、故郷のハワイが段々と遠くなっていくことへの絶望感を麻痺させてもくれた。故郷の灯はちらちらと明滅し、もはや風前の灯火だった。

配給された練炭は売ってお金にし、家の燃料には公園で松ぼっくりを拾い集めた。夜中になると、ノリオとイワオはセメントの壁やウグイスの糞が溜まった樹木の湾曲部を削り取ってまわった。これは女性が化粧に使う尿素入り美白剤となった。いつになく体調がよかったある日のこと、私はスミエをおんぶして、サーちゃんと一緒に小さなお寺の庭へサイカチの豆の莢《さや》を採りに出かけた。灰汁と混ぜて洗濯に使うためだった。そんな折、半壊した家屋の残骸の前を通りかかり、その近くの道端で糠《ぬか》の入った袋を見つけた時には、私はどうしたものかと声を上げて言った。「さて、これで何かできるかな？」

「いろいろできるよ」とサーちゃんは言った。「ついてきて」

私たちは迷路のような暗い路地を通り抜けた。まわりの人たちもみんな、私たちと同じように下を向いて足早に歩いていた。それまで私は向島のその地区には行ったことがなかったので、不安でたまらず、歩きながらあたりをそわそわと見回した。「シーッ！　静かに。スミエを泣かせないで」

サーちゃんは一軒の家の門扉を押し開けた。「早く入って。門扉を閉めて」

「何してんの？」

「静かにって言ったでしょ！　逮捕されたいの？」

サーちゃんは玄関の引き戸を開けると階段を駆け上がった。私は手すりにすがるようにして彼女の後を追った。家の張り板の隙間から満月の明りが差し込み、足元を照らしていた。サーちゃんには明らかな目的があった。あちこちのタンスの中をかき回した。すぐに引き出しの中から何かを取り出すと、サーちゃんはこう言った。「さあ、行くよ」

道路に出ると、私は訊いた。「何を取ったの？」軽蔑のまなざしを向けて私は言った。「盗人《ぬすっと》じゃん」

「うん、でも、あんたもよ。一緒にいたんだから。どうしてもって言うんなら教えてあげる。あの家に残ってた古い靴下を取っただけ。あそこの家族はね、サツマのおばさんと子どもたちだけど、あんたみたいにバカだから、みんな死んじゃったの。生きる方法を知らなかったのよ。あんたが糠をきれいにしてよね。今までぜんぶ私がやったんだから」

「だめよ、手伝って。手伝ってくれないとノリオに言うよ」

兄が怖かったのでサーちゃんは折れた。彼女が私に仕事をさせるために母親を利用したように、私はノリオを利用した。サーちゃんはしぶしぶ糠の中のコクゾウムシを取り除く手伝いをし、土壁用の藁《わら》を糠に混ぜ込んだ。この混ぜ物をふたりで靴下にいっぱい詰め、鍋を洗うたわしを作った。そんなぜいたく品を、結構な値段で買ってくれる金持ちの女性たちに売ってまわった。

体調がよくなったと思った矢先、病気がぶり返し、私はまた寝込んでしまった。自分が病気だったからだろうが、戦争は遠くのことのように思えたし、故郷もはるか遠く感じられた。何でも協力しようと思い、私はイワオに頼んで、いちばん近い駅に行って読み捨ての雑誌を集めさせた。それを二階で寝ている私のところまで持ってこさせ、ふたりで細長く切って紙片を作った。それから、ナスや柿やトマトの乾燥した葉っぱを潰し、それを闇市で買った刻みタバコと混ぜて巻いた。この特製の混ぜ物を切って計って巻き、タバコが切れて煙が恋しくなっている殿方にこっそりと売った。「そういう人を見分けるのはサーちゃんが得意だよ」とイワオが言った。「いつも上着のポケットを叩いている人がそうさ。サーちゃんは『たばこ?』って言ってウィンクをするんだ。見てみるといいよ」

確かに。サーちゃんが指にタバコを挟んで、気取った売春婦みたいに唇にくわえるふりをするのを見たことがある。男たちは中毒症状のあまり切羽詰まってうなずき、ポケットに手を突っ込んで小銭をまさぐった。

政府に売るための古いボタン、革、それにアルミ製のものは何でも。それが私たちの探し物リストだった。真鍮の需要があれば、よろよろと近隣の小さなお寺へ歩いていき、まずは自分の健康と幸福を祈り、それからお坊さんにお願いして、分けてもらえる真鍮製品なら何でも無心した——鐘に香炉に托鉢《たくはつ》の鉢《はち》——お坊さんたちはほんとに気前が良かった。私たちは手に入れられるものは何でももらい受けた。

みんな死に物狂いだったし、事態は深刻だった。ある日、オモトさんが家に走ってやってきて、人目を憚《はばか》らずに泣き叫んだ時は特にそうだった。「ハルエさんはどこ? いるの? 話があるのよ!」「仕事に行ってますけど。まあ、どうしたんですか?」と私は訊いた。

「息子がね……赤ん坊を売ったのよ、私の孫を。ハルエさんにお願いして息子を説得してほしいの。まだ赤ん坊を取り戻せるはずよ」そうわめいてから、オモトさんは家を飛び出していった。

その日の夕方、ハルエ伯母が帰宅すると、私はオモトさんが言ったことを伝えた。「知ってるよ」と伯母は言った。「オモトさんは工場にも来たの。でも、間に合わなかった。あのバカ息子は既にお金の一部を使ってしまったの。父親たちは自分の娘や赤ん坊を売るし、母親たちは銀座で娼婦になるのよ。ヒーちゃん、あんたは死ぬ気で働いたほうがいいよ。みんなが食べられるだけの食料を手に入れないと、スミエを売るか自分の身体を売るか、どっちかになるかもよ」伯母は声に出して笑ったが、この人には慎むということがなかった。

その晩は気分がよかったので——スミエを寝かしつけ、近所を物色しに出かけた後——ハルエ伯母を手伝って、外国の病院で使う白衣の型を裁断した。伯母は絹の反物を買って、篤志看護婦が前線に持参する下着も作った。不買同盟を結ぶ国が増えて、誰も日本から絹を買わなくなり、絹は泥よりも安くなった。当初、裁縫はサーちゃんの仕事だった。母親に似て、縫い物の腕があったからだ。もちろん、サーちゃんは文句を言った。「私これ大嫌い」ミシンに向かうたびに彼女はそう言った。「友達と遊ぶ時間が全然ない」

「うるさい、サーちゃん」とイワオが言った。「つべこべ言わずに、仕事をしろよ。みんなやってるんだ」イワオはノリオと一緒に集めた鳥の糞をきれいにしていた。中に混ざっている羽毛を取り除いていたのだ。「お父さんに売られたいの？　お父さんとお母さんが余分にお金を稼げて、運がよかったよ。でないと、みんな死ぬところだよ」

「イワオ、お前も黙ってなさい」と伯母が叱った。すると、まるで筋書きどおりみたいに、サーちゃんは立ち上がって出ていった。「あんたもよ、ヒーちゃん」と言うと、伯母は私に布切れを投げつけた。「縫いなさい」

私はあえて文句は言わなかった。いつ伯母がやけを起こしてスミエを売ると言いだすかわからなかったからだ。特に、伯母が切羽詰まって自分の娘と私の娘のどちらかを選ぶとなれば、私は何としてもスミエを守らなければならなかった。その時以来、私は伯母に見張られるようにして、絹の白衣と下着を縫った。毎晩、ミシンのペダルを力いっぱい踏んだものだから、足が水ぶくれになった。

伯父も一枚噛《か》んでいて、サツマイモで密造酒をつくった。カストリと呼ばれた。ただ、何と呼ばれようと、このきつい酒を買いにこっそりと家に来る人たちがいた。かなり知れ渡っていたのだ。「バクダンを分けてくれ」とみんなは注文した。伯父が床下に隠していた木の樽を開けると、私はその強烈できつい蒸留酒の匂いを嗅ぐだけでくらくらとした。

ある日、夜も遅くに、ハマダさんのご主人がうちの戸をバンバン叩いた。「オーイ、あれを分けてくれ!」と彼は大声を上げた。「明日、軍が俺をフィリピンに送り込むんだ。なんでこんな老いぼれの役立たずが必要なのかわからんけど、どうしようもないんだ」

「フィリピンだって?」と伯父が言った。「そりゃ、ひどいね」

「確かに、ひどい。ひどいから俺みたいな者を徴集せにゃならないんだ。俺みたいな料理人や散髪屋が必要なんだよ。ということは、料理人と散髪屋はみんな殺されたってことだろうか」

伯父はハマダさんのご主人に酒をひと瓶ただで分けてあげた。すると、ハマダさんはうちの家の前で地面にあぐらをかいて座り、酒をぐっと飲みほした。

しばらくして台所の窓から外をのぞいてみると、ハマダさんがフラフラしながら歌っている姿が目に入った。「酔っぱらったよ、酔っぱらったよ!」彼はお腹をすかせた赤ちゃんがミルクを飲むように、首の長い瓶を吸い続けた。ただ、もう酒は残っていなかった。すぐに彼はもっとくれと叫んだが、伯父が酒を持っていく前に家の上り口で気を失ってしまった。伯父はご主人を寒い外から土間へ引きずり上げ、そのままそこで寝かせた。

翌朝早く、ハマダさんの声が聞こえた。子どもたちに話しかけていた。「早くおいで。お父さんを連れて帰るの、手伝って。お父さんはすぐに出発しないといけないの。軍に出頭しないと逮捕されるのよ」

一九四三年、夏休みが始まる直前のある日のこと、イワオが頑固な犬みたいな顔をして、学校に行かないと言い出した。私はなだめたが、イワオは言うことを聞かなかった。「ぼくはうちにいる。決めたから！」イワオが経済警察（訳者註：第二次大戦時、闇市への物資流出などの経済統制違反を取り締る警察官）の見張り役になったのはその時だった。

イワオはわずか十歳だったが、仕事を見事にこなした。痩せていて身軽だったので、誰も行きたがらない所へ行くことができた。時々、イワオが建物の屋根にいるところや、屋根から屋根へと飛び移るのを見かけた。ノリオやサーちゃんや私に危険を知らせるために、二本の長い指を口の中に突っ込んで笛を吹き、東京のカラスらしくカーカーと鳴いた。そういう風に、打ち合わせどおりの警報が聞こえると、私たちは持ち物を抱えて散り散りになって逃げた。捕まるわけにも、物品を押収されるわけにもいかなかった。

燃料と食料が不足すると、よけいに経済警察が街をうろつくようになった。私たちがやっていたのは資金の乏しい小さな売買だった。だから、捕まってしまって、政府が課す重い罰金を払わされるような危険を冒すわけにはいかなかった。身の破滅になるからだ。そういう取締りを受けていたある日のことだった。浅草の近くでイワオがカーカーと鳴いた。が、遅きに失した。

「そこで止まれ！」ひとりの経済警察官がそう言うと、私たちの方に向かって走ってきた。「荷車を調べさせてもらう」私たちは命令に応じて、急停止した。誰も一言も発しなかった。

警官は怪訝そうに私を見た。「お前はなぜ荷車に乗っているのだ？　何か隠してるな」

「あまり歩けないんです」と私は言った。憐れんでくれることを期待した。「自分たちの物しか持っていません」

「ふーん、そうか？」

「ほら、飴です。お子さんにあげてください」私は片手にいっぱい握った飴を警官の両手に押し込んだ。合わせた両手から飴があふれるように、わざとそうした。

道路に落ちた飴を拾おうと警官が屈んだ瞬間、ノリオが言った。「逃げろ、走れ！」

「待て！」と警官は叫んで笛を吹いたが、すぐには追ってこなかった。走りながら振り返ってみると、彼は落ちた飴のほうが気になって、私たちを追いかけたのは飴を全部ポケットに入れてからだった。

「浅草神社の方へ行け」とノリオが叫んだ。

「ほら、サーちゃん」と、見張り場所から走ってきたイワオはそう言うと、ノリオが荷車を押すのを手伝った。私は荷車の中で跳ね上がったが、スミエとユキちゃんを抱えながら、かろうじてバランスをとることができた。

「この中だ」とノリオが叫んだ。神社のざわざわとした人込みの中に、私たちは飲み込まれていった。

「おもしろかったね」と、警官の追跡をまいた後でイワオが言った。彼はニヤッと笑い、せいせいしたとばかりに両手のほこりを払った。

「ちっとも」とサーちゃんは言い、わき腹を押さえて顔をしかめた。「うちらは普通の泥棒と変わらないじゃない。やってることは同じよ」

誰もサーちゃんの言うことは気にしなかったが、その日のことはいい教訓になった。それからは荷車の移動には特別な注意を払った。

東京の街中では、公園や道路脇の小さな空き地が許可を得て畑に変わり、玉ねぎや人参が植えられた。その頃は、ネズミや猫や犬や鳥を見かけることはめったになくなっていた。うちの男の子たちがよく鳩やムクドリをわなで捕まえてきたので、私はそれを大根としなびた人参と一緒に煮て、薄いスープを作ってご馳走にした。鶏かウサギを飼いたかったけれど、エサがなくてできなかった。まれにハルエ伯母が小さな鶏を持ち帰ることがあった。そんな時は、最初の食事で肉を全部食べ、骨にしゃぶりついた。伯母はみんなの皿に残った骨をとっておき、ぐつぐつ煮込んで（骨は割って中の骨髄を吸った）、次の食事のために野菜を入れて水っぽいスープを作った。

ついには雑草を煮込んだもの――これは地面に生えているアザミやヨモギやハコベなど、食べられる草なら何でもごちゃ混ぜにしたもの――を食べるまで落ちぶれ、お腹をこわして頻繁に腹痛や便秘や下痢に襲われた。私は米と豆を長持ちさせるために、この煮込みに少しだけ加えて薄めた。しばらくすると、配給所のカウンターでは米に代わって、炒《い》った小麦粉と糠《ぬか》で蒸し物を作るという気持ち悪い食材が出された。

「もう耐えられん。米が食いたい。こんな馬糞みたいなものは食えん」とノリオはうんざりして言い、米の代用として食べていた糠パンを口から吐き出した。「いつまで続くんだ。馬糞くさいし、馬糞の味がする。政府はもっとましなものを配給できないのか」

ご主人がフィリピンへ立った後、ハマダさんが私に会いに来てくれた。その時、食料をもってきてくれた。人を訪ねるときはそうするのが習わしではあったが、私は彼女にこう言った。「こんなことしなくていいんです。食べ物は子どもたちのためにとっといて」

「手ぶらでお邪魔するわけにはいきません。習慣になってることは、なかなかやめるわけには」

「でも、私はちがいます。私は気にしませんから」彼女が泣き出しそうなのを見て、私は言った。

ハマダさんがうちに来た日からまもなくして、ご主人の訃報を耳にした。戦争のせいでみんな痩せていたとはいえ、葬式で彼女の家族を見た時は驚かされた。飢えかけのようだったからだ。ハマダさんのゆるい着物はぼろぼろで脱げ落ちそうだったが、それをなんとか隠そうとしていた。子どもたちは棒切れのように痩せていて、細い身体にまとった服はすり切れていた。以前ハマダさんに気をつけてねと言ったことがあるが、彼女は顔を上げて私の目を見ようともせず、ただうなずくだけだった。

翌日、いちばん上の子のジュンが配属基地へ戻る日のこと、彼は泣きながら母親に大丈夫かと訊いた。ふたりは外で軍用トラックの傍らに立って話をしていたので、私の寝室まで声が聞こえてきた。「僕は戻りません。行きません」と彼は言ったが、その声は感極まってしわがれていた。「自分や……子どもたちをどうやって養うのですか」

「お前は行きなさい」ハマダさんは彼女らしいしっかりとした穏やかな声で言った。「お国がお前を必要としているの」盗み聞きをしていることに罪悪感はあったが、抑えられなかった。「戻らないと大変なことになるよ」と彼女は続けた。「脱走で監獄行きだよ。そしたら、家の恥。それにね、ちょっとの間なんだから。戦争はすぐに終わる。母さんは仕事を見つけて何とかするから。信じなさい」

一九四三年も秋になると、頻繁に体調を崩したし食料も乏しかったものの、私は前よりも丈夫になっていた。鏡をのぞいてみると、もう私の目の白い部分はサナダムシを飼っている子どもみたいに緑っぽくはなかった。両脚は小さな地震みたいにまだ震えたし、動き回るのもゆっくりとだったが、前よりもうまく歩けるようになったし、人の助けもいらなかった。

事態はよくなっていた。十六ヵ月になったスミエは機嫌がよかった。食べ物は限られていたが、成長していたし丈夫そうだった。腕や脚はむっちりとしてレンコンみたいだった。私は毎日お米に豆腐と塩漬けの野菜を混ぜて煮込んだが、これでは足りないのじゃないかと心配だった。スミエはもっと固形食が必要だった。油あげや魚や肉をもっと食べさせようと探し回ったり、物乞いしたり、物々交換をしたりした。スミエの骨の成長が心配だったし、歯が柔らかくならないように気をつけた。

アキラもスミエのことを誇りに思ったことだろうし、ママとミヨだってそうだろう。スミエはいい子だった。やさしい性格で、あまり手がかからなかった。私に似て頬骨が高く、脚が長くて長身だったし、穏やかだが利発な感じの目はアキラに似ていた。将来は背が高くなるだろうと予感させた。カイヴィキに育つパパのサトウキビより早く育つ今のスミエを、ママやミヨやアキラに見てほしかった。その時、私は自分に言い聞かせた。何があっても、ハルエ伯母がサーちゃんを甘やかせたようには、スミエを甘やかせることは絶対にしない、と。

その頃、ハルエ伯母は足首を捻挫したため、仕事を休んで家にいた。それを聞きつけたオモトさんとトウマさんが見舞いに来た。ふたりとも前より痩せていて、栄養失調で顔が土色だった。

「ヒーちゃん、しばらくぶりね。見たところ、もう元気みたいね」と、オモトさんは入ってくるなり言った。「まあ、スミエちゃんのかわいいこと。ねえ、自分の子と一緒にいられてラッキーよ。私も孫に会いたいわ。それに、あなた」と、私の顔をつくづく見つめてから言った。「ずいぶんきれいになったわね。きっとお母さんになったからね」

「いえいえ、全然そんな」と、顔がほてるのを覚えながら私は言った。「そんなこと言わないで。恥ずかしいじゃないですか」

「どうして恥ずかしがるの？」とトウマさんが割り込んだ。「あなたはべっぴんさんよ。自分でもわかってるんでしょ？」

「こんにちは。しばらくぶりね」とハルエ伯母がふたりの親友に声をかけた。伯母は居間の低いテーブルの前に座っていた。包帯を巻いた片方の足を突き出していた。私は隣人たちに座布団を敷き、それからお茶を淹れるために台所に下がった。台所にいても、女たちの話は聞こえてきた。最初は世間話だった。トウマさんとオモトさんは伯母に足のことや子どもたちや天気や戦争や食料事情について尋ねた。

おしゃべりが一段落したところで、ハルエ伯母がふたりの女たちに訊いた。「ねえ、ご近所はどうなってるの？ 近頃、何にもわからなくて。私もシイチも働き詰めでしょ、だから全然……」

それを機に、女たちのひそひそ話が始まった。しばらくして、伯母が信じられないとばかりに声を上げた。「うそ、本当？ おかしいわね、何があったの？」

私は話の内容が知りたくてたまらず、お茶をお盆に載せて運んだ。ところが、私がテーブル横の床にお盆を置こうと膝をつくと、みんな黙り込んだ。しかも、もぞもぞして互いに顔を見合わせた。

「さあ、この話、ヒーちゃんに教えてあげたほうがいいかしら?」ハルエ伯母が嫌味な笑い声を立てて言った。

「何の話?」と私は言った。

「お友達のハマダさんのこと」とオモトさんは言うと、身体を揺らせて正座の下の着物のしわを直す仕草をした。

「病気なんですか?」私は背筋を伸ばして訊いた。

ハルエ伯母は笑った。「そうも言えるわ。重症ってとこね。あんたのお友達は、そのう……ハッハッハッ……身を落としたのよ、娼婦に」

私は伯母の顔をまじまじと見つめ、それから他のふたりに視線を移した。

「この目で見たんだから」とトウマさんが言った。「浅草にいたの。義理の父を連れ戻しに近くのバーに行った時に、あの人を見かけたのよ。すっかりめかしこんじゃって、短い真っ赤なアメリカのドレスを着て髪を後ろで編んでたの。知らない男と笑っていたけど、その後ふたりは腕を組んで旅館に入っていったのよ」

「私は信じません」と私は言った。「あの人をそんな風に言うもんじゃないわ」

オモトさんは薄ら笑いを浮かべて言った。「みんな噂してるわよ。自分で確かめたら!」

そう言われて、その夜、私はノリオの協力を取りつけた。「ねえ、一緒に浅草に行ってくれない

――浅草よ」と私は言った。「あの女たちがハマダさんの悪口を言ってるの。だから、本当かどうか確かめたいの」

出かける時、ノリオは何も言わなかった。ただ、下駄をはいて軽やかに歩いた。いったん背筋を伸ばしてから、学生服の背中を曲げ、ズボンのポケットに深く両手を突っ込んだ。ノリオは最初に会った時に比べると背が伸びたし、すごく生真面目な人間になっていた。

はたして、彼女たちが言ったことは本当だった。確かにハマダさんはそこにいて、通り沿いの店の壁にもたれかかっていた。連れの男が彼女の耳元で何かをささやくと、彼女は甲高い声で笑った。男が太腿に手を置くと、彼女は脚を上げてヒールを壁に当てた。スリットから下半身が露わになった。彼女は男と腕を組んで歩き去った。ほの暗い明りの下を通り過ぎる時、彼女の髪の上で銀色の飾りがかすかに光った。

私は腹立ちまぎれにノリオを引っ張ると、悪臭が漂う溝に沿って歩いて帰った。細い松の木がかすかな風に揺れ、その影が追い立てるように小道を歩く私たちの足をかすめた。

「どうして何も言ってくれなかったのかなあ？」と、ノリオにというより自分に向けて私は言った。「助けになれたかもしれないのに」裏切られた気持ちに内臓が反応し、むかむかした。「どうりで近頃、子どもたちが太ってるはずだ。こうやって生活してたのか。あの人はただの安っぽいダメな母親よ。自分の評判と子どもたちの名前を汚してしまって」

帰りの道すがら、私はハマダさんについてあれこれあげつらったのにちがいない。私の悪口雑言をさんざん聞かされたあとで、とうとうノリオが沈黙を破った。「あのさ、あの人、どうやって食べていけると思ってた？　戦争のせいだよ。あの人がこんなになったのも、子どもたちのためなんだ」ノリオがハマダさんを弁護するのに私は驚いた。

ハマダさんの窮状を理解もせず、これ以上関わりたくないと思い、それからの数日は彼女と距離をおいた。根拠もなく勝手にこう考えた。娼婦になるなんて、私みたいに未婚の母になるよりずっと悪いことだ、と。街で彼女をみかけてからは、オモトさんとトウマさんがハルエ伯母とおしゃべりをしに来ると、私はみんなに同調してハマダさんの悪口を言った。

「イェア、あの人は表と裏の顔がありますよね」と私は言った。「あの人、貧民同然なのに、近頃は奥様みたいに振る舞ってるでしょ。それを考えるとね」

互いに共通の噂話ができるようになって、伯母は私にやさしくなった。「今度だけは考えが同じね」とハルエ伯母は言った。「びっくりするじゃない」私たちの関係はよくなったし、実際、まちがいなく私は伯母を喜ばせた。

第十五章　ノリオ

一九四三年十月頃のことだった。私が病気からすっかり回復したので、ハルエ伯母はイワオに言った。「もう家にいたらだめよ。お父さんがね、学校に戻りなさいって」

「ぼくは卒業したんだ」と反抗的なイワオは言った。

「じゃあ、私を行かせて」とサーちゃんが訴えた。

「お母ちゃんの思いどおりにできたらね。でも、今回は口をはさむんじゃないの」と、珍しくサーちゃんを叱るように伯母は言った。

「そうだよ、サーちゃんを行かせたらいいよ」とイワオは言った。「それで、ぼくは家にいさせてよ。カズやテツと一緒に飛行機用のアルミを磨いたりしたくないもん。今の学校はそんなんだよ」

「イワオ、学校でやってることはお国のためなの。それに、父親の言うことはちゃんと聞くものよ。お父さんはお前に学校に戻ってほしいの」

「わかってるけど、家にいて手伝いたいんだよ」

翌日、ハルエ伯母は嫌がるイワオを学校へ引き連れていった。

数日後、イワオとふたりだけの時に、学校はどうなのと訊いてみた。「大嫌い」と彼は言った。

「午前中は授業があるんだ。それはいいんだよ。でも、その後、一列になって食堂まで行進させられるんだ。そこでぼくらが仕事をしてるあいだ、『海ゆかば』っていうやかましい歌を聞かされるんだ。愛国的な歌かもしれないけど、ぼくはうんざり。ばかばかしいって、ヒーちゃんからお母ちゃんに言ってくれない？」

それから一週間ほどたった頃、ノリオとイワオとシイチ伯父が居間のテーブルを囲んで座っているところに出くわした。即座にただならぬ緊張を感じた。私は野菜袋を入り口に置き、スミエを背中から下ろした。上がり段から居間の中にスミエを入れた。ユキちゃんが後からついて来た。

「でも、なぜだ？」伯父がノリオに問いただしていた。

「潮時だよ」と、父親と目を合わせずにノリオは言った。スミエがシイチ伯父のところへ走っていった。伯父はとっさにスミエを膝の上にのせた。ユキちゃんはイワオの隣に座り、私はみんなの後ろに陣取った。

「お前には徴兵猶予があるだろう。なのに、なぜ今、志願するんだよ」伯父の声が聞こえた。「うちでお前が必要なんだ」

「わかってる。でも、これがぼくなりの貢献の仕方なんだ。それに、口減らしになるし」

「ヒーちゃん、悪いけどお茶を淹れてくれないか」と伯父は言った。明らかに動揺していた。伯父は相当に気落ちしているなと思った。というのは、伯父が私に何かしてくれと頼むことはめったになかったからだ。私は台所へ行く前にいったん腰をおろし、ノリオを説得する伯父の横顔をじっと見つめた。急にひどく年を取ったようにみえた。既に髪の毛は薄くなっていたし、苦労のせいで顔じゅうにしわが寄っていた。

ノリオは日本帝国陸軍の航空部隊に志願していることがわかった。彼は外国語の勉強が好きなことに加え、数学と理科に特別に秀でていたので、飛行兵勧誘のまたとない対象になっていた。日本は彼みたいな若者がもっと必要だったのだ。健康状態に優れ、長身の堂々とした姿勢と強靭《きょうじん》で引き締まった身体は好適だったのだ。

「お前は歌人になって、東大の教授になるんだ、ってことでしょ、お父さん?」とイワオが言った。「戦争に行って何になるんだ?」

「うるさい、イワオ」とノリオが言った。「お前は自分が何言ってるかわかってない」

「わかってるもん――兄ちゃんぐらいは!」

シイチ伯父が下唇をかんで言った。「避けられんことかな。わしらはみんな軍務に服しているが、政府は実戦用にもっと年上の男たちや年下の男の子も入隊させてる。戦争が続けば、すぐにイワオの順番だろう。わしだって」絶望的な言い方だった。

ノリオは決意を固めていて、もはや止めようがなかった。

アメリカ軍が侵攻してくるという噂が広まった。伯父とトウマ爺とオモトさんのお父さんがバケツ隊を編成し、地域の自衛団をつくった。ある夜のこと、男たちが近所の年長の男子と女子に竹やり戦術を教えた後、うちに戻ってきた。私はまだ起きていたので、伯父のためにお客さんのお茶を淹れてあげた。

「あのですね、日本は負けてますよ」と伯父は言っていた。私が低いテーブルにお茶を運んでから台所に下がる時だった。「会合では誰も言わないですが、アメリカ軍は日本帝国軍よりも優勢です。装備も軍機もずっと優れてる。日本の若い兵士なんぞいいカモです」

「はい、本当にいいカモですなあ」とオモトさんのお父さんが心配そうに言った。「いちばん上の孫が航空母艦の瑞鶴《ずいかく》に乗っているのでわかるんです」

「そうだったんですか。お孫さんが海に出てるとは知りませんでした」と伯父が言った。

「まあ、わしは日本が戦争に負けてるとは思わん」と、トウマ爺は頑固に譲らなかった。「わしらが団結すれば、この戦争には勝てる。死ぬまで戦わんといかん」

「そうしたら、みんな殺されますぞ。そりゃあ愚かなことです」とオモトさんのお父さんが言った。「私たちは子や孫を殺されるために送り出すようなもの。個人的には、もう戦争には意味がないと思います」

「わしらを傷つけているのはあんたのような人たちだ！」とトウマ爺が言った。興奮気味の声だった。「それは反逆ですぞ」

「まあ、まあ、落ち着いて」と伯父が言った。「あくまでもここだけの話ですが、この点は私もオモトさんのお父さんと同じ考えです」と伯父は言った。

「わからんのかね？ こんな話は意味ない！」トウマ爺はそう言うと、こぶしでテーブルを叩いた。男たちの荒げた声が聞こえたので、私は台所のテーブルから立ち上がった。すると、怒りで目をほそめ口を真一文字に結んだトウマ爺が玄関から出て行く姿が見えた。

「すいませんな」トウマ爺が出て行くと、オモトさんのお父さんが伯父に言った。「あの人は頭が古いんです」

「あなたのせいじゃありません。あの人は思い込みが強いんです」

「誰だって思い込みは強いもんです」

翌朝、ハルエ伯母が言った。「ご近所さんとの話を聞きましたよ。私はトウマ爺に賛成ね」

「なるほどお前はそうだろうな。そしたら、みんな殺されるぞ。それで満足か?」

「でもね、シイチさん、抵抗はしないと。外国の侵略者を日本に入れるわけにはいきません。子どもたちは拷問を受けたり暴行されたりするわよ」

シイチ伯父とハルエ伯母はしばらく言い合っていた。

私は自分とスミエの身が心配だった。アメリカ軍に捕まったら彼らは私たちをどう扱うだろう?私が日本人以外に、ましてアメリカ人には見えないほど、日本人らしくなっていたらどうだろう?ハワイ出身だと言えば、何とかなるだろうか?想像すらできなかった。


ノリオは入隊して出征する覚悟だったので、次第に陰鬱になっていった。何かの答えを出そうと悩んでいるようだった。「確かに志願したけど」と彼は言った。「これは無益な戦争だ。日本は負けてる。どうみても明白だろ?何が起きてるか、ぼくにだってわかるよ」私とノリオは家の玄関前の階段に一緒に座って話をしていた。そこにいると素直になれたし、子どもたちや大人たちから離れてふたりだけになれた。ノリオは握った両手を脚の間にはさみ、両腕を膝の上に置き、背中を丸めた格好でぽつりとこぼした。死ぬのは怖い、と。「それに、自分の命を守るためとはいえ、生身の人間を殺せるかどうか自信がない。そういう兵士って、どうなんだろうね」私はノリオの肩に手を置いた。が、彼は肩をすぼめて振り払った。「さあ、中に入ろう」と彼は言った。

私にはわかっていた。ノリオが志願したのは、臆病者にみられたくなかったからだ。同じ年齢の男の子たちはみんな戦争に行っていた。それに、自分のことを蓄えの乏しい家の穀《ごく》つぶしだと思っていたのだ。それでも、彼の覚悟は無鉄砲のせいでも祖国の拍動から生まれた決断のせいでもなかった。私たちを守り、助け、重圧から解放したいという思いに駆られて、長い間真剣に考えた末のことだった。かつてはノリオのことをアキラみたいな大人じゃないと非難したり、まだ子どもじゃないかと思ったりしたかもしれないが、この頃は私たちのはるか先を行っていた。

「お母ちゃん、ノリオは戦争に行きたくないって。天皇陛下を助けたくないのよ」とサーちゃんが夕食中に言った。ノリオが召集される数日前のことだった。

「ええ？　ノリオ、戦争に行くことを誇りに思わなきゃ」とハルエ伯母は言った。「天皇陛下のために戦うのは、お前の責務だし名誉なのだから」

ノリオはうつむいて自分の皿に目を落とした。「また責務かよ」と彼はぼそっと言った。

そんな会話があった翌日、ハルエ伯母は元のよりも大きな天皇陛下の写真を家の中に飾った。狭い家のどこにいても、馬に乗った天皇陛下がまっすぐ私たちを見下ろしていた。

「お母ちゃんが買ってきたの、見て」とサーちゃんが言った。「立派じゃない？」

十一月初めのことだった。ノリオの出立が間近に迫ってきたころ、サーちゃんが私の部屋に駆け上がってきて、こう言った。「ハマダさんが来てるよ。ノリオのためにお金を預けたいって。私たちがどっかの神社にお供えするためよ」

「具合が悪いと言って。それに、代わりにお礼も言っといて」と私は言った。

「だめよ」とサーちゃんは言った。「自分で言ってよ。あんたのために嘘はつきたくないもん」

ハマダさんには会いたくなかった。彼女のことで思い浮かぶのは、濃い化粧と誘うようなしぐさだけだった。本当は浅草で結構楽しんでいるのかもしれないと思うと、よけいに気がめいった。サーちゃんに断られて自分を恥じ、私は階下に下りて少しだけ戸を開けた。顔は無表情のままだった。

「ヒーちゃん？」とハマダさんが言った。

「ごめんなさい」と私は言った。「私、風邪がひどくて」

「あら、私はただ神社のお供えをお持ちしたの――ノリオの」彼女の顔は探るようで悲しい表情だった。

「ご親切にどうも」と私はそっけない言い方をして、封筒を受け取った。

落ち着かなさそうに、ハマダさんは言った。「もう帰らなきゃ。ノリオと伯母さんと伯父さんによろしくお伝えください。いつも親切にしてくださったから」

「ええ」と私は言って戸を閉めた。それから深いため息をついた。どうして私と自分自身を裏切ったの？ あなたはこの寂しい国で唯一の友人だったのよ。なのに、どうして？

ノリオのために私は沿道のお寺を何ヵ所かお参りし、子どもと旅人の守護者である地蔵菩薩にお賽銭をあげた。どこのお寺も賽銭箱が硬貨で溢れていた。それだけこの地区の男の子が大勢出征していたのだ。

そのあと、私はノリオとサーちゃんとイワオを連れて、もっと大きな神社にお参りに行った。最初に行ったのは三囲《みめぐり》神社で、ここでハマダさんがくれたお金をお供えした。そこでサーちゃんが言った。「見て！ 神社は他人の不幸でお金儲けしてるよ。このお金を少しでも貧乏な家族にあげればいいのにね。特に、お父さんが戦争に行った家族を助けるのに」

「どうして、そうしないのかな?」イワオが訊いた。

「人間の性分だからよ、お金を手放したくないのは」と彼女は言った。

「お前の性分だろう」とノリオが言った。「ぼくらは違うし、神社も違うと思うよ。みんながお前のように考えるわけじゃないんだ」

「でも、ともかく、うちらはお父ちゃんの心配をする必要はないのよね」とサーちゃんが言った。

「それはそうだね」とイワオが言った。ノリオも同意してうなずいた。

確かに、そのとおりだった。シイチ伯父が戦争に行っていたなら、家族は悲惨なことになっていただろう。伯父はミヨみたいに障害があって、生まれつき片足が短かった。そのために、今のところは兵役を免除されていた。伯父は年齢の上でも国外での従軍を免除されていたのだが、それも日がたつにつれ怪しくなってきた。というのも、ハマダさんのご主人は伯父と同い年ぐらいなのに、ずっと早くに出征を命じられたからだ。

お稲荷さんでは、ノリオの無事を祈って木におみくじを結びつけ、それが風に揺れるのをしばらく見つめていた。その後、別の神社にいたのだが、ノリオを死なせるつもりなどなかった私は、嫌がるノリオを長命寺に連れて行き、背中に取り憑いた邪気を祓ってもらった。彼は儀式のあいだ黙したままで、僧侶が加持祈祷を行う時は目を閉じて立っていた。

「無事でいてほしいの」と私は言った。「護ってくれるから」それから、両手を洗って寺の泡立つ湧き水(訳者註:長命寺の長命水)を飲むようノリオに勧めた。彼は言われたことは何でも機嫌よくやってくれたが、儀式が終わるとほっとため息をついた。

誰もがするようにノリオも戦闘中は日の丸を身につけ、護身用の白い腹帯を締めるだろう。だから、私は忙しいハルエ伯母に代わって近所を回り、女たちに幸運の赤い結び玉を縫うようお願いした。千個の結び玉を縫って、ノリオの身体に巻く千人針を作らなければならなかった。これは千人の女たちの手になる千の針を入れた飾り帯だった。ノリオを千倍も強くし、軍鼓の響きと軍旗のはためきが闘志をかき立てるように、古代から今に至る千人の戦士の力が必要だった。

私は家から家を回り、あるいは街角に立って、初冬の風が歯にしみるのを感じながら、傘をさして協力者に声をかけた。「お願いします」と私は言って頭を下げ、足を止める女性たちに繰り返し懇願した。「兄が戦争に行くんです。兄の精神と魂のため、願掛けにご協力お願いします」女たちはさっと買い物袋を置き、すばやくひと針縫うと、また先を急いでいった。ノリオはできうる限り私の支援が必要だった。彼はあまりにも若く、あまりにも繊細で、戦争から生きて帰る確信にあまりにも欠けていたからだ。ノリオが出立するまでに飾り帯を完成するべく、私は休まずに働いた。精いっぱいのお祝いをしようと、最後の夜はノリオのためにささやかながら宴を用意した。彼の前では悲しい気持ちは抑えて、みんな明るく振舞った。カビが生えるのを防ぐために水につけておいた餅を油で揚げ、闇市で買った魚の切り身を料理した。べらぼうな値段だった。こんな贅沢には、ママだったらそう言っただろう。

「この魚、どこから来たと思う?」とサーちゃんが言った。私がよだれの出そうな砂糖醤油で調理をしていると、彼女は丸くて幼い赤ら顔を鍋の上に傾け、魚をじっと見ていた。その味付けの濃厚な香りをかいでいると、人生が約束に満ち、カニ肉や魚卵やご飯をお腹いっぱい食べられる日を思い焦がれた。サーちゃんはそんな気持ちから訊いたのかもしれない。「この魚、あんたのハワイの故郷からはるばる日本まで泳いできたのかな?」

「マグロは丈夫な魚だし、ハワイにもいるからね」と私は言った。ノリオのお別れ会だったので、この時ばかりはサーちゃんへの不満は抑えて、イライラせずに彼女の質問に答えた。

「じゃあ、そうかもね」と彼女は言った。あっけらかんとした言い方だった。

その夜のお茶には、乾燥した芋の葉をつぶし、それを松の樹皮と混ぜて、苦いけれどコクのあるお茶を出した。食事中は静かだった。みんな物思いにふけっているかのようにゆっくり食べた。ふちの欠けた漆塗りのお椀に当たる箸の音がもの悲しくさえ聞こえた。すするようなお茶の飲み方は瞑想にふけるようでありながら、倦み疲れた感じでもあった。ハルエ伯母ですらどこかおとなしく、食べ物の上に顔を伏せたままで、あやうく茶碗に顔が当たるほどだった。

食事が終わると、みんながノリオに餞別の品をプレゼントした。サーちゃんは「火石」をあげた。これは小さな中国製の火打ち石と火打ち金だった。「それ、役立つかもしれないでしょ」と彼女は言った。「道に迷ったらね」ふたりはやさしい笑顔で見つめ合った。めったに見かけることのない光景だった。

次はユキちゃんだった。「さあ、ユキちゃんの番よ」と私は言って、一緒に作った小豆入りの赤いお手玉をあげるように促した。ユキちゃんが小豆を集め、私が袋を縫った。

イワオはハンカチをあげた。「これ、きれいか?」とノリオはひやかした。

「ううん。さっきそれで鼻かんだ」とイワオは言った。兄弟が声を出して笑い、屈託なく顔を見合わせた。それからふたりは目を伏せ、うなだれた。

「さあ」とシイチ伯父は言って咳払いをし、息子たちの悲しい気持ちを追い払おうとした。伯父は手のひらを差し出して、古いがまだ使えるポケットナイフをノリオにあげた。そのナイフを使って伯父が爪を切ったり、手のたこを削ったり、子どもたちのためにスルメを細く切ったりするのを見たことがある。伯父はそのナイフをいつも携帯していた。最初、ノリオは首を振った。「お父さん、これをもらうわけにはいかないよ」

「いや、持っといてもらいたいんだ」

ノリオと父親は澄んだ目に深い理解の表情をたたえて互いを見つめた。

母親に手渡されるまで、ノリオは櫛《くし》をプレゼントされるなど思いもよらなかった。その櫛の取っ手には真珠貝の小片がちりばめられていた。ノリオは涙をこらえてお礼を言った。すると、思いがけず母親はノリオに手を差し出した。彼は母の手のひらに自分の手を重ねた。「ノリオくん」と母親は愛情をこめてささやいた。その顔に涙が蜜蝋みたいに二本の筋となって流れた。

私はノリオにパパのお守りをあげた。パパは一度も身に着けたことがなかった。そのお守りは金色と赤の錦織で、アキラと一緒にサトウキビ焼きをした時から私がずっと首にかけていたものだった。それが今やノリオのものとなった。

「今晩は雪になるかも、とうとう」とノリオは言い、背後の高窓に顔を向けて涙目をしばたたいた。

「だったらいいのに」と私は言った。「本物の吹雪って見たことないから」この町に雪が降ったことはある。でも、私が住んでいた間はほんのわずかだった。

「本物の吹雪を見たことないの？ 信じられない」とノリオは言った。

「ハワイの実家がある辺りはね、雪は降らないの」

ノリオは窓に顔を向け、もう一度外を見た。「あんなにきれいな光景は他にはないよ。白い雪片はキラリと光るんだ。ぜったい忘れられない。死んでも忘れないよ」

死ぬとか死ぬかもしれないという話題をそらすために、伯父はこう言った。「ヒーちゃん、お前は名前のとおりまちがいなく火の子だよ。地中が燃えている所から来たんだから。でも、いいんだよね。ハワイはいつも暖かく快適で、こっちみたいに寒くはならないだろ」

私は着古した赤い絹の上着を身体にきつく巻きつけた。伯父の話を聞いていると、やっぱり太陽の光が恋しいと思った。顔に陽光を浴び皮膚にしみ込む日差しを感じたかった。みずみずしいフルーツのような熱を身体の芯まで受け入れたかった。だから、雪のことやもっと寒くなることを思うと、身体が震えて歯がカタカタ鳴った。

夕食後、シイチ伯父がバクダンをもってきた。伯父は青い上着の袖をまくり、儀式ばって大人たちの小さなカップに酒を注いだ。私と子どもたちにはお茶を入れてくれた。みんなカップを持ち上げ、祝杯をあげた。「乾杯!」ノリオは顔をしわくちゃにして、きつい酒を勇ましくも一気に飲み干した。彼の顔と両耳がたちまち赤くなった。

伯父は尺八を吹いて震える調べを奏でた。みんなのお気に入り、「鹿の遠音《とおね》」だった。部屋の隅でユキちゃんとスミエはふざけて手をつなぎ、頭を後ろにそらしてぐるぐると回った。そのあいだ、サーちゃんは曲に合わせて手を叩いた。伯母は部屋の隅に退いて縫物をしていた。時折、糸を口でくわえ、歯をきしらせて糸を切った。

イワオがすっと立ち上がって言った。「じゃあ、ぼくはノリオのために学校で習ったお別れの歌を歌います」子どもらしいファルセットで歌い始めた。

仰ゲバ尊シ
ワガ師ノ恩

「もういい！」何小節か聞いた後でノリオが言った。彼は立ち上がり、座っていた座布団を蹴った。「それは卒業式の歌じゃないか。ぼくは卒業するんじゃない。戦争に行くんだ」

ノリオの突然の言葉にみんな呆然とした。スミエとユキちゃんは私の方に走り寄ってきた。ぱたぱたと畳の上を走るふたりの小さな足音が、屋根瓦を打ちつけるにわか雨みたいだった。スミエは私の膝の上によじ登り、ユキちゃんは私の背後にすり寄った。「どうしたの？」ユキちゃんが小声で言った。

「散歩してくる」とノリオは言った。彼はすばやく上着を着ると、怒って玄関の方へ歩いていった。下駄に大きな足を突っ込んで出ていこうとしたが、その時、バタンという音がした。引き止められるかのように薄い壁にぶつかったのだ。もたつきながらやっと出て行った。

ノリオが出て行くとすぐに、ハルエ伯母が言った。「頭の中は夢だらけ。おかしな子よ！」伯母は縫い物を下においての方を見た。「あなたがあの子に色んな訳の分からないことを吹き込むからよ」

「うるさい！」伯父はそう言うと、着物の帯に両手をおいてギュッと下に引っ張った。これほど伯母に対して腹を立てる伯父は見たことがなかったので、みんなはじっと床を見つめていた。怖くて伯父の顔を見られなかったのだ。

「お父さん、ぼく、何か悪いことした？」とイワオが訊いた。「どうして皆《みんな》ぼくのこと怒ってるの？　わかんないよ」

苛立ちらしきものと深い悲しみに喉がつかえ、シイチ伯父は何も言えなかった。

「誰も怒ってなんかいないよ、イワオ」と代わりに私が答え、部屋に張り詰めた重苦しい沈黙を破った。「ただ、お兄ちゃんは戦争に行きたくないだけよ」

「だったら、どうして行くの？」

「行かなきゃならないからよ。ノリオが戦争に行くことと、あなたの声とは何の関係もないの。あなたはきれいな声してる。いつかいい歌手になるよ」

私は夕食の皿を片づけて青みがかった小さな山に積み重ねた。でも、みんなが二階に上がって寝る頃になっても、ノリオはまだ帰ってこなかった。ようやく早朝になって、ノリオが部屋に入ってくる音が聞こえた。


翌日、家族全員がノリオを見送るために曳舟《ひきふね》駅まで行った。そこで他の新兵たちと合流することになっていたのだ。この若者たちは東京駅まで行って、そこから壬生《みぶ》にある軍の飛行学校へ行くのだ。長いプラットホームで汽車が到着するのを待っていると、ノリオは手を握りに来たユキちゃんの頭をポンポンと叩いた。それから彼は振り向いて、深く頭を下げてから最敬礼をした――最初は母親に、それから父親に向かって。伯母は嗚咽をもらし、身体中を震わせながら両手の中に涙をこぼした。

ノリオがサーちゃんとイワオに言った。「これからは家のことはお前たちに任せた。お母さんとヒーちゃんを頼んだぞ」それから私の方を向いて、私の脚にしがみついていたスミエを抱き上げた。「大きくなったな。ずいぶん重くなったよ、あの時から……えっと、いつだっけ、昨日だったかな?」ノリオはスミエのお腹辺りをくすぐった。スミエは指をくわえてキャッキャッと笑った。スミエを抱きかかえたまま、私の目をまっすぐ見つめてノリオは言った。「いろいろと本当にありがとう」そう言うと、スミエを私に預け、一歩下がり、私にさっと軽くお辞儀をした。彼の首からパパのお守りが下がっているのが見えた。私も頭を下げた。駆け寄って抱きしめたい気持ちだった。

子どもたちは蒸気と灰色の煤を吐き出す汽車の後を追って走った。プラットホームの端まで行くと、ゆっくりと大きな弧を描いて手を振った。列車は遠ざかって点となり、そこに線路と地平線も吸い込まれていった。

第十六章　飛行訓練

一九四四年の初め、訓練が始まったノリオは、数ヵ月のあいだ静岡のどこかにある基地に配属されていた。そこから長い手紙が何通か届いた。政府による検閲済みだった。その年の一月、最初に来た手紙の黒塗りの部分を何とか解読しようと、イワオは手紙を電灯にかざした。「真っ黒いインクで消してる。全然見えん」と彼は言った。

ノリオは静岡に滞在した後、東京からそう遠くない籠原《かごはら》の基地に移された。「家が恋しい」としか書いてこなかった。その頃、シイチ伯父が耳にしたところによると、ハマダさんの長男のジュンも同じ基地にいて、調理師の助手をしているとのことだった。ジュンは週に一回ほど東京に来て、物資の輸送や荷受けの仕事をしていた。彼がハマダさんの家に戻って一、二時間滞在し、それから茶色の平床トラックに乗って急いで基地へと引き返すのを見かけたことがあった。そのトラックは山ほど物資を積んでいて、タイヤが轍《わだち》に入り込むたびに連れの若者を跳ね上げた。キャンバス地の覆いが古いシーツみたいにバタバタした。

「ジュンがノリオの手紙を送り届けてくれることになった」と伯父は言った。伯父はジュンとなにがしかの取引をしていたのだ。ということは、ノリオの手紙は政府の検閲を回避できるということだった。そういう手紙の第一便は母親宛てだった。注目の的になってうれしそうなハルエ伯母は、仰々しく声に出して手紙を読んだ。また、他の家族も忘れていないとでも言うように、その後の手紙は伯父宛てに送られ、私や子どもたちにも短めの手紙が来た。これにはハルエ伯母は不満だった。思うに、伯母は私宛ての手紙を特に妬《ねた》んでいた。ジュンが私に封筒を手渡すときは決まって、私に奇妙な視線を送ってきたからだ。

「あの子が大事なこと書くはずないよ」と伯母は言うのだった。「あんたなんかに何を言うことがあるのかね」多分、伯母は私宛の手紙の中身を見せてほしかったのだろう。

私に最初に来た一九四四年二月付の手紙で、ノリオはこう書いてきた。

拝啓　姉貴様（そう呼んでもいいですよね）

日本は本当に美しい国ですね。内陸部の基地へ移動中、雪が降ってきました。その時、あなたを思い出しました。雪が降るのを見たことがないと言っていたからです。今年は寒くなるそうです。東京でもまもなく雪が降るでしょう。もしまだなら、初めて大雪に触れることになりますね。あなたが羨ましいです。新しい発見をすること、初めての瞬間を経験することが。あなたのうれしそうな顔を見られたらいいのになあと思います。雪も燃えるってこと、知っていましたか。朝のお祈りをするとき、ぼくに代わって雪の神様に手を合わせてください。

最近は母とうまくやっていますか。母があまり叱らなければいいのですが。ぼくに代わってみんなのことをお願いします。あなたにお任せしますから。

ノリオ

「ノリオがいてくれたらいいのに。ノリオだったら、あの娘の扱い方を知ってるはずよ」ある日の午後遅くのこと、ハルエ伯母が伯父に話しているのが聞こえた。私はちょうど、スミエとユキちゃんを従えて銭湯から帰ってきたところだった。伯父と伯母は私の姿を見ると声をひそめた。最初、ふたりは私のことを話しているのかと思ったが、そのまま伯父はサーちゃんと話をするために二階に上がった。

一週間後、街で雑用をしてから家に帰ると、ハルエ伯母がサーちゃんを大声で叱っていた。ふたりは台所にいた。「二度とあんなことしたらだめ、いい？　ノリオがいないからって、何でも好きなようにできるとでも思ってんの？　お父さんは役立たずかもしれないけど、お母さんがこの家を仕切ってんの。この家のことは何でもわかってるんだから！」

サーちゃんは頭を垂れ、しくしく泣いて身体じゅうを震わせていた。目を上げて私を見ると、おかっぱの髪の下からシッシッと言った。「出てけ！　あんたには関係ない」

私は彼女をちらっと見ると顔をそむけた。「ふたりともおいで」と私は言って、ユキちゃんとスミエを二階に連れて行った。

「お母ちゃんはいつもサーちゃんを叱ってるね」とユキちゃんは言った。「夜中、寝るときも部屋でサーちゃんを叱るよ」

「わかってる。でもね、シーッ！」

それからの数日間、サーちゃんは闇市を訪ねてから家に帰り、食料を台所に置くと、まっすぐ自分の部屋に入っていった。夕方になっても、晩ご飯の支度の手伝いには現れなかった。何かを食べることがあるとしても、みんなが食べ終わった後に、戸棚の中の何かをつまむぐらいだった。

ある日のこと、サーちゃんはいつもの時間に帰宅しなかった。「どこにいるのかねえ」仕事から戻ると、ハルエ伯母が伯父に訊いた。

「さあね。でも、心配するな。あの娘はもう子どもじゃないんだから」と伯父は言った。

「子どもじゃない？　でも、まだ幼い娘です。どこにいるかぐらいは連絡しないと。女の子はこんなことしちゃいけないの。恥さらしよ――しかも、こともあろうにサーちゃんが！　よくもこんなこと。一体、どこにいるのよ」伯母の声は非難に満ちていた。

「まあ気長に待て。多分、学校の友達と一緒だろう。友達が懐かしいんだよ。すぐに戻ってくるよ」伯父は間をおいてから言った。「お前が甘やかすからだ」

「じゃあ、私のせい？　そう言いたいの？」

「もう、ハルエ……」

その晩、サーちゃんは帰らなかった。物音がするたびにハルエ伯母が何度も起き上がって窓の外を覗きに行く音が聞こえた。翌朝、伯母が仕事に行くべきかどうか言い合う声が聞こえた。

「仕事には行かんといかん。あの娘は帰ってくるよ」と伯父は言った。「まあ、みていな」

サーちゃんは二晩、姿を見せなかった。三日目、シイチ伯父とハルエ伯母が仕事に出かけると、彼女はこっそりと家に入ってきた。「何も言わないほうがいいよ」台所にいた私を見て、彼女はそう言った。

サーちゃんに同情するところが私にあったとしても、そのきつい一言で消えてしまった。私に何が言えるというの？

「私を見なかったことにして、いい？」サーちゃんは自分の部屋に駆け上がった。

その午後、イワオは学校からぶらりと帰ってきて、教科書を床にドサッと落とした。「サーちゃんは帰ってきた？」と彼は訊いた。心配そうな顔だった。

私はうなずいた。「知らないことになってるの」と私は小さな声で言った。「でも、二階の部屋にいるよ」

イワオは安堵のため息をついた。「あいつはまた、ジュンの弟のタダシと一緒だったんだ」と彼は言った。「みんな噂してるよ。ふたりで空き家にいたんだ。サツマさんの家族が飢え死にした家だよ」

「その家、知ってる」と私は言った。

「よくもそんなことできるよな。お母さんに殺されるよ。お灸をすえればいいんだ！」家を火事にしそうになった時、パパとママにモグサを背中にすえられたことを思い出した。

その晩、ハルエ伯母は帰ってくるなり、こう訊いた。「サーちゃんは帰ってる？」イワオは読んでいた新聞を下げ、目を天井に向けた。伯母は二階に駆け上がった。

「お母ちゃん、お願い……」ぴしゃりと叩く音が聞こえると、サーちゃんが泣きわめいた。

「二度とするんじゃないよ、いいかい？」

「遊びたかっただけよ。何もしてないし、どこにも行ってない。ここの生活がいやなの！」

「遊ぶ？　タダシと？　あんたはあの子の母親とおんなじよ」

「なんでそんなこと。うちはハマダさんとは違う！」

この言い合いが終わるとすぐに、ハルエ伯母は階下に駆け下りてきた。それから、カタカタと音を立てて下駄をはき、ハマダさんの家まで走っていき、戸を叩いて中に入る音が聞こえた。それ以上は何も聞こえなかった。ハマダさんの家でいったい何があったのか、何が話されたのか、誰も知らなかった。ただ、わかったことは、タダシとサーちゃんはその日以来、お互い会わなくなったということだけだった。

その頃、侵攻やら爆撃やら、戦争に関わるあらゆる噂を耳にした。サーちゃんが言った。「アメリカ軍はまだ日本に来てないけど、みんなが言うように爆弾を持って来るとしたら、飢え死にするより爆弾で殺される方がましかもね。飢えて醜くなりたくないもん」

「ふーん、そうね。どっちがひどいかわからない」と私は言った。実際、私は栄養失調の人たちを見たことがあった。生ける屍――シンダ　ヨウニ　アルイテ　イル　ヒト、と伯父が言っていた。目は落ち込み、お腹はふくれ、痩せこけていた。飢えで意識が朦朧《もうろう》となり、路頭に迷う人が日に日に増え、道に倒れて死んでいった。中には、衰弱しきって、縄跳びもできないし、弟や妹をおんぶすることもできず、家の前でただ座っている子どもたちもいた。その子たちを見ていると、怒りと不満で叫びたくなった。自分たちが危機的状況にあることが私にはわかっていたからだ。その年の夏の初めには、狂気じみた食料の奪い合いが激しくなっていた。うちでは食料の貯蔵に本気でとりかかった。ママもミヨもアキラも同じように苦労しているのだろうかと、心配でたまらなかった。

ところがその反面、カトウさんみたいな人がいて、今は十一番目の子を妊娠中だった。お乳はいっぱいあるからスミエにずっとお乳をあげられるよ、と彼女は言ってくれた。誰も大して食べ物がないのに、どうしてカトウさんは妊娠していないときでも太っていられるのか、皆目見当がつかなかった。このミステリーは他の女たちの憶測も呼んだ。ハルエ伯母は言った。「私たち他の者が飢えているのに、あの人は配給をごまかしてるのよ。あの人は戦争の名を汚すような女なの。うちの息子みたいに男の子たちが必死に戦っている時に、あの人は太るんだから」

確かに、カトウさんはこの辺りにいる生ける屍のような人たちとは似ても似つかなかった。回りが困窮しているにもかかわらず、彼女は幸せそうに輝いていたし、眼は澄み、話す言葉はユーモアに満ち、頬は赤く、唇はふっくらとしていた。なぜなのか、誰にもわからなかった。

一九四四年の六月、ノリオから私宛てに二通目の手紙がようやく届いた。

拝啓　姉貴様

基地ではまもなくツツジの花が満開になります。そのあとはアジサイです。夏が近いので、国は私たちの教練を急がせています。戦闘員が必要なのです。私はというと、屋外に出て、顔に陽光を浴びて散歩をしたい気分です。毎日勉強はしているけど、戦争には気が進みません。

外地ではいろんなことが起こっているそうです。でも、ここでは士気は高く保たれています（ただ、自分の士気には問題があるように思えます）。私たちの教練も進捗ペースがあがっています。日本はもっと兵士を養成しなくてはいけないのに、時間がないのです。時間と言えば、期待させたようには雪が降らなかったこと謝ります。年末か年明けには降るでしょう。楽しみに待っていてください。

近頃、町の人たちが家財を荷車で運んできて、楡の木の下で新鮮な果物や野菜と物々交換しているのを見かけます。うちの飛行場の近くのお百姓さんたちと物を交換しているのです。ということは、みんながどれだけ必死になっているか、この時代どれほど物の価値がなくなっているかという証拠です。みんなの悩みは、次のご飯をどこで調達するかということだけです。

でも、あなたのことは心配していません。いつも家族を養う算段をしてくれるからです。お父さんがよく言っていたように、あなたは鋼鉄の凧を飛ばせる人です。

あなたはいろんなことを教えてくれました。仏壇の前でお祈りをする時の、蝋燭の火に照らされたあなたの横顔が今も目に浮かびます。そこにあなたがいると、私はいつも安心でした。

我が家にはあなたの心の火が燃えていると思うと、私はそれだけで満足です。

ノリオ

ちょうどその頃、日本政府は東京の子どもたちの疎開を促進していた。イワオみたいな男の子や女の子は集合させられ、もしもの危険に備えて田舎へ分散させられた。

「これって、アメリカでやってることじゃない？――日本人に」と、疎開を命じられたイワオは言った。

「全然違う、別ものよ。アメリカの日本人は拘束されたの。あんたは違うの」

「じゃあ、どうしてぼくは行かなきゃならないの？ 行きたくないのに」と彼は抵抗した。

「どうしようもないの」とハルエ伯母が言った。「国が決めたことだから」

イワオは母親にはあまり文句を言わなかったが、私には愚痴をこぼした。「じゃあ、どうしてサーちゃんは行かなくてもいいの？ ユキちゃんは？」

「サーちゃんは家にいてもいい歳だし、ユキちゃんはお母さんが離したくないのよ」

「でも、ぼくは行きたくない！」とイワオは言った。東京からずっと北にある成田の学校へ学童疎開することになっていたのだ。

「しかたがないの」と私は言った。

結局、イワオは決められたことに抵抗しても無駄だとわかった。私は彼のために闇市で旅行かばんを買ってやり、荷造りを手伝った。それから、泣きじゃくる痩せたイワオを他の子たちが待つバス乗り場へ連れて行った。黒の制服がきつそうだったし、両足は半ズボンから竹竿みたいに突き出ていた。

「必ず手紙を書いてね」とイワオはバスから叫んだ。

「心配しないで、イワオ。そんなに悪くはないはずよ。向こうには子どもがいっぱいいるから」

「悪くはない？ きっとひどいことになるよ！」

イワオを見送った日、ノリオからもう一通の手紙が来た。奇妙な手紙だった。宛名も名前もなかった。


空を飛ぶときはいつも、機体のブーンという音の彼方に、基地の僧侶が平安と静寂と呼ぶものが見えます。その時の気持ちを仲間の将校たちに説明しようとすると、彼らは笑って、私の頭は首の上ではなく雲の中にあるんじゃないかなどと言うのです。自分は夢想家なのだろうと思います。でも、彼らが理解しなくても、私は構いません。

最近、雲の塊の中に入って迷ったことがあります。雲の中の静けさも、迷ってしまったことも、怖くはありませんでした。その中に長くいると制御ができなくなってスピンする危険はあったけれど、私は心の平穏を感じていました。そんなに長い時間ではありません。その瞬間の静寂はあまりに透明で、浄土に至ったのかと思いました。あれこそまさしく浄土だと思います。頭上の空は青く、見たこともない青で、冷たいはずなのに寒くはありませんでした。永遠に飛んでいられると思いました。

ずっと雲に包まれていたいと思いましたが、まもなく雲は分かれ、眼下に大地の広がりが見えました。下界に戻って、地上の熱を感じたくありませんでした。埃の中に着陸したくありませんでした。私にはすべてのものを受容する茫洋たる心がありました。自我に固執することなぞ、もはや必要ないかのようでした。私は永遠に飛び続けたかった。空があれほど美しく無限であるのに、地上の一地点に着陸しなければならないなんて、奇妙な、実に奇妙な感覚でした。

その年の十一月も終わりごろ、急にアメリカの大きな飛行機が頭上を飛ぶようになった。ただ、あまりにも高い所を飛んでいたので、気にしなかった。天気の悪い曇りの日には飛行機はほとんど見えなかったので、どうやって下の私たちが見えるのだろうかと思った。それでも、日本政府は空襲避難訓練を強化し始めた。しかし、アメリカ軍の無策な飛行が続いている間は、私も近所の大抵の女たちもほとんど何もしなかった。時たま、爆弾がひとつふたつ落ちる音がしたが、大概は不発弾だったり、川や濟に落ちたりした。そういう状況がわかっていたので、近所の女たちも私も一度も避難をしなかった。訓練中の人たちは熱意に欠け、訓練は社交の場と化し、女たちは友人や家族とおしゃべりをしたり、小さな木箱に詰めたささやかな弁当を食べたりした。

「行く意味がわかりません」と私は伯父に言った。「訓練には意味がありません。私たちを公園に行かせるでしょう？ 丸見えですよ」

「防空壕に行けばいいじゃないか」

「防空壕は危険すぎます。中に閉じ込められて死ぬかもしれません」

ところがまもなくすると、政府の姿勢はより強硬になった。仕方がないので、サイレンが鳴るといつも、私は余分な衣服と布団と食料を持って、近所の人たちと一緒に家と公園の間を行き来した。寒風の中、私は大勢の人々の後についていったけれど、子どもたちを広場に置いておくのは心もとなかった。

それからの数週間、あたりの空を飛ぶアメリカの飛行機が日を追うごとに増えていった。一九四四年の暮れには、日本の空は飛行機で覆われるようになっていた。

「またビー公がおいでました」と、シイチ伯父は飛来するB-29を見て言った。

そんなある日、飛行機を見ようとスミエとユキちゃんを連れて外に飛び出すと、道路に孫の男の子を連れたトウマ爺がいた。ふたりも東京上空の曇り空を飛行する爆撃機を見上げていた。男の子はアメリカの飛行機を撃墜する真似をしていた。「その調子だ。悪いアメリカ人をやっつけろ！」トウマ爺はそう言うと、孫の頭をポンポンと叩いた。

夜になると、スミエを両腕に抱えたまま、爆弾が落ちて吹き飛ばされる悪夢を見た。

第十七章　神風

一九四五年の初め。日本の小型戦闘機が飛行中のアメリカ爆撃機にカミカゼ流に体当たりして破壊したり、錐《きり》もみ状態で炎上させたりした。神風の特別攻撃任務。

「お父ちゃん、ノリオは神風パイロットになるほど勇敢じゃないよね?」ある日、サーちゃんが伯父に訊いた。

「あいつが神風パイロットじゃないことを祈ろう」と伯父は言ったが、その目は虚ろだった。「それに、兄のことは口を慎め」

ノリオはあの特別部隊に関係しているのだろうかと、私も思いをめぐらせた。日が経つにつれてノリオからの便りが途絶えがちになると、もしやと疑念が募った。シイチ伯父は何をするにしても、不安で気もそぞろといった状態だった。国のために命を犠牲にした若くて聡明そうな爆撃機パイロットの写真が毎朝、名前と享年と共に新聞に掲載された。イノウエ・フジロウ　二十二歳、オオハシ・サマジ　二十歳、マエダ・ダイゾウ　二十一歳、キタムラ・タモリ　十九歳、ウエノ・サトシ　二十三歳、フジイ・ノブオ　二十五歳、イシイ・オサム　二十一歳、等々。私はこれらの顔写真を食い入るように見つめた。ノリオがいるのではないかと思ったからだ。彼に何かあったとしても、日本政府が直ちに家に連絡してくれるとは思っていなかった。

長い間ノリオからは音沙汰がなかったが、お正月が終わった頃ようやく手紙が来た。

拝啓　姉貴様

我が飛行中隊は最近、特別部隊へ配属されました。しかし、今は飛行機の数が少なく、燃料も十分ではないので、私は地上任務となり機動作戦を学ぶ予定です。今度いつ飛ぶことになるのかわかりません。

体調を保つために運動しています。それに、気晴らしに仲間の将校たちとトランプをして遊びます。時々、仲よしの将校と一緒にこっそり抜け出して村に行き、タバコをはしりの果物と交換します。それを家族と分かち合えないことを思うと、申し訳ない気持ちになります。

ヒーちゃん、もし私が帰郷できない場合は、ひとつ頼みを聞いてもらえませんか。私の灰を京都の寺に預けてください。小さい寺でよいのです。京都は遠いしお金がかかることはわかっていますが、どうかお参りの旅にしてください。その日は休日にしてください。(これはあなたへの特別なお願いです。父と母には、私に何かあったときにだけ、この願いを伝えてください)ところで、先月、父と母が会いにきてくれた時は、ふたりの顔を見られてうれしかったです。母が痩せていたので驚きました。

それから、出発の前の晩に叱ったことを許してくれと、私の代わりにイワオに頼んでくれませんか。あの子に腹を立てたわけではないと伝えてください。あの子は疎開先で元気にしてるでしょうか。

私は西行の歌集をもっているのですが、実はそれをあなたに預かってもらいたいのです。寝室の私の引き出しの中にあります。しおりを挟んでいるのが私のいちばん好きな歌です。

ノリオ

ノリオの手紙が来てからまもなく、気温が急に下がった。記録的に寒い一日になった。寒さがナイフのように骨まで突き刺さり刃先をねじるようだった。期待を込めて人々は絶えず空を見上げた。暖かくしてあげようと思い、私はスミエとユキちゃんに厚着をさせ、行火《あんか》に掛けた布団の中に座らせた。ふたりは煎餅をかじり、熱いお茶をすすりながら、雪が降るのを心待ちにしていた。

その日、飛行機は一機も飛ばなかったし、何もかもが異常なほどに静かだった。まるで、地球がそれまでの無軌道な生き方に倦み疲れ、腕に頭を載せて休息しているかのようだった。その時だった。やさしい音楽のように、地球の魔法の舞踏のように始まったのは。とうとう雪が降りだしたのだ。過去数年のまばらな雪の埋め合わせをするかのように大雪になった。

その澄み切った瞬間、こんこんと降りしきる雪片が悪と死の世界を浄化してくれた。私は庭に面した障子を開けてじっと見つめた。雪片は冬枯れの庭に妙なる絹の織り糸のように降り注ぎ、幾重にも幾重にも限りなく積もっていった。

「ヒーちゃん、ほら。雪の中に音楽が聞こえるよ」とユキちゃんが声を上げた。空中に白い調べが漂っていた。スミエは空想した音楽に合わせて手を叩き、喉の奥深くから驚喜の声を発した。雪は雲のようにふわりと舞い降りてきて、竹製の薄い門扉やもみじの木、それに貧相な生垣の上にも落ちた。白い奇跡——雪は失いかけた希望をよみがえらせてくれるかのように降りしきった。

珍しく一羽の鳩が足元の冷たさに驚いてか、垣根沿いにひょこひょこと歩きながら鳴いていた。その姿を私は子どもたちと一緒に見ていた。「アァー」と子どもたちが声を上げた。ぽっかりと開けた口の周りへ指を這《は》わせる子どもたちの顔を、雪明りが照らしていた。

私は上着を羽織って下駄をはき、外へ出た。吹き溜まりに下駄は沈み、顔に落ちる雪はふんわりとやさしく感じられた。「ほら、ノリオ」と私は声を上げた。私は頭をそらし、雪の白い光を見上げ、両腕を頭上に伸ばして、くるくるっと回転した。雪が目に、鼻に、唇に、そして頬に落ちてきた。長い間じっと目を閉じていると、瞼を透かして雪明かりが感じられた。それほど明るかった。私は何度も何度もくるくると回って踊った。

すると突然、頭がもうろうとしてきた。肺の中に吸い込んだ空気が収縮し、それから凍るようだった。目を開けて深く呼吸をしようとしたが、息ができなかった。冷たい空気に耐えられなかったのだ。私は両手で首の周りを押さえて喘いだ。回復するとは思えなかった。経験したことのない恐怖におののき、私はあわてて家の中に駆け込んだ。ふんわりとした雪に覆われていた私の顔は、怖いくらいの厳しい寒さにひりひりとして燃えるようだった。

その日の夕方、外は雪が降り続いていたが、私はノリオの鏡台の引き出しから歌人、西行の本を取り出した。ノリオが私に預けると言った本だ。しおりを挟んだ頁にはこの歌があった。

願はくは
花の下にて
春死なむ
その如月の
望月のころ

それから二日後のこと、家の戸を叩く音がした。戸を開けると、疲れた顔をした軍の将校が立っていた。私は手が震えた。その将校は中に入るや伯父と伯母を認め、政府からの公式通知を伝える前に深々と頭を下げた。それからやや固さをほぐしてから言った。「ご子息はお国のために従軍中、名誉の戦死を遂げられました。アメリカの爆撃機にみずからの機を体当たりさせ、いずれの機体も越谷市北部の低い山中に墜落しました。ご子息は比類なき技量でもって勇猛果敢に戦い、苦しむことなく墜落炎上しました」

軽率であったとは認めるが、どうして他人の苦しみなどわかるのかと、私は将校に訊いてみた。多くの死の重みを両肩に背負い、顔に憔悴の色を浮かべた将校は、私には目もくれずに伯父と伯母に語りかけた。「ノリオくんの功績はアメリカ軍にとっては爆撃機一機の損失、日本にとっては勝利へのさらなる一歩なのであります。ご子息はご両親の誇りでありましょう」

伯母は両手で顔をすっかり覆った。伯父は前腕で口を抑えて嗚咽《おえつ》をこらえた。

シイチ伯父とハルエ伯母に届けられたのは、それから間もなくのことだった。木箱に入ったノリオの遺灰、「即照《そくしょう》」という戒名が書かれた位牌、日本の国旗、それから二千の手になる千人針の血に染まったさらし布。これはノリオの遺体から外したもの。ほかにもノリオの鏡台に入っていた小物――財布、遺書、赤いお手玉、火打ち石、伯父のポケットナイフと母親が与えた黒檀のくし――これらの品を届けてくれたのは、顔に疲労をにじませたとても若いふたりの兵士だった。どう見ても十四歳を超えているようにはみえなかった。パパのお守りが戻らないところをみると、ノリオと一緒に焼かれたんだろう、と私は思った。

「たとえ千人の戦士の後ろ盾があっても、ノリオを救うことはできなかったでしょうよ！」ハルエ伯母は大声で言った。その昔、ノリオを大声で叱った時のように、伯母の声はスカーフのようにするりと家を滑り出て、近隣へと響き渡った。

日本軍はノリオのような若者に、戦闘任務に就く前に遺書を書かせた。ノリオの遺書は、さかのぼること一九四四年の十月に書かれていた。

お父さん、お母さん

しばらく手紙を書きませんでしたが、お元気のことと存じます。こちらはすばらしい秋を迎え、私がこうして手紙を書いている机の前に見える山々は紅葉がとても美しいです。まもなく冬が来ます。それから春が訪れます。季節は確実にめぐります。

もっと親孝行ができればよかったのにと思いますが、人生はいつも後悔ばかりです。ですから、私の息子としての至らなさをお許しください。

それから、子どもたちを大切にしてください。あの子たちには親の言うことをちゃんと聞くようにと伝えてください。私にひとつだけ残念なことがあるとすれば、あの子たちの顔がもう二度と見られないことです。

私をここまで育ててくださり、ありがとうございます。これから私がどこへ行こうとも、その思い出を携えて行きます。いつか、私の魂はこの場所に戻ってきます――あの木々の美しい紅葉をみるために。

心より感謝の気持ちを込めて

ノリオ

手紙を読み終えると、ハルエ伯母は声を上げて泣いた。その泣き声は母親としての悲哀に満ちていた。「こんなはずじゃなかった」伯母は両のこぶしで床を叩いた。「どうして今なの、早すぎる！」シイチ伯父はみずからの涙をこらえて妻をにらみつけた。「お前はノリオが英雄として生きて帰るとでも思っていたのか？ わしらはあの子を死ぬために送り出したんじゃないのか？ それに、お前、何て言った？『誇りをもって天皇陛下のために戦いなさい、名誉の戦いをしなさい！』いったい、どんな名誉だ？ 時間の問題だったんだよ」

「でも、こんなに早く、こんなに早く！」伯母はそう言うと、両脚を抱えて身体を丸めた。

兄の葬式に出席させるためにイワオを田舎から呼び戻した。「こうなると思ってたよ」私の顔を見るや、イワオはそう言った。私と一緒に台所に座って泣きながら、彼は帽子で太腿を何度も叩いた。「ぼくはうちにいるべきだったんだ。田舎なんかじゃなくて」

「そんなことしても、お兄ちゃんのためにはならなかったと思うよ」と私は言った。イワオはまだまだいろんな意味で子どもだったので、自分が無理やり家から引き離されなければ、ノリオは助かったかもしれないと思っているようだった。「私たちが何をしたって、結局ノリオは死んでたでしょうよ」と私は言った。「飛行を命じられた大抵の若者といっしょで、ノリオには家に帰ってこられる見込みはなかったのよ」

「じゃあ、ぼくたちが殺したようなもんじゃない」とイワオは言った。「見込みなんてなかったんだ」

「でもね、ノリオは自分で選んだの」と私は言った。

「選ぶことなんかできなかったと思うよ！」

玄関の戸にノリオを弔う黒い喪章を鋲で留め、家の中で遺骨を前にささやかな仏式のお葬式をあげた。みんなは低い声で無量寿経《むりょうじゅきょう》を唱え、そのあと、寺の住職が蓮如上人の「白骨の御文章《ごぶんしょう》」を命の深淵から湧き出るような声で読み上げた。


それ、人間の浮生《ふしょう》なる相をつらつら観ずるに、おおよそはかなきものは、この世の始中終《しちゅうじゅう》、幻の如くなる一期《いちご》なり。……さてしもあるべき事ならねばとて……されば、人間のはかなき事は老少不定《ろうしょうふじょう》のさかいなれば、誰の人も、はやく後生の一大事を心にかけて……


ノリオが成仏するためにお経をあげに来てくれる人はわずかだった。その人たちも顔に自らの悲しみをたたえていた。どの家もそれぞれの葬式で忙しかったのだ。ケシの実のたとえ話のとおりだった。その話はこうだ。子をなくして悲嘆に暮れている母親に仏陀が言った――ケシの実を二粒三粒、死者を出したことのない家からもらってくれれば、子を生き返らせてやろう、と。しかし、この母親は死者のいない家庭を見つけることはできなかった。

「ぼくの田舎生活は終わり」葬式が終わるや、イワオは断固として言った。「ぼくはお父さんの次に家の長だから。ノリオの代わりになるんだ」

「イワオ、父さんは疲れすぎて、お前にどうこう言う気になれん。家にいればいい」とシイチ伯父は言った。

「日本は狂ってるよ。国の若者を皆殺しにしてるんだから」

ノリオの死を知らされてからのハルエ伯母はなだめがたかった。ほとんど眠らず、ほとんど食べず、ほとんど飲まなかった。爆撃機が上空を飛ぶと、伯母は一瞬の隙をついて家から飛び出し、道路に走り出た。「お前が息子を殺したんだ」と叫んだ。「畜生！あの子は戻ってこない」「そうだ。ノリオは戻ってこん」と伯父は伯母に言った。「こんなバカなことは止めんといかん」伯母は泣きわめき、ののしり、膝を突き、両手を空中に上げ、泣きながら身体を揺すった。「お母ちゃん、お願い」サーちゃんはそれしか言えなかった。

同情したオモトさんがハルエ伯母のために果物をもってうちに来てくれた。「ハルエさん、少し休まないと」と彼女はやさしく意見した。「そのうち具合はよくなるわよ」「帰って。よくもうちに来てそんなこと言えるわね。あなたにはわからないのよ」「私の息子も死んだのよ。どうしてそんな言い方するの？」「帰って！帰ってよ！」伯母は慰めに来てくれた人に向かって大声でわめいた。かわいそうに、オモトさんは首を振りながら帰っていった。

ハルエ伯母はサーちゃん以外の誰も寄せつけなかった。胸が痛むあまりに、みんなをはねつけたのだ。近所の友人たちも伯母の力になろうとしたが、すぐにこの人は普通じゃないと諦め、自分の仕事に戻っていった。伯母が道路で叫び声を上げ始めると、サーちゃんかイワオか伯父が出て行って家に連れ戻した。しかし、それ以外に打つ手はなかった。一度、私がサーちゃんと一緒に連れ戻しに行った時は、「触るな！」と伯母は言った。

「力になりたいだけなの」と私は言った。

「あんたの力なんかいらない。近寄るな。あんたはアメリカ人だ！」

正直言って、私は伯母の態度を恥ずかしく思ったことを認めざるを得ない。伯母みたいに感情をあらわにする日本人女性は見たことがなかった。聞いたこともなかった。日本人女性は、大声で話すことさえ人前ではしなかった。だから、伯母が叫び声をあげるのを聞いた時は、みんな仰天した。生来どちらかというと穏やかでおとなしい伯父は、どうしてよいのかわからなかった。

ノリオの葬式から一週間たったころ、伯父が真昼に帰ってきてハルエ伯母をさがした。「あいつは仕事のはずなんだが」と心配げな顔で言った。「見かけなかったかい？」

「今朝から見てません」と私は言った。「仕事に行ったものと思ってました」

外に出てみると、オモトさんが小さな庭に出ていたので声をかけた。「オモトさん、うちの伯母を見かけませんでした？」

「ハルエさん？　ああ、今朝早く見かけましたよ。靖国神社に行くとか言ってましたよ」

「ヤスクニジンジャ？」

「ええ、千代田区の」

ハルエ伯母は仕事に行かずに、その神社にお参りに行ったのだ。この神社は、戦死した兵士たちの魂が還ってくる所と言われていた。私は伯父に伝えた。

「イワオとサーちゃんを連れて靖国神社に行ってくれ。ハルエがいたら連れて帰ってくれないか」と伯父は言った。

私はイワオとサーちゃんと一緒に電車に乗って靖国神社へ行った。神社に着くと、ゆったりと流れる潮のように、何百人もの人たちと共に、聳え立つ鳥居に向かってゆっくりと歩を進めた。石畳を摺《す》るように歩く下駄の音が、小さいドラムみたいに絶えずカランコロンと響いた。広場では黒い服を着た人たちが何列にも並んで座り、建物の正面を見据えていた。そこは祖霊を祀る社だった。私たち三人は人波を縫うようにして進んでいった。この人たちは降っても照ってもここに来て、祖霊の前に座って死者を弔った。小雨が降り始めた。おかげで伯母をさがすのがよけいに難しくなった。何百もの黒い雨傘が参列者の顔を隠してしまったのだ。「あのう、すみません」そう言って、私たちは傘の中をのぞき込んだ。

最初に伯母を見つけたのはイワオだった。「ほら、お母ちゃん」と彼は母親にやさしく声をかけた。イワオがこんな調子で母親に話しかけるのは一度も聞いたことがなかった。「もう帰る時間だよ。ノリオだってこんな雨の中、お母ちゃんにいてほしくないと思うよ」

伯母は全身を揺らし、すすり泣き、うなずいていた。両手は膝の上で震えていた。私はイワオとサーちゃんと一緒に伯母の傍らに座っていたが、伯母には私の姿は目に入らないかのようだった。しばらくすると、伯母はハンドバッグと座布団を拾い上げた。目を泣きはらしていた。

「あの子は帰らないの？お兄ちゃんを連れてきてくれないかい？」と伯母はイワオに訊いた。

イワオは首を振った。「お母ちゃん、兄ちゃんは帰ってこないよ」

私には指一本触れさせなかったので、イワオに頼んで伯母を家の低いテーブルまで連れて行かせ、伯父が仕事から帰るまで一緒に座らせた。私はお茶を淹れ、サーちゃんに持っていかせた。

「見つかったか？」伯父は家に帰るや、そう尋ねた。

私は台所からうなずいた。「イワオとサーちゃんが一緒にいます」と私は言った。

「あいつは大丈夫か?」

「ずっと静かですよ」

伯父はマフラーをはずし、玄関の入り口近くの釘に掛け、居間に入っていった。

「こんなことしちゃいかん、いいかい?」伯父の声が聞こえた。「心配するじゃないか。お前も気をつけんと」

「ウーン、ウーン」と伯母は泣き続けた。

「そのうちよくなる」とシイチ伯父は言った。

「なるもんですか。もう何もかも滅茶苦茶よ。私を殺して。殺してよ。生きていてもしょうがない。ノリオ、ノリオ!」そう言うと、伯母は苦悶のあまり泣き崩れ、床を叩いた。


「またいなくなった!」翌朝早く、イワオが叫んだ。

伯父が言った。「わしはお母さんを探しちゃおれん。仕事に行かんと失業する。イワオ、お前がお母さんを探してこい。早く! こんなに泣き暮らしてたらいかん。病気になるだけだ。お父さんは様子を見にお昼に戻ってくるから」

イワオとサーちゃんは例の神社へ慌てて行った。ただ、その時、私は行かなかった。何の役にも立たないだろうと思ったからだ。

その日の午前中まるまるかけて、ふたりはようやく母親を見つけ、何とかなだめて家に連れ帰った。「もうこんなことしたらだめだよ」母親を家に連れて戻ると、イワオは叱った。

昼に伯父が戻ってくると、サーちゃんが言った。「お父ちゃん、お母ちゃんはやっぱり普通じゃない。誰も相手にできん。気が変になってしまう。泣くか叫ぶかしかしないのよ。お父ちゃん、何とかして」彼女は父親の前にまっすぐに座って、べそをかきながら膝の上で両手をもみ絞っていた。

「お母ちゃんは気が変なんじゃない。悲しくてつらいだけよ」とシイチ伯父は言った。結局、伯父は診療所に電話をした。ところが、来たのは看護師だった。医師が不足していたのだ。

「鎮静剤を飲めばよくなります」と看護師は言った。

その日の夕方には、ハルエ伯母は泣くのをやめ、ようやく落ち着いた。伯母のヒステリーから解放されて、家の中はいつもの静かな日常に戻った。七輪の火花のパチパチという音が再び聞こえるようになったし、上空の飛行機の鈍いブーンという音や子どもたちが遊ぶ甲高い声も聞こえた。

合祀名簿という長い巻物に、神社の書記の手によって戦死者と戦死した場所と本籍が書かれていた。数多くの若者が死んでいたので、書記の仕事は朝昼晩と続いた。ノリオの名前はすぐにも書き加えられると報告を受けた。

合祀名簿にノリオの名前が記載される日、私は彼の遺灰を置いてある仏壇に向かって合掌し、こう約束した。必ずあなたを京都に連れていきますから。血に染まった千人針を広げ、顔に当てて私は泣いた。

第十八章　焼夷弾

爆弾が炸裂すると、スミエは悲鳴を上げた。うちの家の四角い窓や障子の外側で火炎が躍り、不気味で恐ろしい模様を壁に映し出した。近隣では何軒かの家が炎上し、火の手から子どもたちを助けくれと半狂乱になって叫ぶ男の声がした。その声は恐怖に駆られて混乱し、しわがれ、人間というより獣の声のようだった。叫び声のなかで唯一聞き取れた言葉は「助けてくれ！」だけだった。

トウマ爺が地区消防団の集結を叫んだ。「おーい、サイトウさん、イワオ、出てきて火を消せ！」伯父とイワオが慌てて出て行く音が聞こえた。背後では子どもたちの叫び声が止まなかった。私はスミエの両耳を手で覆った。恐ろしい叫び声を聞かせたくなかったからだ。

翌朝になって私は知った。カトウさんのご主人と十人の子供たちが焼死していた。焼夷弾が落ちた時――これは異例のことで、たまに爆弾が落ちても目標に当たることは一度もなかった――カトウさんの家の重い瓦屋根が崩落し、中にいた家族は身動きが取れなくなったのだ。浅いガス管で小規模の爆発があり、カトウさんを除く家族全員が犠牲になった。カトウさん本人は出産による合併症で、生まれたばかりの赤ちゃんと一緒に入院中だった。その後しばらくしてからカトウさんに会ったが、面影もないほどやせ細っていた。新しい赤ちゃんをぐにゃりとした布巾みたいに片腕に抱いていた。スミエは自分の乳母とはわからず、カトウさんが頭をなでようとすると、私の着物に顔をうずめた。

カトウさんは自分の悲しみに同情を誘うような目で私を見てから、泣き叫ぶように言った。「ねえ、ヒーちゃん。私、何もかも終わったわ。何にも残ってないの！」

「カトウさん、お気の毒、ほんとにお気の毒です」と言うが早いか、私は地面にしゃがみ込み、カトウさんの足元で同情の言葉を繰り返した。


それから数日後のこと、アメリカ軍が日本に降伏を勧告するビラを飛行機からばらまいた。そのビラに交じって、この時はすでに日本の前の首相であった東条英機（どういうわけか、アメリカ軍はこの事実を認識していなかったようだ）と他の将校たちが映った写真つきのビラがあった。その写真には日本語で文章がついていた。「日本軍部《ニッポングンブ》指導者諸君《シドウシャショクン》。諸君《ショクン》は、日本《ニッポン》の國土《コクド》、海域《カイイキ》及《オヨ》び上空《ジョウクウ》を防衛《ボウエイ》し得《ウ》ると日本國民《ニッポンコクミン》を信服《シンプク》させる事《コト》が出来《デキ》るだらうか」

ビラが落ちてきた日、私は子どもたちと外に出て、仕事に出かける前のシイチ伯父や近所の人たちみんなと一緒にビラを読んだ。伯父が私のために声に出して読んでくれた。「こりゃ、また」とトウマ爺が言った。「日本の正しい道を惑わせるアメリカ流のやり方だ」

「そうかもしれませんが、ただ日本軍が私たちを守ってくれるとはとても思えません」とシイチ伯父は言った。

トウマ爺は首を振って言った。「お前さんにそんなこと言う資格はないですぞ！」

「あなたの思い込みですよ」シイチ伯父はそう言うと、歩き去った。

私は子どもたちと一緒にビラをできるだけ集めた。便所のちり紙や火を起こすのに使えるからだ。残ったビラは小さい四角に切り、きざみタバコと乾燥させた芋《いも》の葉を巻いて紙巻きたばこを作った。

アメリカ軍はガソリンを雨のように降らす新型爆弾を——従来のものよりはるかに性能の高い焼夷弾を——落とすらしいという噂が流れた。ある夜、空襲警報が鳴った後、低空飛行する爆撃機が今までにない炎の光線のような物質を地面に落下させた。爆弾が落ちたのはうちの家のある地区だったので、何か助けになれないかと思って見に行った。シイチ伯父が消防に行かなくてもいいように、スミエを家に残して伯父に預け、私はイワオと一緒に爆弾が落ちたあたりまで歩いて行った。そこで見たものは、炸裂の後の火炎に包まれて人々が白熱して光る姿だった。まるで紫がかった光輪を発しているかのようだった。身体の肉が溶けて焦げていた。その夜の数発の爆弾がまき散らしたゼラチン状の塊によって、瞬《またた》く間に人体が焼き払われたのだ。道端を歩いていると、ねじれた女の子の身体らしきものに出くわした。その手は溶け出し、内側から白熱していた。落下した物質は真っ赤に燃える炭みたいだった。その物質が肉に食い込むと女の子は叫び声を上げた。人々が助けに来てくれたが、その物質を水で洗ってもほとんど役に立たず、むしろ彼女の苦痛を長引かせるだけだった。

爆撃の標的となった地区で、燃え盛る火にバケツで砂をかける手伝いをした後、私はイワオを他の人たちに預けて、この物質による被害を見極めようと近隣の通りを歩いて回った。入り組んだ路地では、病院へ運ばれるたくさんの担架から不気味な青い光が立ちのぼっていた。この物質は散乱した木片の表面で燃えていたので、その小さな火を棒切れで突っついてみた。炎の色は、かつて海岸で父に見せようと手で運んだ青い燐光を思い出させた。空から落下したものが何であれ、パパを悩ましたあの火の玉が発した物質と同じようにみえた。しかし実際のところ、この物質が何であるのか、その恐ろしい破壊力をどう阻止できるのかは、誰にもわからなかった。

一九四五年三月九日の夜、街中でただならぬ動きがあった。不安げな顔をした人々が慌てて家に戻り、子供たちに遊びをやめるよう命じ、抱きかかえて家の中に入った。私はサーちゃんとイワオとユキちゃんとスミエと一緒に早めの晩ご飯を食べ、テーブルから立ち上がった。窓の外を見てから、みんなに言った。「防空頭巾をかぶって」有難いことに、スミエは抵抗しなかった。私の声の緊迫感がわかったのだ。ユキちゃんも従順で、私の一挙手一投足を大人みたいに真剣な目で追った。

「何ごと、ヒーちゃん？ どうして防空頭巾をかぶせるの？ それに、今まで七輪の火を消したことなんかなかったじゃない。おじ気づいたの？」と、生意気にもサーちゃんが訊いた。

「イエア、イエア」と私は言った。「だから言うとおりにして」

サーちゃんは反抗的な目で私を見つめると、二階へ上がっていった。頭巾が似合うかどうか、鏡に映して確認するためだった。かぶろうかどうしようか迷っていたのだ。階段を下りてくるサーちゃんの声が聞こえた。「頭巾なんか大嫌い。かっこ悪い」と言ってから、「私、かぶらない。誰の言うことも、政府の命令だって、聞かないから！」と言い放った。

いい加減にしろ！ と叫びたかった。深刻な事態だってことがわからないの？

サーちゃんは私の方を向いて、こう言った。「あんたみたいに爆撃機を怖がる人はいないよ。どうしたの？」

「そういう予感がするだけ。説明なんかできないの！」

その晩遅く、伯父と伯母が仕事から帰ってから、私は言った。「シイチ伯父さん、どうも怪しいです。夜空が澄み切ってるでしょう。悪い兆しです」伯父は自分の両手を見てこすり合わせた。

「確かに」と伯父は不安げな顔で言った。「ハルエさん、荷物の準備をして」

私は豆と煎餅を布の包みに入れて、それをもんぺのポケットに突っ込んだ。それから、天井から吊り下げた非常用のざるを下ろして、お金と身分証明書を取り出し、もんぺを縛る帯の折り返しに押し込んだ。イワオが仏壇のロウソクを吹き消した。私は線香の火を灰の中に突っ込んで消した。

十時半にいつもの空襲警報が鳴った。日本で暮らすようになって私は初めて感じた。家の中の火を全部消して、火の気がないようにすることが賢明なのだと。もう一度、念のために七輪の炭をかき混ぜ、通気弁を閉じ、重い蓋を落とした。仏壇の扉を閉める前に、ノリオの遺灰に手を合わせた。風が吹いて、玄関の青いカーテンを揺らした。舞い込んだ風が戸をガタガタさせ、七輪のまわりの軽い灰を巻き上げた。私は両手のひらで数珠をすり合わせた。

またサイレンが鳴った。飛行機は今までよりも低く飛んでいるようだった。窓の外をのぞいてみると、遠く澄み切った暗い夜空に長い機影が見えた。星空を飛行するB-29爆撃機だった。地上は消灯管制のために暗かった。所々で明かりがチラチラするだけだった。サーチライトが回転して夜空に光が交差する中、はるか遠くに高射砲のズドン、ズドンという低い音が断続的に聞こえた。これは不十分ながらもこの地域を防衛する沿岸砲台で、東京の最初で唯一の防御線だった。

飛行隊が飛来し——優に三百機を超えていたと言う者もいるが——爆弾を落としていた。私はそれを見ようと二階に上がった。見ていると、他の爆撃機とは違う先頭の小型機がうちの地区へ襲来し、細長い炎を落下させた。吹き続く風にあおられて、炎は噴出する溶岩流のように高く舞い上がった。街中では半鐘が鳴り響いた。もう一機が低空飛行をして細長い炎を落下させ、最初の炎の線と真ん中で交差させた。この新たな線に沿って炎は燃え上がり、夜空を焦がし、星の光と影を溶解させた。輪郭が浮き彫りになった家々は突然の明るさを背景に黒く見えた。

「これは何なの?」と、大きく見開いた目をきょろきょろさせて、サーちゃんが訊いた。「お母ちゃーん!」

その瞬間、私は事態を悟ってぞっとした。向島が標的だったのだ。燃え上がる十字の炎がその印だったのだ——アメリカの爆撃機は地域の工場や施設を標的にしていたのだ。私は子どもたちを起こし、それからシイチ伯父の部屋の戸をドンドン叩いた。伯父は束ねた寝具を背中に背負い、伯母はユキちゃんをおんぶした。

「急げー、行くぞー!」伯父がそう叫ぶと、私たちは夜の闇の中に飛び出した。

走りながら見上げると、何千もの焼夷弾がバラバラと降るように落下していた。奇妙な甲高い音がヒューヒューと間断なく聞こえた。飛行機と爆弾が空を黒く染めていた。

「ここで火を消してる場合じゃない」と伯父が叫んだ。

「でもシイチさん……」とハルエ伯母が抵抗した。

「いいか、ハルエ」と伯父が言った。「政府の言うとおりにしてたら、みんな死んでしまうぞ」まわりには、すでにホースやシャベルを手にしている家族がいた。私たちとは違って、その人たちは指示に従い、差し迫った火事と闘う用意をしていたのだ。

「走れ——川だ、防空壕じゃない!」とシイチ伯父は命じた。

走り出して間もなく、立て続けに爆風が起こって足元の大地を揺るがした。私たちは道路に倒れこみ、頭を覆った。爆弾の衝撃で身体が揺れた。最初に動き出したのはハルエ伯母で、すっくと立ち上がった。私たちは半ば気を失ってふらつき、まだ生きているのかすらわからなかった。頭がはっきりしてくると、ハルエ伯母が「ノリオ！」と叫びながら、すでに炎に包まれている我が家に向かって走る姿が見えた。伯母は家に戻ってノリオの遺灰を救い出そうとしていたのだ。しかし、シイチ伯父が手を伸ばし、着物の襟をつかんで引き留めた。「行かせて」と伯母は身をよじりながら言った。「行かせて！」

伯母は膝から崩れ落ちた。思わず私たちも同じように膝を突いた。伯母は地面をこぶしで叩きながら声を上げて泣いた。「二度も火に焼かれるなんて。なんて惨《むご》いこと！ ノリオ、情け容赦もないのかい？」

顔に動揺の色を浮かべたサーちゃんは這うようにして母親に近寄り、叫び続けた。「お母さん、お母さん、お母さん！」みんながもう一度走ろうとして立ち上がってみると、あたりの人たちはシャベルを投げ捨てていた。私たちと同じように、火事と闘っても無駄だとわかり、私たちと同じように、命からがら走り始めたのだ。

焼夷弾による炎の海で母親を求めて叫び続けるサーちゃんは、だんだんと正気を失っていくようにみえた。私もまた正気を失うのではないかと思った。スミエを背中から下ろしたかった。そうしたら前へ進めるのにと思った。道端のお地蔵さんのようにスミエを置き去りにしたかった。人々が殺到する中、力の強い者が弱い者を押しのけ、押し分け、乗り越えた。うちの家族も同罪で、生き延びるために我先に進んだ。まわりの群衆と同じく、私たちはネズミみたいに本能的に川へ向かった。何千人もの人々と一緒に、飛んでくる破片や煙や割《さ》けた木片やガラスから身をかわした。傍らと背後で雲みたいな白熱ガスが竜巻のように渦を巻いていた。炎がシューッと音を立てた。灼熱の中で破裂した人間の身体を炎が飲み込んでいった。川にたどり着くと、愕然とした。川まで燃えていたのだ。死体が浮かんでいて、黒焦げになった腕と脚を私たちの方へねじ曲げていた。サーちゃんがまた叫び声を上げた。そこで伯父は次第に混乱していく群衆から離れるようにと合図し、私たちを南へ移動させた。

母親の背中に縛られた子どもたちは、ぐったりしていて寝ているみたいだったが、窒息していた。母親たちは子どもが死んでいることに気づいていなかった。そういう母子を、走っている間に数えられないほど見かけた。結局、その母子らは炎となって燃え上がり、松明のように焼け焦げた。ユキちゃんとスミエの衣服に絶えず火がついたので、私はイワオと一緒にふたりをバタバタと叩いた。さらにイワオはサーちゃんを落ち着かせてくれた。私は喉が渇いて飲み込みにくくなるまで唾を吐き、それをスミエの顔と髪に擦りつけた。スミエの熱い足が燃えないように口にくわえて舐め回した。それから、スミエの両手を私の着物の切れ込みに押し込んで保護した。「痛い、お母ちゃん、痛い」と彼女は泣いた。スミエを胸の上部に抱え上げて運んだ。自分が気づかないうちに死んでほしくなかったからだ。

奇妙な黒い影が近づいては後退していった。私は近づく人たちを押しのけ、叫び声を浴びせた。もはやよく見えなかったし、まるで身体は地獄をさまよい、夢の中で動いているような感じだった。私の両腕が耐え切れずに語りかけてきた。スミエを捨てろ、この子を捨てろ、自分だけ助かれ。私は娘の生きている重みから解放されたかった。スミエは怯え、両腕を私の首に回して窒息させんばかりだったからだ。サーちゃんは遅れがちになっていたが、私はもう待てなかった。ふたりの子どもを抱えているようなものだった。スミエに加えて、しくしく泣くサーちゃんまでも。

私たちは火の手が弱そうなところを目指して必死に走った。しかし、すぐに目の前にそびえ立つ炎の壁にさえぎられて、逃げ道をふさがれてしまった。機転を利かせたイワオは、反対側が開けて見通しがよいと見るや、飛び込んでいった。彼は炎の中を走って私たちのいるところへ戻ってくると、嫌がる母親を反対側へと押していった。その頃には家族の寝具を道路に捨ててユキちゃんを抱えていた伯父は、炎の反対側へ大股で突進し、サーちゃんと私について来るようにと叫んだ。私たちが父親の後を追わないのを見たイワオは、私がためらうサーちゃんと一緒に待っているところへ引き返してきてくれた。

「火の中を走り抜けなきゃ」と彼は姉に命じた。「何を待ってんの?」

「できない」とサーちゃんは言った。「できないの」

「どうして?」

「あっちの方が安全だと思う」と、別の方角を指さしてサーちゃんは言った。「火の中は怖くて行けない」

「怖い? いつからだよ! 困らせようとしてるだけじゃないか。ほら!」それから私に向かってイワオは言った。「ヒーちゃんから言ってよ。ちゃんとついて来るように」

「連れて行くから。大丈夫」

「サーちゃん、約束だよ、いいね? ヒーちゃんの言うとおりにしてよ」

サーちゃんはこっくりとうなずいた。イワオは私を見るなり、泣いているスミエを私の両手から引き離し、高く抱き上げて炎の中に飛び込んだ。そうして、スミエを火の向こうに連れて行ってくれた。

しかし、サーちゃんは足が動かなかった。身体は自分が行きたい方向へ傾いていた。私としては、彼女を離れさせるわけにはいかなかった。「いい加減にして！」と私はサーちゃんに向かって絶叫した。ハルエ伯母だったら私にそう叫んだだろう。ただ、私が絶叫した相手はサーちゃん。母親の秘蔵っ子、母親のやさしさと贅沢で満たされた娘、甘やかされた子、母親のお気に入り。彼女のことが、彼女の母親のことが、心底嫌いだと思いながら、私はそこに立っていた。

もうその頃には、サーちゃんの強情さに私の我慢は限界を通り越していた。炎がめらめらと燃え上がった。「どうしてそんなに勝手なの？」と私は言った。「みんなを危険な目にあわせているのよ、わかんないの？ あんたを助けようとみんな必死なの！ さあ、行くよ！」

「できない。それに、あんたに指図なんかさせない！」そう言うと、サーちゃんは私から奪った腕時計を守ろうと自分の手首を握った。時計が燃えて熱かったのにちがいない。

「あんたなんか大嫌い」と私は声を荒げた。

「私もほんとに嫌いよ」と彼女は言った。「ご感想は？」

私は手を上げて彼女の顔をひっぱたいた。

「うっ、ヒーちゃん」と彼女は呆然として言った。

「じゃ、勝手にすれば」と私は叫んで彼女につかみかかった。かっとなって、私は彼女の両肩をつかんで火の中に押し倒した。

「ヒーちゃーん！」彼女は倒れながら叫んだ。炎が彼女を飲み込んだ。

「立って！　立って！」私は大声で叫んだ。「立って走って！」しかし、もはやサーちゃんには私の声は聞こえなかった。

第三部　京都　一九四五年三月――一九四五年六月

一切の現象は実体がなく空である。

――仏陀の教えより

第十九章　余波

記憶が地獄であるならば、私は地獄の中にいた。サーちゃんが炎の中で倒れた。サーちゃんがよろめき、燃えていた。私は火の中に飛び込み、サーちゃんを追った。サーちゃんはうなり声をあげ、私から逃げようとした。サーちゃんは両親とイワオの傍らを走り抜けた。イワオと私は彼女を引き留めようと先を争った。サーちゃんは決して止まらなかった。ああ、私はいったい何をしてしまったのだ?

サーちゃんは悪霊に取り憑かれているかのようにみえた。イワオと一緒に彼女を捕まえようと必死に走ったが、殺到する群衆が道をふさいだ。止まれと叫んだが、彼女は決して止まらなかった。ようやく追いついた時は、道路に積み上げられたくすぶる焼死体の中に横たわっていた。身体の一部は炭のように焦げ、着ているものはまだ燃えていた。イワオは私の背中からスミエをおぶう布をはぎ取り、それで燃えているところを手当たり次第に押さえつけた。

「どうしてずっと燃えるんだ?」とイワオは訊いた。姉の身体をパタパタ叩くその顔は険しかった。「脂肪はほとんどないのに」

私はもはやサーちゃんの顔を見られなかった。ああ、私はいったい何をしてしまったのだ?一瞬のうちに起こってしまった。火は貪欲で、彼女の肉に食い込んだ。片方の目は燃え尽き、眼窩《がんか》からどろりと組織が垂れていた。まるで目がバターのように溶けて消えたみたいだった。とっさに、垂れた組織を押し戻し、彼女の顔が元のように見えるようにしたいという衝動を覚えたが、手が動かなかった。唇の柔らかい肉が焼け切ったところは、歯がむき出しになっていた。

突然、サーちゃんがすっくと起き上がった。手足が興奮気味に動き、何の痛みにも耐えていないかのようだった。「じっとしてて、サーちゃん」と私は声をかけた。彼女は取り巻く炎の絶えざる轟音の中に人の声を聞いて驚いたみたいに、傷んでいない方の目をぎょろりと見開いた。

「ああ、サーちゃん、ごめんなさい、ごめんなさい」と私は泣き叫んだ。彼女が振り向いた。私の声を追い、痛んでいない方の目で私たちを見て、それから、私をじっとみつめた。それはあまりにもやさしい眼差しだったので、むしろ責めたてているように思えた。もう耐えられなかった。

「つかまえようとしたんだよ」と、イワオは泣きじゃくりながら言った。その頬には涙が流れていた。「でも、サーちゃんはすごく力があって、止められなかったんだ」それから私の方を向いて言った。「どうしてだろ、ヒーちゃん？ どうして止まらなかったの？」

「わからない」と私は嘘を言った。まわりの熱波にもかかわらず、私は身体が震え始め、歯がカタカタ言いだした。自分の身体の抑えが利かなかった。「サーちゃんは……サーちゃんは多分、怖かっただけよ」と、私はやっと言えた。

「でもね、わかるでしょ？ ぼくなんだよ、火の中に飛び込ませたのは！」

イワオじゃなくて私のせいよ、とは言えなかった。私はまだ自分のしたことが信じられなかったし、ましてや起こったことを認めることができなかった。喉の奥はひりひりし罪悪感に焼け焦げてしまったが、私は真実を飲み込んで押し隠し、サーちゃんにこう語りかけた。「大丈夫よ。お母さんが来るから」どうしてこんなことが言えたのか、自分でもわからなかった。私は自分に言い聞かせた。あとでイワオに話そう。罪の重荷を自分で背負う立派なイワオに。

みんなが私たちに追いつくと、ハルエ伯母はサーちゃんの死体に覆いかぶさった。「ノリオに続いて、お前まで。こんなバチが当たるなんて、私は神様に何をしたっていうの？」

私のそばに来ていたユキちゃんは姉の姿をじっとみつめ、スミエは声を上げて泣き出した。同じ種族の仲間が死ぬときに鳴く動物に似ていた。私はスミエを伯父の腕から受け取り、背中におぶってなだめた。

サーちゃんが何かを言おうとしているのをみて、私はかがみ込んだ。「みず……」彼女はやっとそう言った。

「サーちゃん、ごめん」と私は言った。「水はないの。サーちゃん……？」私は彼女の腕をつかんだ。私の全身が何かを言いたがったが、言えなかった。サーちゃんの身体からねばついた液体がにじみ出た。「私は、私は……」もう一度、言おうとした。自分がしたことを必死に説明したかったが、言葉が見つからなかった。サーちゃんもまた何かを言おうとしたが、声がごぼごぼと泡立った。

「サーちゃん、どうして言うこと聞かなかったの？ちゃんと聞かないからだよ」とイワオは嗚咽の合間に言葉をはさみ、悲しみに肩を震わせた。サーちゃんは手を上げ、その手を振って弟を黙らせた。まるで、大丈夫、お前のせいじゃないよ、と言っているみたいだった。

私たちは前に進まざるをえなかった。サーちゃんは道路に置き去りにするしかなかった。火は嵐と化し、熱風がものすごい勢いで吹き荒れた。「ここで娘と一緒に死なせて。サーちゃんを見捨てるわけにはいかないの、私の子、私の娘よ」とハルエ伯母は言った。伯母は視線を私に注ぐと、私を責めるように言った。「それにお前、娘と最後にいたのはお前よ……何があった?」

伯父はユキちゃんをイワオに預けると、ハルエ伯母をサーちゃんの身体から引き離した。しかし、それを伯母は振りほどき、その場に倒れて四つん這いになった。伯母はそのまま動こうとしなかったので、伯父が両腕で抱きかかえて引きずり、みんなと一緒に走らせた。私は逃げながら後ろを振り向いた。痙攣する小さな人影が見えた。サーちゃんの亡骸だった。私は自分がしてしまったことにショックを受けて、泣くことすらできなかった。あの娘はあんたのせいで死んだんよ、ヒーちゃん、あんたのせいで死んだ。「あんたのせい」という言葉は、パパが死んだ時にミヨが私に言った言葉そのままだった。

走っている間、スミエの衣服はきれいな赤い花みたいに絶えず燃え上がった。イワオが近寄ってきて、火ぶくれになった手でスミエの着物を叩いて火花を消してくれた。私には目の前にサーちゃんの顔がずっと見えていた。既に死んでいるのに、微笑みながら私に一緒においでと言っていた。彼女はあとずさり、私は前進した。サーちゃんは私に「もう死んでるのよ」と言い、意味のない子どもの歌を歌った。

チョチ　チョチ
ア　ワ　ワ
カイコリ　カイコリ

アタマ　テンテン（訳者註：原書のまま）

「ヒーちゃん」イワオが顔を近づけて私に言った。「しっかりして。目を覚ませ。サーちゃんみたいに死ぬよ」チョチ　チョチ　ア　ワ　ワ。

私はうなずいたが、陥った感覚の麻痺は深刻だった。死んでもおかしくないほどだった。

「おいで、ほら、ほら」とサーちゃんが手招きした。「こっちの花はきれいよ」彼女は両手をくるくる回し、頭をポンポンと叩いた。カイコリ　カイコリ　アタマ　テンテン。

「ヒーちゃん、正気に戻れ！」とイワオが叫んだ。

ああ、私はいったい何をしてしまったのだ？

両国駅の開放的な広場のおかげで、私たちのほか何千人もの人たちが助かった。どうにか私たちは駅までたどり着いていた。この駅の広い空間は防火帯の役割を果たしてくれた。憔悴しきっていた私はスミエを腕に抱えたまま砂利道に倒れ、そのまま眠ってしまった。

翌朝、空気は乾いて冷たく、焼けた人の肉や古い木材や爆弾の燃料の臭いが鼻をついた。私は震えを覚え、火花で穴だらけになった上着を身体にぎゅっと引き寄せた。足元がふらついてはいたが、駅のプラットホームまで這うようにしてたどり着き、そこからあたりを見渡した。私たちに何が起こったのかを確かめるためだった。サーちゃんに起こったことや彼女の死に私が関わったことを思い出し、気を失いそうだった。私は体中が震えだし、止めることができなかった。

しばらくして、なんとか平静を取り戻した私は、何キロも広がる焼け野が原を見渡した。波が海岸に残骸を打ち上げるように、周辺は半焼けの物体や低い建物で凹凸が激しかった。火の海の中心では、ほとんどすべてのものが消失し、あるのは舞い上がる灰だけだった。その荒涼たる様、あちこちに崩壊した建物が突き出た灰色の無音の風景は、それなりにあざやかではあったが、巨大な火山が噴火した後の荒廃のようにみえた。地球上に大きな破壊をもたらしたという意味では、人間は自然を圧倒することができたのだ。そのうちイワオが私の傍らに来ていて、すぐ後に伯父もついて来た。ふたりとも私と同じように、眼前の光景に声をなくした。

「サーちゃんを見つけなきゃ——埋葬してあげないと」と、しばらく目の前の光景を見やってから私は言った。「サーちゃんが倒れたところは、あまり燃えるものはなかったから、多分、身体の一部は残ってるでしょう。それから、家に帰ってみないと」

私は伯父とイワオと一緒に、伯母が子どもたちと座っているところへ戻っていった。スミエとユキちゃんは目を覚ましていて、お腹が空いたと泣いていた。「うるさい」とハルエ伯母は叱った。

私は子どもたちの身体を調べてみた。ふたりとも火傷はそんなにひどくなかった。「そうよ、泣くのはやめて、ふたりとも」と私はきつく言った。「ハルエ伯母さんの言うことを聞きなさい。その通りなんだから。泣いても何にもならないの。みんなに迷惑をかけるだけよ。しっかりして」

私はポケットの中に、もう潰れてはいたが、ひと握りの豆と煎餅の包みを入れていたので、それを子どもたちにあげた。イワオが腹へったという顔で見ていたが、何も言わなかった。大人が食べなければ、彼も食べようとはしなかった。イワオはすっかり変わっていた。火の中を走り抜け、反対側までやってきたのだ。「あのね、何か食べ物を見つけられるかも」と言うと、彼は走り出した。用事ができてうれしかったのだ。私はうなずいた。彼の目をまともに見られなかった。

サーちゃん探しに出発する前、イワオが卵一個としなびたキュウリ一本と水を持って戻ってきた。「もっと手に入れるから、後でね」と彼は水のことを言った。

私は卵とキュウリを見つめて、その形がおかしくて笑ったり泣いたりした。それが横にいた女性にもおかしかったのに違いない。彼女も笑い始めたのだ。イワオと伯父はにっこりとした。ハルエ伯母はむっとした顔で私とその女性をじろっと見た。その怒った顔を見て、私はよけいに、もっと大きな声で笑った。ヒステリーに近かった。本当は自分のことで泣いていたのだ。ああ、私はいったい何をしてしまったのだ？

「で、あそこで何があったの？」私の笑い声がだんだんと涙に変わると、伯母が言った。

「どういうことですか？」

「わかるでしょ――サーちゃんのことよ」

「私、私は……」

「やめないか、ハルエ。この娘にかまうな！」と、伯父が口を挟んでくれた。「どういうつもりだ？　そんなこと言ってる場合じゃないだろう。サーちゃんは死んだのだし、見つけんといかんのだ」

伯母は手を握りしめ、歯を食いしばってシイチ伯父をにらみつけた。すると、ユキちゃんの背の高さまでひざまずき、娘の頬の火傷を確かめると、さっと唾をなでつけた。

私は断りもせずに子どもたちをハルエ伯母に預けて、イワオと伯父と一緒に隅田川沿いを歩いた。川には死人が丸太のように浮かんでいて、すでに川岸や土手に並んだ厳粛な面持ちの男たちが、長い棒と綱で死体を引っ張り上げていた。時折、焼け野が原と化したこの街に、人の叫び声が反響した。地面から巻き上がる熱風が、私たちの足元を包んだ。通りには累々たる黒焦げの死体。身を寄せ合って死んでいる家族もあった。ほとんどの人は川にたどり着けず、何千人もの死体が川の土手や橋に沿って積み上げられていた。川にたどり着いた人たちは他の人たちに押しつぶされたり、冷たい川の水で凍えたり、川面で燃える火に焼かれていた。

イワオはせき込みながら通りすがる街路の名前を口にした。横綱《ヨコヅナ》（訳者註：正確には、横綱）、清澄《キヨスミ》、水戸《ミト》街道《カイドウ》。どうして方角がわかるのかは不明だったが、イワオは体内のジャイロスコープに反応して正確に動いていた。

「このあたりだったよ」イワオは祝福を与える牧師のように、両腕をあたり一帯に伸ばして言った。日常生活の器具があちこちに小さく積み上げられていた。しゃもじ、泡立て器、針金製の卵かご、包丁、スプーン、箸。もはや用途を失い、打ち捨てられ、散乱していた。ただ、ここでは何もかもが完全に燃え尽きているわけではなかった。サーちゃんの遺体を見つけられる可能性は十分にあると思った。

「確か、この辺だよ」とイワオが言った。それから彼は大声を上げた。「ほら。こっち。死体がいっぱい。きっとサーちゃんもここにいるよ」

「探してる時間はあんまりないよ」と私は言った。「もう死体処理車が来て遺体を運んでるから」東京の延焼を免れた地区から駆り出された民間部隊が、信じられない速さで死者を運び去っていた。

「お父さん、どうしたらサーちゃんってわかるの？」とイワオが訊いた。

「父さんにもわからん。でも、何とか見つけるさ」と、シイチ伯父は自信ありげに言った。

私たちはあちこちの通りを行ったり来たりした。川沿いの地区には臨時の救護所ができていて、魔法にかかったみたいに列をなして人々が引き寄せられていた。この人たちはどこから来たのか、どんな恐ろしい目に会って生き延びたのか、私たちにはわからなかった。

不気味な静けさがあたり一帯に満ちていた。人々は通りすがりに頭を下げ、「すいません、すいません」と丁寧に言った。私たちも挨拶を返した。どうしてこの人たちは、いや、私たちは、こんなにも礼儀正しくしていられるのか。ほんの昨日の夜、みんなはネズミの群れみたいにあんなにひしめき合い、叫び、人込みをかき分けていたのに。私の理解を超えていた。みんな気がふれてしまったの? 私は叫びたかった。

ほどなくして、私とイワオは大きさといい姿といいサーちゃんらしき死体を見つけた。ただ、見分けがつかないほど焼け焦げていた。顔も足も衣服もなかった。上腕は肩からずれ落ち、細い靭帯《じんたい》でぶら下がっていた。唯一、片方の手首を握っている手だけが焼けていないようにみえた。内臓は外にはみ出し、臭いが強烈で、私とイワオは突然の悪臭に吐いてしまった。臭いに誘われてハエが群がっていた。

「ああ、むかつく!」とイワオが言った。「この死体はムラタさんとこの豚みたいに焼けてる」彼はうずくまって、脚の間の地面をこぶしで叩き、立ち上がるときに叫び声を上げた。

「死んだ人の前でそんなこと言うもんじゃない」と伯父が叱った。「サーちゃんかもしれないじゃないか」

「お父さんとお母さんにはね、お姉ちゃんを見つけてきちんと埋葬してあげることが大事なの。せめて努力はしないと」と私は言い、イワオは真剣な表情でうなずいた。

あたりにころがる死体を見るにつけ、腕が抜けた死体はサーちゃんだと段々と思えてきた。サーちゃんにちがいない。確信がもてないのに、あれがサーちゃんだと決め込むのはよくないかもしれない。しかし、そんなこと、どうでもよいように思えた。あたりには誰も探してくれず引き取り手のない何千もの遺体があったからだ。

「伯父さん、どうしましょう」と私は訊いた。あたり一帯を探した後、引き返して再びこの死体を見た時だった。「これをサーちゃんだとして、運んでいって——きちんと埋めてあげましょうか？」

「さあね。娘だとわかる何かいい方法があればいいんだが。この遺体を連れて行っても、他の誰かの兄弟姉妹だったら？　この人の魂は安らぐことはないだろう」

私は死体の臭いにうんざりし、死に倦み疲れ、地面にへたり込んで膝の間に顔をうずめた。実のところ、私は自分たちが何者で、人として何であり、同じ人類としていったい何なのか、もはやわからなくなっていた。そもそも私は人間として何なのか。私たちが互いにどのように結ばれているのか、もうわからなかった。空中の敵にとって、地上の私たちのことなどどうでもいいのだ。私たちは顔のない、正体のない、単なる数字——うろたえた挙句に焼け死ぬネズミの群れなのだ。とは言え、と私は考えた。同じことがアメリカで、自分の家族に、故郷の町に起こっていてもおかしくないのだ。パールハーバーのときだって同じじゃないの？　それに、私が知ってるアメリカの男の子たちみんなが、アキラだって、戦争に行ってるかもしれないのだ。ちょうどその時、アメリカの飛行機が頭上を飛んだ。奇妙な感覚だった。私に爆弾を落とす母国の飛行機を、私は見上げている。いったい私はどちらの側にいるのか？　いや、どちらかを憎むことなどできようか？

「ヒーちゃん」とイワオが呼んだ。「こっち来て！　これ見てよ」

彼は先ほどの死体の前に立って言った。「ぜったいサーちゃんだよ」

「どうしてわかるの？」

「よく見て」

私は死体をよく見たけど、サーちゃんらしきところは何も見えなかった。イワオは近くで拾った長い金属片を私に手渡した。「あの手の下をのぞいてみてよ、手首をかばってる方の手」

そうだったのか。その手が隠していたのは私の腕時計で、二時十五分を指していた。

「その時間に死んだのかな」と、長らく死体を見つめてからイワオは言った。

「わからない、イワオ。でも、どうして手首を見ようと思ったの？」

「おかしいなと思ったんだよ、自分の手を握っているのが。何をかばっているのか気になったんだ」

伯父はサーちゃんの傍らに膝をついた。音ひとつ立てずに、伯父は両手を額あたりで組み合わせた。何か聞き取れない言葉をつぶやく間、大きな涙の粒が頬を伝った。私が伯父のためにできることは何もなかった。それに、伯父をひとりにしてあげなくてはならなかった。有難いことに、ハルエ伯母が子どもたちといてくれたので、私はイワオに「ついておいで」と合図をした。

「どこ行くの？」

「うちに戻りたいの。何か見つかるかも」

家があった場所はかなり近かったので、悲しむ伯父を残して、ちょっとあたりを見てみようと思った。家が立っていた所は、細かな灰が厚く地面を覆っていた。灰の下の土は焦げていて、まだ熱があった。見つかったのは割れた鏡の破片だけだった。ガラスの角は溶けて鋭さはなかった。私はそれをポケットに滑り込ませた。それから私は両手で穴を掘り、土を掻き出し、その土をハンカチの真ん中に入れて丸く縛った。

「それ、どうするの?」とイワオが訊いた。

「これはノリオよ」と私は言った。「お母さんにあげるの」

「それ、ノリオじゃない。単なる泥だよ」イワオは不愉快そうにつばを吐いた。

「ノリオじゃないかもしれないけど、ノリオでもあるの。人間は土から生まれて、土に還るのよ」と言って、私はハンカチをそっと胸にあてた。「少なくとも、ここにノリオの何かがあるの」

「戦争はばかげてる」とイワオは言ってしゃがみ込み、灰の中を探しまわる私を見ていた。「戦争のせいで、サーちゃんもノリオも死んだ。こんな戦争を支持するなんて、みんな頭がおかしい!」と苦々しく言うと、イワオは泣き出した。

その場を去る前に、イワオは地面から灰と泥を両手いっぱいにすくうと、空中高く一面にまき散らした。すると、それが海岸の岩を洗う水しぶきのようにぱらぱらと落ちてきた。それからイワオは靄《もや》の中へ飛び込んでいったが、肺が発作を起こしてせき込んだ。


サーちゃんを火葬にすることに決めた。遺体の焼けずに残っている部分を集めて、イワオが拾ってきた毛布にくるんだ。さらにイワオは火を免れた大きな木片を探してきて、それをサーちゃんと一緒に平たい荷車に載せ、伯父とふたりで隅田川近くの火葬用に積んだまきの山まで運んだ。荷車は死体処理をしている役所の職員から借りたものだった。サーちゃんの遺体が焼けるのを私はじっと見ていた。消えかける残り火の中の白骨は、故郷ハワイの海岸にある白い珊瑚に似ていた。

翌日、遺灰を清めるために簡単な供養をした。「いつものお経ではなく、礼拝の歌の十二《じゅうに》礼《らい》を唱えてくれませんか」と伯父は僧侶に頼んだ。「娘の気に入りでしたので」その時、私はこう思っていた。人が死んだときでさえ、その人の新たな一面を知ることがあるものなのだ、と。

　こうして私たちはサーちゃんをカルパに、つまり永劫へと送った。九番の句が私の心をしっかりととらえた。喉につかえるこのうろ覚え、遺灰を語るこの言葉。

諸《しょ》有《う》無《む》常《じょう》無《む》我《が》等《とう》　ものみな無常露のごとし
亦《やく》如《にょ》水《すい》月《がつ》電《でん》影《よう》露《ろ》　とわの自己なぞ我らになし

　供養の儀式が終わってから数日の間、ハルエ伯母はどこへ行くにもサーちゃんの骨壺を脇に抱えていた。伯母はまた、私が家の敷地でノリオの土を入れて持ち帰った小袋を、ひもで結んで首にかけていた。

　一枚の屋根瓦も、急須も、庭の葉っぱも残っていなかった。二十五キロ四方の家々は焼夷弾によって消失し、東京は十万人以上の死者を出して壊滅状態だった。私たちは焼け焦げたバスを別の四家族と共有し、他の人たちは追い払い、東京のはずれの江戸川近くにある古い兵舎の隣で暮らすことになった。政府による食料や避難所の提供は遅く、赤痢や疥癬やコレラが流行のレベルに達していた。いたるところにネズミがいた。イワオは竹を削って槍を作った。ネズミ退治用だ。それを年長の子どもたちに配った。竹は上野公園の不忍池近くにある木立から取ってきた。私は子どもたちに咳や異常な痛みがないか気をつけた。用心して髪の毛や身体のシラミを調べた。火傷用の軟膏と絆創膏、咳と鼻づまり用のシロップ、それに食料の配給を長蛇の列を作って待った。以前は考えるだけでぞっとしていたことだった。以前にもまして、あらゆる生活必需品が不足していたのだ。闇市でさえ消えていた。

並んでいる人たちは無口で、人を信用していなかった。私たちは互いに目を合わせることができず、会釈も接触も避けた。まるで、生き延びたが故に、一人ひとりが何か暗い内なる秘密を抱えているかのようだった。私たちは生きていたのだ。死者とは違い、息をしたし、食べもした。しかし、生き延びるということは恐ろしい代価を支払うことになった。炎の嵐の中でみずからの命を守るために、多くの者がひそかに暴力を働いた。私たちは生きていた。しかし、誰ひとり、表情を見ればわかるように、その喜びを分かつことはできなかった。

東京が焼夷弾を浴びて壊滅状態になってから四日後のこと、私は赤十字社経由でミヨからハガキを受け取った。慰問文、そう呼ばれた。ちょうどイワオがうちの近所にいてあたりを物色している時に、赤十字のボランティアがやってきてこう言った。「アオキ　ヒミコさんを探しているんですが。この名前に心当たりはありませんか？　この火災で亡くなったんでしょうか？」イワオはその女性を私たちが住んでいる所へ連れてきたというわけだ。後になってイワオは私に言った。「ヒーちゃんだろうとは思ったけど――ただ、本名を忘れちゃっててね」

ミヨはハガキで手短かにこう書いていた。「ママの具合がすごく悪い。うちに手紙書ける？」そのハガキは、消印が前の年の九月下旬、つまり届くのに六ヵ月近くかかっていて、配達を認可する赤い印があった。そのハガキを見ていて思った。ママの顔を思い出せない。ミヨの顔も。

ママの病気っていったい何なのだろうと考えてはみたものの、返事は書かなかった。癌？　脳卒中？　何であれ、私にはどうしようもなかった。たとえ鉛筆があったとしても、生き残ったことの罪悪感、サーちゃんの死に対する罪悪感に、私の人生は打ちのめされていた。書かれてから六ヵ月も経つ手紙に返事をするなんて、まったく無意味に思えた。そもそも、これまでのつらかったことを全部いちいち書く気になどなれなかった。

第二十章　路上

いたるところに死体の臭いが漂っていた。かくして、少しの魚やわずかなご飯の上に死者の灰が降り始めると、シイチ伯父は東京を出る決意をした。灰は衣服の縫い目に入り込み、髪の毛の中に降り落ち、鼻や耳や目のまわりをふち取った。劣悪な環境のせいで、シイチ伯父とイワオの咳が悪化していた。伯父はそれを灰のせいにし、ハルエ伯母は煙のせいにした。伯父とイワオは呼吸が段々と苦しくなり、葦笛みたいな音を立てた。しかも、相変わらず飛行機の轟音は続き、みんなは恐怖におののいた。私たちは自分の子どもにしがみついた。巣穴の小動物みたいに身体を寄せ合い、丸く縮こまっていた。

東京を出た方がよいと伯父が言ったのは、寝泊りできそうなバスを見つけてからわずか一週間後のことだった。「広島は故郷だし、弟がいる。けれど、もう百姓には戻りたくない」と伯父は言った。「それに、ハルエはあまり遠くに移動したくないだろう」

以前、ノリオが死んだ時、私は伯父にノリオの遺言について話をしておいた。つまり、京都の寺に自分の遺灰を預けてくれ、という願いだ。一日熟慮した後、シイチ伯父は決心した。「みんな、ノリオの願いを叶えてやろう。だから京都へ行こう。事態がよくなれば、いつだってここに戻ってこられる」

京都行きの決心をする前日のこと、私たちのバスにハマダさんが現れた。「すみません、どなたかいらっしゃいます?」と彼女は大きな声で言った。私は鉄の床に敷いた小さな布団に座って子どもたちの服につぎを当てていた。彼女の声が聞こえたのは、その時だった。伯父と伯母は食料探しに出かけていたし、イワオはいつもの探検中だった。うちの娘たちは焼け焦げた木の下で他の子どもたちと遊んでいた。ユキちゃんはもう四歳、スミエは三歳になるところだった。ユキちゃんは幼かったけれど、スミエをみてもらえた。

私は開け放したバスのドアまで行ってハマダさんを招き入れた。元気そうだった。着物と上着はよく似合っていたし、やわらかい青色の絹をまとった姿は、私の隣にいるとよけいに優雅の極みにみえた。私は焼けてひどく黒ずんだ自分の上着をぎゅっと引き寄せた。

「許してね」と彼女は言って頭を下げた。私を見ようとしなかった。「しばらく待ってバスを窺《うかが》ってたんだけど。どうしていいのか、あなたが受け入れてくれるか、自信がなかったの。こんなに突然お邪魔してごめんなさい」

「謝ることはないですよ。さあ、お入りください。外のほこりは身体によくないですから」私は床に小さな敷物と座布団がふたつある場所へ彼女を案内した。「ここに座れます」と私は言った。「ごめんなさい、お茶も出せないの。ご覧の通り、何もないんです」

「私も手ぶらで来たんですよ」

「お気になさらずに。こんな状況ですもの。以前はいろいろと頂きましたから」と私は言った。彼女はうちに来るときはいつも乾燥豆や飴や煎餅を持ってきてくれたものだ。家は貧しくてもそうすることが、日本の文化に深く浸透した習慣だった。

私の前に座った小柄なハマダさんを見て、私は泣きそうになった。彼女に対する私の気持ちは軟化していた。あの火がすっかり変えてしまったのだ。私はこの世で最大の業火のひとつに遭い、怒りと一瞬の甘い判断で人を殺していた。自分を卑下せずにはいられなかった。この女性とのつながりを感じないではいられなかった。かつて彼女に対して覚えていた怒りは溶解してしまった。

「私の子どもたちは誰も助かっていないと思うの。多分、ジュンは別として」そう言うと、ハマダさんはわっと泣き出した。まるで、それまでずっと我慢して、胸の中に押しとどめていた涙の堰が切れたかのようだった。その時、私は彼女を抱きしめてあげたかったが、そんなことをするとよけいに彼女を気づまりにさせ、事態を悪化させるだけだっただろう。

「あの火災の時、私は客と一緒だったの」と彼女は認めた。彼女は眼がくぼみ、急に年を取ったように見えた。「東京を出てたのよ。私……私はそれからずっと家族を探してるの。あなたとご家族がここにいると聞いたものだから、うちの子を見かけなかったか、尋ねてみたくて」

「ごめんね、ハマダさん、誰もみかけてない」と私は言った。

彼女は泣きながら肩を震わせた。「私が何をしたっていうの？」

「何もしてません。ただ、必死で生きていただけです。子どもたちに食べさせるために」

「火事の夜、娘が言ったの。お母さん、今晩は行かないで家にいてよ、って。まるで何かが起こるのを予感していたみたい。私は娘を叱ったんです。わがままだって」ハマダさんは両手で目を覆った。「私には言い訳が立たないの、何の言い訳も！」

「そんなに自分を責めちゃだめです。こんなことになるなんて、誰にもわからなかったのですから」

「私はね、客と一緒に汽車で日光の温泉に行ってたの。自分勝手よね。しばらく自分の苦労から逃れられるところへ行きたかったのよ」そう言うと、ハマダさんは目を覆っていた手を下ろして私をじっと見た。彼女の目が私の目に焼きつくようだった。「私のこと、知ってるんでしょう？　だから近寄らなかったのよね」

「私が子どもじみてたの。あなたが私の秘密を、アキラのことよ、伯母に告げ口したと思って腹を立てたわけ。あなたが裏切ったと思ったの」

「私は何も……」

「わかってます。でも、あなたを浅草で見かけた頃は、あなたの裏切りと思い込んでいたものが重くのしかかっていたの。私の自分勝手な考えだったわけだけど、もうその頃には、元の友人には戻れないほど互いに離れてしまっていて」

「前はね、自分がしていることを、あなたに話したかったの。でも、結局できなかった。恥ずかしかったし、あなたは心を閉ざしたでしょう」

「私には理解できなかったかも」

「うん、そうよね。私はすごくお金が必要だったの。どうしていいのかわからなくて。男たちのことは――目をつむっていたの。でも、子どもたちに食べさせられたのよ。わかってもらえる？」

「ええ、今は」

「ジュンは許してくれなかったでしょう。あの子は生まれつき極度の潔癖性だから。本当のことを知ったら、私を軽蔑したと思うの。知られないことが一番ね」

「ジュンさんがこれまでどう感じていたとしても……きっとわかってくれたと思いますよ」

ハマダさんは首を振った。「そうはならなかったと思う」

「でも、まだ生きていたらどうですか？　お母さんを探し続けるでしょうよ」

ハマダさんは手を差し伸べ、私の手を取った。「あの子に見つからないようにしないと。もしあの子に会っても、何も言わないと約束して。あの子は若いし未来があるの。だから、あの子の心もやがて癒えるでしょう。今の私を見るより、昔の母親を記憶しているほうがいいんです」そう言うと、ハマダさんは立ち上がり、ドアへ向かおうとした。「もう帰らないと。伯父さんと伯母さんによろしくね。サーちゃんとイワオと女の子たちにも」

彼女はゆっくりとスカーフとハンドバッグを手に取った。私はサーちゃんのことは言わなかった。

「まだいいじゃないですか。伯母と伯父が帰るまで待ってたら？」

「顔を見られたくないの」と彼女は言った。

彼女はそそくさと立ち去った。着物の裾が許す限りの歩幅で灰や瓦礫の中を歩いていった。私はバスのドアにもたれ、ハマダさんが灰色の街の風景のはずれへと歩く姿を見送った。多分、命がけの状況だったら、ハマダさんが子どもたちのためにしたことを、私もスミエのためにしていただろう。ただ、そんな勇気があるかどうか。もうハマダさんを非難することはできなかった。

シイチ伯父とハルエ伯母が帰ってきても、ハマダさんが来たことは言わなかった。

シイチ伯父とイワオは、具合が悪いのに、旅の準備のために頑丈な手押し車を作った。材料は焼け野が原の街のあちこちにあるガラクタの山から拾ってきたもので、でき上がったのは、かつて闇市を押して回った荷車によく似ていた。布団に小さな鍋ふたつ、着る物を何点か、それに私が歩き回って集めた木切れを積み込んだ。いちばん上には少しの食料とサーちゃんの骨壺と「ノリオの土」を置いた。イワオがそう呼ぶようになっていた。その「ノリオの土」を、出発間際になって、伯父が瓦礫の中で見つけた小さな銅の香炉に入れ、骨壺の代わりにした。

ぎゅう詰めの汽車は避け、東京と京都を結ぶ古い東海道の道筋にあらかた沿うようにして、京都への旅は始まった。シイチ伯父とハルエ伯母とイワオと私が手押し車を押し、その傍らを汽車が飛ぶように走り過ぎた。炎の嵐はゆっくりと背後へと遠ざかった。飛行機は毎日頭上を飛んだ。最初こそ隠れる場所へと競って逃げ込んだが、そのうちだんだんと飛行機は気にしなくなった。これらの飛行機の目標は大都市だったからだ。シイチ伯父が言った。「爆弾が落ちたら落ちたときだ。心配するのはやめよう。それに、あの飛行機はわしらに関心があるとは思えん。ここではあわてて隠れる必要はないし、怖がることもない」

その間ずっとハルエ伯母は日本人の粘り強さを誉め続けた。「アメリカ人は東京の街や鉄道を爆撃したかもしれないけど」と彼女は言った。「日本人を見てよ。もう再建を始めてるでしょ」確かに、日本人は仕事が早かった。ちょうど、私がアキラと一緒にサトウキビ畑でアリ塚に火をつけたら、そのあと赤アリたちが必死に巣の修復をしていたのに似ていた。

誰もいない寂しい道を歩いていると、古いトラックを運転するお百姓さんが私たちを乗せてくれた。トラックの荷台は手押し車のせいで窮屈だったが、降ろされるまでそこそこの距離をかせげた。それからは折れた背骨みたいな海岸沿いの町をたくさん通り過ぎた。その道すがら、私たちは童謡を歌い、詩を暗唱し、なぞなぞをし、数遊びをした。ハルエ伯母は、たとえ学校に行かなくても、子どもたちには勉強をさせようと決め込んでいた。「あ、い、う、え、お、か、き、く、け、こ、さ、し、す、せ、そ……ほら、集中して」と伯母は言った。

田舎には戦争の影はほとんどなかった。道沿いにはウサギの耳みたいなアヤメの花が袖に似た葉の間からあちこちに顔を出し、小川のそばでは葦がうぶ毛のような穂先を揺らし、シギが水路からつがいの相手を求めて鳴き、まれに一匹のセミが翅《はね》をすり合わせた。夜になると、私たちは星空の下、カエルの鳴き声を聞きながら寝た。その頃には嘴《くちばし》の長い鳥が姿を現し、昼間は池にカイツブリが点々と浮かんでいた。

子どもたちはもう怖い夢を見て目を覚ましたり叫んだりしなくなっていたし、イワオは息がつける間にまたお得意の「東京音頭」を歌い始めた。子どもたちも合いの手を入れた。小さな両手を上げて叩き、飛び跳ねながら「ヨイ、ヨイ！」と声を上げた。

「イワオ、もう一回歌って、もう一回」とユキちゃんが言った。

「うん、もう一回歌って」とスミエはユキちゃんを真似て言った。

「サーちゃんもこんな旅をして、こんなに歌いたかっただろうな」とシイチ伯父は懐かしむように言った。「あの子の甲高い声がまだ聞こえるよ。あの子のとりとめのない話が」伯父がサーちゃんの話をするのはいいとしても、私としては伯父の言うことはとても聞いていられなかった。伯父がサーちゃんの話をするたびに、私は死にそうな気分になった。サーちゃんを思い出すとつらかった。だからその時は、子どもたちのところへ行って一緒に歩いた。

奇妙なことに、ハルエ伯母がシイチ伯父にブツブツ文句を言うのを聞いていると、悪い気はしなかった。というのも、私たちの生活に日常の感覚を取り戻してくれたからだ。「東京にいるべきだったのよ」と伯母はすぐさま不満をぶちまけた。「なんでこんなこと認めてしまったんだろう」「もういい！　お前はどこへ行ったって満足しないんだ」と伯父は言った。

夜になると、農家の軒先や、大きな岩の陰や、空き家や、木々の茂みの下を寝る場所とした。田舎の風景の一部となり、夕暮れ時にははずれの窪地に身を隠し、パチパチはじける小さな火を起こし、お茶を沸かし、夕食のために漁《あさ》ってきた大根やキャベツを煮たりするのは心地よかった。道路沿いのお百姓さんたちは、家にあるものを気前よく恵んでくれた。

ある朝のこと、ハルエ伯母がミツバチに刺されるのをものともせず、古い木の切り株から蜂蜜を取り出した。伯母は刺されるたびに声を上げたが、子どもたちが蜜蝋《みつろう》から手のひらに垂れ落ちる蜂蜜をぺろぺろ舐めるときの笑顔に報われた。ノリオとサーちゃんが死んでから伯母は以前にも増してきつくなったが、その日は目にいつものとげとげしさはなく、子どもたちに微笑んでいた。

イワオは食料を調達するのに十分すぎる貢献をした。夕食の食材に、竹で作った小さな罠で鳥を捕まえ、小川でどじょうをすくった。そのどじょうを私は焚き火で焼いた。柔らかい魚の身をむさぼるあいだ誰もしゃべらなかったが、伯父が歓声を上げた。「こんなご馳走はめったにない。恵みはまだまだあるんだな」

スミエは自分の分を食べ終えると、もっと食べたいと泣いた。「お母ちゃん、もっと」とスミエは言った。私が相手をする前に、ハルエ伯母が自分の魚を一切れスミエの皿に入れてくれた。ただ、その無表情の顔をみると、私がどんなにお礼を言っても無視されるのは間違いなかった。

私たちは戦禍を被った国土を移動する素性の知れぬ旅人だった。やさしくしてくれる人はいたが、私たちのことや被った苦難について詮索する人はいなかった。自動車に乗せてくれたし、余分な農作物など分けられるものは何でも分けてくれた。この国にいて、この時ばかりは、気がねや恩義を感じることなく物を恵んでもらうことができた。よくあるやり取りは抜きで、行けるところまでトラックの荷台に乗せてもらった。それからトラックを降り、また歩き、今度は別の運転手がやってきてもう少し先まで運んでくれるという具合だった。子どもたちがいることも好都合だった。人はいつも子どもをかわいそうにと思うものだ。

浜松の近くで、イワオは道路沿いの小川の冷たい水の中に入り、うなぎを何匹か捕まえた。その晩遅く、ハルエ伯母がシイチ伯父を起こす声が聞こえた。「イワオの熱が高いの」と伯母は言った。

「ヒーちゃんを起こして。川の水を汲んでくるように言って」

私がボール一杯の水を汲んでくると、伯母はタオルを絞ってイワオの額に置いた。伯母は伯父と並んで座り、焚き火に照らされた顔に心配そうな色を浮かべてイワオを見ていた。

翌日遅く、京都にほど近いアシマ（訳者註：山科《やましな》と思われる）の手前で、沿道の宿屋に泊まらざるをえなくなった。イワオの具合が悪くて先に進めなかったのだ。運よく、火災の直前に帯の中に入れておいたお金がまだ手つかずのままだった。

「ここで休めたら極楽だな。泊まってもいいだろう」とシイチ伯父は言った。

その宿で久しぶりにお風呂に入った。私は子どもたちと長湯をしてしまった。順番を待っていた伯母が叫んだ。「ほら、早く出て。長すぎる！」

この宿は食事もびっくりするほどおいしかった。主人のミカミさんは料理が上手で、小屋で飼っている鶏の卵と裏庭で栽培しているみずみずしい野菜を料理してくれた。翌朝、子どもたちは何畝も続く若い人参と大根畑の近くの土手を走り回り、私は木々の下で伸びをして日の出を待った。風はひんやりしたが、空気は暖かかった。

ハルエ伯母は自分が見つけてきた蜂蜜をミカミさんに分けてあげた。おかげで私たちは気に入られた。ミカミさんはお返しに、女の子たちに何か着る物を縫えるからと、ハルエ伯母に余分な絹の生地を二、三ヤードくれた。ハルエ伯母はたった一日で二着の胴衣を縫いあげた。

「これ、サーちゃんも好きだったろうね」とユキちゃんは言った。

「これ、サーちゃんも好きだったろうね」と、スミエはユキちゃんをまねて言った。

「うん、すてき」とスミエは繰り返し言った。ふたりの女の子は新しい胴衣を見比べ、首を前後に傾けてみせた。サーちゃんがよく鏡に映った自分の姿に見とれていたのを思い出させた。「これ、サーちゃんも好きだったろうね！ これ、サーちゃんも好きだったろうね！」とふたりは歌うように繰り返した。

「やめて！」と私がきつく言うと、子どもたちはきょとんとした。

出発前に伯父は請求書を受け取ったが、女将さんの手伝いをしたことで安くしてもらっていた。「夫は死んでますし、息子たちは戦争に行ってますの。手伝ってくれる人が誰もいなくて」と彼女は言った。シイチ伯父は疲れていたし、まだ咳も出ていたが、薪を割り、壊れた水槽を修理していた。

私たちが出発すると、女将さんは「ありがとう」と叫んで後を追いかけてきた。小さな坂で彼女は立ち止まったが、何度もお辞儀をして手を振り続けた。

宿屋を出ると、熱で衰弱していたイワオを手押し車に乗せた。キーキーギシギシいう不格好な手押し車を、私は伯父と伯母と協力して引っ張ったり押したりした。女の子たちはぼろ布で作った人形をつかんで、落ち着きのない動物のように走り回った。目的地に近いことがわかっていたのだ。

その日、東の方に音羽山が見えた。それから、ずっと遠く宇治の近くには「憂し山」と呼ばれた丘陵地（訳者註：宇治山のこと。小倉百人一首、喜撰法師の歌より）が連なっていた。京都に近づいていた。「ほらほら、ふざけちゃダメ」と私は子どもたちの浮かれた気分をたしなめた。そう言いながら、私の気持ちもふわふわと浮ついていた。シイチ伯父が約束してくれたとおり、梅は開花し早咲き桜のつぼみがほころび始めていて、あたりの景色は白とピンクに霞《かす》んでいた。京都の丘陵の斜面はこうした淡いベールに包まれ、夢のようだった。私が見慣れていたのは燃える赤い炎、どす黒くて高温の放射熱を発する色の光景だった――炎や熱帯の赤、黄色、紫、緑。しかも、私の嗅覚は強く刺激的で深い臭いに慣れていた。空中に漂うこの花の香りのように仄《ほの》かなものではなかった。道路沿いの木々に咲く淡いピンクの花は柔らかくてやさしく、私たちを物思いに耽《ふけ》らせたし、その木立のそばを通る子どもたちを大人しくさせた。まわりの花のやわらかさに子どもたちの心が和らいだのだ。

第二十一章　暗愁

古都、京都は戦争の影響をほとんど受けていなかった。寺の鐘は訪れる者を出迎え、恋人たちは哲学の道を散策し、金閣寺はみずからの光で木々を照らしていた。京都の静寂は私たちのおぞましい経験をやさしく包んでくれた。まるで東京の業火なぞ実際には起こらなかったかのようにすら感じられた。

シイチ伯父とイワオはますます衰弱し、咳は止まらず激しかった。伯父は咳をするときの痛みを抑えるために両腕を胸に当てた。その顔は苦悶にゆがみ、両脚は弱々しかった。明らかに、これ以上旅を続けることは困難だった。伯父は仕事を見つけると言っていたが、私には無理だとわかっていた。伯父は休養が必要だった。

京都に入ると鴨川沿いに下流へと歩いていき、京都駅に近い土手の柳の下で休んだ。たどり着くや、伯父とイワオは雑草の上にばったりと倒れ、陽光を浴びて伸びをした。カイヴィキの家を囲う灌木に、ママが洗濯物をかけて乾かしていたのを思い出した。ハルエ伯母が子どもたちをみてくれている間に、私はありつけそうな仕事や泊まれそうな場所を探しにこっそりと出かけた。

梅小路公園のほうへ歩いて行った。聞いたことのある公園だった。路上でひとりだけ物売りをしている人に出くわした。「いい天気ですね」と私は声をかけた。

「そうですね」とその女性は言った。最初は私のことを客と思ったかもしれないが、私が乞食みたいな恰好をしているのを見て諦めた。私は売り物の財布に指で触れた。

「あのう、すみません。住込みで家の掃除とか雑用の求人を探してるんです」と私は言った。「そんな仕事、知りませんか？」

私を気がふれているとでも思ったのか、その女性は私を鬱陶しそうににらみつけ、明け透けな態度で私の身体を頭からつま先までじろじろ見た。「河原町通に行けば」と、その方向へあごをしゃくって彼女は言った。私は引き返し、川の方へ歩いて戻り、彼女が指示した通りへと向かった。下駄を鳴らし、髪は風になびかせて、大胆にも私は沿道の店舗や施設をのぞき込み、仕事はないかと丁重に尋ねてみた。到着したばかりの頃の東京に戻ったような気がした。あの頃は運に見放され、私の振る舞いは疑いと不安の目で見られていた。仕事は見つからなかった。その夜は、川沿いの一本の木の下で、川のせせらぎと古い柳の葉の擦れる音を聞きながらの野宿となった。まるで動き回る影法師みたいだった。

伯父は若いころ短期間ではあるが京都で働いたことがあったので、翌日の行き先について助言をしてくれた。私はあちこちの通りを行き来して、重い戸をノックして回った。「お願いします」と私は懇願した。「助けてください」小柄な女たちが町家《まちや》に通じる玄関の戸を、抱えるようにして小さく開けた。彼女たちは顔だけ出し、私をじっと見て、こう言った。「ごめんなさい。あげるものは何もありません」そう言うと、すぐに戸をぴしゃりと閉めた。あの人たちは閉めた戸に背中を押しつけているのだろうか？ 恐怖に心臓を高鳴らせているのだろうか？ 私は自分の姿に視線を落とした。火災によって野生と化したような私の姿は、どう見ても人間の雑種といったところだった。

つまり、乞食であっても、盗人であっても、売春婦であってもおかしくなかったのだ。あるいは、人殺しにすら見えたかもしれない。だから、私のことなど信用できるはずがなかったのだ。私が京都の人間ではないことは明らかだった。言葉が地元のなまりとは違っていたし、ものの言い方が強すぎた。しかも、私のもうひとつの秘密、つまり、私がアメリカ人であるということを知ったなら、あの女性たちは一様にぎょっとしたことだろう。しかし、もともと根気強い性格だったので、私は家から家へと訪ね歩き、午後も遅くまで探し続けた。それまでずっと、みんなの反応は同じで、顔つきも同じ、丁重に戸を閉めるのも同じだった。

もはやこれ以上、川の土手近くの木立や橋の下では暮らせないことはわかっていた。住む所がないなんてあり得ないことだったからだ。どう見てもだらしなく仕事もしていないような人間には顔をしかめる、そういう社会では特にそうだった。家族が生きていくためには、どうしても私は仕事と住む場所を見つけなければならなかった。

「ごめんね」と、川のそばで待っている家族のもとに戻ると私は言った。「今日も仕事、見つけられなかったの」

「心配いらん。しかたがない」と伯父は言った。「ただ、警察には気をつけんといかん」

「ええ、警察ですね」と私は言った。二度と警察とは言い争いをしたくなかった。

その夜、私たちは上流のあまり人目につかない場所へと移動した。夜が明けると、再び下流へ戻った。何度も立ち止まって休んだが、それでも伯父とイワオの身体には負担が大きかった。伯父が言った。「ノリオとサーちゃんの骨壺をお寺に預ける前に京都から追い出されんようにせんといかん」

翌日、絶望感に襲われ、住む所と仕事探しを諦めそうになった私は、三十三間堂の塀にもたれかかっていた。立ち止まって、これからどうしようかと思案し、通路の砂利石を見つめていた時だった。黒い下駄に白い足袋を履いた足が私の横に止まった。私はゆっくりと目を上げた。

「大丈夫ですか」とその女性が訊いてきた。

私は目を凝らして彼女のおしろいを塗った顔を見た。とても小柄な人だった。「大丈夫です」と私はためらいがちに言った。「お気遣い、ありがとうございます」

「お腹が空いているようね。さあ、飴をどうぞ」と、バッグに手を入れて彼女は言った。

「まあ、すいません、すいません」その親切に心打たれて、私は涙を抑えられなかった。「すいません、赤ん坊みたいに泣いちゃって」

「そんなこと言わなくてもいいですよ」と彼女は言った。「どうされたんですか?」

私は恥ずかしげもなく、まず食べるものがほとんどないことや東京の空襲のことをべらべらしゃべり、それから家族に起こったこと、京都にいる理由、必死に仕事と住む場所を探していることを伝えた。

私が話し終えると、「そうですか」とその女性は言った。彼女はじっと考え込んでいるようだった。だから、その沈黙は、助けになれないという意味かと思ってしまった。

「お邪魔しました」と私は言って、立ち去ろうとした。

「待って。力になれる人を知ってますよ。お手紙を書いてあげましょう」

「まあ、ありがとうございます」と、新たな涙を必死に抑えながら言った。

その女性が書いてくれた手紙はハラ法師という方への紹介状だった。「聞いたところによると、政府当局が法師のお抱え料理人を召し上げたので、法師は使用人を探しているそうです」

私はその女性にお礼を言い、彼女が教えてくれた住所へと走った。京都の西側、高辻通の近く、細い脇道にある小さなお寺だった。その寺の境内は区域の広い一角を占め、厚い白壁に囲まれていて、入り口には満開の桜の木が三本あった。中庭には彫刻を施したような日本庭園があって、伝統を感じさせた。庭の一方に石灯籠と小さな池、もう一方には楓《かえで》と甘く匂う花木に椿の木立があった。中規模の本堂は寄宿舎を思わせる横長の構造をしており、薄墨《うすずみ》色の砂利を敷いた迷路のような通路に沿って、他の小さな建物が点在していた。

「こんにちは」と、整然としたたたずまいに向かって、私は大きな声で呼びかけた。「どなたかいらっしゃいますか」

黒いズボンと白いシャツ姿の中背の若者がすぐに出てきた。頭は剃っていて、右のこめかみ近くに小さな白い傷がふたつあった。何かを尋ねるときに額にしわを寄せると、その傷も一緒に動いた。「何かご用でしょうか」

「ハラ法師にお会いしたいのですが。紹介状を持っています――求人の」

「ああ、よく来てくれました」と、彼はほっとしたように言った。彼がお寺の脇にある事務所に駆け込むや、黒い法衣姿の背が低く恰幅のよい男の人が出てきた。

「ハラ法師ですか。紹介状を持っています」と言って、私は手を差し出した。

法師は私の顔をつくづく見ながら手紙を受け取った。「うーむ」と彼は言い、手紙にさっと目を通した。「丁度いい時に来られた。いつから始められますかな?」

「今すぐです」と私は言い、自分がアメリカ人であることを含めて、急いで自分の身の上を説明した。

「そうですか」と法師は言い、しばらく私をじっと見上げた。

「よろしいでしょうか」

「断る理由はないですな」と言うと、法師はさっと笑顔をみせた。

「よかった。じゃあ、帰ってみんなに……」

「いや、お待ちなさい。最初に中を案内いたしましょう。気に入らないかもしれませんからな」と法師は言い、屈託なく声に出して笑い、私を本堂に案内してくれた。本堂に入ると、中はとても暗くひんやりとしていた。「毎朝の勤行にみんなに集まってもらうことから一日が始まります。あなたには境内のすべての火の世話もしてもらいたい。台所、風呂、ごみの焼却。うちの若い者たちは時に注意散漫で、仕事を怠ることがあるんです。あなたにできますかな？」

「ええ、もちろんです！」また火を扱えるようになるんだ。

「そのほかにしてもらいたいのは」と、祭壇の方に移動しながら法師は言った。「毎朝、正信偈《しょうしんげ》の読誦《どくしょう》を始める五時までに、蝋燭に火を点すことと香炉に香をたくことです」正信偈とは親鸞聖人による正しい信心を説く詩句で、報恩の書だった。私が小さい頃、カイヴィキの僧侶が言ったことがある。食べるものがあり世話をしてくれる親がいることに感謝しなさい。

今のところ、と私はひそかに思った。自分には感謝するものがほとんどない。怨恨《えんこん》と、いや傲慢《ごうまん》と言われようとも、私には心から感謝するということは困難だった。そもそも、感謝する何があるというのか――貧困、空腹、ノリオとサーちゃんの死、私たちの生活を破壊した炎。「オゥ」と、一瞬自分がどこにいるのかも忘れて、私は唐突に声を出してしまった。

「何か？」と、ハラ法師は私の方に振り返って言った。私は即座に首を振った。怪訝そうではあったが、法師は本堂の中の全体が見えるように、さらに二、三本の蝋燭に火を点した。温かい光が静かな空間を満たした。何世紀も経て黒ずんだ木材や、中庭に舞い落ちるやわらかい桜の花びらや、静寂な祭壇に置かれた蝋燭のともしびに、私は心の平穏を感じた。長い間、私は心の平穏というものを感じたことがなかった。かつてノリオが表現したように、……その瞬間の静寂はあまりに透明で、浄土に至ったのかと思いました。……私は心の平穏を感じていました。雲の中の静けさも、迷ってしまったことも、怖くはありませんでした。そう、そういう感覚、と私は思った。

境内にある部屋をいくつか使用させてもらうのと引き換えに、私は法師と五人の小僧たちに代わって食事の準備と掃除を任されることになった。法師によると、料理担当の若造もなかなかの腕前だったが、他の小僧たちが食事がひどいと不満をもらすのを耳にしていた。ねばねばした山芋やお粥ばかりで飽き飽きしていたのだ。「どうしても人手が必要なときに、あなたが来てくれたというわけです。ある日のこと、そんなに前のことではありませんが」と法師は打ち明けてくれた。「若い者たちが風呂に入るのを拒否したのです。ハンストで抵抗したこともありました。あの子たちが食べないと、無駄になった食べ物の説明がつきません。誰にもわからないこととはいえ、いまだに私は良心の呵責を感じています。特に、数多くの人々が飢えている時ですから」法師は小僧たちのわがままぶりを認めて恥ずかしそうだった。

「若い子たちは食べるのが大好きなはずです」と私は元気よく言ってみた。法師が私をすぐに信頼してくれたことに驚きを隠せなかったのだ。

「うちの人手は戦争に取られてばかりです。最後の料理人もすぐに去っていき、それ以来、人手がないのです。申し訳ありませんが、大したお礼はできません——食事とわずかな手当と住む場所だけです」法師は立ち上がり、両手を合わせ、さっと頭を下げた。「伯父さまと従弟さんにもご協力いただきたい」そう言うと、法師は次の仕事へと急いで向かった。その時、黒い法衣がずんぐりとした身体のまわりでシュッと音を立てた。

私は川へ走って戻った。このまたとない幸運を伝えると、シイチ伯父は目に涙をあふれさせた。「そりゃ、すごい」と、伯父はしゃがれ声でやっとそれだけ言えた。イワオは、まるでもう一日命拾いをしたかのように両目を閉じた。

まもなく、家族みんなを境内の部屋に案内できた。伯父とイワオは僧房の続き部屋を、ユキちゃんと伯母は別の部屋を、それから私とスミエは厨房の向かいの部屋を提供してもらった。最初に来た時には気づかなかったが、境内には本堂近くに図書室兼書斎があったし、私が一日の大半の時間を過ごすことになる厨房と食堂のある小さな建物もあった。竹垣の小道の向こうに風呂場があり、その先に屋外便所があった。

後で知ったのだが、タカツジ寺はハラ法師の家族が八代以上にもわたって継承していた。法師の妻は若くして亡くなったようで、子どもはいなかった。そのため法師は学僧を志す若者を受け入れた。彼らが浄土仏教の修行を完成するために近隣の浄土真宗本山へ行くまで、自分の寺で勉学させていた。これは私の推測だが、法師は若者たちが戦争に行かなくてもよいように寺に滞在させていたのではないだろうか。僧職を希望するかどうかには関係なく、法師は少年たちに徴兵猶予をとりつけていた。往々にして彼らが勉学に熱心ではないのは法師にもわかっていた。ただ、彼らが体裁を繕っている限り、法師は気にしなかった。息子たちを寺に預ける家族の動機を問うこともなかった。

「たぶん、あの子たちはここの経験から学ぶことがあるでしょう」と法師は言った。「それに、この寺を譲り渡せる者が見つかればいいがとも思っているのです。最近まで後継者は見つけられなかったのですが、今は意中の子がいます。その子の親は一年前に息子を預けに来たのですが、東京に続く名古屋の空襲で亡くなって、その子は孤児になったのです。あなたが来られた時に、私を呼びに来た子がそうです。名前をテルオと言います。いつか、あの子を養子にするつもりです」

私の単純な日課が定着した。毎日、朝は厨房でばたばたし、それから本堂へ急いで朝の勤行をし、法師と小僧たちに朝食を出し、うちの家族の食事の用意をし、中庭の落ち葉を箒で掃いた。最初は気持ちが高揚して仕事をてきぱきとこなしたかもしれないが、数日後にはペースは落ちた。昼の鐘が鳴ると、昼食を出した。一日でいちばん粗末な食事だった。それでも、内容がどんなに貧弱でも、ともかく日に三度の食事は欠かさなかった。この頃は忙しさのおかげで、サーちゃんのことは考えなくて済んだ。

お昼過ぎには、伯父とイワオの様子をのぞいてから、ユキちゃんとスミエを近隣の小さな公園へ連れて行った。伯父とイワオの具合はよくなかったが、私が出かけられたのは、たいていハルエ伯母が付き添っていてくれたからだ。伯母が私に何かを頼むことはほとんどなかった。それに、伯母は心に決めていた。ノリオとサーちゃんの骨壺を寺に安置する法要を執り行えるように、伯父とイワオが少しでも快復するまで待つつもりだったのだ。

日々の生活の中で時間に空きができると、私は女の子たちを連れて京都を見て回り、雨に降られて戻ることがない限り、行けるところまで歩いて行った。寒い日には、子どもたちと一緒に布団にくるまって歌を歌ったり子どもの詩を暗唱したりした。子どもたちの勉強にと寺で本を見つけたが、子どもたちは勉強に飽きてきた。「しなきゃいけない？」とユキちゃんは不平を言った。ある日、「浦島太郎」の話を読んであげた。私にも何とか読める簡単な日本語で書かれていた。これは亀を助けた男の物語だった。しかし、スミエは重ねた腕に顔をうずめて寝てしまい、ユキちゃんは繰り返し訊いた。「サーちゃんも亀に乗って帰ってこられると思う？」私は何も言わなかった。

一日の日課がひと段落する夕方には、私はハラ法師と寺の切り盛りについて話し合うようになった。食料がどれだけ残っているかとか、必要なものは何かとか、何を買わなければならないか、といったことだった。最初の話し合いは二時間ほどだったが、そのとき法師はこう言った。「うちの若い子たちは考えが甘い。それに、あの子たちは戦争に行って帰ってこないかもしれない。これまでにはなかったことですが、今こそ寺の記録と運営を共有してくれる人が必要なのです。そこで、アメリカ人であろうがなかろうが、あなたは信頼できる人だと思うのです。テルオはまだ両親の死を嘆いているし、他の子たちは幼い」その日以降は、寺の話から私たちの生活へと話題が及んだ。戦争のせいで時間の切迫を痛感していたので、私たちは種々の問題や様々なレベルの問題について互いを信頼して心を打ち明けた。もちろん、サーちゃんのことは決して話さなかった。

飛び石や春の木々の若葉を叩く物憂い雨音が時を刻む雨の日は、子どもたちを小さな図書室に連れて行った。私はハラ法師と小僧たちのなめらかな読経を聞くことができたし、女の子たちは床に座り込んで先の鈍い鉛筆で古い雑誌に絵を描いていた。その女の子たちを見て、若い学僧たちは勉学の手を休め、一緒に遊んでくれた。ハラ法師が手すきなのを見て、私はお経について話をした。まるで私が教え子であるかのように、法師はお経の一部を唱えて仏の教えを説明してくれた。はしゃぐスミエとユキちゃんの頭越しに、私は尋ねた。「どういう意味でしょうか。つまり、すべての感情は苦であるとか、すべての現象は実体のない幻想であるとか」

「うーむ……簡単には答えられませんな」

「教えてください。幸福も苦なのですか」

「そのとおり……幸せであっても苦に満ちているのです」

「混乱してしまいます」

「はい、確かにわかりにくいですが、しばらく考えてみなさい」

その時から、毎朝の読経で理解できない言葉があれば、機会をとらえては法師に駆け寄り質問した。どういう意味ですか？　どういう意味ですか？　これは私がサーちゃんにしたことに対する答えを探し求める魂の叫びとなった。

ある日の朝のこと、ハラ法師が私を制してこう言った。「ちょっと待ちなさい。これらの観念を説明するのは難しい。だから、一度にひとつにしておきなさい。あなたの中にゆっくりと浸透するようにしなさい。そもそも、あなたが本当に訊きたいことは何ですか。大概の人なら一生涯かかることを、どうしてあなたはそんなに性急に理解しようとするのですか」

法師にそう訊かれて、私は顔をぴしゃりと張られた思いだった。私が本当に訊きたいこと……どうしてだろ、サーちゃん？　あんなことをしてしまうなんて、いったい私はどうしてたんだろう？そうか、ようやくわかった。私は思い知った。私とサーちゃんとの間に起こった本当のことを理解しないまま、質問をし続けることはできないのだ。そう思うと、私はぱたりと質問をしなくなった。ただ、短い時間ではあったが、私は間違いなくひとつのことを学んでいた。仏陀の声――私を信頼し、すべての執着を捨てなさい。みずからの秘密や嘘や罪に対する執着さえも。
私にはできなかった。

ある日の夕方、ハラ法師と帳簿を確認し家族や戦争の話をした後、お勤めを終えて部屋に戻ったが、眠られなかった。女の子たちがちゃんと寝ていることを確かめてから、外に出て建物の脇にもたれて満月を見上げた。雲を見ていると悲しい気持ちに襲われ、泣けてきた。いったいどれほど泣きながら立っていたのかわからないが、目を上げるとハラ法師が私の向かいにいて、庭の長椅子に座っていた。私の方に目を向け、法師は私に手招きした。

私はむら気な門弟みたいに法師のほうへ歩いていった。

「座りなさい、座りなさい」と、近寄ってきた私に法師は言った。

「すいません」と私はささやくように言った。

しばらくの沈黙の後、ようやく法師は口を開いた。「戦争はずっとあなたには過酷だったのですね」

「そう思います。ただ、誰だってそれなりに戦争の苦しみをひきずっています。人によりけりでしょうけど」

「それでは、あなたの苦しみはきっと重いのでしょう。心の奥底からもれ出るような泣き声でしたから」

「聞こえましたか」

「うーん、聞こえましたね。その時、私は月を眺めていました」

「すみません、お邪魔してしまい」

「いえいえ、私こそあまりお役に立てなくて申し訳ありません。その苦しみが何かはわかりませんが」

私はうなずき、またそっと泣き始めた。その瞬間、私は法師に心を打ち明けたくてたまらなかったが、恥じる気持ちもあったし、法師の判断を聞くのも怖かった。

「私をごらんなさい。政府がそうせよと言うなら、軍服も着ましょう。剣も身につけましょう。しかし、みずから進んで戦う兵士にはなりません。私は僧侶の衣を着ていますが、あなたを苦しみから救うことはできません。何と無力なことか」法師は袖から取り出したハンカチで広い額を軽く叩き、感慨深げに話を続けた。「私は時折こう思うのです。今この時代、私たちに起こっていることを理解するには、古い言葉に立ち返らなければならないと」

「古い言葉？」

「ええ、古い言葉です。私たちがおかれた苦しくつらい状況を表現するには、そのほうが適切であるように思えます。日本は真に『闇の谷』に入り込んだのです。私たちにとって今や『暗い悲しみ』の時——すなわち、暗愁の時なのです」

「その言葉にはとても悲しい響きがありますね」私は肩からすっかり力が抜けてしまった。

「いや、いや、こんな年寄りが言う言葉の重みなど気になさらないでください。すっかりしゃべり過ぎましたな。いや、本当に」そう言うと、ハラ法師は法衣を手で払い、長椅子から立ち上がって帰ろうとした。「あなたは若い。私は人の世のことなどほとんどわからぬ老僧侶にすぎません。私にわかっていることはただひとつ、命は永続しないということです。それこそが私の心に去来する憂いなのです。だからこそ、私はこのような観念を語り合う人間になっているのです」

「誰の心にもあると思います」

「暗い話で申し訳ありません。よくこんな重い気分になるのですが、誰の助けにもなりません。これは年寄りの性分でしょうな。あなたを不安にしていなければいいのですが」

「暗愁。暗い悲しみ」

「暗愁」

ハラ法師が引き下がると、私は座ったまま黙ってしばらく庭をみつめていた。ユリ、アヤメ、アジサイ、サツキ——いずれも咲き始めで、闇の中でひっそりとしていた。桜と梅の花はすでに散り、頭上の小さな若葉は、樹冠に射す月光の下、中庭の地面にまだらの影を落としていた。私は混乱し、悲しくも恐くもあり、罪の重さを感じていた。もはや私には春も夏も訪れることはあるまい。私の人生は、私の両の目は、葉にも花にも触れることは決してあるまい。そう思うと山から突風がさっと降りてきた。風が雲を晴らし、蒼い夜空が開けてきた。あちらこちらに、道に迷った孤児のように雲が漂っていた。

暗愁。暗愁。私はつぶやいた。ハラ法師は戦争のことを言うけれど、私は何かもっと個人的なことに引きつけていた。あまりにも深く悲しい何か。私が他者に、特にサーちゃんとイワオに働いたすべての所業に対して抱く思い。暗愁は私のもの、私の在りよう、私の心を蝕むものに対する悲しみと罪の意識。ついに、私はその何かに呼称を見いだしたのだった。

以前、私はパパと滝の内側に入ったことがある。そこはパパの菜園の近くにある小さな川で、頭上を勢いよく水が走っていた。その夜、私はハラ法師の庭にいたが、もはや頭上をざわざわと流れる水をただ見ているだけではなかった。私はその中に、ほとばしる水の中にいた。水とともに流れ落ちていたのだ。水の重みで前のめりし、水の力でしぶきを上げて流れ落ち、その力の源に身を任せていた——私の暗愁の力に。

シイチ伯父とイワオは息が止まるほど長い咳の発作が始まった。激しい咳が体力とわずかに残る活力を奪った。咳き込むふたりのハンカチには、飛び散る火の粉のように小さな血の斑点が痰に混じった。ようやく医師の助手が寺に来てくれたが、彼は私が疑っていたことを正式に認めただけだった。シイチ伯父とイワオは結核に罹《かか》っていた。ハルエ伯母はそれを聞いて卒倒しそうだったが、ハラ法師はまったく動じることなく、必要なだけ寺に滞在すればよいと言ってくれた。医師の助手が不吉な黒い太字で、伯父とイワオの部屋の戸に警告の張り紙を貼りつけた——**隔離**。その時から伯母は、伯父とイワオが寝ている部屋の隣部屋をひとりで使ったし、ユキちゃんは私の部屋に来た。

スミエはことの変化が理解できなかった。しかも、だんだんと成長していたので、要求が多くなっていた。「イワオと伯父ちゃんに会いたい。どうして前みたいに一緒に遊べないの?」と訊いてきた。スミエは、伯父の部屋の前で小さな手で戸を叩きながら、中に入れてくれと泣いていたのだ。「伯父ちゃんとイワオに捕まえた蝶々を見せたい」

「静かに。伯父ちゃんとイワオは病気なの。邪魔したらだめでしょ」スミエがどれほど理解したのか、私にはわからなかった。とりわけ、前の日にスミエは伯父とイワオと好きなだけ遊んだばかりだったからだ。

ユキちゃんが母親になぜみんなが病気にならないのかと訊いた時、ハルエ伯母はこう答えた。「女人厄除けの市比賣《いちひめ》神社でお祈りしたの。だから女は助かったの」伯母はバッグから磁器製で金色の観音像を取り出して私たちに見せた。「サーちゃんも見守ってくれてるの。男たちに運がないのは、守ってくれる神様がいないからよ」

それでもハルエ伯母は女の子たちに約束させた。決して伯父とイワオには近づかないこと、ちょっとでも触ったかもしれないと思ったら手と顔を洗うこと。また、伯父かイワオと接触する者には、マスクをして頻繁に手と顔を洗うよう徹底させた。伯母はまた、伯父とイワオが咳をしたぼろ布を焼却した。その伯母がこれだけの痰を処理したのに病気にならないとしたら、それは伯母が人でなしだからだと、私はすっかり思い込んでしまった。

後になって、伯母のことをそう思い込んだ自分の卑小さを恥じた。というのは、スミエが蝶々のことでむずかった時に、ハルエ伯母がスミエに煎餅を持ってきてくれたからだ。信者の集まりでハルエ伯母に子ども服を縫ってもらった誰かが、代金替わりに煎餅を持ってきていた。それをハルエ伯母がスミエにくれたというわけだ。お礼を言おうと思ったが、伯母は黄昏の暗がりの中にすべるように消えてしまった。

第二十二章　カズオ

ある日の午後、夕食の支度をする前に、私は自分の部屋の床に座って子どもたちの山のような洗濯物をたたんでいた。

「どなたかいますか?」と声がした。私はスミエのスリップを床に置いて戸口に出た。

「きみ、ここの新しい料理番?」茶色いカーキの軍服を着た若者が立っていた。彼の態度はいちいち図々しく、まるで銃弾のように今にも部屋に入り込みそうな勢いだった。私が戸を広く開けると、彼は私を上から下までじろじろ見た。

「本当に料理番? 若いんじゃない?」と彼は言い、大きい重そうな箱を地面に置いた。「新鮮な果物と野菜だよ。うちの母親がね、余分なものがあるから料理番に持って行けって。だからぼくがここに来たってわけ。で、突っ立ってないで、せめて荷物を取り出すのを手伝ってくれないかな。仕事に戻らなきゃいけないんだ。本当は、ここにいちゃいけないんだよ」

「ここは厨房じゃありません」と私は言った。「私の部屋です。ここで荷物を出すわけにはいきません。向こうの厨房に持って行ってください」私は厨房の入り口を指さした。「それから、ええ、私が新しい料理番です」

「これを持ってきてあげたのに、厨房まで運べって言うの? きみが料理番だろ。だから、きみが運べよ。今ぼくはそんなことやってられない。時間がないんだ」そう言うと、彼は足で箱を私の方に押し込み、帰ろうとした。彼の後ろ姿は、抵抗するのならしてみろと言わんばかりだった。私が呆然としている間に、彼は飛ぶようにして中庭から道路へ出た。一台のトラックがためらうようにプスプスとエンジン音を立てていたが、しばらくすると発進するのが聞こえた。

ハラ法師によると、その若者はオガワ カズオという名前で、母親が裕福な檀家だった。「母親の関係筋を通じて、寺に余分な食料を提供してくれるのです」ハラ法師は入手先を問うことなど考えもしなかった。入手方法を尋ねてオガワ家に無礼を働くなど、言語道断だったのだろう、と私は思った。

数日後のこと、中庭の隅にカズオがいた。シャベルを持っていて、足を使って固い地面にシャベルの先を突き立てていた。「やめて!」と私は叫び、速く走ろうとして着物の裾をたくし上げ、彼の近くに駆け寄った。「何やってるつもり? 植物をだめにしてるじゃない。誰がこんなことしていいと言った?」

「誰も。菜園を作ろうと思うんだ。そうすりゃ、余分な食料を持ってこなくてもいいだろ」と彼は言った。その口ぶりは相変わらず反抗的だった。

「じゃあ、食料は持ってこないで。そんな風に思うんなら、もらわなくても結構」

すると、カズオは反射的に動きを止めた。それから声を上げて笑いはじめ、柄の長いシャベルをまっすぐに立て、もたせ掛けた長身の身体を前に傾け、シャベルの柄の上に重ねた両手に端正な顔立ちのあごを載せた。「それ、住職に言えよ。言ってみな。きみは余分な食料がなくてもいいのかもしれないけど、小僧たちはそうはいかないよ。ぼくが食料を持ってくれば、何もない政府の配給所に出かけて食料を奪い合うなんてことしなくていいだろ? きみは有難みというものがわからないのかい」

ハルエ伯母が部屋から顔を出して、カズオに叫んだ。「うちの家族にそんな言い方するんじゃないよ」それから伯母は部屋を出て、手間取りながら下駄を履き、砂利道をザクザクと音を立てて歩いてきた。両手を脇腹にすりつけ、本気なのだと言わんばかりの足取りだった。「聞こえた?」

「ちゃんと聞こえてますよ」と彼は言った。

ハルエ伯母は叱り続けてカズオの度肝を抜いた。どうみても、女にそんな扱いを受けるなんてカズオには思いもよらなかったのだ。伯母にしてみれば、知らない人間が家族の邪魔をするなんて許せなかったのだ。カズオはとうとう肩をすくめて立ち去り、伯母の興奮した長広舌をさえぎった。

ハルエ伯母に会ってからは、カズオは始めたばかりの菜園をやめたようだった。それからの数日、私は彼を見張っていた。ハルエ伯母も注意していた。庭の畝の間に雨が叩きつけ、カズオが掘った溝に水がたまった。何も手がつけられないのをみて、伯母は菜園を引き継ぎ、漬物用の野菜を植え始めた。ただ、ハラ法師には気がかりだった——カズオがまだ腹を立てていて、母親に頼まれた食料を持ってこなければ、私たちはみんな飢えてしまうからだ。「心配される必要はありません」とハルエ伯母は法師を元気づけた。「あの子の母親は自分の魂の道筋を変えてまで、善行をやめたりはしませんよ。そういう人たちを私は知っています」

ハルエ伯母の言うとおりだった。まもなく、カズオは卵と野菜を箱いっぱい抱えてやってきた。彼は肩をすくめ、小声で何か不躾《ぶしつけ》なことを言った。例の菜園はというと、伯母は引き継いだことに、カズオは手放したことに、満足しているようだった。

それからは毎日、厨房にいるとき以外は、外の空気を入れるために自分の部屋の戸を半分開けておいた。日増しに暖かくなっていたからだ。私の耳は外の音に敏感になっていた。第一に子どもたちの声、それにカズオの声にも。彼のことはあまり好きにはなれなかったが、それでも彼のトラックの音や低い声、それに彼が食料箱を持って厨房の方に砂利道を歩いてくる音に耳を傾ける自分もいた。一方、子どもたちは彼に会うといつもうれしそうだった。というのも、カズオは子どもたちにお菓子や玩具のアクセサリーを持ってきてくれたからだ。一日、二日経っても彼が来ないと、ユキちゃんはすぐに訊いてきた。「カズオおじちゃんはいつ来るの?」

今度はスミエが答えを求めて私の顔を見た。「うん、いつ?」

でも、カズオがやってくると、私と彼は相変わらず対立した。子どもたちは目ざとかった。ある日のこと、ユキちゃんは両手を腰に当て、カズオの前で私たちの真似をした。「ここで何してるの?」向きを変えて、「関係ないだろ」向きを変えて、「あら、そう?」向きを変えて、「ああ、そうだよ!」

カズオは身体を反らして笑った。カズオと私は本当に子どもじみていたのだろうか? ユキちゃんの口から私たちの冷やかし合いを聞かされると、どうもそのようだった。

カズオは頻繁に訪ねてくるようになった——日に二、三回ということも何日かあった。私は彼がいると気が散り、いつもの仕事や食料のやりくりができにくくなった。

「いったいこれは何のため?——キャベツの塩漬けに、野菜の保存食に」と、彼は両手をすり合わせて私の真似をして茶化し、私が塩水に漬けたカブとキャベツが入った重いバケツを運ぶのを見ていた。「悪あがきを長引かせてるだけだよ。みんな飢え死にするんだ。わからないのかい」

カズオのことなど本当は無視したいのに、こんな風にからかわれるものだから、私もつい話しかけてしまうのだった。ある日などは、こんなことを言ってしまった。「ほら、食料を置いてさっさと帰って。あんたの援助なんかいらないから、イェア、私たちがここですること何でも気に食わないんなら、どうして寺をうろつくの？」

次に来たとき、またその次に来たときも、カズオはしなびた野菜が入った箱を私の部屋の戸口に置いた。「なんでこんなことするの？」と、私は困って尋ねた。

そう説明を求めると、彼は笑いをこらえられずにこう言った。「きみはしわだらけで干からびてるじゃないか。で、この野菜を見るとね、きみを思い出すんだよ」しかも、私をさらに不愉快にさせたことに、カズオは二日続けて私の部屋の戸口の踏み段にしおれた花を置いていった。

三日目のこと、ユキちゃんはカズオに走り寄り、スミエはスキップをして後からついていった。カズオが両腕に花を抱いているのを見て、ユキちゃんが言った。「また持ってきてる」ユキちゃんは年相応に嫌がらせに気づいていたが、スミエはカズオのことを、来るたびにお菓子やおもちゃを持ってきてくれるやさしい人ぐらいにしか思っていず、故郷ハワイのオピヒ（訳者註：笠貝）みたいに彼にしがみついた。

「どうしていつもこんな花もってくるの？」ユキちゃんがそう尋ねる声が聞こえた。

「それはね、ヒーちゃんがお婆さんだからだよ。しわくちゃで、誰かのお婆さんみたいだろ」とカズオは言った。

「ちがうもん」と、ユキちゃんは私をかばってくれた。「きれいよ。お婆さんじゃない！」

「そう思ってるだけだろ?」と彼は言った。

「ユキちゃん、その人の言うこと、聞いちゃダメ」と私は言った。「兵隊さんじゃないんだから。他にすることないのよ」


「あのさ」こんな言い合いを何日か続けた後のこと、カズオは私に近づきながら言った。「仲良くしようよ。だって、ぼくたち同じ目的に向かってるんだろ?」カズオにはどこか無造作なところがあった。自分のプライドを捨てる気などまるでないからなのだと私は思った。

「で、それってどういうこと?」と私は応じた。

「この戦争を生き抜くことさ。そう……思ってるんだけど」

「思ってる、ってことね?」

「きびしいな。頼むよ。ぼくはこのこと、ずっと真剣に考えてるんだ」

私はまた食ってかかりそうになったが、その気もなえてしまった。「そうかもね」と言って、私は大きくため息をついた。「こんな私たちの姿、子どもたちによくないわ。いつも言い争ってばかりで」

数日後、カズオが提案してきた。私たちの「平和協定」を祝して、子どもたちを二条城へ遠足に連れて行こうと。「あの子たち、鶯《うぐいす》張りを歩くと楽しいと思うよ。人が近づいてきたらキュッキュッと軋んで知らせてくれるんだ。それに、庭にある長寿の鶴亀の島も見せたいんだ」

「本当にそんなことしなくても……」と私は言ったが、彼はそれを「イエス」ととった。

「じゃ、水曜日に。一時だよ」

カズオの態度の変化に困惑してしまい、私はその晩ハラ法師の居所へ行き、カズオの考えをどう思うか尋ねてみた。お茶をいただきながら、私はカズオとの間に何があったかを話した。

「互いにあまり好きじゃないと言ってましたね」とハラ法師はつぶやき、紅葉を散らした茶碗を両手で回した。

「カズオは誠実だと思われますか。つまり、私と親しくしたいのでしょうか」

法師は目を閉じ、私に訊かれたことを思案していた。「カズオはこれまでずっと甘やかされました。それはわかってください。ただ、悪気はないのですよ。一緒に出かけて自分で確かめなさい。誠実な子だと思いますよ。あの子がからかうのは、あなたの気を引きたいからです」そう言うと、事の展開がおもしろくてか、ハラ法師は笑みを浮かべた。

「すみません。もうひとつお願いがあります。私に古い洋服か着物を分けてくれる方をご存じないでしょうか。ちゃんとした服がないんです」

「ご事情、お察しします。そういう頼みを聞いてくれそうな人が檀家に何人かいます。心配なさるな、何とかしましょう。それで、いつご入り用ですかな」

「出かけることになるなんて、今日までわかりませんでした。ですから、そんなに余裕はありません。二日後です」

「わかりました。思わず知らず、あの子のことを好きになってしまったのですな」とハラ法師は言った。「何か似合うものを見繕うとしましょう」

「ありがとうございます」私は一礼をして退いた。

カズオと出かける日の朝、私の部屋の戸口に包みが置いてあった。それにはハラ法師の流麗な筆で私の名前が書かれてあった。私はその包みを破って開けてみた。落ち着いたオフホワイトのリンネルの服は少し大きめだったが、着てみるとしっくり合った。それに、子牛革のサンダルは新品同然だった。その頃、洋風の服装をしていると白い目で見られたし、女は和服だけ着るようにと政府が喧伝していたが、私は気にしなかった。焦げたボロボロの着物や、樟脳とすえた食べ物と生活の臭いのするくすんだ色の官給の衣服には、もう飽きあきしていた。

その日、私は細心の注意を払って身支度をした。髪には椿の花を一輪刺し、ぐらつく根元を何本かのピンで留めた。よく髪に花や小さな飾りを刺していたサーちゃんを思い出した。出かけるときはいつもするように、シイチ伯父とイワオを部屋に見舞った。しかも、その時は、話したいことがあるという言《こと》づけを伯父から受け取っていた。

むっとする部屋に入ると、高熱と薬のにおいがして、私はすぐに窓を開けて東山から流れてくる新鮮な空気を入れた。私はマスクをきちんとつけ直し——みんなマスクをするようにと伯母にきつく言われていた——背中をさすってあげられるように、伯父のそばに座布団を引き寄せた。

「今日はきれいだね」とイワオが言った。父親の横に寝ていたイワオは、私の姿をずっと目で追っていた。

「子どもたちとカズオと一緒にお出かけするの」と私は言った。

「本当？ うらやましいなあ。ぼくもこの部屋から出たいよ」

「すぐよ、きっと」と私は言った。

「ヒーちゃん」と伯父が割って入ってきた。声が暗かった。「やっぱり広島に行かなきゃならないと思ってるんだ。ハラ法師に迷惑をかけてるしね。それに、ここは耐えられないくらい蒸し暑くなる。広島以上だ。ただ、そうすると、また引っ越しになる」

「伯父さん、どう言えばいいのか私にはわかりません。今は住むところもあるし、私には仕事もあり、いくらか貯金もできました。それに、東京はどうするんですか」

「そうだよ、東京はどうするの?」とイワオが父親に訊いた。「広島には帰りたくなかったじゃない。自分でそう言ってたでしょ。ぼくには東京が故郷なんだ」

「わかってるよ、イワオ。しかし、父さんはね、東京は好きだけど、広島の家族の援助に頼らざるを得ないんだ。いつまでも他人の世話になるわけにはいかない」

「ハラ法師は大丈夫だと言ってくれてるんでしょ?」イワオは期待を込めて私の顔を見た。

「ここにいさせてくれると思うよ。でも、お父さんはね、正しいと思うことをしたいのよ。人の世話になるのは重荷なの」

イワオは落胆して天井を見上げた。私は伯父に面と向かった。「スミエと私はおっしゃる通りにします」と私は言って、床に頭をつけた。

「そう言ってくれると気が楽だ……ただ、もう一度話し合おう。恐らく、お前はここにいられるだろう」

「ヒーちゃんがいるんだったら、ぼくも残りたい」とイワオが言った。

伯父の考えはうれしかったが、無理だろうと思った。京都に残りたいのはやまやまだが、家族と行かなきゃならないことはわかっていた。ハルエ伯母が私の助けを必要とするだろう。「伯父さん、おっしゃるように、あらためて話し合いましょう。もう行かないと」と私は言って、その場を辞した。

私は部屋に戻って、女の子たちにきれいな胴着を着せた。山科の宿屋で伯母が縫ってくれたものだ。ふたりを寺の前の歩道まで歩かせ、カズオが来るのを待った。

待っている間、女の子たちは生垣沿いで遊んでいた。すると、ユキちゃんが寺の竹林に隠れているうずらを見つけた。傷ついているか病気のようだった。ふたりは私の両手を引っ張って、ふわふわした鳥が喘いでいるところまで連れて行った。

「ヒーちゃん、連れて帰ってもいい?」鳥の前にかがんでいたユキちゃんは顔を傾け、私を見上げて訊いた。

「だめよ、ユキちゃん。よくないと思う」

「どうしてだめなの? 助けてあげなくていいの? サーちゃんだったら助けたはずよ」

「わかってるけど、苦しんでるもの全部を助けるわけにはいかないの」

「でも、たった一羽の鳥じゃない。そんなに餌《えさ》、食べないでしょ」

「わかってるけど、それでも飼うわけにはいかないの。東京までずっと連れて帰れないでしょ。ここに置いておくのがいちばんなの」女の子たちは広島へ引っ越すかもしれないということは知らなかった。だから、伯父の計画がはっきりするまで、話は変えないつもりだった。子どもたちを混乱させたくなかったし、あれこれ訊かれたくなかったからだ。

「じゃあ、料理するの?」とユキちゃんが訊いた。

「ううん、料理はしない。その必要ないでしょ。ハラ法師が野菜とお米を分けてくれてるじゃない」

「うん……でも……」とユキちゃんは言った。

「あっそう」とカズオが言って咳払いした。「東京に戻るんだ?」

子どもたちは声を聞いて振り返り、鳥のことはすぐに忘れ、彼に駆け寄った。いつから彼がそこに立っていたのかわからなかったが、私たちが鳥を食べるという話を聞いていなければいいがと思った。私の生活の醜い部分を彼には知られたくなかったのだ。カズオの家柄のよさは見て明らかだったので、私は違いをいやというほど感じていた。

「遅くなって、ごめん」と彼は言った。「ちょっと用事があってね」カズオは帽子を脱ぎ、長い指で髪を後ろになでつけた。昼下がりの光の中で彼はとても若々しく魅力的に見えたので、私は顔が紅潮するのを覚えた。それからカズオは私と私の服を満足そうに見つめた。まるで服を選ぶのに自分が関与していたかのようだった。まさか、そうだったの?

「車までついて来なよ」と彼は言った。「子どもたちにプレゼントがあるんだ。それに、きみには母親に会ってほしいんだ」

「お母さんに……今?」

「何か問題ある? 母はね、野菜をあげる料理番さんに会っておきたいんだよ」

私は下唇を噛み、子どもたちを傍らに呼びよせてから車まで歩いて行った。前部座席には服やおもちゃの包みとお菓子の箱が、まるで大きな何層ものウェディングケーキみたいに高く積まれていた。私も子どもたちも、こんなにたくさんのプレゼントは見たことがなかった。サーちゃんだってそうだろう、と私は思った。

女の子たちがキャーキャー言う中、カズオは私をリムジンの後部座席に座る細身の女性に紹介した。この自動車は木炭ではなくガソリンで走っているようだった。特権階級の贅沢だなと思った。

車の中の女性は座席の片側に背筋を伸ばして座っていた。私たちとは反対側のドアに身体を寄せていた。赤いサテンの裏地のついたブラックコートを着ていて、堅い襟の首のあたりを片手で押さえていた。両手には黒いレザーの手袋、長いスラックスはウールのサージ、それにエナメル革の靴というい で立ちだった。白い厚化粧。真っ黒な髪。白鳥のような首。ヨーロッパ人みたいだった。彼女があごを上げて私たちに目を向けた時、その顔立ちの厳しさと今も残る美しさが印象的だった。その時、はっとした。私はこの人の服とサンダルを身に着けているのだろうかと。お互い同じぐらいの体つきだったからだ。私はこの落ち着かない考えを振り払おうとした。

カズオが私たちの紹介をすると、私は恭《うやうや》しくお辞儀をした。挨拶をしてから私は言った。「たくさんの食料をお分けくださり、感謝申し上げます。本当にお世話になります」

彼女は私の姿を認めて頭を横にかしげた。ただ、それだけだった。

母親に一瞬、小声だがきつい言い方で話しかけた後、カズオは包みを降ろして運転手と母親を帰した。

唐門を抜け、軋《きし》む大きな廊下を歩き、私たちは二条城に入った。ここは徳川時代の最初の将軍、家康が建てた十七世紀の城だった。私たちは古い部屋を見て回った。外に出て庭の小径に下りた時、私は勇気を振り絞って言ってみた。「あなたが持ってきたたくさんのプレゼントのことだけど、子どもたちのためとはいえ、持って帰ってほしいんだけど」

「ねえ、もらってくれよ。ぼくたち、もう友だちじゃないか」

「あなたからもらい物をするの、気持ちがよくないの。お返しができないし……」

「ああ、高潔なる女子よ。ぼくからのプレゼントは友好の贈り物と考えてよ」

しばらく私たちは黙って歩いた。それから、カズオは私の身の上をいろいろと訊いてきた。スミエのことと私が伯父の娘ではないことは伝えたが、カズオが私の経歴でいちばん驚き興味をもったのは、私がハワイ出身のアメリカ人であることだった。

「それは問題だね」

「問題？——私がアメリカ人なのが？」

「ぼくは日本帝国陸軍の将校なんだ。きみと仲良しだったら怪しまれるかもしれないし、きみがアメリカ人であることが知れたら、ぼくの地位が危うくなるかも。でもね、ぼくは運を天に任せるよ」それから彼はにっこり笑い、冗談っぽく言った。「早口でおしゃべりするきみから、目をそらすことができないんだ」

「で、私と一緒のところを見られてもかまわないわけ？」

「うん、かまわないよ」彼が危険も顧みないことを私は期待してしまった。

再び黙ったまま、私たちは小径を歩いた。子どもたちは私たちの前で跳ね回り、手には白や青の小さな花を握っていた。その花は、城に沿った堀や曲がりくねった水路の土手で、柳の間を縫うように通り抜ける時に摘んだものだった。鮮やかな赤い絹で作った胴着が、下に着ている服の色褪《あ》せたつぎはぎを隠してくれていた。

城内のベンチを見つけると、カズオは言った。「いいかな。ちょっと休みたいんだ」彼は痛みを感じている人みたいに歯の間から息を吸った。

「大丈夫？」と私は訊いた。

「うん、大丈夫。ただね、脚を負傷していて、時々痛むんだ」

「負傷？　知らなかった。ごめん……休暇中で京都に滞在しているのかと思ってた。まさか、怪我してるからとは」

彼は笑った。「休暇？　日本陸軍にそんなものないよ」

私は軍の問題に関する自分の無知を謝った。ただ、彼が私のことを笑ったことには、よけい腹が立ったし、いらいらもした。私たちの休戦状態はまだ極めて危うい状態だった。

「気にしないでよ」と、私の気まずい気持ちを察して、彼は言い添えた。「きみにぼくの事情なんかわかるはずがないんだから」

私はうなずいたが言葉には出さなかった。というのも、この男に対しては、怒りとときめきが混ざり合った不安定な感情があって、それと闘っていたからだ。

私たちは今しばらく座ったまま子どもたちが遊ぶのを眺めてから、何世紀も昔の古い建造物のまわりに環状にめぐらされた廊下をぶらぶら歩いた。カズオは障壁画を時間をかけてつくづくと眺め、私にはとても理解できそうもない深い知識でもって鑑賞していた。ほどなくして、私たちはもういちど腰を下ろせる場所を見つけ、そこから庭を眺めた。あたり一面の草木から色があふれ、幾重にも重なり合っていた。まるで、大気が色の火照りに煽《あお》られているかのようであった。

「で、いったいどうして京都にいるの？」と私は尋ねた。

「ぼくがここにいるのは、父親の影響だと思うんだ。ある日、ぼくは中国から送還されたんだ。担架で船倉に運ばれ、重要書類が入った肩掛けカバンが寝具の中に押し込まれた状態で、ここに送られて来たんだ。それから、陸軍の臨時の連絡将校に任命されたわけさ。政府はここの司令部を閉鎖して、防衛最前線の九州に移動するという噂がある。多分、ぼくは運よく四国どまりじゃないかな」彼はつけ加えてこう言った。「ぼくがここにいるのは母親のためでもあるんだ。母の実家は東京なんだけど、大混乱だろ。生活のためにこっちに来たんだけど、母が言うには、この街は古すぎて好みに合わず、好きじゃないそうなんだ。自分のことをモダンだと思っているんだよね」彼は苦笑した。まるで、母親は好きだが、心底好意的というわけでもなく、どう扱えばよいのか計りかねるといった感じだった。

前かがみになって大腿に両肘《ひじ》をついて、あごの下で両手を組んだ彼は、迷子みたいに憂いに沈んでいるようにみえた。物思いにふけり、私などいないかのように話し続けた。「母がこの街を好きになれない理由がもうひとつあるんだ——父がね、愛人とここで暮らしてるんだ。どうして母がそんなことに頓着するのかわからない。だって、母にも男がいるし、自分の車があるし、自分のアパートがあるんだ。むちゃくちゃだろ？人生、もっとシンプルだといいんだけど」

「シンプルなものは何もないわ」

「だよね」

「あなたの境遇、お気の毒様です」

「気の毒がることは何もないさ」と彼は言って、いら立ちの表情をみせた。「きみは日本の男を理解しなきゃいけない。浮気をしておいて、妻には貞淑を求めるんだよ。離婚？論外だね。うちの母は代わりに愛人をもったわけさ」

「複雑そうね」と私はぼそっと言った。「日本の男の人はみんなお父様みたいなの？」

「そういう男が多すぎる」と彼は言った。わずかに間をおいて、こうつけ加えた。「父親のせいで、両親はいつも喧嘩してたよ。家庭の平穏なんてほとんどなかったね」

「私の場合はぜんぜん違うわ。私は姉のミヨと喧嘩したけど、姉妹だし子どもだったから。結婚しようと思ってた男の子の父親は別にして、私は運がよかったの」ハルエ伯母とサーちゃんとの絶えざる喧嘩のことはあえて言わなかった。

「きみは幸せな子ども時代を送ったみたいだね」

「父と母は仲が良かったんだけど、父は早くに亡くなって――いちばん父親が必要な時だったの」

カズオは片方の脚を伸ばしてから立ち上がった。それから垂れ下がる藤の緑の中をふたりで歩いた。「今は非公式の傷病休暇中なんだ」と言うと、彼は小石を池に投げた。「親父のせいだよ、きっと」私たちは小石が沈み、波紋が広がるのを見ていた。「すぐに正規の任務に戻らなきゃいけない。京都にいられるのはせいぜい二、三日だから、できたら――一緒に過ごしてくれないか」

「私と?」

彼は両手を広げ、笑みを浮かべ、こう言った。「他に誰が? ぼく、きみにお願いしたよね」

「そうできればいいけど」と私は答えたが、他に誰が? という嫌みな言い方をどう理解していいのかわからなかった。カズオは私には謎だった。いずれ解ける謎なのだろうか、と私は訝《いぶか》しく思った。

第二十三章　約束

京都を立つ前の最後の夕方、カズオは私を歌舞伎に誘った。祇園にある南座という劇場で、巡業中の名高い一座による特別公演だった。誰にとっても贅沢な楽しみだった。戦時中のため、もはやほとんどの興業が中止になっていたからだ。子どもたちの面倒はハルエ伯母がみてくれることになったが、伯母は私がカズオと定期的につき合っていることを喜んでいるようだった。「多分、あの子はあんたと結婚するね」と、カズオからの誘いを相談したとき伯母は言った。「あんたは中古品の価値があるのよ。だって、何か役に立つわけだし、私たちへの恩返しにもなるだろうからね。さあ、楽しんでくれれば。伯父と従弟が死にかけてるっていうのに。あんたには憐みというものがないのよ。だけど、気にならないのよね、根が自己中だから！」ママがよく言ったものだ、私はワガママだって。

思うに、ハルエ伯母は何かにつけて喧嘩を売らないと気が済まないたちだった。ただ、たしかに最近は大人しかった。シイチ伯父とイワオの世話で忙しかったからだ。伯母はみずからを憐れむように額に手を当て、続けてこう言った。「これは初めてじゃないと思うけど。あんたを最初に見た時からわかってた。今、あんたの股は火が燃えてんのよ」そう言うと、伯母は頭をのけぞらせて高笑いをした。

ホントに嫌な婆さん！　これは口には出さなかった。口答えはしないように努めていたからだ。というのも、私はまだ伯母に恩義があったし、ママのためにも敬意を忘れないようにしたかった。とりわけ、サーちゃんにまつわる私の秘密のためにも。私はさりげなく伯母を見つめた。

「あ、そうよね。今どきの若い娘は本当に鼻持ちならないよ。京都の裕福な男と二、三日過ごしたら、もうその気になるんだから。カズオみたいな家柄の男があんたと結婚すると思う？　あたしは思わないね。本当のこと、知りたい？　あんたたちは住む世界がちがうのよ。あんたは金もないし品もないの。あんたは単なる無学な百姓、不遇をかこつアメリカのバカなんだから」伯母は私に顔を近づけた。「それに、アメリカ流にラ－ブなんてもの考えてるかもしれないけど、そんなものないからね」

「誰が結婚の話をしてるんですか？　ラヴとか」

「あたしよ。だって、あんたはいつか結婚したくなるから。あんたみたいな人、知ってんのよ。あんたは火を感じてるの、身体の芯が燃えてんのよ。あんたはそれが抑えられないの、臭う、臭う！」そう言って、伯母は両手で自分をあおいだ。「あんたは臭う、あんたのあそこ。あんたの脚の間でチツが腐ってる」

「下品なクソババア！」とうとう私は言ってしまった。抑えられなかった。

「なんだって。あたしの悪口を言うの？　いつから男と寝てないのよ？　いつから？」

ハルエ伯母と議論しても無駄だった。しかも、伯母は私に真実を突きつけたのだ。確かに、私はカズオに惹かれていた。いつか彼と結婚できるかもしれないというかすかな希望すら頭をよぎったことがある。伯母は伯母らしい下品で卑劣なやり方で、またしても真実に切り込んできたのだ。

カズオと私が観た芝居は『恋飛脚大和往来《こいびきゃくやまとおうらい》』という演目だった。これは遊び人で道楽者の忠兵衛という男の物語で、この男は人生でつまずき自業自得の因果を招く。惚れた遊女の梅川《うめがわ》を遊郭から身受けするために、客から預かっていた金を使い込んでしまう。横領が発覚すると、罪を償うために自害を余儀なくされるまで、梅川と夫婦になって残りのわずかな金で一緒に生きようと決心する。

下駄を鳴らして花道に進み出た忠兵衛は声高に愛人の名を呼ぶ。劇場内に拍手喝さいが鳴り響く。芝居が始まった。その時、カズオが寄りかかってきて、私の腕をさっとなでた。私は身体を引かなかった。それから彼は私の手を握り、芝居が続く間、手を私の手首へとすべらせ、子どもの頃にできた三日月形の傷痕をさすった。その傷痕のことは、一度火をつけた故郷の家とともに忘れていたはずだった。私はじっと前を見つめていた。カズオが触れる感触に身体は抵抗できず、耐えがたいほどの火照りを覚えた。

舞台の上で身体を震わす恋人ふたりは泣きながら互いを抱き、死んだ後も一緒にいようと誓う。何ごともふたりを引き裂くことはできない。忠兵衛が梅川に例の金のことを話すと、自分のためにそれほどのことをしてくれたのだから、喜んで一緒に死にますと梅川は言う。愛するふたりは寒い夜中、道に迷った雪姫鳥《ゆきひめどり》のように身体を震わせる。ほどなく、もはや将来に選ぶべき道はないと悟ったふたりは、一瞬一瞬を楽しく生きようと心穏やかに決意する。それを知った観客は、このふたりは見つかれば自害するかも、いや、するだろうと憶測する。この恋人たちの死を予兆する舞踏でもって劇は終わる。その夜、私は自らに問うた——あれほど深く私を愛してくれる人はいるだろうか？　カズオはどうだろう？

舞台助手が拍子木をだんだんと小さく刻み、幕引が声を上げると黒い幕が閉じた。観客がやんやの喝采を浴びせた。館内のライトが灯ると観客の顔が涙で光った。劇場内では、くぐもったすすり泣きに混じって、鳥小屋みたいに白いハンカチがぱたぱたとはためいた。歌舞伎に深く感動した観客たちはなかなか席を離れようとしなかった。

私はカズオと一緒に空気の澄んだ涼しい夜の中へと歩き出た。星が出ていた。それに月も。この年最初のホタルも。先斗町《ぽんとちょう》の小さな茶屋まで歩き、そこで濃い緑茶とお菓子をいただいた。その間、彼には見つからないことを願って、菓子の一片をお茶用の懐紙に包んだ。

彼はテーブル越しに私を見て顔をしかめた――この時ほど恥ずかしいことはなかった。「ぜんぶ食べなよ。取っておかなくていい。子どもたちには買って帰るから」

食べ残しを持って帰ろうと紙に包んだことで、私は自分を卑しく、貧しく、すごく田舎者っぽいと感じた。典型的な品のないカイヴィキ娘だったのだ。だから、店の女性がお茶のお代わりを持ってきてくれたときは有難かった。

お茶をゆっくりといただいた後――それで恥ずかしさが幾分やわらいだ――カズオは子どもたちに高級な煎餅を買った。私の目には大変な贅沢に映った。ふたり分のお茶とお菓子代を支払うと、カズオは私を祇園に連れて行ってくれた。そこで小さな店のウィンドー越しにわずかな品数の商品をのぞき込んだ。街灯はなかったが、月の光で帰り道は明るかった。

「何にもないんだね」と、驚いたようにカズオは言った。まるで、ここ数年の戦争や破壊を生き延びた人々の苦労を何も知らないかのようだった。

静かな街をしばらく歩くと、白川南通の疎水に突きあたった。岸の桜並木は葉が茂り、小さな実をつけていた。枝をすかして星がきらめく中、私たちは小学校のメイポールの踊りみたいに桜の木々の間を縫って歩き、垂れ下がる低い枝をしゃがんでよけ、木と木の間でまた背を伸ばした。黙ったまま物思いにふける緩《ゆる》やかな足取りだった。私はアキラの顔を思い出そうとしたが、思い出せなかった。

「明日、九州に行くんだ」晴天ならぬ月夜の霹靂《へきれき》だった。

「もう?」

「うん、脚がよくなったので移動を命じられたんだ。南の方で人員が必要なんだよ。沖縄戦で負けてるからね」

私は戦争にはあまり関心を払ってこなかった。そうか、戦線は九州に迫っていたんだ。アメリカ軍は日本の私の故郷にこれほどまで接近していたのか。「私たちも引っ越しすると思うよ」と私は言った。「伯父さんが広島に帰ることに決めたの。伯父さんはすごく具合が悪いの。それで、広島には私たちの面倒を見てくれる弟さんがいるの。難しい選択だったと思う。私もしばらく伯父と伯母と一緒にいさせてもらうつもりだけど、スミエがもう大きくなったので、広島の街で働こうと思ってるの。そうすれば、ハルエ伯母は私にイライラしなくてすむし。それに、伯父家族にお返しもできるでしょ」

「きみは誠実だし、やりくり上手だよ。ぼくはずっと見てきたからね。でも、伯父さんはお返しなんて期待していないと思うよ」カズオの口調がここ数日で柔らかくなっていた。もう構えたところはなくなっていた。私たちの間で何かが変化していた。

「でも、まだ伯父と伯母には恩義を感じてるの」と私は言った。

「そうだろうね。しごく当然だよね」

カズオは足を止め、振り返って私を見つめた。それから両手を伸ばすと、突然、私の肩をつかんだ。私はびっくりして息をのんだが、そのせいで余計にきつく抱きしめられたように感じた。まるで私は彼の両手から今にも飛び跳ねようとする魚のようだった。「ヒーちゃん、また会えるかな?」

「さあ、わからない」

「ぼくにもわからないんだ、自分にどれだけの時間が残されて……」

「そんなこと言うもんじゃないわ」

「でも本当なんだ。それに、ヒーちゃん、他にも言いたいことがあるんだ」彼の視線の真剣さに怖くもありドキドキもし、私は息をのんだ。「きみのことがすごく好きなんだ」と、かろうじてささやき声よりも大きい声で彼は言った。私は口を開いたが、言葉が出てこなかった。「何か言ってくれよ」と、恥ずかしそうに彼は言った。

「なんて言っていいのか」と私は口ごもった。

「ぼくのこと、好きかどうか……」

彼は私の肩から手を離すと、私の頭上に手を伸ばして一本の枝をひっぱり、それからピシッと手から離し、枝が空中で跳ねるのを見ていた。彼はその枝みたいに飛び跳ね、あどけなくにこりと笑った。戦争で負傷したり、心の中のすべてを私にさらけ出したりするには、あまりにもあどけない笑顔だと私には思えた。

「ぼくのこと、頭が変だと思ってるだろ?きっとそうだ。でもね、ぼくとしては、ずっと言いたかったことを、とうとう言えたんだ」

私は木の幹にもたれかかった。その時、アキラのことを考えようとしたが、カズオの顔立ちの輪郭と存在感の陰になって、アキラの顔はぼやけてみえた。カズオは木の幹と私のまわりを目がくらむほどぐるぐる回っていた。

「かっこよくやろうと思ったんだけど、とんだへまをやったようだね」と彼は言った。「まあ、突然だったとは思うけど、きみが同じ気持ちかどうか知りたかったんだ。だから、何か言ってよ」

私はうなずき、ゆっくりと言った。「私も同じ気持ちよ」

安堵してか、彼は木のまわりを旋回するのを止め、私の顔をじっと見た。「ヒーちゃん、ぼくは本当にうれしいよ。それがわかれば、ぼくは燃えるような気力で戦える。アメリカの蛇をぜんぶ殺せるよ」

私もアメリカ人なのだと思い出させたかったが、言えなかった。ただ、血がにじむまで下唇をかんだ。高揚している彼の熱を冷ましたくなかったのだ。

「できるだけ早く会おう」と彼は言った。私の手を取り、真剣なまなざしで私を見つめた。「白状しなきゃいけないことがあるんだ。最初に会った時、どうしてぼくがあんな嫌な奴だったかわかるかい？」

「ううん、どうして？」

「怖かったんだ。自分の気持ちが怖かった。でも、今はね……手紙を書いてくれる？」

「うん、もちろん」

「約束だよ」

「うん、約束する！」

「あの若者は行ってしまったそうですね」とハラ法師は言った。カズオの出立から間もなくして、法師が私に近寄ってきた時のことだった。「無事でいることを祈りましょう。日本は国の立派な男たちをみんな失っていますから」

その日の午後は、春の終わりが近い庭でずっと仕事をしていた。その頃、私はハルエ伯母と交代で庭の手入れをしていた。伯母が午前中、私が午後の担当だった。そのほうが都合がよかった。土でざらざらする手を払ってから法師に一礼し、手の甲でかゆい鼻をこすり、汗の染みた髪を顔からかき上げた。京都は暑くなっていた。法師は樹の下にあるベンチまで歩いて行った。顔を伏せ、両手を背中に回して、一歩一歩ゆっくりと歩を進めた。私は後からついていき、法師の傍らに腰を下ろした。

「私もカズオが無事でいてくれることを願います」と私は言った。「でも、彼は兵士ですし……九州に行くんです。アメリカ軍が日本軍をいろんな国から退却させてるそうですね。本当ですか？」

「そうらしいですな」

「カズオが国内にいてくれたらいいのにと思います。そうすれば、生きられる可能性が高いですから」

「では、そう祈りましょう」

「今朝、カズオが助かるようにと必死にお祈りをしました」

「ああ、しかし、もう悟らねばなりませんな。人が助かることを求めてはいけないのです。命を懇願してはいけません。そういう道理ではないのです。私たちの死は私たちの手を離れています。制御ができないのです。人の死を防ぐことはできません。と言いますのは、今であれ先であれ、死は確実に起こるからです。事象の発生は予見できないのです」

「自分の命は支配できると考えたいです。支配できないなんて考えるのはつらすぎます」だって、私は人の命に関わったではないか？　自分はその命を支配したじゃないか？　目の前をサーちゃんの焼け焦げた顔がさっとよぎった。彼女になんてことをしてしまったのか！

「光明を信頼しなければなりません。求めてはいけない。求めるということは、答えを欲望することを意味するからです」

「私はどうしたらいいのかわかりません。信心が足りないのです」この寺に来た当初、ハラ法師はこう言っていた――不可思議光（訳者註：阿弥陀仏のこと）に身を委ねれば、真に安心《あんじん》の境地に身を置くことになる。私にわかっていたのはこの程度だった――仏陀の叡智を信じず、仏教徒の言う怠惰とおごりの領域にとどまっている限り、私は決して真に安心に恵まれた者にはならないだろう、決してみずからの暗愁から解放されることはないだろう。

ハラ法師を瞑想にふけるに任せて、私はベンチから立ち上がり、自分の部屋へと歩いた。私は混乱していた。事象はただ生じるのであるとは理解し難かった。その一方で、確かにそうだとも思えた。老人にも、金持ちにも、商人にも、米農家にも、カトウ家にも、ハマダさんの家族にも――そう、サーちゃんにさえも。でも、みんな生きることを望んだのではなかったか？　みんな祈ったにもかかわらず死んでしまったのではないか？　私は自分の部屋の戸口にたどり着くと、振り返ってハラ法師を見た。法師は坊主頭の額に手を置いて、ベンチから私を見ていた。

その日の遅く、暗愁に思いを巡らせ、その言葉を反芻していると、英語のアンクシャスという語を連想した——つるつるすべる靴みたいに舌の上にするりと踊り出て私の人生を駆け抜ける、そのように思い浮かんだ言葉がアンクシャスだった。私は叫んで叫んで叫び続けたかった。なぜなら、私の暗愁が、その最も深刻な意味において、私の心に新たに火をつけていたのがわかったからだ。それは未知なる絶望、胸の中の、喉の奥の、心の中の、自己の存在そのものにおける狭窄《きょうさく》。だから、私は深いアンクシャスな念を、即ち不安を覚え始めた。カズオに、寺の若者たちに、スミエに。私たちみんなに。

「私に何か話したいことがあるのでは?」と、確か翌日だったか、厨房にいる私にハラ法師が尋ねた。「私の部屋の戸に貼り紙をしていましたな」

「はい、家族のことで。移動することに決めたのです。ですから、まもなく出発します。従弟と伯父が……ふたりをできるだけ早く広島で落ち着かせなければなりません。伯父は東京に戻りたがっていますが、具合が悪すぎて無理だと思います」

「わかります。あなたはご家族の面倒をよくみましたから。みなさんがあなたの力に頼っているのがよくわかります。あなたは賢明でいらっしゃる」そう言いながら法師は声と頭を低くした。「寂しくなりますな、ヒーちゃん。あなたはこの寺に秩序というものをもたらしてくれました。小僧たちは耳掃除をするし、足袋も洗います。食事もずっとおいしくなりました。配給がこれほど厳しい折に、いつも何か特別な物を見つけて食卓に出してくれました。寺の棚にはまだ缶詰が残っています」

「カズオの母親の援助です」私たちは黙ったまま頭を垂れていた。

「そうそう」しばらくしてハラ法師は言った。「伯母さまの庭はよく育ってますね。それに枯れかけていた栗の木がまた元気になりました。あなたとお子さんたちは、味気ない境内と騒がしい小僧たちに大きな喜びをもたらしてくれました。いちばん記憶に残るのは、あなたの火でしょう。このことは小僧たちもきっと同意してくれるはずです。かまどの火、火鉢の火、仏壇の火――あなたが世話をする火は違っていました。心惹かれ、癒され、有難くさえありました。小僧たちが火をおこすと炎は跳ね、火花が飛びました」法師は思い出して笑った。私はパパと一緒に浜辺で穏やかな焚き火をしたことを思った。

「サンキュー、センセイ。私の家族にとてもご親切に、また寛大に接してくださいました。お返しもお礼のしようもありません」

「どういたしまして、ヒーちゃん。困ったときは、いつでも歓迎しますよ」

「今でも十分有難いのですが、ひとつお願いがあります。カズオ宛の手紙をここに送りますので、カズオの母親に転送していただけないでしょうか。そうしたら、母親がカズオに送ってくれるでしょうから。私がスミエと一緒に暮らす場所が見つかるまでの話です。新しい住所が決まればお知らせします」

「自立するおつもりですか?」

「はい、伯父とイワオが落ち着いてからになりますが」

「何でも喜んでお手伝いしますよ。ただ、最後にひとつだけ。これはずっとお話ししようと思っていたことなんです。ここに来られたばかりの頃を覚えていますか。経典室で読書をしていましたよね。子どもたちは昼寝をし、外では雨が屋根を叩いていました。仏教の教義と苦闘して、あれやこれや意味を問われましたね？　あれは私たちにとって、いや、私にとって、よいことでした」

「深く聴くこと、深く聴くことが大事です」あの時、法師はそう言っていた。今では私にも理解できる。自己を理解するためには仏の教えに深く耳を傾けること、と言う意味だった。それは、知る方法を言葉で問うよりもはるかに奥深いことだった。深く聴くとは、知る方法を心の中から学ぶことを意味した。これまで私は深く聴くということを敢えてしなかった。自分が直視できない自己を見いだすことが怖かったからだ。「はい、覚えています」しばらく間をおいて私は答えた。「ご迷惑でなかったならよいのですが」

「いいえ、全然。あなたが薄暗い図書室で小僧たちの経に耳を傾けていた姿が懐かしい。あなたの学ぶ姿勢は伝染力がありました。私もそうで、人を導く立場にありながら、いまだ自分は未熟者だと感じていました。あなたを見て初めて、自分が聴くこと、学ぶこと、理解しようとすることを怠っていたことに気づいたのです」

「でも、私は問うことしかしませんでした。何もわからなかったし、今もわからないままだからです」私はサーちゃんのことをまだ誰にも話せなかった。

まるで私の苦悩を理解しているかのように、法師は言った。「たぶん、わかりたくないからでしょう。ですが実際は、自分で思っている以上にわかっておられると思いますよ。ヒーちゃん、お元気で。お気をつけて。自分探しを続けなさい。それに、長生きしなさい」

暗愁。その言葉が私の頭の中を駆け巡った。

ハラ法師のお寺ではいろんなことがあったので、三ヵ月の滞在はそれ以上に長く感じられた。京都に来た理由を忘れそうになって、ノリオとサーちゃんの納骨を手短に執り行った。寺の中の蓮の台座に仏像が立つ祭壇の前で、私は蝋燭に火をともした。それから、従兄妹の死を悼む儀式ではあったが、私は報恩の言葉を――ハラ法師が教えてくれた感謝の言葉を――つぶやいた。その意味――死をすら有難く思うということ――は理解できなかったが、大海原のような人生の中で水のように流れる言葉を反復すると心が癒された。ナム　アミダ　ブツ、ナム　アミダ　ブツ――不可思議光と一体なる自己。

ハラ法師は短い経を唱え、教義から簡潔な教訓を引用した。それから、シイチ伯父とハルエ伯母が骨壺を小さな木箱に入れた。その箱は寺の棚に安置された。

広島へ出発する朝、ハラ法師はセキ住職という友人の住所と紹介状を持って私の部屋にやって来た。セキ住職の住所はテラマチ、つまり寺町となっていた。ハラ法師は見事な手書きで宛名を書いた公式用と思える封筒を手渡してくれた。

「私の名前を言うだけでいいです。わかってくれるはずですから」とハラ法師は言った。「住むところが見つかるまで数日は滞在させてくれるでしょう」まるで実の娘に言うかのように、法師は別れ際にこんな指示を与えてくれた。法師に対する熱い思いが胸にあふれた。

私たち一家はハラ法師に、それから親しい友人になっていた小僧たちに、さよならを言った。小僧たちもまた、まもなく寺を去り、戦争に行くことだろう。というのは、結局、ハラ法師は彼らを寺に留め置くことができなかったからだ。小僧たちは何度もおじぎをし、子どもたちの頭をポンポンと叩いて見送りをしてくれた。テルオが女の子たちに言った。「学校に行ったらしっかり勉強してね。それから、大人たちの言うことを聞くんだよ。温かくしなさい、ちゃんとセーターを着て、それから、足元には注意してね。転ばないようにしっかりと歩くんだよ——ただ、おしとやかに。冷たい空気を胸に吸い込まないように」

「はい」と、女の子たちは従順に大きな声ではっきりと答えた。小さいけれど丈夫な心を頼みに、今のところふたりには不安はまったくなく、未来は希望にあふれているかのようだった。ふたりはまだ幼いから、と私は思った。でも、そう遠くない将来、間違いなく、世の中の重圧に押しつぶされそうになるのだ。というのも、スミエにはすでにいくつかの変化が見られたからだ。不機嫌だったり、急に落ち込んだり、眉間にしわを寄せたりするようになっていた。

ガタガタの手押し車で寺の境内から立ち去る時、イワオがマスクを外して叫んだ。「ノリオ、サーちゃん、またね」そう言うと、咳が楽になるように、イワオは巣の中の小鳥みたいに身体を丸めた。

火がすべてを変えてしまった。火は私たちの世界の姿を変えてしまった。父、母、ミヨ、アキラ、ノリオ、とりわけサーちゃん——みんな火が原因で別の次元に存在している。みんな燃えて空中へと舞い上がり、どこか別の生と宇宙へと消えて行ってしまった。

私は最後のお別れを言おうと思い、振り返った。道路からは、柴の門扉にもたれているハラ法師の姿が見えた。私たちが角を曲がって見えなくなるまで手を振っていた。小僧たちのさよならという声が空中を満たし、私たちの胸にしみた。

私はハルエ伯母と一緒に鉄道駅まで荷車を押した。シイチ伯父は足を引きずるようにして後からついて来たが、マスクの内側は呼吸が荒く、いちど寺を振り返り、それから足元に目を落とした。

テルオがやってきて、荷車を押すのを手伝ってくれた。荷車はテルオに預かってもらうことになっていたのだ。そのとき初めて気がついた。テルオはだんだんとハラ法師みたいに歩くようになっていた。早足で引きずるような歩き方が。

第四部　広島　一九四五年六月――一九四九年

涅槃は一切の概念を超越した境地なり

――仏陀の教えより

第二十四章　旅立ち

ハワイを立ってから三年半とわずかの日々が流れた。鉄道駅に詰めかけた暗い服装のやせた乗客たちと一緒に、私たちは今、渡り鳥の雁の群れのように南へ向かっていた。私は伯父とイワオと伯母から離れた席に子どもたちと一緒に座っていた。煤《すす》と蒸気が混ざり合った空気の中、京都駅を後にすると、車窓の外を田舎の風景が過ぎて行った。最初はゆっくりとだったが、汽車がスピードを上げると、単調な田舎の風景は後方へと飛び去った。田舎の家々は竹と泥でできていて、草ぶき屋根の低い造りだった。スミエは私の膝の上で眠り込み、ユキちゃんは窓に顔を押しつけて、私が前の日に切ったふぞろいの髪をなびかせていた。

ノリオが最初の手紙に書いていたように、田舎ではなにもかもが穏やかなので、戦争が続いているとはとても思えなかった。それでも、よく見てみると、政府の怠慢のせいで何もかもが荒廃していた。それは塗料がはがれて荒れた薄汚い鉄道駅の外壁や、品数の乏しい車内販売や、歯がボロボロで口臭のきつい人々にみてとれた。みんな疲れ果て、みすぼらしく、生気は失われているようにみえた。とりわけ、空腹そうだった。日本は戦争に倦み疲れ病んでいたが、人々は何も手放さず、顔は相変わらず無表情で、すべてを胸の中に閉じ込めていた。痩せこけた身体にはボロボロの衣服が垂れ下がり、折れた手足みたいに破れた雨傘がぐにゃりと腕からぶら下がっていた。誰もまともな靴を履いていなかった。私が日本に滞在している間に、きちんとした靴を履いているのを見たのはカズオの母親だけだった。

絶え間ないカタンカタンというレールの音を聞きながら、私は子どもたちに目をやった。ふたりとも眠っていた。とてもひ弱で、青白く、やせ細っていたので、強風が吹くと飛ばされてしまいそうだった。風呂に入れた時に、この子たちのあばら骨が木琴の音板みたいに叩けるんじゃないかとさえ思えた。ミルクが足りていないのは明らかだったし、最近ユキちゃんは関節の痛みを訴えていた。

どこに行くにも、女の子たちは汚れた古い人形を持って行った。本当の母親みたいに愛おしそうに人形を抱きしめていた。悲しげな子守歌が聞こえることもよくあった。

ねんねん　ころりよ　おころりよ
坊やは　よいこだ　ねんねしな
坊やのお守は　どこへ行った

眠ることこそ、子どもたちにとって空腹を忘れる魔法の答えだった。ままごとをしているときは、小石のスープの中のすりつぶした葉っぱや泥の団子を人形に食べさせた。食べ物、食べ物、食べ物、みんなそれしか考えられなかった。日一日と本物の飢餓状態に近づいていた。たぶん、早晩、伯父が生ける屍と呼ぶ人たちの仲間入りをすることになるだろう。ハラ法師のお寺では東京よりも食べ物は多かったし、カズオの母親が私たちにたくさんの施しをしてくれたが、それでも食事は十分ではなかった。

ハワイの家族も苦労していることはわかっていた。ただ、故郷の菜園では新鮮な果物や野菜がたくさん収穫できるし、海では魚が捕れることもわかっていた。その贅沢を考えるだけでつばがあふれてきた。足の指の間に感じる肥沃な温かい火山泥が懐かしかったし、その泥に育つ植物に思いをはせた。故郷で味わった食べ物を考えるとクラクラしたし、頭が少しおかしくなりそうだった。

汽車に乗っておよそ九時間、小さな点検や乗客の乗り降りのために路線のほとんどすべての駅に停車して、ようやく広島駅に着いた。シイチ伯父の弟のヒデ叔父さんと奥さんのチエミさんがプラットホームで出迎えてくれた。「こちらはヒーちゃん」と、シイチ伯父は私と子どもたちを紹介してくれた。

「ああ、お母さんによう似とるね」とヒデ叔父さんは笑顔で言い、隠れるように後ろに立っていたチエミさんもうなずいた。ローカル線に乗り換える時間があまりなかったので、紹介と挨拶は手短にすませた。互いに話をするというよりも、私たちは歩きながらおじぎばかりしていた。

ヒデ叔父さんは黒髪がふさふさしている以外はシイチ伯父によく似ていて、背が高くて細身で愛想のよい顔立ちをしていた。一方、ずんぐりした体型だが器量よしのチエミさんは、義理の姉の手前かあるいは恐れてか、はにかむように傍らに立っていた。私は邪推した。ハルエ伯母の毒舌は以前ここでも振るわれていて、それなりの危害を加えていたのだ。

私たちは国鉄のローカル線で広島市の北東へと向かった。これまでに乗った汽車もそうだったが、この汽車はいかにもみすぼらしく、わずかな蒸気で走行した。太田川に沿って走り、低い山地のふもとまで来た。山々の頂上には雲が高く渦巻いていた。それから、二台のタクシーにぎゅう詰めになって、そう遠くない家へと向かった。私とスミエとユキちゃんは、ヒデ叔父さんとチエミさんと同じタクシーに乗った。ほとんど何もしゃべらなかった。

実家があるところは田舎だと、ママはよく言っていた。古い日本の版画に描かれた農村の風景によく似た場所だと。樹木の茂る山の斜面に貼りつけられたような家、周りの開けた場所は稲や野菜の棚田、黒い水の上にかがみこむ顔のわからぬ百姓たち。ヒデ叔父さんの藁ぶきの二軒家もそんなところにあった。

「ここなら安全だね」と、家まで歩いて行く途中、あたりの景色をざっと見渡してからイワオが言った。「アメリカ軍が広島に爆弾を落としても、こんな奥地までは来ないだろうから。たぶん、攻撃するのは造船所のあたりだろうね」

スミエとユキちゃんは初めて会ったいとこたち、つまりヒデ叔父さんとチエミさんの子どもたちと、仲よくしようと外で遊んでいた。その間、チエミさんは私たちを二軒の家のうち大きい方へ案内してくれた。「どうぞ、入ってつかぁさい」と彼女は広島弁で言った。言葉が流れるような心地よい特有の響きがあった。チエミさんはフラダンスを踊るみたいに両手を使い、手のひらを上にして居間へと案内してくれた——家は東京と違って大きく広々としていた——すると、チエミさんはさっとその場を離れ、お茶の用意をするために台所にさがった。

私はシイチ伯父とハルエ伯母とイワオと一緒に円座して、申し訳なさそうなヒデ叔父さんを前にした。ヒデ叔父さんは床に頭がつくほど何度も何度も頭を下げた。「ここはすごい田舎じゃけぇ」と彼は言った。「ヒーちゃん、イワオ、東京みたいな賑やかでハイカラな都会に住んどったら、こんな辺鄙なところはがっかりじゃろ」

「ぼくは気になりません」とイワオが言った。「ようやく、落ち着いて休養できる家ができたんだもん。こんなに遠くに来てつらいと思っているのは、ヒーちゃんだけだよ。だって、ヒーちゃんは彼氏ができたんだから。でしょ、ヒーちゃん？」イワオは野太くなった声でからかった。

私はイワオを横目でチラッと見て笑みを浮かべた。

ヒデ叔父さんとチエミさんは、親族再会のときによくやるように、ノリオとサーちゃんが亡くなったことにお悔やみを述べた。「ふたりがおらんようなって寂しゅうなったのう？」とヒデ叔父さんは言った。

「まあ、そうじゃのう」とシイチ伯父は言った。急に悲しみに襲われたようだった。伯父は床に目を落とし、袖を顔にもち上げて涙をふいた。私は取り乱して泣かないように必死にこらえた。

ヒデ叔父さんが私の方を見て言った。「サーちゃんとは年が近かったよの。妹を亡くしたみたいじゃろう」

私はうなずき、わざとらしく顔を伏せた。妹などと考えたことは一度もなかった。

しばらくして、その場にじゅうぶん座っていたし家族と雑談もしたので、もういいだろうと判断し、失礼して外に出た。あたりがどんなところか見ておきたかった。両親の生まれ故郷、ハワイに移民する前に住んでいたところ。外に出て家の裏手の山を見上げると、家の墓地が見えた。ご先祖の黒ずんだ縦長の墓石が天空を望んでいた。ママが家の仏壇に貼りつけていた写真のとおりだった。

うちの両親が日本の家の話をしていたのを覚えている。稲作は何代も続く両家の家業だと。さっき家まで坂道を上がる途中で見た男や女たちのように、移民する前は両親も水田の泥水に苗を植えていたのだ。遡《さかのぼ》ること室町時代、つまり足利時代に——六百年かそこら昔のことだが——両親の祖先がこの土地を開拓したのだった。

この地の泥を足につけ、稲の緑を両手に受け、寺の鐘の音を胸に響かせ、火鉢の火を心の奥底に燃やして生まれた私は、この大地に片足を突っ込んでいたのだ。ここは私のご先祖様の土地、ご先祖様の最初の水、最初の塩、最初の名前、最初の火、最初の誇りだったのだ。パパの名前は縁起のよい名前で、実はミズホだった。ミズホ　ノ　クニ、つまり、瑞穂の国から取られていた。

田んぼの仕事はサトウキビを植えるのとまったく変わらない、仕事は仕事だよ、と父は言っていたけど、違いはあったはずだ。父は選択をしたのだから。アメリカに行く必然性が強かったからこそ、この土地から自分を引き離したのだ。確かに、アメリカは日本にはない約束を提示してくれた。しかし、その選択は父をこの土地との深い絆から切り離してしまったのではないか？

夕日が沈んだばかりで、山の彼方に淡い光を残していた。ヒデ叔父さんの家は山腹に立っているので、広島の街がわずかに望めた。はるか遠くに細長い太田川の流れが見えた。淡い光を浴びて、銀の糸みたいに盆地の中を縫うように流れていた。わずかな明かりを残して急速に暗闇の中へと消えていく広島の街に気持ちが惹かれた。イワオの言うとおりだ。広島市内に住めば、カズオに会える可能性は大きいはずだ。九州はそんなに遠くない。私の住所が決まれば、カズオはきっと会いに来てくれる。

ヒデ叔父さんとチエミさんは裏手にある小さな小屋へ三人のお子さんたちと移り住み、私たち家族が母屋で暮らすことになった。ヒデ叔父さんとチエミさんがそれまで暮らしていた大きな母屋を私たちに譲ったことが奇妙に思えたが、私は自分の立場を意識して、そのことは訊くまいと思った。

「あんたを引き止めることはでそうにないわね」と、両手を組んでハルエ伯母は言った。こちらに来て数日たったある日の朝食の時だった。私は広島市内に出て住むところを見つけたいという自分の希望を伝えていた。「まあ、私に言えることは、いい厄介払いだということだけよ」

私は伯母の目を避け、伯父に言った。「二日後に行きます。市内で仕事を見つけます。それに伯父さんとイワオは働けないので、こうするのが、私が力になれる一番の方法だと思いました。仕事が見つかり次第お金を送ります。誰かがヒデ叔父さんを助けなければなりませんから」

「うそ言うんじゃないよ」とハルエ伯母は言った。「あんたは広島に働きに行くんじゃなくて、カズオに会いに行くんだ。その男とはいい仲だから、こんな私らのことを忘れられるのよ。あんたのあそこは熱くなってて、我慢できないのよ。ほら、その座り方、股をすり合わせてるじゃないか」

「いい加減なことを。下卑《げび》てる」と、私はぴしゃりと言った。

「ふん、下卑てるだって？ 何もないんなら、なんで行くわけ。広島の街まで行って仕事を探してもらう必要はないよ。ここにもすることはいっぱいあるんだから！ 田んぼの仕事を手伝えるし、伯父さんとイワオの世話ができるじゃないか」そういうことか、本音が出たな。自分の手伝いをさせるために、私にいてほしいんだ。

「ハルエ、かわいそうに、その娘にかまうな」シイチ伯父が言った。「ヒーちゃんは自分の生き方をするのがいちばんいいんだ。お前から離れんといかん。わしはヒーちゃんを非難せん。お前がもっとやさしければ、ヒーちゃんだってここに残りたいだろうに。わかるか？」

「またこの娘の肩をもつの？」

伯父は首を振ったが、咳き込んできた。ハルエ伯母は姿勢を変え、膝立ちで伯父が座っているところへ行き、背中をさすった。

床に敷いた布団に寝ていたイワオが口ごもるように言った。「お母さん、みんなお母さんの不平にはうんざりだよ。平和な家庭じゃなくなる」

「うるさい。何もわからんのに。子どものくせに生意気言うんじゃない！」

「ぼくはもう子どもじゃない」とイワオは言い返した。この頃は大胆にも口答えをするようになっていた。

「伯母さんには耳を貸すな」と、息遣い荒く伯父は言った。「好きなようにしなさい。それに、元気で」

「ありがとうございます、伯父さん」伯父がいてくれて、しかも、座をとりなしてくれて有難かった。

「いやいや、こちらこそ。実の娘みたいに思っていたよ。寂しくなるね。でも、心配なく。わしらは大丈夫。お前は自立して生きたほうがいいね」

ハルエ伯母は何か言いたそうだったが、伯父は無視して話し続けた。伯母が背中をさすっている間、伯父の身体が前後に傾いた。

「政府は若者を手当たり次第に徴兵している。今の日本は残念でたまらない。国の面目を潰さずに戦争を終わらせることができないのだから。日本が過ちを認める前に、みんな死んでしまうだろうよ」と伯父は言った。

「よくそんな言い方できるわね」とハルエ伯母が言った。

「ひどい状況なんですね？」と私は訊いた。

「とてもひどいと思うよ。でも、どうすることもできないんだ。ところで、新しい生活のために、家のお金を少し持っていきなさい。残りは弟にやるから」

「そんなこと誰が認めたの？」とハルエ伯母は言った。

「これはヒーちゃんのお金でもあるんだ。火事から救い出してくれたんだから」

ハルエ伯母は不満げに鼻を鳴らした。

「分別をわきまえろ」と伯父はハルエ伯母に言った。「ヒーちゃんを自由にしてあげる時だよ。お前がずっと望んでたことじゃないか」


数日後のある曇り空の朝、一九四五年六月の第二木曜日のこと、私はチエミさんが貸してくれた柳行李《やなぎごうり》に私とスミエの荷物を詰め、バスに乗って広島市の中心部へ向かった。意固地なハルエ伯母は別れを言いに出てくることはなかった。伯父とイワオは戸口に立ってゆっくりと手を振ってくれた。ふたりともまだ着物姿で、寝起きのため髪はぼさぼさで、病気のせいで顔色は悪かった。

バスに乗るとすぐ、スミエがおませにも尋ねてきた。「お母ちゃん、どうしてハルエ伯母ちゃんはさよならを言いに出てこなかったの？　何かあったの？　それに、どうして私と遊んじゃいけないってユキちゃんに言ったの？　もう仲良しじゃないってユキちゃんは言ったよ」

「ユキちゃんがそう言ったの？　そんなつもりじゃないと思うよ。次に会うときは、きっと大丈夫よ」

「本当?」

「うん、そう思うよ」

「たぶん、伯母ちゃんはお母ちゃんのこと怒ってるのよ」スミエは顔をゆがめて口をとがらせ、息を止めた。

「お前は大人のすることや仕草を気にしちゃダメ」と私は言った。「ずっとユキちゃんと仲良しでいなさい。わかった?」

「ユキちゃんはずっと私の仲良し」とスミエは言った。

第二十五章　尋問

寺町通りは幅が広く、たくさんの自転車が右へ左へと縫うように走っていた。乗り手は酔っ払いみたいな走り方をして、追い越しをしたいときは耳障りなベルを鳴らした。音を立てたいだけじゃないか、と私には思えた。歩行者や自転車は、通りに捨てられたバスや車を巧みによけた。エンジンの故障かガス欠になると、自動車はその場に捨てられたのだ。誰も移動させようとはしなかった。

ようやくハラ法師に教えられた住所にたどり着いたが、私は通りの騒音に動揺してしまい、あやうく目的地を見逃すところだった。紹介状を手に呼び鈴を鳴らした。誰も出ないので、もう一度鳴らした。帰ろうかと思った時に、甲高い声が聞こえた。「はい、すぐ行きます。待っとってください。今ちょっと手が離せんもんで」

門の入り口は屋根つきの通路に接続しているようにみえた。一見しただけでは、塀が高くて境内の広さを測りかねた。ハラ法師の寺に似ていたが、門の両側に広がる塀の長さをみると、ここのほうがずっと大きいにちがいないと思った。長く待たされて、スミエがぐずった。

「帰ろうよ、ねえ、お母ちゃん。伯父さんやイワオやユキちゃんがいるお家に帰りたい」

「お母ちゃんが言ったこと忘れた？　しばらく別々に暮らすの」

「そんな暮らし嫌だ。お家に帰りたい」そう言うと、スミエは泣き出した。

「スミエ、お母ちゃんの言うこと聞ける？　いい子だから泣くのはやめて。お前が泣くと、お母ちゃん、しんどいの」

「こうするのは、お父ちゃんに会うため？」

「カズオさんのこと？　かもね、でも今じゃないよ」

「お父ちゃんに会うんだったら、たぶん大丈夫」とスミエは言った。顔が晴れやかになった。

「あのね、スミエ、カズオさんをお父ちゃんと思ったらだめよ。お父ちゃんじゃないんだから！　そんな呼び方しないで」

「私はお父ちゃんがいないから、カズオさんがお父ちゃんだったらいい」

「ううん、お父ちゃんはいるの。ずっと遠くに住んでいて……会えるからね、いつか」

「どうして今会えないの？」

きれいな若い女性が突然出てきて門を開け、私はスミエの質問攻めから解放された。この女性は元気なところがサーちゃんを思わせたが、横柄な感じはなかった。「お待たせしてすいません」と彼女は言った。「お坊さんのためにずっと梯子を支えとったもんじゃけぇ。木の枝を整理しょうったんです。そしたら、あなたの声が聞こえて。お坊さんが落っこちたら大変じゃろ？　ハン‐プ‐ティ　ダン‐プ‐ティみたいに」と言って、彼女は笑った。この詩を知っている日本人は珍しいので、私は彼女の屈託のない笑いに特別に気をひかれた。スミエも安心し、気持ちが和らいだ。

「あっ、イトウ　タカコです」と言うと、彼女はスミエの手を握り、私たちを寺の事務室へと案内した。「すぐにお茶をお持ちします」お礼を言う間もなく、彼女はさっと引き下がった。

夏用の薄い黒の式服の上に紫の法衣を身に着けた男の人が、足袋を滑らせるようにして廊下を歩いてきた。青い帯をのど仏あたりできつく締めていた。私は思わず自分の首に左手をもっていった。

「あまりお待たせしなかったでしょうな」と彼は言い、逃れようのない蒸し暑さにハンカチで額を叩いた。「葬式で取り込んでいまして」

私はその人に自己紹介をし、お辞儀をし、ハラ法師の手紙を手渡した。彼はもう一度額を拭いてから腰を下ろした。その顔は、特に両目のまわりが、丸々と肉づきがよかった。手紙を読み終えると、彼は「うん、うん」と言いながら真剣な面持ちでうなずいた。私とスミエを見上げると、眼鏡をはずし両目をこすった。「もちろん、しばらくここに滞在していただいて結構です」と言うと、彼はやさしい満面の笑みを浮かべた。「部屋も用意できます。ですが、いいですか、これから二週間だけですぞ。そのあとは、残念ですが、別のところをあたっていただかなければなりません」

「それまでに住むところを探します」と私は言った。「それに、ここにいる間は、できるだけのお手伝いをさせていただきます」

「結構。それで話は決まりです。実は、次の葬儀でお手伝い願えますか。台所に行って、お茶を出してください。ほかの女性たちが教えてくれるでしょう」

「でも、娘のスミエと私のバッグはどうしたらいいでしょうか」

「うーん、スミエちゃんねえ。連れて行けばいいですよ。大丈夫です。こんなに亡くなる人が多い時ですから、小さな子どもがあたりにいると愉快じゃないですか」住職の眼は棚の上に並んだ位牌に向けられた。「バッグはここに置いておけばよい」それからスミエを見て、こう言った。「お嬢ちゃん、ここに来てくれてありがとう。飴をどうぞ」住職は青い皿をスミエに差し出した。

「スミエ、ありがとうは？」と私は言った。

「ありがとう」スミエは駆けて行き、皿に手を突っ込んだ。飴を三個つまみ上げた。

「一個で十分よ」と、私は恥ずかしくなって言った。

「ユキちゃんの分をとっておくの……サーちゃんの分も」と、彼女は思い出すようにつけ加えた。

「さあ、どうぞ」とセキ住職は言った。「好きなだけ取りなさい――あげたい人みんなの分も。私は飴は食べないほうがいいですからね」

「娘の無作法をお許しください。長い間お菓子を食べてないものですから、行儀を忘れてしまったのだと思います」

「私にはまったく問題ではありません。あなたには問題でしょうけど」と言うと、住職はさっと笑みを浮かべた。

私は住職の飾らないところに驚きを覚えた。誰でもあれほど率直になれるわけではない。きっとこの人を好きになる、と私は思った。


その後の一週間半、数を忘れてしまうほど多くの葬式を手伝った。妻子を残して死んだ年長の兵士の写真を見るのはつらかったが、ノリオみたいな壮健で立派な若者たちの写真を見るのはもっとつらかった。彼らは成人として生きる機会をもてなかったからだ。

ノリオのことを思っているうちに、アキラも死んでいるかもしれないと不安になり、深い悲しみに襲われた。実際、娘の顔を一度も見ることなく死んだのかもしれないのだ。アキラが無事でいることを、カズオが無事でいることを祈った。人に殺されることなく、みんなが無事であることを祈った。不可能を求めてはいけない、なぜなら求めることはできないからだ、と自らに言い聞かせたが、それでも私は求めた。しかも、熱烈に。すべての命が救われ、みんなが無事に帰ってくることを求めた。

スミエは新しい環境にすぐ慣れた。そこはハラ法師の寺に似ていたし、ほかにも子どもたちがいたので気がまぎれたのだ。私は、スミエを家族から引き離したことに罪悪感を覚えることなく、セキ住職の手伝いに没頭できた。

セキ住職が貸してくれた部屋から立ち退く期限が近づいてきたころ、寺の掲示板にあった広告を見て急いで応募した。それは広島市街の広島城敷地内にある日本帝国陸軍管区司令部の家事手伝いの求人だった。タカコさんが母親の職場で仕事の口があるという話を何かのついでにしてくれたことがあったが、私は無視していた。お城の仕事のほうが賃金はよかった。そもそも、タカコさんの世話になるほど彼女のことはよく知らなかった。それに、その頃はもう自分がアメリカ人だという感覚が希薄になっていたので、不利だと思うことはめったになかった。しかし、広島城の仕事に応募したことは軽率だった。私は危険人物として即座に断られたのだ。

不採用通知を受け取った翌日、私はスミエと一緒にセキ住職の執務室にいて、その日の葬式の準備をしていた。その時、けたたましく戸を叩く音がした。振り向くと、セキ住職がそちらに向かうところだった。軍服姿のとても痩せた背の低いふたりの男が、すでに人でいっぱいの小さな部屋に入ってきた。ふたりとも銃を持っていた。

「おい、こんなに乱暴に押し入ることは許さん！」とセキ住職は言った。

「アオキ ヒミコを捜している」と、野太い声が命令口調で言った。

「ここでは銃の所持は許さん」とセキ住職は言い、自分の机の背後に回り、手のひらを前に向けて両腕を差し上げた。「ここは寺ですぞ」ふたりの男は即座に銃を下げ、帽子を脱ぎ、さっと会釈した。

指揮官の男が部屋を見回してから私を指さし、「あいつを連行しろ」と言った。

「それは許さん！」とセキ住職が抵抗した。

「これは命令である」

スミエが私に駆け寄ってしがみついた。「セキ住職とここにいなさい」と私はやさしく言って膝をつき、着物をつかむスミエの手を引きはがした。「できるだけ早く帰ってくるから」

スミエは泣き始めた。男が私の腕をつかんで引っ張り、後ろから追い立てると、スミエは「お母ちゃーん！」と叫んだ。私はスミエをセキ住職のほうへ押しやったが、声をかける間もなく、寺の事務室から無理やり連れだされ、外で待っていた車に乗せられた。車はスピードを上げ、私の長い髪は風になびいた。

広島城に着くと、机と椅子だけのがらんとした部屋に入れられた。高くて白い壁には精妙な彫刻が施された古くて黒ずんだ大きな梁が渡されていた。手の届かない高さにある鍵のかかったふたつの小さな窓が、目のように私を見下ろしていた。明かりが射すのもその窓だけだった。私は何時間もひとりで待たされたので、両手に顔を伏せて眠ろうとした。六月も終わりだったが部屋は寒く、着物だけの私は震えていた。冷気が床から上がってきていた。

その日の午後、部屋に入ってきた尋問官は若くて細身で尊大な感じの男だった。染みひとつない軍服をぱりっと着こなしたこの男は、尋問の冒頭、私ではなく部屋のまわりの壁ばかり見ていた。部屋に入ってきた当初は油で後ろになでつけていた髪は、すぐに両脇や顔に垂れてきた。安物の油を使っているせいで、髪が自然な元の状態に垂れてくるのを抑えられないといった感じだった。

彼は、まるで私が餌食であるかのように、すぐに私の周りを回り始めた。彼はきつい口調で次々と質問を浴びせかけた。あまりにも質問が矢継ぎ早だったので、私の答えが聞こえているのだろうかと怪しんだほどだった。「出身は?」「この仕事に応募した理由は?」「アメリカ軍で働いているのか?」「お前はスパイか?」「どうして日本に来たのか?」こんな調子で延々と続き、同じ質問を投げつけてきた。私がぼろを出すように、引っ掛けてやろうと目論んでいたのだ。

翌日と翌々日の朝、とても若くて内気そうな兵士に起こされ、わずかな朝食を与えられ、屋外の臭い便所に連れていかれた。その後は、また同じ厳しい尋問が始まった。私の答えは――「前に言いました……前に言いました……前に言いました……」

四日目の朝、自分の部屋に戻ると、私は身体を温めようと歩き回った。尋問官を待っている間、読むものもすることも何もなかったので、ハラ法師の寺の勉強会で学んだ仏陀への賛美と報恩を唱えた。お唱えのおかげで気持ちが軽くなり、悲惨な状況にあっても楽観的でいられると思った。

「やめろ。こんなトラブルに巻き込まれて、よく笑ったり歌ったりできるな?」と若い尋問官が問うた。彼が入ってきたのに私は気づかなかった。「お前が感謝するようなものは何もない」

「えっ、あなたは正信偈《しょうしんげ》をご存知なのですか?」と、驚いた私は出し抜けに言った。

「ああ。みんな知ってる……だが、お前は何をしようとしているのだ」横柄な口調だったかもしれないが、その声には穏やかさや、命じられた任務に対するためらいや、恥じる気持ちが聞き取れたように思えた。その後、お決まりの質問を終えると、彼は一服するために休憩をとり、机の背後をゆっくりと歩いていたが、その間、私がお唱えを続けても制止はしなかった。

……摂取心光常照護《セッシュシンコウジョウショウゴ》　已能雖破無明闇《イノウスイハムミョウアン》……われらを摂取される大慈悲心の光は常に照らし護りたまう、すでに能く無明の闇は破られりといえども、貪欲と怒り憎しみの雲霧、常に真実信心の天を覆えり。

もはや尋問には関心がないかのように、たばこを一本、それからもう一本吸った後で尋問官はテーブルに戻り、私の向かいにゆっくりと腰を下ろした。彼は髪をなで、それから両手で顔を覆った。

「どうかされましたか?」と私は言った。尋問官が両手のひらで顔をなでおろし、怒りの涙を目に浮かべて私を見た。しばらくして、彼はすっくと立ちあがり、一言も言わずに部屋から出て行った。何ごとかと私は訝《いぶか》しく思った。

軍人たちが私を連行しに来てから五日後、セキ住職が私を弁護するために城に来てくれた。私がスパイではないことを将校に証言してくれた。「戦争が始まって以来、親戚のもとで暮らしている娘さんにすぎません。彼女に非はないし、危害を加えるつもりなどもうとうありません」

セキ住職の訴えの後で、尋問官が私に訊いた。「もう一度、言え。どうしてこの仕事に応募したのか？」

私も、もう一度答えた。「この仕事をする資格が十分あるからです。他に理由はありません。私は日本に来てからずっと人の世話をしてきました」

「お前を売国奴と考えはするが、放免するとしよう」と彼は言った。ただ、私はこう勘ぐった。どうも、この人はこれまで私のことを脅威と考えたことはないな、と。しかも、私は脅迫されることが一度もなかった。私は恐怖を感じたことはないし、彼が私をどうするのかを気にもしなかった。彼はそのことを理解していたのだ。「お前は何者だ？」と彼は最後に訊いた。

「私は無です。ただ、無です」と私は言った。その謙虚な言い方が彼を満足させたようだった。私は深々と頭を下げ、心の中で約束した。自分はいまだに外国人であることを忘れるような過ちは決してしない、と。決して、二度と。拘留されてから七日目に、私は釈放された。

寺に戻ると、スミエは不安に怯えたような顔をしていた。私に走り寄り、私の着物に顔をうずめた。「お母ちゃん、もう私をひとりにしないで！」

セキ住職は私の事情をくんで、次の居所が見つかるまで執務室を使わせてくれた。というのも、私がハルエ伯母のところへはもう戻らないと決心していたからだ。

尋問を受けてからまもなくのこと、タカコさんが私を呼び止めて、ためらいがちにこう言った。「今どがいなご事情か知らんけど――拘留されとったゆうて聞いたけぇ――うちの母が働きよる工場で縫い子をひとり探しとるんよ。まだ仕事が必要なんかな思うて」私は返答に詰まり、やっとわずかにうなずいた。

タカコさんは微笑んで、工場の説明をしてくれた。女性たちが大きな家の一階で仕事をしているとのこと。「工場はここからずっと奥の方にあってね——バスで行かにゃあいけんの——昔は芸者を抱える置屋《おきや》じゃったんよ」と、いつものおしゃべり口調で語った。「母によるとね、そこの女所長は元々有名な芸者じゃったらしいの。で、政府が置屋を閉鎖すると、時代に遅れんようにと、自分の才能を別のことに転換させたわけよ。それでね、そこの仕事は難しゅうはないけど、勤務時間は長うて給料は低いって母は言うの。そいでも、今どき、この時代、食べていくにゃあ十分よ。それに、よけりゃあスミエちゃんを仕事に連れてってもええんよ。そがいな意味では女所長は寛大なの。ところで、住むところはもう見つかったん？ 偶然に聞こえるかもしれんけど、うちは間借り人を探しとるんよ。前の人が突然出て行ったもんじゃけぇ」

「本当ですか？ 住むところは必要なんです。そのお話は私にも娘にも申し分ありません」私はうれしさを抑えきれなかった。

「こっちも申し分ないです。母に話すまで待っとってください。母もふたりが来てくれたらうれしいはずじゃけぇ。小さい子どもが近くにおったら明るいじゃろ。ぶちうれしい」とタカコさんは言った。子どもがはしゃぐみたいに両手をばたばたさせていた。もう私たちを引っ越しさせる計画まで立てていた。

タカコさんと母親が住んでいる家は、広島の本通りにある下村《しもむら》時計店の時計台からそう遠くないところにあった。本通りには小さな店やレストランや家々がひしめくように立っていた。時計台にはアーチ型の入り口があって、小学校の絵本でみたビッグ・ベンのミニチュア版を思わせた。私は自分の時計をサーちゃんに奪われていたので、窓の外を見て時間を確かめられる便利さが気に入ったし、スミエは時計の針が動くのを見て楽しんだ。

初めて自分の部屋をもてたことがうれしくて、ちゃぶ台に安物のレースの敷物を買った。タカコさんの母親が私とスミエ用に布団を貸してくれた。そこには青色を背景にして飛ぶコウノトリが描かれていた。闇市で九谷焼の花瓶を見つけた。手ごろな値段だったけれど、欠けていた。その花瓶に家からそう遠くない御幸橋《みゆきばし》あたりを散歩しながら摘んだ草花を生けた。花瓶のそばに、セキ住職にもらった十センチほどの仏の立像を置いた。仏の手は天と地、すなわち、成就と輪転を指し示す母陀羅《もだら》（訳者註：仏教の理念や悟りを表象する手指の組み合わせ、印相、ムドラ）の形をしていた。

私の短期間の滞在に対して、セキ住職は寺の宿泊費を受け取らなかった。「葬儀の手伝いだけで十分すぎます。日曜日とか工場がお休みの時に来てくれたら、給金をお払いしますよ。たまに夕方のこともあると思います。タカコさんに言づけを頼みますので」と住職は言った。セキ住職には助手がひとりいたが、まだまだ人手不足だった。埋葬のために送還される遺体が日増しに増えていたからだ。

サーちゃんと同い年だったタカコさんは、自分と母親が食べていくために学校を辞めていた。私が東京でそうしたように、彼女は食料と燃料の調達に奔走していたのだ。食料制限が厳しくなったその夏は、ことさら苦労をしていた。そうした取引上の関係で、彼女は広島のことをよく知っていた。ハワイの家族に手紙を送りたいと話すと、彼女は必要な書類の入手先を教えてくれたばかりか、私が縫製工場で仕事を始める前に、申請のためと特別はがきを買うために広島赤十字病院へ連れて行ってくれた。

ママとミヨへ
もっと早く手紙を書かなかったこと、ごめんなさい。ハワイからの手紙を受け取った時は、消印の日付から六ヵ月ほども過ぎていました。その頃、私たちは東京の大火で何もかも失ってしまい、ひどい状態でした。それで京都へ移動することに決め、京都では親切な住職の寺に滞在しました。それから、伯父さんとイワオの具合が悪化し、もう京都にはいられなくなったんです。今は広島にいます。広島市内に住んでいて、仕事もしています。手紙は本通りのイトウ様方宛に送ってください。
娘のスミエは元気です。顔を見てもらえたらいいのにと思います。

ヒーちゃんより

女所長は工場を開業する時、間仕切りの障子を取っ払った。この間仕切りは親密な酒宴のための心もとないながらも秘められた空間らしきものを作っていた。女所長は自分の家屋を広大な一つの空間に開放したのだ。ただ、暗い色合いの壁と小窓の並びからして、そこは今なおどこか怪しげではあった。時折、簡単な紳士用衣類の縫製をしていると、三味線の音や女性の歌声、華奢《きゃしゃ》な白い足が畳を蹴る音や着物のシュシュッという音が、古い壁の向こうから聞こえてくるような気がした。最初は長テーブルのひとつで服を折り畳む仕事から始まったが、ほどなく空きができたので縫製の地位に昇格した。足でペダルを踏むミシンの絶え間ないシャカシャカシャカという音が仕事中の単調な伴奏音となった。それが工場内で唯一の音楽だった。
幸運にも偶然、私は中古の自転車を手に入れ、その自転車の前にスミエが座るかごを取りつけ、それで毎日仕事に出かけた。ただ、このポンコツ自転車は押して歩くことが多かった。その頃は、タイヤを見つけるのが困難になっていたので、私の自転車のわずかなゴムをすり減らしたくなかったからだ。工場では、片隅の畳の上に薄い布団を敷いて、スミエが遊んだり寝たりできるようにした。家からおもちゃと本を持ってきた。他にも三人の小さな子供たちが若い母親と一緒に工場へ来ていた。

スミエは長時間待たされることが気にならないようだった。他の子どもたちとままごと遊びをしたが、ひとりの男の子はいつも赤ちゃん役かお父さん役だった。「お母ちゃん、工場は好きだけど、蚊と雨は嫌い。ユキちゃんがいたらいいのに。それにサーちゃんも」スミエがサーちゃんの名前を口にするたびに、胃がむかむかした。それでも、スミエの不満は小さかったので、私としては有難かった。ただ、スミエがユキちゃんのことを話すと、いつもサーちゃんの名前が出てくるのが悲しかった。

他の子どもたちはみんな少し年上だったので、スミエを妹みたいにして遊んでくれた。この子たちは静かな方で、笑い声も同じ年頃の子どもたちに比べると抑え気味だった。スミエもまた成長していて、口数も少なくなった。気をつけるようにと注意をしておいたので、幼い子どもの奔放さと夢中になって遊ぶ勢いが抑制されていた。スミエと他の子たちを見ていて、私は申し訳ないと思った。あの子たちは戦争が何なのかほとんどわからないまま、必要以上のことを見て知ってしまったのだから。ひとつだけ確かなことがあった。見たところ、あの子たちには子どもらしい屈託のなさというものがなかった。人類の歴史の中でも劣悪な時代に生まれたわけで、その心は時を待たずに老いてしまったのだ。

ようやく広島市に腰を落ち着けたので、私はタカコさんに頼んで京都のハラ法師宛てに日本語の手紙を書いてもらった。

お師匠様

セキ住職に紹介状を書いてくださり、心より感謝申し上げます。住職はとてもやさしく協力してくださいます。私もスミエも元気で、今は市内に住んでいます。小さな縫製工場で働いていて、スミエも連れていきます。本通りのイトウ家に間借りしているのですが、この家には母親と娘がいます。いつか会っていただけたらいいですね。

ご面倒をおかけして申し訳ありませんが、私の住所と同封の手紙をカズオの母親に預けていただけないでしょうか。まだ母親が京都にいるのかどうかわかりません。ですから、母親がいなければ、さらに先生にご迷惑をおかけしますが、これをカズオの父親に送っていただけないでしょうか。私はまだ父親に会ったことがないので、こんなふうに息子さんに手紙と住所を送りつける私を図々しいと思わなければいいのですが。先生にこれほどまでご迷惑をおかけしなければならないこと、まことに恐縮いたします。

スミエが描いたスズメの絵を同封いたします。先生が教えてくださった歌「スズメの学校の先生」を思い出すらしく、この絵を先生に持っていてほしいのだそうです。私同様に、スミエも先生のお寺が懐かしいのです。

敬具

ヒーちゃんより

第二十六章　オガワ親子

叔父の家を出てから一ヵ月ほど経った頃、私はシイチ伯父一家を訪ねるために帰省をした。シイチ伯父はわざわざ部屋から出てきて迎えてくれたが、最後に会った時より衰弱しているようにみえた。一方、イワオはかなり回復しているようだった。二階では、ハルエ伯母が部屋の隅で膝に縫物を置いて座っていた。チエミさんとヒデ叔父さんは、私が戻ってきたのを聞き知るや、小屋から母屋にやってきて私とスミエを迎えてくれた。

私の急な帰省に不意を突かれ、イワオの髪は寝ぐせがついたままだったし、伯父は寝巻姿だった。ハルエ伯母は相変わらず険悪な顔で、どんな不満があるにせよ、その不満のくちばしで私の目をつつきそうな感じだったが、私は努めて無視した。

ユキちゃんとスミエは再び会えて大喜びだった。不意の帰省は功を奏したようだった。娘たちの喜びや仲の良さを壊すようなことを、前もってハルエ伯母からユキちゃんに言われたくなかったからだ。娘たちはお互いいつもどおりに遊んでいた。彼女たちの顔を見ると、ハルエ伯母の介入を回避したことは間違っていなかったと思った。

子どもたちが遊んでいる間、私は家族の者たちとお茶を飲んだ。お茶を出したのはチエミさんで、絶えず笑顔を浮かべて私にうなずいてみせたが、ハルエ伯母の前ではほとんど何も言わなかった。ハルエ伯母は、たまに顔を上げるだけで、ずっと子供用の服を縫っていた。

「帰ってきたのは、いただいた家のお金を返すためでもあるんです」と私は伯父に言った。

「そんなことしなくていいのに」

「今、仕事をしてるんです。ですからいくらかお返しをしたいのです」

「受け取らないよ。こっちが困るじゃないか」

「でも、私とスミエはそんなにお金は必要ないですから」

「もらったら！」とハルエ伯母が言った。その時までに、私たちの会話がよく聞こえるように、ちゃぶ台までにじり寄っていた伯母は、今は伯父のすぐ脇にいた。伯母は横から手の甲で伯父の腕を叩いたが、叩き方が強かったものだから、伯父の痩せた体は倒れそうだった。「この娘はうちに借りがあるんです。忘れてもらっちゃ困ります。うちの子どもたちの分を使ってるんだから、でしょ？」

「だけど、手伝ってくれたり助けてくれたり、ヒーちゃんは十分すぎる埋め合わせをしてくれたじゃないか」

「お父さんの言うとおり」とイワオが小声で言った。「お母さん、あきらめてよ」

ハルエ伯母はイワオに向かって腹立ちまぎれに叱った。「うるさい、イワオ！」

「大丈夫です、シイチ伯父さん、どうぞ、お金を受け取ってください」私はお金の入った封筒をちゃぶ台に置いて前にすべらせた。

「それを受け取ったらばちが当たる」とシイチ伯父は言った。

「取らないほうがばち当たりよ」とハルエ伯母がピシっと言った。「貸しは返してもらって！」

シイチ伯父はしぶしぶ手を出し、ちゃぶ台の上のお金を受け取り、着物の袖にすべり込ませた。もっと借りを返したいという私の気持ちからすれば、ほんのわずかの金額だった。その時だった、私の目に入ったのは。ハルエ伯母の手が、とっさにシイチ伯父の片側の袖からお金を取り出し、自分の着物の襟に封筒を忍び込ませた。「おい」とシイチ伯父は言ったが、そのまま見送った。満足げな表情を浮かべた伯母の顔からしわが消えた。シイチ伯父はハルエ伯母を見つめたまま、袖に通した腕で胸をさすった。

帰ろうとすると、イワオが言った。「ヒーちゃん、ぼくが快復したら、広島の街で一緒に暮らしてもいいかな？　中等学校報国隊の建物疎開作業班に入りたいんだ。同じ年齢の班に入れるよう都合をつけるつもり。誰が行こうが、あまりうるさくないらしい。防火帯を作る手伝いをするために、生徒たちが広島に集合するんだ——八月初旬だったと思う。奥地の学校からも来るんだよ」

「もちろん来てもいいけど、ただ、よくなったらの話よ。体力をつけるために、もう二、三週間静養しなさい。連絡を待ってるから」

私とスミエが広島に住み始めてからわずかの間に、空襲警報が頻繁に鳴るようになった。ただ、たいがいは警報解除のサイレンが鳴ってすぐに取り消しになった。時々、アメリカの飛行機がビラをまく日があった。どのビラも恐ろしい結果になるぞと警告していたが、広島の人たちはそんな警告は意に介さなかった。ちょうど東京の人たちが空襲前に関心を払わなかったのと同じだった。いろんな噂も広まったが、空から落ちてくるビラ同様に、単にうっとうしいと思われるだけだった。

工場では女たちが仕事をしながら戦争についてよく話をした。その中で、ほかの人よりおしゃべりだったアサヨさんという人が、こう言った。「うちは個人的にゃあアメリカ軍が広島をええ標的にするたぁ思わんけどね。宇品港《うじな》は標的になるかもしれんけど、もっと重要な都市はほかにあるじゃろ。それに、広島にゃあんまり軍隊は残っとらんけぇ」

　女たちが工場で飛行機や爆弾の話をするたびに、私は広島に住むのを考え直そうかと思った。もう二度と焼夷弾を浴びたくなかったからだ。スミエと自分の安全のために、田舎に戻ることを考えるべきだったのだ。田舎なら爆弾を落とされる確率は低い。ただ、ハルエ伯母の顔や叱責や不平や言いがかりを思い出すたびに、二度と一緒には住めないと思った。人の世話にならず運に任せるほうがまだよかった。


「ヒーちゃん、電話よ」と、ある蒸し暑い土曜日の朝、タカコさんが呼んだ。朝日にほこりが舞っていた。私たちは寺の掃除をしていたのだ。「市外電話。男の人の声やったよ」と、受話器を指してタカコさんは言った。送話口を手で覆ってくすくす笑っていた。「早う!」

　私はタカコさんから受話器を受け取った。「もしもし」と私は言った。

「ヒーちゃん? カズオだよ」電話の向こうの交換手の方から間断なくカチカチという大きな音が聞こえてきた。

「カズオ? でも、どこ……広島? どうやってわかったの?」

「切らないで……今は京都にいるんだ。でもね、広島城の中の軍管区司令部で二、三日臨時特使として任務に就くんだ。きみの短い手紙を受け取ったことを知らせようと思って電話したんだよ。ずいぶん文章が上達したね。父が九州のぼくの元に送ってくれたんだ。ハラ法師がね、きみが働いてる寺に伝言を残しておいたらどうだって言ってくれたんだ。その時、法師が電話番号を教えてくれたというわけさ。きみの居場所がわかってすごくうれしいよ」一呼吸おくと、電話の向こうで彼の息遣いが速まった。「会いたかったよ、ヒーちゃん」

「私も会いたかった。いつ広島に来るの?」

「今すぐってわけじゃないんだ。たぶん来週。ヒーちゃん、元気かい? スミエは?」

「スミエも私も元気。スミエも会いたがってる」

「職務内容がはっきりしたら、また電話するから。その時まで、またね」

「うん、またね」と私は言った。タカコさんが目に涙をためて、ぱちぱちと拍手をしていた。

カズオと電話で話してから二、三日経ったころ、夕食の準備を手伝っていると、イトウ家の前の狭い道路に頑丈ながっしりとした黒いリムジンがやってきて駐車した。スミエがタカコさんのお母さんと一緒に床に座ってお手玉で遊んでいると、玄関の戸を叩く音がした。

「はい、どなたですか?」とタカコさんのお母さんが声を上げた。

「アオキ ヒミコに会いたいんだが」と低い声が答えた。

「ヒーちゃん、誰かいね」とお母さんがささやくように言った。

「わかりません」と私も小声で返した。

「ここにおって。警察じゃあないと思うけど、わからんけぇ」

タカコさんのお母さんは玄関に向かった。深い草の中を歩いているみたいに、畳の上の足取りは重かった。お母さんは男の人と話をしてから戻ってきた。

「何だったの、お母さん?」とタカコさんが訊いた。

「大したことないんよ」タカコさんのお母さんはそう言うと、私のほうを見た。「オガワ医師いう人で、ヒーちゃんに用事があったみたい。そいじゃが、食事前じゃとわかって、出直す言うとってよ」

カズオの父親？　広島に？「私がつき合ってる人の父親です」と私は言った。何でもなければいいんだけど。ほかに何か言ってませんでした？」

「ううん。きつい顔しとったわ。ちいと怖かった」

「私は会ったことがないの。何の用事かしら」

その晩は黙って食事をした。夕食が終わるとすぐにタカコさんとお母さんがスミエを二階に連れて行って寝かしてくれた。私はお皿を片づけ、着替えをして待った。玄関の戸がガラガラと開いた時、私はうとうとしていた。

私はふらりと立ち上がった。両脚がしびれ、チクチクと針を刺される感じだった。「あっ！」と私は声を上げた。驚いたことに、オガワ医師はもう家の中に入っていて、居間にいる私の方に向かってきていた。私はお辞儀をして挨拶をした。「どうぞ……お座りください」

彼は遠慮することもなく座布団に座った。長身でピンストライプ柄の立派なスーツを着た父親はカズオによく似ていた。きちんと整えられた口ひげと白髪まじりの髪の毛は別だった。肌は病的に青白く、コロンの香りがかすかに漂っていた。いや、高級なお酒だっただろうか？　ともかく、この方は、おそらく年齢と社会的地位のせいで、召集されなかったのだ。ほとんどの医師がそうだった。

お茶はいかがですかと私が訊く前に、よくある社交辞令を省いて彼はこう言った。「時間がありませんので、要件を申し上げます。あなたがカズオとつき合っていることは知っておりますが、息子の結婚相手については私に心づもりがあります。その女性は良家のお嬢さんで、息子には願ってもない相手です」

「おっしゃることがよくわからないのですが」

「大概の人はすぐにわかってくれますが」

私に対する嫌悪が目の色に出ていた。その口調は出会った頃のカズオに似ていた。尊大で、人をはねつけ、軽く見下すようなものの言い方だった。この男にひるむんじゃない、と私は自分に言い聞かせた。自分を失わず、身分の低い人間みたいに卑屈になるな。

「単刀直入に申しましょう。あなたにはもう二度と息子に会ってほしくない。息子の将来に干渉しないでいただきたい」

私は何も言わず、父親の目をまっすぐに見返した。私が何も言わなかったので、父親はさらに続けた。

「私の目にはあなたは取るに足りない存在だ、とだけ言っておきましょう。あなたはアメリカ人だ。だから、日本では何の価値もない。すべてを敵に回すことになる。私は息子を守る必要があるのです。あなたは子持ちで、しかも未婚ではないですか。自分の子どもに父親が欲しいのにちがいない。それがあなたの魂胆ではないですか?」

私は怒りを飲み込んで言った。「私はカズオに任せます。彼が私に会いたければ、私も彼に会います」

「あなたが欲しいのは金ですか? いるだけ金はやろう」父親は財布から札束を取り出し、畳の上に放った。「それを手付けとしましょう」

「お金はいりません。私とカズオのつき合いは買収できません」

「買収？　何のことですかな。さあ、受け取りなさい。これまでとは違い、楽な暮らしができます。娘さんにいい食事を与えられる。服もいるでしょう？　ミルクも。たぶん薬も。いやあ、あなた自身が骨と皮ではないですか。この金でおいしいものを買えるし、宝石でもなんでも買える。娘さんは新しいスリッパがいるんじゃないですか？　新しいのを買ってあげられるし、新しい服もいりますよね。闇市で売ってるものなら何でも買えますよ」

「あなたのお金は欲しくないし、必要もありません」私は畳の上のお金をオガワ医師のほうへ押し戻した。

「金は金なりです。人には誰にも値打ちというものがあります」

「私はちがいます。世界中のお金をもってしても、私の気持ちを変えることはできません」

「あなたは私に面倒をかけることになりますよ……それにご自身にも」

「もうこれ以上お互い言うことはないと思います。ですから、もうお帰りください。私はあなたの思うようにはなりません。何も聞きませんから！」

「そのうちわかります。私に反抗したこと、後悔しますよ！」そう言うと彼は立ち上がってドシドシと音を立てて出て行った。

私は怒りに身体が震えたが、とりあえずは父親の計画をくじくことができた。

その二日後のこと、さらに驚いたことに、カズオの母親が私を訪ねてきた。仕事から帰ると、母親はすでに居間にいてスミエと一緒に座っていた。スミエはその日、タカコさんのお母さんと一緒に早めに帰宅していたのだ。カズオの母親までが息子に近づかないようにと頼みに来たのだろうか。

スミエが手に木製のやじろべえを持って私のほうに走ってきた。部屋に入ると、他にも床いっぱいにおもちゃが散乱していて、中には子供服も混じっていた。思ったとおりだ——やっぱり買収か。それにしても、母親の方がはるかに巧妙だ。私の子どもを利用しているからだ。

「おばあちゃんが持ってきてくれたもの見て！」興奮とうれしさでスミエは顔を輝かせていた。

「おばあちゃん？ スミエ、そんなこと言うもんじゃないでしょ。オガワさんはお前のおばあちゃんじゃないよ」

タカコさんとお母さんは、私がお客さんの前でスミエにきつい言い方をしたものだから、落ち着かず、ざぶとんの上でもぞもぞした。

「大丈夫よ」とカズオの母親は言った。「この子のおばあちゃんだったらいいなと思うんです。私がそう呼ばせたの。怒らないで」

「あなたは私と娘を混乱させています。私のうちに入り込んで……どうしてあなたがここにいるのかわかりません」母親が何も言わないので、私は続けざるを得なかった。「でも、理由はわかっているつもりです。あなたもご主人と同じように、私をカズオから遠ざけたいわけでしょ。ただ、そのやり方がちがうだけで」

私は床に腰を下ろした。もう興奮は幾分おさまっていた。カズオの両親に振り回されたくなかったのだ。私は負けるかもしれないけれど、少なくとも自分のプライドは保ちたかった。私たちの会話の内容と流れをみて、タカコさんとお母さんは「二階へ行くから」という合図を送ってきた。ふたりは嫌がるスミエを間にして、静かに部屋から出ていった。

「カズオの父親があなたに会いに来たことは知っています」とカズオの母親は言った。「本当にバカな男。カズオの将来について話したのではないかと推測します」

私は彼女をまじまじと見つめた。急に自分の立場がわからなくなったからだ。

カズオの母親は片手を差し出して床の上に置いた。「私がここに来た理由を尋ねられましたね」と彼女は言った。「私が来たのは、あなたに承諾を伝えるためです」

私は彼女の目をのぞき込んだ。そこには誠実さがあった。まちがいなく。

「先にも言いましたように、夫は愚かな男です。私はあの人の目論見をくじいてやりたいのです。夫は思いどおりにしないと気が済まない人なんですが、わたしは阻止したいのです」

「私はお考えの違うおふたりの板挟みになりたくありません」

「でも、あなたはもう巻き込まれています。それにね、私はあなた方アメリカ人が言うラブというものを信じています」

「恋愛ということですか?」

「そう。それに、おわかりのように、夫はラブの意味がまったくわからない人なのです」

母親は身体の前にふたつの大きな花びらのように組んだ両手に目を落とした。「カズオとのつき合いを続けていただきたい。父親の指図を受けてはいけません」

「そんな気はさらさらありません」

「結構です。気に入りました。芯のある人ですね」そう言うと身を乗り出し、早口で真剣にしゃべりだした。息子には自分の心に素直に従ってほしいのだと。「戦争が終われば、日本は変わります。

誰とどのような結婚をするか、ということもです。アメリカ的なやり方になります。私にはスミエというレディーメードの孫娘ができることになるわけです。甘やかせる子ができるわけですよ。それがどんなにうれしいことか。とてもかわいい子ですからね」

それでもまだ私には計略のように思えた。「たぶん、あなたとご主人はわかってないのです。私とカズオは互いをそんなによく知っているわけではありません。私たちの関係はまだ始まったばかりです」

母親は笑みを浮かべて手を伸ばし、膝に置いた私の手を握りしめ、こう言った。「戦時中は、ことが急速に展開するものです」京都で最初に会った時に比べれば、母親はそれほど堅苦しくも機械のようにもみえなかった。私の手に触れたことには驚きさえ覚えた。あの時の彼女の姿がまだ瞼《まぶた》から消えていなかった。つやのある黒塗りの自動車の後部座席のドアにもたれかかり、細い身体を窓枠に押しつけて、私に向かってかすかにうなずく姿が。

「カズオにはただ幸せになってもらいたいのです」と彼女は言った。

「私も彼には幸せになってほしいです」と私は言った。

わずかの沈黙の後、カズオの母親は立ち上がり、私と同じ長身ゆえに深々とお辞儀をしてから、外で待つ自動車に向かった。「ちょっと待っててくださる」と彼女は言った。「すぐ戻りますから」彼女は腕一杯に包みを抱えた運転手を伴って戻ってきた。運転手は包みを床に置くと出て行った。

「おみやげです。みなさんに」とカズオの母親は言った。私はすぐに断ろうとしたが、直ちにさえぎられた。「断ったりして私をがっかりさせないでね」

「でも、負い目を感じるようで……」

「ナンセンス！」と彼女は叱るように言った。

私はしぶしぶタカコさんとお母さんとスミエに下りてくるよう声をかけた。娘は檻《おり》から解き放たれた動物のように跳ねるように下りてきて、もっと贈り物をもらおうとカズオの母親の腕の中に飛び込んだ。

カズオの母親はタカコさんとお母さんにはハンカチと便箋と干し柿をあげた。私には新品の洋服にそろいの絹のストッキングとサンダルだった。新しい洋服について母親はこう言った。「今度カズオに会うときのために」私は恥ずかしくもあり、なんだか手玉に取られているようでもあり、下を向くしかなかった。

自分のプレゼントを開けた後でスミエが訊いた。「ユキちゃんには？ それにサーちゃんも」

「やめなさい、スミエ」と私はピシッと言った。カズオの母親のことを、単にプレゼントをくれる人だと思ってほしくなかったからだ。それでも、スミエは少しも遠慮しなかったし、カズオの母親はスミエにウィンクをした。まるで、ふたりの間には既に秘密でもあるかのようだった。

カズオの母親がスミエと遊んでいる間、私はチラチラと目をやった。黒髪と白くなめらかな肌が驚くほど美しかったが、この人もまた孤独で人とのふれあいに飢えているのではないかと思った。もう六時近くで、夕食の時間に近かったが、母親は帰るそぶりも見せなかった。

第二十七章　プロポーズ

七月も下旬のある日のこと、私が働いている工場にカズオがひょっこり現れた。白いワークシャツに麻の白いズボンという恰好だった。白い夏服姿がまぶしくて、私は縫い目を飛ばしてしまった。裁縫板で縫製していた布をミシン針より先へ送ってしまったのだ。しかも、思わず肘《ひじ》がぴくっと動いたものだから、へらと指ぬきを床に落としてしまった。彼が私の職場に来るなんて思いもしなかった。

「お父さんだ！」ほかの子どもたちと遊んでいたスミエが飛び上がり、カズオのほうに駆け寄った。カズオはスミエを両腕で抱きかかえ、何かをささやいた。スミエがキャッキャッと笑った。それから私に向かって、くしゃくしゃの顔で歯をむき出しにして笑った。

「シー！」私は口に指をあてた。その人はお父さんじゃないよと言いたかったのだ。

「私のお父さんよ」と、スミエは私に叱られるのを見越して言った。「迎えに来てくれたのよ」

工場の女たちがカズオの姿を見ると、暗くてくすんだ感じの縫製工場が明るくなり、部屋中にざわざわと話し声が広まった。カズオの大胆さに狼狽し顔を紅潮させた私は、彼の顔をまともに見られなかった。私の両手は縫物の上をぎこちなくまさぐった。カズオは堂々としていた。祇園の桜並木で私にささやくように気持ちを打ち明けた時の、あの自信なげな若者ではなくなっていた。カズオはスミエを下ろすと――私は目を上げられなかったので、彼の動きは目の端でとらえていた――女所長が座っている机めがけてまっすぐ歩いて行った。彼は自分の口と女所長の耳を手で隠して、何かをささやいた。たちまち女所長は満面の笑みを浮かべた。その顔は紙袋みたいにしわくちゃになった。彼女はカズオの方にかがみ込んで、カズオが言うことに何度もうなずいた。「そりゃ結構です、ぜんぜんかまわんですよ」と、大げさに両方の腿を叩きながら答える声が聞こえた。

カズオに長々と話をした後、女所長は私の所へ来てこう言った。「ヒーちゃん、今日はもう休んでええけぇ。明日来るかどうかはタカコの母親に伝えといて。明後日のこともね」

「外で待ってるから」と合図すると、カズオはスミエを連れていった。

私は自分の持ち物をかき集めた。面食らって頭がくらくらした。目の前でにわかに演じられた見世物が終わると、工場の女たちがあからさまに笑顔を浮かべたものだから、私は顔に血がのぼるのを覚えた。私はしどろもどろに何かを言うと、部屋から飛び出た。

外に出ると、私は手をかざしてカズオの顔を探した。真昼の陽光と同じように、カズオの顔はまぶしく思えたからだ。突如として私は浮足立ち、蓮の花から蓮の花へとふわふわ漂い歩く感じだった。

ようやく私がスミエとカズオに追いつくと、彼はこう言った。「女所長に掛け合って、きみに短い休暇をもらったんだ」そう言うと、彼はニコッと笑い、私の耳元でささやいた。「きみと結婚することも話したよ」

「本当?」

「実際はこう言ったんだ。『ぼくはあの娘と結婚するんです』って」

「でも、私には……どう言っていいのか」

「ぼくと結婚するって言ってよ。それでいいんだ」

「あなたと結婚したいけど、でもどうやって？　戦争中だし、イェア、それに私はまだアメリカ国籍なのよ。私たちの国が戦争している限り、結婚はぜったい無理よ」

「じゃあ、待てばいいじゃないか。戦争が終わったら、すぐ結婚しよう。だから、さあ、街を案内してよ。京都でしたみたいに、楽しい休日にしようよ。ぼく、広島は初めてなんだ」

本通りに向かう途中、カズオはスミエをカゴに乗せて私の自転車を押した。彼はスミエを見て言った。「スミエちゃん。ぼくがお父さんだったらどう？」

「私のお父ちゃんに？　だったらいいな」私のほうを見てスミエは言った。「ほらね、お母ちゃん。言ったでしょう」

「そうだったね」

私たちは夏の暑さにもめげず、家に帰る前にあちこちと道草を食った——最初は小さな喫茶店に立ち寄り、その後、お菓子屋でお茶を飲んだ。スミエは私たちのそばで満足げに遊んでいた。カズオが広島にいる間に船遊びはどうかと私は持ちかけ、カズオは盆踊りを観てからナイトクラブに行こうと提案した。カズオが言うには、女所長と話をつけていて、私が仕事を休む日にはタカコさんの母親が工場でスミエをみてくれることになっていた。

二日目には、元安川《もとやす》を船で上り、広島の街の風景を楽しんだ。七月も下旬になると蒸し暑くて息が詰まりそうだったが、私たちは夢中だったので気にならなかった。あまりにも多くのことが私たちの胸をよぎっていたのだ。私たちは広い河口で船に乗り、他の遊覧船や荷物を積んだ小さな舟と一緒に、ワニの群れみたいに上流へと進んだ。

戦時中にもかかわらず、人々はまだ余暇を楽しんでいた。船は何度も橋の下をくぐった。橋の上から男たちが大人も子どもも釣り糸を垂れ、川では女たちが銀杏や縦長の染め物を洗っていた。目を上げると、街は通行人や商売人であふれていた。私は指をさして、知っている限りの場所をカズオに教えた。黄金山《おうごんさん》、広島市役所、元安橋《もとやすばし》、あちこちの神社。

ゆっくりと進む船の手すりにもたれ、私たちは前後に身体を傾けて涼風を楽しんだ。私の髪は風になびき、新しい洋服はパラシュートみたいに風をはらんだ。むら気な風がカズオの黒くて絹のような髪を乱した。サーちゃんだったら、川を上るこの船旅をとてもロマンチックに感じたことだろう。眼下の暗い水をのぞき込んでいると、彼女の両目が私に取りついた。その目は苦痛と裏切りの暗い色をしていた。全身に悪寒を感じ、私は水面からさっと目をそらせた。

船頭たちが櫂《かい》を前後に振って小さな船をこいだ。その内のひとりが小声で情感豊かに鼻歌を歌った。「浜辺の歌」だった。その男は紗《しゃ》に似た短いシャツにふんどしだけという格好で、長年にわたり日差しを浴びたせいで唇と目の周りが紫色だった。

「この戦争が終わって結婚したら、東京に住むのはどうだい?」とカズオが訊いた。

「どうして東京なの?」

「学校に戻って、親父みたいに医学の勉強をしたいんだ」

「私はいいけど」

「でもね、戦争が終わったら、多分きみは気が変わってアメリカに帰りたくなるんじゃないかな」

ハワイ。故郷。ママとミヨ。何もかもはるか遠く感じられた。「ううん」と私は言った。「ここが私の唯一のふるさとよ。あなたとスミエ」

「日本が侵略されたらさ、そう考える人が多いんだけど、そしたら、ぼくは最後の最後まで戦わなければならない。敵と直に向き合うことになる。その時、きみはどこにいる？　きみはどうなる？　ぼくたちは？」

「わからない」と私は言った。「そんな先のこと、考えたことないし」

「ぼくが死なずに帰還しても、多分きみの気持ちは変わるだろうね」

「そんなことない。私はあなたのこと、すごく好きだから」

「きみのこと……ぼくもだよ」と彼は言い、両手を組んで拳《こぶし》をかんだ。しばらくの沈黙ののち、やっとこう言った。「いやあ、こんなバカな話、やめよう。せっかくの時間を台無しにしてしまう。今日は休日なんだ。楽しくやろうよ。戦争の話はこれっきり」

遊覧船のあと、縮景園《しゅっけいえん》をゆっくりと散策した。海からの風が雲を追いやり、青空がみえてきた。ブナや松の大木が歩道に木陰を落とし、緑陰の中で学童たちがふざけあっていた。歩道沿いの売店でうどんを食べて遅い昼食とした。海苔とカツオの削り節を散らした薄いつゆの中に渦状に浸した麺が、胃袋を締めつける空腹感を緩めてくれた。川の反対側では、土手の向こうに稲が生い茂り、穂を垂れていた。私たちの周りでは耳をつんざくほどセミが鳴いていた。男の子たちが土手から擬《ぎ》餌《じ》針で川の中の蛙《かえる》を釣っていた。その真剣さがおかしくてじっと見ていると、擬餌針が陽射しを浴びてきらりと光った。

翌日の夕方、カズオは待ち合わせ場所にしていた本通りの時計台までタクシーで来た。そこから私たちは歩いて寺町にある一番大きなお寺に行き、盆踊りを観た。これは死者の霊がこの世に還る時を祝う踊りで、私たちが観たのはその年最初の盆踊りだった。私は赤い提灯を買った。長い机に並んでいるお坊さんのひとりに提灯を差し出して、父とノリオとサーちゃんの名前を筆で書き入れてもらった。それから中のろうそくに火をつけた。

「それ、吊るしてもらうかい？」とカズオが訊いた。

私はうなずいた。うん、吊るして。空中に浮かべて、みんなの霊を呼んで。家に還る道を教えてあげて。

建物から建物へとひさしに渡した縄に、飾りつけ係が名前入りの提灯を吊るし、その提灯が寺の境内を明るく照らした。寺の寄進者の名前を記した白い紙片も縄から垂れ下がり、気まぐれな風にパタパタパタとはためき、言いようのないわびしい音を立てた。

飾りつけ係が私の提灯を手にしてぐらつく梯子《はしご》を登り、縄に取りつけるところだった。私はその明かりを目で追った。落ち着かない霊が強風となって境内を吹き抜けて提灯を揺らしても、ろうそくは明滅することなくしっかりと燃え続けた。私の提灯の両脇に並んだほかの提灯は燃え上がり、ゆらめく炎のように縄から落ち、火の粉が降り注いだ。

「パパ、ノリオ、サーちゃん、これを道標にしてね。これを頼りに還ってくるのよ、此の世に。私たちがいるところに」サーちゃん、多分、これが私にできる唯一の償いです。

踊り子たちは歌い、手を叩き、つま先立ち、節に合わせて声を上げ、提灯の灯に照らされて身体を揺らし、満月に踊りをささげた。月夜の陰で、踊り子たちはきれいな所作をみせ、歓喜に手のひらを翻した――アリャサ、コリャ　ドッコイトナ――そして、踊り子たちの声は天まで昇った。

伝説によると、釈尊の弟子のひとりの目連《もくれん》は、餓鬼道に落ちた母親を善行によって苦しみより救った時、嬉々として踊ったとされる。それが彼の歓喜の舞だった。目連は踊りに踊り、その踊りに魅了されたほかの者たちが提灯の明かりの内から外から後に続き、この夜に至るまでずっと踊り通したのだ。

私たちは踊り子たちの群れから離れ、歩いて通りへ出た。そこでカズオはタクシーをひろった。ここは広島駅からそう遠くない商業地区だった。このビルには天井の高いフロアがふたつあって、私たちは二階へ上がっていった。フロアは磨き上げられた大理石で、流れで洗われる玉石のようにぴかぴかだった。この固くて冷たい廊下を歩くと足音が響いた。かつて建物の中でこれほどの広さを感じたことは、たった一度だけだった。それはヒロにある準州裁判所のビルだった。パパがサトウキビ畑の土地争議で、友人のために証言をしたことがあった。広い空間は、他の何でもそうだけれど、日本では贅沢だった。私は天井の金箔模様を見上げた。その絢爛さに顎がはずれそうだった。

「ここのクラブで食事しよう」とカズオは言った。「親父が会員なんだ」

「お父さんが?」

「何か?」

「え、ううん……」と私は言った。

カズオは怪訝そうに私を見たが、何も言わなかった。

ダイニング・ルームに入ると、天井からぶら下がるユリを模したシャンデリアの長い軸が、ファンの風を受けて揺れていた。大きなバンドが奏でる音楽に合わせて、何組もの優雅な服装のカップルが鏡を配したフロアで身体を揺らしていた。クリーム色のスーツ姿のしゃれた男たちと、流れるような絹モスリンの長いドレスを着た身のこなしの軽快な女たちが、ぼんやりと霞んだ部屋でダンスフロアをすべるように踊っていた。どういうわけか、シイチ伯父が生ける屍と呼んだ人々の顔を思い出した。

日本人は外国の影響を完全には排除できていなかった。曲のほとんどは日本のものだったが、何かグレン・ミラーのナンバーらしきもの——そう、ミヨが大好きだった「ムーンライト・セレナーデ」を演奏していた。トランペット奏者が立ち上がり、金管から出る音をカップでミュートやオープンにした。その曲を聴くと、突き刺すような痛みで胸がいっぱいになった。故郷が恋しい、平穏な生活が懐かしい。でも、私はカズオと一緒の夜を台無しにしたくなかったので、そんな思いは打ち捨てた。

ダークスーツを着た人が私たちをダンスフロア近くのテーブルに案内してくれた。

「何か飲むかい？ ワインとか？」椅子に座ると、カズオが訊いた。

「私、お酒は飲んだことないの。伯父さんが造ったカストリ焼酎——バクダンをちょっとだけ。近所の人たちがそう呼んでた」

「伯父さんの爆弾？」

「すごく効くからそう呼んでたの」

「中国ではね、街で一日中市民を監視したあと兵舎に戻ると、伯父さんのバクダンみたいな強い酒が飲めたんだよ」と彼は言った。

カズオに中国のことを訊きたかったが、恐くて訊けなかった。訊いたら、知りたくないことも知ってしまうかもしれない。彼の軍人としての世界には、どこか影や秘密めいたところがあった。

ただ、それはひとえに彼の問題であり、とても私が想像できることではないし、私が共有したり関与したりすることではないのだ、と自分に言い聞かせた。

カズオは続けた。「箱根に曾祖父母の家があってね、今は親父が継いでるんだ。その敷地には何ヵ所か湧き水があるんだよ。言い伝えによると、そのうちのひとつ、いちばん大きな湧き水には癒しの効果があってね、その水を飲んだり酒を造ったりするために、何キロも遠くから人々が来るんだ。多分いつか、きみの伯父さんにも酒造り用にその水をあげることにしよう。うちの親父は頻繁にそこに行って、治療用にその魔法の水というか秘薬を瓶につめるんだ」

私はグラスのワインをすすった。血みたいな金属の味がした。

飾り帯に記章と勲章を飾った帝国陸軍と海軍の上級将校たちが、人だかりの中で物憂げに立っていた。カズオはあちこちの男たちにうなずいてみせた。周囲のテーブルには裕福そうな細身の実業家たちが、とても妻とは思えない女たちを伴って座り、私の知らないお酒をすすったり、連れの女にタバコの火をつけてやったりしていた。女たちは真っ赤な口をふくらませ、両端から白い煙を長く吐き出していた。踊っている男たちはさっと身を低くし、腕を伸ばしたままパートナーが大きく優雅なストライドでフロアをすべるに任せた。この秘密めいた空気には、タバコの煙と高級な酒の臭いに混じって高価な香水の強い香りが漂っていた。ここにいる人はみんな細身だったが、飢えているわけではなかった。ざっと見まわしてみて、そういう人たちの中にいる自分が場違いに思え、落ち着かなかった。私のドレスはあまり長くなかったし、私は色黒で文字どおり飢えていたのだ。

ウェイターが料理を運んでくると、私はカズオが食器をどのように使うかじっと見ていた。肉の切り方、料理を上品にフォークに載せるやり方。私は自分の素性がばれないことを祈った。つまり、こういう世界に自分がまったく不慣れであることや、教育も社交上の技量も品位も欠けているということが。

食事の途中、私はテーブルクロスに水をこぼしてしまった。「ごめん」と私は言った。「本当にドジでごめんなさい」

カズオは動揺している私を笑ったが、彼は私のぎこちなさの真の理由を取り違えていた。私のぎこちなさ？　私は彼が住む世界の人間ではないのだ。世間では人々がやせ細って死にかけているというときに、こんな豊かな生活や食事をしている。この人たちに対する激しい嫌悪感が私の体中を貫いた。腐敗ゆえの彼らの細い身体は醜く、腐臭がするようだった。

それでも、カズオと一緒にいたかったし、彼は目の前の現実を圧倒するほど魅力的だったので、私は笑顔を絶やさなかった。ただ、私たちのまわりに詰めて踊る人たちは幽霊のようで、いずれも健康な生気はなく、病める退廃の色をたたえていた。

彼らこそ生ける屍だ。

第二十八章　バスを降りる

　カズオが日本侵攻に備えて九州に戻る日、私はスミエと一緒に広島駅で彼を見送った。彼が行ってしまうと、私はふさぎ込んだ。お父ちゃんにまた会えるのかとスミエがしつこく訊くので、会えるよと安心させたが、私は不安を隠せなかった。

　工場の仕事に戻った日、縫製室の女たちはみんな話をやめ、拍手をし始めた。彼女たちはくすくすと笑ったり、口を手で押さえたり、互いをひじで軽く突いたりした。私は彼女たちのことが好きになっていた。この小柄で仕事熱心な女たちのことが。

「うちはうれしいよ」と女所長は言って迎えてくれた。「あの立派な若者とすぐに結婚するとええよ。えっと子どもをつくりんさい。日本は死んだ男たちに代わる男の子がいっぱい必要になるんよ」

「そがいにせかさんで」とタカコさんの母親が言った。「この娘が結婚したら、新しい間借り人を探さにゃあいけんじゃろ?　この何週間か楽しかったんじゃ。じゃけぇ、それを台無しにせんで。ヒーちゃんとスミエはうちにとって大きな喜びなんよ――男よりも」

　みんながどよめいた。私は彼女たちのからかいの的であった一方で、彼女たちのやさしさの対象でもあった。それは結婚祝いという形で表現された。しかも、まだ真剣に話し合ってもいない結婚のお祝いだったのだ。だからといって、彼女たちはひるまなかった。絹のハンカチを手縫いし、角に桜の花の刺繍をしてくれた人もいれば、小さな宝石入れの小袋をくれた人もいた。「きっと彼が真珠をくれるけぇね」と、その人は手渡してくれる時に言った。「真珠を取り出すときは、うちのことを思い出してくださいや」

私の仕事場にはお箸、小さな手鏡、湯飲み茶わん、それに小さな青いお皿が並んだ。女たちだって余裕はないはずなのに、それでも何かを工面してくれたのだ。ひとつひとつのプレゼントに、私は涙が止まらなかった。

「ほら、ほら」とタカコさんの母親は言うと、私に近づいて背中をポンポンと叩いてくれた。「お返しをどうしましょう？　いつ結婚できるのかもわからないのに」

「お幸せに。いっぱい赤ちゃんを作りんさい」と真珠袋をくれた人が言った。

その日の午前も遅くになって、床をするりとすべって絹のパンティが届いた。私はそのリボンつきのパンティを拾い上げ、くれた人の名前を探した。すると、アサヨさんという人が床をすべるようにして私の傍にやって来た。「初夜にね」と言うと、彼女はウィンクをした。私がお礼を言う前に、彼女は野良猫みたいに自分の持ち場にこそこそと戻っていった。それからは一度も私のほうに顔を上げることはなかった。だから私は目を合わせてプレゼントのお礼を伝えることもできなかった。

ちょうどその時、女所長の工場の上空を飛行機が飛んだ。「また来たよ、お母ちゃん」とスミエが声を上げて走ってきた。

「大丈夫よ」と私は言った。「空襲だったらサイレンが鳴ってたはずよ。ほら、誰も心配してないでしょ。子どもたちもまだ遊んでいるし。飛行機が見えるか窓の所に行ってみよう。そんなに多くないはずだから」

思ったとおり、空には二機しか見えなかった。スミエの横で窓にへばりついて見ていると、飛行機はこちらに向かって飛んできた。そのうちの一機はいつもより低空飛行だった。見ている間に、その飛行機は高度を下げ、胴体いっぱいのビラをばら撒いた。護衛役のもう一機は高いところを飛んでいたので、ほとんど見えなかった。雲すれすれに飛んでいた。どこかで時折、高射砲のブーンという音がしたが、迎撃は散発的で効果がなかった。アメリカの飛行機は高度が高く速すぎたので、日本軍には届かなかったのだ。

「ほらね。大丈夫だったでしょう。紙を落としてるだけよ」

「外に拾いに行ってもいい？」

「うん。何て書いてるか見てみよう」

タカコさんの母親が一緒に外に出て、ビラに何て書いてあるかみてくれた。一九四五年七月二十七日付のそのビラは、日本国民に宣告する伝単《でんたん》だった。以前にも見たことがあった。タカコさんの母親が説明してくれた――アメリカ軍が危険な都市をいくつか挙げている――広島、小倉、新潟、長崎――ただ、アメリカ軍が何を企てているかは書かれていない。その時点でわかっていても、私たちにできることはほとんどなかった。東京、徳山、呉、名古屋、横浜、大阪など、本州の多くの都市と同じように広島に焼夷弾が雨のように降ってきても、ほとんどの人は行く所がないので運に任せるしかなかった。空襲を受けた都市の一覧は増えるばかりだったが、ここの人々はまだ無敵の日本の天運を信頼し続けていた。以前にもこんな警告は耳にしていたが、広島には何も起こらなかった。

「またアメリカ軍の脅し作戦よ」とタカコさんの母親は言った。「あいつら、脅すんが得意なんじゃけぇ」

「それはどうでしょうか」と私は言った。「いい人もいるんですけど」

「ごめんね」と彼女は言って、話題を変えた。お互い気まずさを覚えたからだ。

スミエは焚き火にする落ち葉を拾うように、楽しそうにビラを集めた。つむじ風のようにあちらこちらへと動き回った。私はビラを拾っていて、なんだか涙があふれてきた。悲しくて胸がつぶれそうだった。もう二度と日本が爆撃されないようにと祈った。


その日の午後、イワオから短い手紙を受け取った。イトウ家に送られていたものだ。

ヒーちゃんへ
学徒動員勤労報国隊で作業をするために広島に行きます。体調はよくなっているので、やってみようと思います。本通りからそう遠くない本川国民学校の学徒に加わります。
それから、お父さんが近くにある結核療養所に入院することになりました。お母さんが看病に疲れたそうです。お父さんは療養所に行くのがいちばんいいと言います。ユキちゃんは栄養失調です。だから、お父さんは体力のないユキちゃんが同じ病気にかからないかと心配しているのです。ぼくが広島から戻ったら入院する予定です。……

ほかには、カズオは会いに来たかとか、スミエは元気かとか、そんなことをイワオは尋ねてきた。また、ちょっとした世間話として、野菜やコメを作ってもお金にならないとか、ヒデ叔父が村の人たちの飢えをしのぐために最後の一頭の牛を殺したとか書いていた。しばらく予期せぬ雨のせいでお父さんの具合もひどくなっていたが、何日か天気のいい日が続いたので、それがお父さんにはよかった、と手紙を締めくくっていた。

数日後、イトウ家の戸口にイワオが現れた。憔悴していたけれど前よりは健康そうだった。タカコさんと母親は一階の居間の隅っこに居場所をあてがってくれた。

「さあ、あんたは我が家のご主人様よ」とタカコさんの母親はイワオに言った。

広島で勤労作業ができて大満足のイワオは、まる二日、同じ年頃の男子や女子たちと一緒に防火帯を作るために家屋の取り壊し作業をした。「ぼく、ここ大好き。田舎生活からのいい気分転換だ」と彼は私に言った。イワオは疲労をためたくないので、もう二、三日滞在してから帰ることにした。私は田舎の家にイワオを送って、そのついでにシイチ伯父を見舞うことにした。ユキちゃんは元気か、伯父の具合はどうか、自分の目で確かめたかった。

一九四五年、あの八月六日、月曜日の朝だった。私はイワオを連れて帰省することにしていた。前の夜、私もスミエも寝苦しくて、陸に上がった川魚みたいにのたうち回っていた。スミエは夢を見て泣き、私は彼女を抱いて部屋中を回り、恐くないよと背中をポンポン叩いてやらねばならなかった。

朝ごはんを済ませ、スミエに帰省用の着替えをさせている時だった。空襲警報が鳴った。ただ、その時の警報はいつもの気象観測機に対応したものだった。その頃、朝方よく飛んでいたのだ。だから、私は気にせず、外の下村時計台に目をやった。時刻は七時十分だった。

「スミエ、早く」と、なだめることにイライラして私は言った。

「疲れた。どこにも行きたくない」と彼女はぐずった。

「ユキちゃんとも遊びたくないの？シイチ伯父さんもいるよ。玄関で迎えてくれるよ」

「ユキちゃんと伯父さん？」

「忘れたの？昨日言ったでしょ？イワオと田舎に帰るのよ。忘れたなんて言わないでよ」

「ユキちゃんに会えるんだったら、いい。それに伯父さんも」

「きっと楽しいよ。天気もいいし。お空は真っ青よ」

私は外が見えるようにスミエを抱っこした。栄養が足りないのに、スミエは重くなっていた。

「お空には飛行機はひとつしかいないから、恐がることはないよ」と私は言った。

「お母ちゃん、ユキちゃんのおうちに行って遊べるんだったら、何にも恐くない」

警報は解除となった。他に飛行機は見えなかった。「ほらね、お母ちゃんが言ったとおりでしょ。もう飛行機は来ないの」

ちょうどその時、タカコさんが挨拶をしに二階に上がってきた。「お気ぃつけて」と彼女は言った。「それに、早う帰ってきてね」

「どうして？」

「だって、うち、あなたの結婚のお祝いに、今夜は特別な食事を考えよるの。それにドッキリもあるんじゃ」

「結婚？　早すぎますよ」

「ドッキリ？」とスミエが言った。「私、ドッキリ大好き」

「そうこにゃあ」とタカコさんは言って、スミエの頭をポンポンと叩いた。

「もうお母さんは仕事に行ったの？」と私は訊いた。

「ううん。呼んでみるね」タカコさんは大声を上げた。「お母さん、出かける前にヒーちゃんの部屋に来て。話があるって」

「何かいね？」タカコさんの母親はそう言うと、私の部屋に飛び込んできた。「タカコ、あんたは、あがいに叫んだらびっくりするじゃろうが」

「すみません。大したことじゃないんです」と私は言った。「タカコさんが大げさなんです。お仕事に行かれる前にご挨拶をしたかっただけで。今日は日帰りでスミエを連れてイワオと一緒に帰省します」

「そう、じゃあ、気ぃつけんさい。みなさんによろしゅう。伯父さんがようなるとええわね。病人にゃつらい時よね」と言うと、母親は出て行った。

私はカズオと最後の日に着ていた服に袖を通した。カズオの母親がプレゼントしてくれた服だ。タカコさんが背中のボタンを留めてくれた。タカコさんの母親が貸してくれた夏の着物は着なかった。

「これ、きれいな服ね。いつかうちにちょうだい？　カズオさんと結婚したら、素敵なものいっぱいくれるじゃろ。じゃけぇ、これ、もういらんようになるでしょ？」

「でも、私の服はあなたには大きすぎるわ」

「大丈夫。丈を詰めるから。でも、ヒーちゃん、げに背が高いのね」と、私の姿をしっかり見ようと後ろに下がりながら、彼女は言った。それからタカコさんは後ろに回り、背中を私の背中に押しつけて寸法を測った。

「あなたとカズオさんはきっとお寺の門の大きな守護神みたいにみえるわ。風神と雷神じゃ。みんなふたりをずっと見上げにゃいかんじゃろう。だって、みんな背が低いんじゃけぇ」

「確かに、みんなに見られている気がする」

「鏡を見てみんしゃい。きれいでしょうが。ほんとに、美人さんじゃ」

「タカコさん、冗談はやめて」と私は言った。

タカコさんは両手を口に当てて笑った。それから、私が髪をとかしてピンを留めるのを見ながら言った。「バス乗り場まで送らせて。寺町通りに行って、その後、市場に行く用事があるんよ。バス乗り場まで歩いてすぐじゃけぇ、一緒に行きましょう」

「あなたならいつでも歓迎よ。スミエも喜ぶわ」

「天気のええ朝じゃけど、もう暑いよね。嫌じゃね、暑いんは」タカコさんは窓から身を乗り出して時計を見た。「大変、もう八時に十五分前よ！」

階下ではイワオがいつになく疲れているようにみえたが、家に帰ったら休めるからと彼は言った。広島に来たことと勤労作業とで気分が高揚し、イワオはそのことばかりしゃべった。また戻ってくる計画まで立てていた。

「病気がぶり返さないようにね」と私は警告した。

「ヒーちゃんは心配性なんだから」とイワオが言った。ちょうど、家を出る前に私が自分のバッグとスミエのセーターを拾い上げるところだった。

横川駅に向かって北へわずか十分歩くとバス乗り場に着いた。途中、タカコさんはスミエと歌を歌った。ふたりはつないだ手を歌に合わせて振り回しながら歩いた。

おてて　つないで　野道を行けば
みんな　可愛い　小鳥になって
歌をうたえば　靴が鳴る
晴れたみ空に　靴が鳴る

「気いつけてね」バス発着所に着くと、タカコさんは言った。

「あなたもね」

「忘れんで——ドッキリがあること」

タカコさんはとてもきれいだった。バス乗り場のくすんだ色の壁を背にして、夏の藍の着物に下駄履きという姿で、歩きながら小さな青いハンドバッグを手首でくるりと回した。

「ドッキリって何?」

タカコさんは手を叩いた。「ええもんじゃよ。もう何も言わん」彼女は口を結んで、指を当てた。少し待ってから、私はスミエとイワオと一緒にバスに乗り、田舎に向かった。「またね」とタカコさんは大きな声で言い、走り出したバスがスピードを上げるまで追いかけてきた。「またね」と、私たちもバスの窓越しに大きな声で返し、遠ざかる彼女の姿に向かって手を振った。彼女が向きを変えて街の方に歩き出すまで私は見ていた。

「タカコさんも一緒に来ればよかったのに」と、座席にゆったりともたれてスミエが言った。

「うん、そうよね。だったら楽しかったのにね。たぶん次は一緒に行こうって誘うことにしよう。今日は用事があるみたいだから」

「お母ちゃん、ドッキリがあるって言ってたよ。何かな？」

「さあね」まだ彼女の姿が見えるかもしれないと思い、後ろの窓の向こうに目をやった。

「そのドッキリの時にいられなくて残念だなあ」私たちの後ろの席から身を乗り出して、顔のマスクをつけ直しながらイワオが言った。

しばらくして、私は自分の部屋のテーブルにおみやげを忘れてきたことに気がついた。「あら！」と言って、私は周りを見回した。

「お母ちゃん、どうしたの？」

「おみやげ、忘れちゃった」

スミエは私の真似をして両手を腰に当て、まさかという顔つきをした。

バスはもう縫製工場まで来ていた。スミエはまるで中の子どもや女たちが見えるみたいに工場に手を振った。次のバス停で降りて、工場まで歩いて戻ることにした。スミエをイワオとタカコさんの母親に預け、工場の女たちの誰かの自転車を借りて、おみやげを取りに帰ろうと思ったのだ。一時間もかからないだろう。

バスを降りる合図をし、運転席へと歩き、お金を払った。イワオが先に降りた。彼は振り向いて、私たちに手を差し出した。私はスミエの手を取った。足元を確かめた。

バスを降りる瞬間だった。一面ピカッと光った。

第二十九章　瀕死

肺と心臓が口から飛び出しそうだった。目の前が真っ暗になった。暴風が起こり、ごうごうと音を立て、激しく打ちつけ、市街をなめつくす劫火《ごうか》をあおった。それから雨が降り始めた——どろりとした、重くて黒い雨だった。雨さえも汚染を免れなかった。人の灰、樹木の灰、家の灰、動物の灰、車の灰、いろいろな灰が大つぶの醜い怒れる雨となって降り落ちた。私は自分の身体を盾にしてスミエを護った。すぐに、倉庫の一部だったにちがいない幅の広い金属製の屋根材が見つかった。私は残る力を振り絞って、その鉄の屋根材を引きずり、崩れかけのレンガの壁にもたせ掛けた。火事を免れた倒壊家屋があった。そこで拾った板とレンガで屋根材を支え、腕の中でぐにゃりとしている娘を抱えて中にもぐり込んだ。イワオが見当たらなかった。バスから降りようとする瞬間……

避難所ができ上がるや、小柄な女性が私の傍らに入り込んできた。「すまんねえ、すまんねえ」と彼女は繰り返した。カマキリみたいに祈るように両手を合わせていた。見たところ怪我もなく、衣服にもほころびはなかったが、ただ顔のまわりに髪の毛が乱れ飛んでいたので、あの爆風の中にいたのだとわかった。

「助けてください」と私は言った。「バス停に行かなければならないんです……従弟が」

「あんた、気は確かか？ 駅もバス停もありゃせん。生きとる人もおらん」と彼女は言った。

「でも従弟が、あの子は機転が利くし体力もあるんです。きっと生き抜いているはずです。あの子を見つけないといけないんです」私は声を荒げたが、すぐに疲れてしまい、しゃべるのを止め、衰弱しきって人事不省に陥った。

風神さま、雷神さま、バスを降りようとしたら……何が起こったのですか？

若者がひとり私の小さな避難所に潜り込んで、私たちのそばににじり寄ってきた。すると、当の女性はスリッパで若者を叩き始めた。「出てけ！」と、彼女は鉄の屋根を打つ雨音に負けないくらいの声で叫んだ。「もういっぱいなんよ。わかるじゃろ？」

「ほっといてくださいや」と彼は弱々しく言った。

最初、イワオじゃないかと思った。もしイワオがこの若者みたいに怪我をしていたら、私も誰かに助けを求めただろう。見回してみると、私のにわか避難所はもうひとりぐらいは入れそうだった。私は場所を空けた。「入れてやりましょう」と私は女性に小声で言った。「大丈夫ですよ」

「あんたの避難所じゃけぇね」と彼女は言って肩をすくめた。

「すまんのう」と若者は言った。こちらがうんざりするぐらい彼は恐縮していた。

傍らの女性は詰め寄り、私のねとねとする大腿部に身体を押しつけ、若者のためにしぶしぶ場所を空けてやった。私は自分の身体を必死で隠そうとした。素っ裸同然だったからだ。しかし、女性も若者も気づいていないようだった。私はスミエが目を閉じるまで抱いて揺らした。スミエはその目をずっと私の顔から離さなかった。しかも、あの光が降り注いだ時から瞳は動かなかった。

私たちはみんな薬が効いたように眠りに落ちた。目が覚めると、空は灰色で、煙と灰が風に舞っていた。あたり一面、火の海で、どこに行く気力もなかった。私たちの身体は屋根の下にあったし、背中は壁に守られていたので、とりあえず安全だった。スミエは私の両腕の中で荒い息をして震えていた。頭の火傷や傷を見ていると、自分の傷よりも強い痛みを覚えた。

傍らの女性は寝ながらため息をつき、若者のほうは姿勢を変え、焼け焦げた上着を首の周りに引き寄せた。彼は背中全体に火傷を負い、体液が漏れ出て、座っているところに溜まっていた。その液体が悪臭を放った。彼の胸と腰は焼け焦げた骨の形が見えるようだった。

猛烈な突風が一瞬にして頭上の屋根を引きはがした。私はわずかに残っていたボロボロのスリップを引き裂くと、その上にスミエの頭を置いて寝かせた。私は立ち上がって屋根を取り戻そうと、また、それを固定するレンガをもっと集めようとしたが、火傷に加えて飛んできたガラス片で切れた大腿の傷の痛みが激しく、歩くたびに声を上げた。

私がレンガを落としたり屋根を引きずったりする音を聞いて、傍らで寝ていた女性は起き上がった。そのとき初めて私が裸同然であるのに気づき、私の身体の火傷を負っていないほうに上着をかけてくれた。でも、もうどうでもよかった。自分の裸はもはや気にならなかった。この新たな炎上する世界では、私たちはみんな裸だったのだから。

私と女性は避難所を修理しようと思い、若者を起こそうとしたが、起きなかった。しかたなく、彼の周りで作業をした。

「役立たず」と女性はぶつくさ言った。「避難所は欲しいくせに、なんも手伝わんのかいねえ?」

「前にも言うたじゃろ……ほっといてや。静かに死なせてください」言い終わるが早いか、また声を上げた。「水!」彼は女性の腕を力強くつかんでいたので、女性はその場で立ち止まり、彼の手をはがしにかかった。若者は手を離すと身体を縮め、膝の間に頭を落とした。その顔は青白く、死にそうだった。

「わかった、わかった。水を探してくるけぇ」と女性は不機嫌そうに言った。

「名前は？」出て行こうとする彼女に私は尋ねた。

「セツコ！」彼女の声は、私たちがこれだけの恐怖に襲われたにしては、元気がよすぎた。「スミダ セツコ」

彼女は間に合わせの避難所からガタガタと音を立てて出て行った。脚のまわりにゆるい着物をひらひらさせ、霞の中へと消えていった。女性が出て行くと、若者が嘔吐し始めた。回っている毒が何であれ、彼は身体の内側から蝕まれていた。「ここにおらせてくれて、ありがとの」と彼は小さな声で言った。

「いいのよ」

彼は子どもみたいに声を殺して泣き、自分の破れた上着の袖で鼻をすすった。「ウエダ ミキオ。それがわしです」と、しゃくりあげながら彼は言った。「名前がありますけぇ……まだ二十歳です。わしは人間ですかいねえ？」

「うん、人間よ」と私は勇気づけた。「何が起こったのか知ってるの？」

「わからん。今朝、広島に来て……田舎から……母親と一緒に暮らしとるんです。今日に限って早めに来たんです……仕事がいっぱいあったもんで」

彼の説明によると、彼は役所の製図工をしていて、結局、自分の生真面目さが仇になった。歩いて職場に向かう途中、爆発があった、とのこと。「ようわかりませんが」と彼は言った。「爆弾だと思います……一発の爆弾です。強烈な光が……」それから、彼は背中を向けて言った。背中に火傷を負い、建物の中に飛び込んだ、そのおかげで全身に火傷を負わずにすんだのだ、と。「やっぱ、あのとき死んどったほうが……よかったんじゃ」

それから彼はこう続けた。爆発の後、あちこちさまよい、気が遠くなり、炎の中を逃げ惑った。そんな時に、私が作った小さな避難場所が目に入った。

「どこか安全な場所が欲しかったんじゃ……死に場所が」

「あなたは死にませんよ」と私は言った。

「みんな死ぬんじゃけぇ……今じゃのうても……あんたも死にます……お子さんも死にます……わしも死ぬる。アメリカ軍がそう計画しとるんよ……わからんですか？」

「まちがいない？　たった一発の爆弾だった？」と私は訊いた。東京に同様の被害をもたらしたのは何百発もの爆弾だった。もしこれが一発の爆弾だったら、アメリカ軍はたった数発で人類を滅亡させられることになる。

「ほんまに……一発の爆弾……一発だけ……強力な燐爆弾……空が真っ青じゃったけぇ……花火大会みたいじゃった……見とらんのかいのう？　きれいじゃった」

「休みなさい、ミキオさん」

「もうだめじゃ……苦しい……これ、わしの上着……お金……名刺……母に伝えてつかぁさい……向原《むかいはら》におるんです……あんたが生き延びたら……信頼しとりますけん」

「生きてたら、お母さんに会いに行くからね」

するとと彼は上着をはぎ取るように脱いだ。ふたつの袖はかろうじて襟でつながり、背の部分はなくなっていた。彼はこの破れた服を私に手渡した。私は彼の上着を自分の膝に掛けた。イワオが見つかったら使えるかもしれないと思った。

ミキオさんは膝の間に頭を入れて、また吐いた。彼の内臓は引き裂かれるような音を立てた。身体はもはや抑えが利かず、彼はズボンの中に脱糞した。

「品位いうもんを失くしたんかいの？」

「恥じることは何もありません」と私は言った。

彼は何も言わず、悪臭を放つ身体を引きずるようにして避難所から這い出て、私たちから離れていった。

セツコさんが水を持って戻ってきた。ミキオさんが避難所にいないのに気づいた彼女は、瓦礫の中で彼を見つけた。ミキオさんのところに二、三歩近づいて水をすすらせたが、またぞろ嘔吐させるだけだった。彼は苦悶のあまり、割れたレンガの中でのたうち回った。

「兎にも角にも、ここから離れるぐらいの分別はあったんじゃね」とセツコさんは言った。

彼女はこんな青天の霹靂《へきれき》の全面破壊にも動揺せず、度胸が据わった人間のしゃべり方をした。その後、彼女はもう一度水を飲ませようと、ミキオさんのところへ戻った。その時、彼のシャツのポケットからハンカチを取り出した。シャツの前側がよだれ掛けみたいにひらひらしていた。セツコさんが彼の許可を求めたかどうかはわからなかった。それから、彼女はハンカチを手にもって、私とスミエのところへ戻ってきた。

「なんであの人の上着を持っとるん」と彼女は訊いた。

私が答えないでいると、彼女はミキオさんのハンカチを水で湿らせ、それを指で絞ってスミエの口に滴らせた。スミエはその水を鳥みたいに小さく喉を動かして飲み下した。

「まだ水が出よる水道管があったんよ」と彼女は言った。「ほじゃけど、場所は誰にも教えん。秘密じゃけぇ」

彼女はまた出て行った。

空気は冷たく、骨身にしみた。私はぶるぶる震えた。身体から血と希望が流れ出て、その代わりに恐怖と絶望が、怒りと不安が、抑えられない痙攣に震える身体に流れ込んできた。私はスミエを抱いたまま身体を丸め、ミキオさんの上着を首まで引っ張った。その頃までに、スミエの頭の傷と私の全身の傷は強烈な、鼻をつく、かすかに酸っぱい臭いがし始めていた。異様な臭い、ミキオさんの臭いだった。私はまた眠っていたのに違いない。というのも、目が覚めると、頭上に明るく雲がかかっているように見えたので、陽はまだ出ているのだなと思った。しばらく眠っていたのかもしれないし、ほんの一瞬だったのかもしれない。時間が、あらゆる抑制から解き放たれて、歪んでしまったように思えた。すると再び突風が吹きだし、私の小さな避難所の屋根や残骸をこの世の虚空へと巻き上げ、埃と灰のつむじ風がエネルギーの渦となってぐるぐる回った。私はスミエと自分を必死で守り、身体が実体のない小さな虚ろになって風が吹き抜けるようにと念じた。しかし、灰が私たちの火傷に付着し、そのせいで、私たちは見たこともない風景の縁に立つコンクリートの造り物みたいだった。

その夜、ミキオさんの影が見えた。霧やオゾンや、燃え尽きる寸前のちらつく炎から発生するガスの中で、もだえ苦しむ姿だった。私はスミエを抱いて、うずくまる彼のもとへ這っていった。私は彼の傍らに座り、慰めた。ただ、自分の火傷を負った手を彼の手のひらに置くことしかできなかった。

「すまんのう……迷惑かけて」と彼は言った。「許してくださいや、死にますけぇ……」

「ここにいますから」

夜が明ける頃、彼の手が私の手からすべり落ちた。

ミキオさんが死んだとわかるや、セツコさんは彼の腕時計をはずした。それから、お金は私が預かっていることを知らずに、からっぽの財布の中身を漁った。私はそのお金を上着の破れた裏地の中に隠しておいた。彼女はミキオさんの眼鏡をポケットに入れた。彼女のポケットは、他の死者のものだったに違いないお金や貴金属でいっぱいだった。私が寝ている間に、彼女は死者たちからくすねていたのだ。

「この人の名前は何いうたかいね」と彼女は尋ねた。

「ミキオ。ウエダ ミキオ」

「財布に金を入れとらん人はおらんじゃろ。おかしい。死ぬ前に、ここら辺に埋めとるんじゃないかね」彼女は割れたレンガをつつき回し、ミキオさんが死んで倒れているあたりに蹴飛ばした。私は怖くて何も言わなかった。

セツコさんに年齢は訊かなかったが、見たところ、私より何歳か年上だった。おしゃべりで、絶えず自分のことを話した。「うちは針子なんよ。ほいで、仕事に行こうとしたら、こうなったんよ。爆風が起きた時はまだ家の中じゃったけぇ、運がよかったんよ。しばらく意識を失うとったんじゃろうが、それだけよ。火傷も打撲も軽いほうじゃ。ともかく、こんだけひどい目に会うたのに、そがいに悪うなっちょらん。軽いめまいから回復したら起き上がって、何事かと確かめに外に出たんよ。そしたら、まあなんと、えらいことになっとったわけよ」

彼女は太くたくましい腕と脚をさらして、いかに自分の閃光火傷が軽いかを見せた。それから、よく肥えた胴長の上半身をあらわにした。無傷だった。「すぐに新しい皮膚ができるじゃろ」と、餅みたいな太ももを叩きながら彼女は言った。「うちはもう何年もひとりで生きてきたんよ。ほじゃけぇ、生きとる親戚がおらんでよかった。誰の心配もいらんし、誰もうちの心配をせんでええ。あんたはどう？」

「田舎に家族がいます」と私は言った。

セツコさんの説明によると、十代で親をなくし、人生のほとんど天涯孤独だったので、ごみを漁って苦しい時期を生き延び、それから日本帝国海軍の軍服を縫う仕事にありついた。「その前はね」と彼女は言った。「ちいとの間、あるバーでコールガールやっとったんよ。ほいじゃが、あんまり美人じゃなかったけぇ、主任ホステスに首にされたんよ。それに、うちを泥みたいに扱う男もおって」そう言うと、彼女は熱をもつ灰の中に唾を吐いた。「うちにも誇りはあるんじゃ」と言って、彼女は笑った。「それから、死んだ人から物を盗んだこと、許してや。ほじゃけど、ああなったら、この世のもなぁもういらんじゃろ。時計はいらん。あの世にゃ時間がないんじゃ。お金もいらん。買うもんがないんじゃけぇ。生きとる者だけが生き続けにゃいけんのよ」と彼女は確信ありげに言った。「これ、食料と交換できるでしょうが。じゃろ？」

「ええ、そうですね」と私は言った。

その日も遅く、彼女は小さな紙袋を持って戻ってきた。「ほら。これ、食べんさい。このきび餅、被災者が自由に食べられるようにと、よその人が駅に持ってきてくれたんよ。ほいでも、自分で配ることたぁしとうないわけよ。うちらのこと、何じゃ思うとるんかいね——毒とでも？ まあ、食べて。うまいよ」

私は餅に手を伸ばした。「ありがとう」と私は言った。小さく丸めて、スミエの口に入れた。すると、スミエは反射的に噛み始めた。セツコさんは私に水を渡してくれた。口に含むとじゃりっとしたが、ともかく水ではあった。その時、タカコさんのことが頭をよぎった。あの閃光は彼女の目もつぶしただろうか。推測するしかなかった。私は悲嘆にくれて号泣した。

ミキオさんが死んでからもう数時間が経った。身体はへたり込んだまま、黒焦げ状態で悪臭を放っていた。セツコさんはみんなでここを出ようと決めてかかった。「うちもあんたも、医者を見つけんといけん」と彼女は言った。彼女のきつい言い方に驚いて、スミエがかすかに泣き声を上げた。「よし、よし、大丈夫じゃけぇ」とセツコさんはスミエに語りかけた。

私たちはよろめきながらミキオさんから離れていった。砂利や砕けたレンガ、セメントの固まりや裂けた板、それに夥《おびただ》しい数の焼け焦げた死体の部位をまたぐようにして進んだ。火傷の痛みに耐えかねてスミエを落としそうになると、セツコさんがスミエをさっと私の腕から取り上げ、にらみつけて私の我慢の足りなさを責めた。ただ、セツコさんがスミエを抱いてくれるようになってから、彼女にある種の変化が感じとられた。それ以前は死体の懐をまさぐったり、前に進めと私をけしかけたりしていたのが、スミエを両腕に抱えた今、彼女は黙りこくってしまった。まるで事の甚大さに初めて気がついたと言わんばかりだった。

街をさまよっている間に目にしたのは、壊れた建物に駆け込む人々の姿だった。ただどの建物も、治癒のためにか死ぬためにか、場所を求める人々でいっぱいだった。私たちも壊れた建物に近づいてはみたが、どこも瀕死の人々であふれていた。しかも、スミエや私の世話をする余裕や気力や術《すべ》のある人はひとりもいなかった。ほかに考えられる可能性は赤十字病院だけだった。病院は街の向こうにぼんやりと要塞のように見えていた。

セツコさんは私に掛けてくれた着物の上着を返してもらいたいものだから、だぶだぶのズボンとブラウスを見つけてきて、それで身体を隠せばいいと言ってくれた。どういう風の吹き回しか、彼女は裸の私をかばってくれるようだった。ただ、火傷に何かが触れると痛いということにはお構いなしだった。おまけに、醜悪な靴まで見つけてきてくれた。大きくて舟みたいだった。内側には人の足の皮膚がこびりついていた。

どこへ行ってもハエがたかり、追いかけて来た。ブンブンとうるさく、群がって飛んだ。私の火傷にもスミエの皮のむけた頭にもハエはとまった。私は声を上げ、ハエを叩き落とし、地面の小石に手を伸ばし、袖や足や背中を這い上がってくるハエを打ちつけた。あの爆弾が、あれほど強力だったのに、ハエを全滅させなかったことが信じられなかった。ハエはスミエの頭や私の火傷の腕に卵を産みつけた。黄色い斑点が熟した黄色いサクランボや夏のブドウの房みたいだった。「うわ、ひどい！」私は泣きわめいた。最初は気持ち悪くて指ではじいていたが、ハエの数は半端ではなく、結局、疲れ切って諦めた。やがて卵はかえり、肉の中にうじ虫がわくことだろう。

世界を一変させた閃光の後に街を覆っていた濃い煙は、その日のうちにほとんど空に消えてしまった。猛火は暴れまわった末に燃え尽きた。周りを見渡しても、爆弾が炸裂した跡のねじれた円周内には、ほとんど何も残っていなかった。このクレーターは故郷ハワイの火山よりも規模が大きく幅も広かった。半径三キロにわたる空虚だった。その縁のあたりにコンクリートの建物がわずかに残り、骨組みや壁が持ちこたえていた。まだ時々あちこちで火の手があがった。その煙は、あの爆風の中で命を落とした人々の魂のごとく漂っていた。

私はあちらこちらへと、セツコさんの後をついて行った。一度、私は何かを叫んだのにちがいない。それが何だったかは思い出せないが、ただセツコさんがこう言っていたことは覚えている。

「もうむだじゃ。そりゃあどうしようもできんけぇ、黙りんさい！」

いかにも冷淡無情に、セツコさんは歩を速めた。

「でも、みんなが……亡くなった何千もの人たちが……」

「じゃけぇ、その人らがどうしたん？　生き返らすこたぁできんのよ。ほら、あんたに医者を見つけにゃあいかんじゃろ」

彼女はさらに速く歩き始めた。「早う。あちこち見たらいけん。見るもんはなんもありゃせん。みんな死んじょる。ほら、うちは用事があるんじゃけぇ。ぐずぐずしんさんな！」

彼女を信頼するしかなかった。頼れるのは彼女だけだったし、生きていられる唯一の可能性だったからだ。自分は孤独だったし、ひとりでは何もできないことはわかっていた。セツコさんは腹を立てて、私を張り倒し、脇に押しやり、放置して死なせることだってできたのだ。ちょうど私がサーちゃんにしたように。それでも、私は彼女にすがるしかなかった。生き延びられる唯一の絆だったのだ。

タカコさん、タカコさんのお母さん、セキ住職、イワオ。みんな、どうなったのか知る由もなかった。あの爆弾が落ちた時、タカコさんは多分お寺か闇市に歩いていく途中だったにちがいない。タカコさんのお母さんは仕事中で、休んだ私の分の縫製をしていたことだろう。セキ住職は朝の報恩のお勤めをしていただろう。イワオは、私のそばにいた。イワオのことを思うと、私は身もだえして泣きわめき、脇腹をつかみ、よろめいて倒れた。

「なんで、そがぁなことしよるんかいね？」とセツコさんは言うと、スミエを背中におぶった。彼女は私の所まで這うようにして引き返すと、私を引っ張って立たせた。

「イワオです、イワオがいないんです」

「あんたが泣きわめくイワオいうなぁ誰じゃ？その人が何なんか？」

「一緒にいたんです。かわいい顔した、痩せた男の子です。従弟なんです。見かけませんでしたか？顔にマスクをしていました！」

「見とらんね。たぶん死んどるじゃろ」

「でも……」

「でも何よ？死んどる、死んどる、死んどる！わからんのけぇ」

それから、私はシイチ伯父たち家族のことを考えた。みんな元気だろうか、私とイワオを探しているだろうか。

「歩き回ってる時、下村時計台を見ませんでしたか」

セツコさんはうなずいた。「時計台は傾いて、建物はめげとったよ。あの辺は全滅じゃ。残っとったものも焼けてしもうた」

「爆弾は何発も落ちたんでしょうか？」

「なんでうちにわかるん？一発も、何発も、同じことじゃ。うちにもわからん」カズオも九州で同じような目に遭ったのだろうか。今度の爆撃の範囲がわからなかった。

ずっと向こうに見える寺町あたりは、ぺしゃんこになっていた。私たちは建物の瓦礫の中を這うようにして赤十字病院に向かった。無数の死体をまたいだ。異様な臭気が立ちのぼり、強烈なガスのような臭いが鼻腔をつき、舌にからまった。いたるところ、死者。いたるところ、死臭。いたるところ、瓦解。いたるところ、無、無の空《くう》。

私は立ち止まった。「もうこれ以上は無理……」

「なに言いよるの？」

「疲れ果てました」

「ほいじゃあ、あんたはここに置いとくけぇね！」と彼女は私を脅したが、見捨てはしなかった。それどころか、私の周りを血迷ったようにぐるぐる回り始めた。「ほら、娘のことを考えんさい！」

私はただ獣のように、どこかに這いずり込み、傷をなめ、死にたいだけだった。お願いです。サーちゃんにしたみたいに、私を押し倒して。このまま死なせて。

それでも、セツコさんは断固として変わらず、しかも巧妙だった。私を怒らせるようなことをしたり言ったりして、私を歩き続けさせたのだ。「ほら、見てみんさい。気持ち悪いじゃろ」と彼女は言って、死体や、死体の性器の大きさや、死体のねじれた様子を笑った。私が追いつくのを待っている間、彼女は死体の持ち物をまさぐっていたが、それも、わざわざ私の目に入るようにしていた。私は憔悴しきっていたので、やめろと叫ぶこともできず、彼女の後について行くしかなかった。いつか思い知らせてやる、という恨みをぬぐえなかった。私だけでなく、彼女もまた私を必要としているのかもしれない、などとは思いも寄らなかった。

セツコさんが嫌でたまらなかった。ハエが嫌でたまらなかった。悪臭が嫌でたまらなかった。自分の人生が嫌でたまらなかった。両脚は水で膨れた丸太みたいに重く、まるで沈んでいくような感覚だった。

私は気がふれそうだった。

途中、焼けただれた顔の中に知っている人がいないか探してみた。「タカコさん、イワオ、セキ住職」名前を呼ぶ声がだんだんと叫び声になった。自分の肉をまるで衣服みたいに両腕に抱えている人たちに呼びかけた。「ヘイ、ユー、見かけませんでした?」

「静かにしんさい!」

「イワオは、あの子はちゃんとしてます。自分でできる子です!」私はハルエ伯母みたいに叫んでいた。

「うるさい、気は確かか!」

助けを求めて両手を差し出す死にかけの人たちがいたが、私たちはただ通り過ぎた。膨れ上がって歪んだ顔も、サーちゃんみたいに垂れ下がった眼球も、やり過ごした。「マーシュマロ、マーシュマロ、ポップコーンフェイス」と、私は無意識のうちに歌っていた。歌詞が頭の中でハエみたいにブンブン飛び回った。セツコさんは英語がわからないものだから、振り返って鬱陶しそうに私を見た。それもしかたがない。その頃、私は既にショック状態で、狂気と正気の境を行き来していたのだから。

赤十字病院に近づくと、建物はわずか数ヵ所の壁を残してほとんど壊滅状態であることがわかった。病院は瀕死の患者で混み合い、収容能力を超えていた。それでも、私たちは病院にとどまった。私の両足はもう一歩も先に進めなかった。覚えていないが、私は何かを叫んだようで、そのまま礼儀正しく順番を守って治療を待つ人々の列をじっと見つめていた。その人たちは下痢や嘔吐物や血でヌルヌルテカテカしている冷たいセメントの廊下に倒れていた。まるで人肉の保管庫だった。私は犠牲者たちに向かって叫びたかったが、いかなる痛みに耐えねばならないにしても、不当な扱いや待ち時間の長さや恐怖を訴える人は誰ひとりいなかった。周りでは人々が眠るように倒れ、あるいは風に舞う桜の花びらのようにふわふわふらつき、静かに死んでいった。病院の前に積まれた死体の山は、一日にして小さなビルほどの高さになった。

この人たちはどんなにか寂しかったことだろう。身に起こったことが何かわからず、語りかける者は誰もいず、死に際に手を差し伸べてくれる人はひとりもいないのだ。セツコさんの言うとおりだった。「それでええんじゃ。死んでも誰のせいにもせん」日本人特有の考え——シカタガナイ。威厳と受容に満ちた恐ろしくも圧倒的な諦念。理解しがたいが、日本人の心にしみ込んだあるがまの現実。暗愁とはちがう。暗愁は悲哀を通じて心に襲いかかり、諦念の域を超える。もっと広く深く切り込み、もっと暗い。

時折、唸るようなお経の声に混じって、愛する者を失った苦悶の嗚咽《おえつ》が聞こえたが、瀕死の人たちはさほど泣かなかった。自らを悲しむにしても、密かに悲しんだ。人々はただ死んでいった。それから死者は片づけられ、ごみくずのように運び去られた。私はあれほど非情にはなれず、うめき声を抑えられなかった。

セツコさんは元気だったので、市外から駆けつけた看護師たちが彼女を雇って患者の世話をさせた。セツコさんは新たな役割が気に入ったようだった。その日は何度か私とスミエのところへ立ち寄ってくれ、満面に笑みをたたえてこう言った。「これが終わったら、うち、看護師になるかも」

夜になると、セツコさんは私の腕からスミエを奪った。「寝んさい」と彼女は言った。それから銀杏《ぎんなん》を詰めた袋みたいにスミエを抱《かか》えあげて連れて行った。しばらくすると、娘に聞かせるセツコさんの歌声が聞こえてきた。深みのある素敵な声だった。初めてイワオの歌を聞いた時みたいに、私はその声に感銘を受けた。セツコさんの声は響き渡り、無蓋の廊下と病棟を抜けて、夜のしじまへと消えていった。

おどま盆ぎり盆ぎり
盆から先きゃおらんど
盆が早よ来りゃ
早よもどる

この歌は、親の借金を返済するために地主の家に遣《や》られた田舎娘を歌ったもの。娘は地主の幼い子の世話をし、やがて、子は娘を慕い、娘も子に愛着を覚える、というもの。セツコさんも、こんなに情感を込めて歌うところをみると、親によって地主に売られたことがあるのだろうか、と思った。

病院の看護人たちは治療用に軟膏と赤チンは持っていたが、せいぜいその程度だった。一度、セツコさんはスミエの頭につける軟膏とガーゼを持って戻ってきたが、役に立たなかった。スミエの傷をきちんと治療する前に、先ずうじ虫を取り除かなければならなかった。セツコさんはまた行ってしまい、瓦礫の中で使える物を探して回った。あるいは、こっそり外に抜け出して、死体の金品をあさった。戦利品を入れるところが他になかったものだから、彼女の着物の上着は袖とポケットがぱんぱんに膨らんでいた。

そんな物色中に、セツコさんはアルコールを見つけ、私に持ってきてくれた。私は汚れた綿をアルコールに浸し、それをスミエの頭皮にもぐり込んだうじ虫に当てた。うじ虫が死ぬと払い落したが、全部を殺すことはできなかった。同じことを自分の腕にもした。傷に触れるたびに私は歯を食いしばった。口を開けた傷がアルコールで焼けるように痛かった。うじ虫の多くが身体の中に潜んだままだった。

ようやく翌日になって、ひとりの研修医が私たちを診てくれた。スミエの呼吸は弱くなり、食べることも飲むこともほとんどできなかった。うじ虫には絶えず悩まされた。なによりも、火傷をした皮膚の奥で、身をくねらせて出入りするうじ虫の姿はおぞましかった。うじ虫のいいところはただひとつ、膿を食ってくれた。要請を受けて医学校から派遣された若い研修医が、スミエの頭皮を診に来てくれた。彼は首を横に振って、ウーンと言うだけだった。それから、赤チンでうじ虫を何匹か殺し、私の肩にオイルを塗って火傷の治療をしてくれた。彼はまた私の胴体、顔、足のそれぞれ右側を調べて、傷のひどいところにゆるく包帯を当ててくれた。彼の指摘を受けて初めて知った。右足の指が何本かなくなっていた。痛いなと思っていたし、足をひきずってはいたが、ただ、それだけだった。私よりも若い医師のほうが、指の欠損にショックを受けているようだった。

その日の夕方、病院中に噂が広まった。私たちを診てくれた若い医師が二階のむき出しの垂木から首を吊ったらしい。セツコさんが言った。「若い人を雇うと、こがいなことになるんじゃ。まだ学生じゃけぇ、人の苦しみを扱いきれんのよ」セツコさんと話をしていた別の看護師は否定的だった。「息子を甘やかす母親が多すぎるけんじゃ」

四日目の朝、セツコさんが着替えを持ってきてくれた。彼女は着替えを手伝いながら、私の火傷の広さに驚き、ヒューッと息を吐いた。カイヴィキで父の傷を診た医者と同じだった。火傷を負った私の腕は、長いあいだ伸ばしたままだったので、そのまま固まってしまった。その腕をセツコさんは握って、グルグル回してくれた。かつてイワオが私のために作ってくれた竹とんぼみたいだった。

腕をグルグル回されるものだから、激痛が走り、全身に冷や汗をかいた。「お礼の言いようもありません」と、額の汗を拭ってくれるセツコさんに私は小声で言った。

「なに言いよるんじゃ」と、どんな感傷にも浸らないとばかりに彼女は言った。「黙っとりんさいや」

おびただしい数の犠牲者が病院の廊下で寝ていたが、その数も日を追って少なくなった。そういうわけで、臭いですら我慢できる程度になった。市外から応援に来た人たちは悪臭に吐きそうだったが、最初からいた私たちはもう臭いは全然気にならなかった。むしろ嫌な臭いは歓迎した。悪臭は生命を意味したからだ——つまり、私たちがまだ生きていることの証《あかし》だった。

花を摘むのが好きだったスミエは、花びらのように自分の命にしがみついていた。死ぬのは時間の問題だと私にはわかっていた。あのバスを降りてから六日目の朝、あの爆風から六日目の朝、イワオが消えてから六日目の朝、黒い雨が降ってから六日目の朝、スミエは両目を人形の目よりも大きく見開いた。まるでこれまでになくよく見えるみたいに、スミエは私の顔から視線を離さず、私を自分の中に引き込み、様々な色や陽光や空気や希望や夢とともに、私の姿を幼い魂の中に包み込もうとした。あたかも、宇宙全体を――すべてを、無を――見ているかのようだった。そして、スミエは死んだ。

驚いたことに、セツコさんにとってスミエの死は相当な衝撃のようだった。彼女はしゃがみ込んで両手を膝に置き、両肩を崩して泣き始め、静かに全身を震わせた。声に出して泣くのをこらえていたが、嗚咽を抑えられず、彼女の身体は逆らうようにひきつった。それから前のめりになり、スミエの柔らかいけれど冷たい両手に顔をうずめて泣いた。私は呆然とするあまり、泣けなかった。私の悲しみは暗く、深く、計り知れなかった。

その後、気持ちが幾分おさまると、セツコさんは私の腕からスミエを奪い、私の傍らの敷物に寝かせた。彼女はスミエの死亡を報告せず、一日中、私とスミエを一緒に寝かせてくれた。後になって、廊下で隣に寝ていた女性が文句を言った。「死体と寝たらいかん」と、その人は言った。「あんたの子でもじゃ」

「そうですよね」と私は言った。その時になって初めてセツコさんは死亡報告をして、スミエの遺体を建物の外へ運び出すのを手伝ってくれた。私はカズオのことを、カズオがスミエを自分の娘として受け入れ、スミエはカズオを自分の父親として受け入れていたことに思いを馳せた。私はセツコさんが見つけてきたソバの実を干す筵《むしろ》にスミエをくるみ、近くの川の土手に連れて行った。そこでは、病院から運び出された死体を家族が焼いていた。セツコさんは私を一人で悲しむに任せ、人の灰でかすむ彼方へと消えていった。

第三十章　降伏

野ざらしの薪《たきぎ》の前でスミエの遺体を荼毘《だび》に付す順番を待っていると、物取りたちの争う声が聞こえた。彼らは、セツコさんみたいに、こともあろうに焼ける死体から物を盗んでいた。ただ、セツコさんの言うことは筋が通っていた。私たちは生き延びなければならなかったのだ。所有物は所有物にすぎない。死んだら意味がないのだ。

「いくらです?」と、私は葬儀屋に尋ねた。

「焼くのはタダじゃ」と彼は言った。私は何かの時にとセツコさんがくれた金のネックレスを外そうとしていた。それに男が気づいて、「ほいじゃが、それはもろうとこうか」と言って手を伸ばし、金の鎖をつかんで撫でまわし、シャツのポケットに落とした。その男の顔は疲れた仮面のようで、私をまっすぐ見ようとしなかった。私の目に映るものが怖いのだろうと私は思った。

その男にスミエに関する情報を与え、彼はそれを事務用紙に書いた。「あの娘をひとりで焼いてあげたいの。私がしていいですか?」

「本気か」

「娘なんです」と私は言った。その男は「うん」とうなずいた。まだ私の目を避けていた。

スミエの火葬をするのに、ほかの遺骨が混ざらないよう、葬儀屋は積んだ薪の中の骨や頭蓋を取り除いてから、甜茶《てんちゃ》の色をした油を薪に注いだ。私は葬儀屋が薪を積むために作った盛り土にスミエを置き、マッチを擦って火をつけた。空中には灰が舞い、周りは廃墟と化しているのに、見上げた夜空は心が疼くほど美しかった。流れる雲の背後には星がきらめき、その向こうの暗い天空はなおさらに暗かった。涙があふれてきた。嗚咽が深淵から込み上げ、その深みに沈む私はほとんど息をつけなかった。

「ヒミコ?」あまりにも長く泣いていたものだから、私は疲れ切って火のそばに寝ころんでいた。すると、誰かが私を呼ぶ声がした。「ヒミコ? ヒミコじゃないですか?」幻覚か——そうに違いないと思った。

私は空を見上げて闇の中をのぞき込んだが、誰も見えなかった。やがて、人の輪郭が浮かび上がった——がに股、細くて長い首——闇から光の中に現れた。

「ああ、お会いできて本当にうれしいです」と、その姿を認めて私は言った。

セキ住職に挨拶をしようと思い、立ち上がろうとしたが、膝立ちが精いっぱいだった。でも、この街を破壊した異様な光と猛火に襲われる以前から知っている人に、私はようやく会えたのだった。

セキ住職はとっさに膝をつき、私の包帯を巻いていない方の手を取って、その手の中に頭を垂れた。「知人の中に生存者はいないのではないかと思い始めていました。私は家族全員と信者の多くを失いました」住職は互いの知人の名前を挙げ、見かけなかったかと訊いてきた。私はしゃっくりと身体の震えの合間に首を横に振り続けた。

「で、スミエを亡くしたんですね。むごいこと」

「娘が今朝早く死ぬまで、私たちは赤十字病院にいたんです」

「タカコはどうです？　何か知っていませんか？」

「彼女を最後に見たのは、私とスミエと私の従弟をバス乗り場まで見送ってから、歩き去る姿です。街中にいた人たちはほとんど絶望的だそうです。タカコさんが生きているとは思えません」

「この世には慈悲というものがない」

「本当に慈悲はありません」と私は小声で言った。

「でも、あなたを見つけました。奇跡ですよ」

「はい、そうですね」

「ただ、スミエは戻りません」と住職は言った。「寂しくなりますね」

「どうして、こんなことに？」と、私は住職を見上げて尋ねた。

「誰にもわかりません。死には、人間の心には、国々の意思には——世界の在りようには、答えはありません。このような悲劇においては、物事をあるがままに受け入れるしかないのです」

「でも、私たちに、スミエに——みんなに起こったことは、とても受け入れられません。住職は少しも腹が立たないのですか？」

「怒りというものは理解できます。しかし、怒りはまた別の破壊をもたらします。怒りに身を任せれば、怒りが心をむしばみます——益することは何もありません。ただ不幸と混乱に陥れるだけです」

「私には何も理解できそうにありません」

住職は砂利をつかんで前に投げた。「誤解しないで下さい。私もみんなと同じように、起こったことと闘わなければならないのです。ここに来たのは、あろうことか死者の中に知人の顔を探すためです。毎日、毎日、枕勤めを、つまり、葬式をずっとあげておりました。それでも次から次へと、仏の教えの経をあげてもらいに人がやってくるのです。しかし、自分すら助けられないのに、どうしてその人たちを助けられましょう」

私たちはしばらく黙って燃える火を見ていた。「あの爆弾が落ちた時、どこにいらっしゃったのですか?」と、私はやっと口を開いた。

「私は寺にいたのですが、ちょうど吹き飛ばされたところの厚い壁に護られたんです。怪我はなかったので、火の嵐が境内に及ぶ寸前に逃げ出したんです。しかし、家族はみんな亡くなりました。妻は子供たちを歩いて学校に送るところだったのです。みんな見分けがつかないほど焼けていました……ほとんど灰になって。寺からそう遠くないところの歩道で、手をつないだ状態で見つかりました。手の中に握っていたのが妻の金のペンダントだったので、私の家族だとわかりました」

よく似たことを、サーちゃんもしていた。

火葬の火が衰えると、セキ住職は一切衆生を救済するために念仏を唱えた。「これがいちばんよい念仏だと思います。孤独な喪失者のための念仏です。法蔵菩薩さまが誓願を起こし、その名を宇宙に響かせるのです。衆生はその名を聞き法蔵菩薩さまの慈悲を受けるのです。その慈悲は実は常に私たちとともにあるのです。よって、私たちは賛美と感謝を捧げるのです」それからセキ住職は「はかり知れぬ光明と寿命に帰依いたします。南無阿弥陀仏」と言うと、一礼し、儀式を終えた。

火葬の火が燃え盛っている間、私は炎の中でスミエが両腕を差し出す姿を思い描いていた。それまで、服を着せたり、痛みを和らげたり、ゆすって寝かせつけたり、歌を聞かせたりするのに、数え切れないほどスミエを抱きかかえたが、そういう時にスミエはよく両腕を差し出した。スミエの腕は燃える木の枝みたいに焼けて落ちた。スミエの遺体の周りで火が音を立てて燃え上がると、スミエの身体は丸まって球状の塊になり、やがて肉はすっかり焼けてしまった。焼け焦げる肉の中から白い骨が現れ――サーちゃんの骨もそうだった――それから縮んで、燃える丸太の中をすべり落ちていった。

私は火が消えてから冷めるのを待って、葬儀屋の長い鋼《はがね》の箸を受け取り、残った骨を拾った。私の子の柔らかくて幼い骨。いとも簡単に燃えてしまった骨。私はミキオさんのハンカチを取り出し、その中に骨のかけらを入れてくるみ、ズボンのポケットにすべり込ませた。スミエの骨が小さな塊となって、太腿に温かかった。

霞をすかして空を見上げ、ノリオを、サーちゃんを、イワオを、スミエを思った。みんなに思いを馳せ悲嘆に暮れていると、身に起こったすべてのことが想像を絶することのように思われた。

すぐに別の家族に順番を譲らなければならなかった。「どちらに滞在しているのですか?」と、焼き場から立ち去る私を支えながら、セキ住職が尋ねた。

「赤十字病院の廊下で寝ていました。でも、移動しなければならないと思います。私より重症の方もいますので」

「きちんとした居所が見つかるまで、私の所に来なさい。うちの寺は、ここから西の郊外に、使われていない客用の小さな夏の別荘があるんです。そこに行きましょう。あなたの傷の手当てをする人の手配もします」私の右手の指は癒着し始めていた。きちんとした治療をしないと、指を失うかもしれないと思った。

　もう既にセキ住職は、ハラ法師、シイチ伯父とハルエ伯母、それにハワイの母と姉にまで手紙を書く計画を立てていた。「私たちは無事だと知らせなきゃいけません。心配なさるでしょうから」みんなに連絡までしてくれる住職の配慮に感謝した。私は日々の痛みや悲しみを耐え忍ぶのがやっとで、それ以上の気力はほとんどなかった。

　その場を離れる前に、私は言った。「すみません、先生。病院にセツコさんという友人がいるんです。とても世話になったもんですから、自分の今後を決める前に、その人がどうするのか訊いておかなければならないんです」

「その人にも一緒に来るよう言いなさい」とセキ住職は勧めてくれた。「助け合えるじゃないですか」

　病院までゆっくり歩いて戻ると、セツコさんはむき出しの廊下で膝をつき、瀕死の子どもの口にスプーンで水滴を垂らしていた。「セツコさん、宿泊場所が見つかったの――セキ住職のところ、知り合いなんです。一緒に来ませんか」

「ここを離れられんのよ。うちの手が必要なんじゃ」

「それはわかりますが――」

「あんた先に行きんさい。うちは後から行くけぇ」

「きっとですよ」

「きっとじゃ！」彼女はいらついた視線を送ってきたが、本気ではなく冗談めいていた。「そろそろ、うちを信頼してもええ頃じゃろ」

私はセツコさんに住所を書いて渡した。彼女はそれを着物の切れ込みに滑り込ませたが、さよならを言うために顔を上げることすらしなかった。

その夜、セキ住職が決めたことは、市街から海岸線に出て、それから宮島へ行って、とりもなおさず自分の家族用とスミエ用の骨壺を買うことだった。私たちは南へ歩いて荒廃地域を離れ、その夜は桟橋まで続く線路の近くで過ごした。夜が明けるや、セキ住職は私を残して線路沿いに歩き続け、船で宮島へ渡った。セキ住職の帰りを待つ間、私は悲嘆に暮れて体を揺する何千もの人たちとともに座っていた。断続的に眠ったが、悪夢にうなされた。一度、目が覚めている時に、誰かが大きなバケツいっぱいの水を持ってきてくれた。私はそこへ這って行き、きれいな水を両手ですくい、顔を洗って口をゆすいだ。その時、私は幻覚を起こしていたのに違いない。というのは、私は身体と水との間の距離感がつかめなかったからだ。昼過ぎに、セキ住職は壺を抱えて戻ってきた。どこかで見つけた小さな荷車も引いていた。その荷車に、生き延びた日々の間に拾った物を何もかも、壺と一緒に詰め込んだ。それから西のほうへ歩き、山中の家を目指して曲がりくねった道をのぼった。徒歩の移動は遅々として進まず、私には苦痛以外の何ものでもなかった。もう一晩路上で寝て、翌日ようやく目的地に着いた。

別荘の敷地に入る時、門扉がきしんだ。広島の街側の窓は風圧で壊れていたが、建物そのものは他に目立った損害もなく頑丈そうだった。虫も獣も巣くっておらず、爆風で埃が降り積もっていることを除けば、別荘は風通しがよく住みやすそうだった。

私たちは乏しい家財ながらすぐに生活を始めた。セキ住職に手伝ってもらい、ストーブに小さな火をおこした。そこにやかんを置き、セキ住職が裏の茂った野菜畑で見つけてきた食べられるキノコを煮た。私は庭に面した部屋をあてがってもらい、スミエの骨壺は布団の傍らに置いた。私は再び何も感じなくなっていた。みずからの悲哀が闇のように暗く、恐ろしく、重篤なものだったので、私は考えることすらできなかった。

セキ住職は別荘の一隅に部屋を取った。そこは小さな漆塗りの机と読書灯があって、住職の寺の書斎に似ていた。私は短い廊下の端にある壁龕《へきがん》に、庭で摘んできた雑草の花を飾り、壁の掛け軸の汚れを拭いた。

「人間の精神というものは素晴らしい」と、新居に落ち着いた夜、セキ住職は言った。私は住職の屈託のない楽観がよく理解できなかったが、どうしてそう思えるのかと訊くこともしなかった。自分の負傷に気持ちが萎え、スミエの死に意気阻喪し、私は暗澹たる前途しか思い描けなかった。

あのバスを降り、世の終末へと足を踏み入れてから九日が過ぎた。隣に住んでいるトダさんに、ラジオを聞きに来るようにと誘われた。正午に天皇陛下がお言葉を述べることになっていた。ラジオが聞けない人たちのために、大型スピーカーが日本中に設置された。そのようにして、日本国中が陛下の声を聞こうと待っていた。というのも、それまで庶民は天皇の声を聞くことがなかったからだそうだ。田舎で無事でいるはずの親戚の人たちも聞くことだろう。また、広島から三日後に長崎にも爆弾が落ちたことを知ったのもその時だった。長崎は九州にある――カズオはそこにいたのだろうか。どこにいるの？　私を探してる？

トダさんの小さな家の中で、セキ住職と私は近所の人たちと一緒に、子どもみたいにラジオを囲んで床に座った。みんな天皇陛下の声を心待ちにしていたのだ。待っている間、トダさんの奥さんがひと口サイズに切った味付け海苔とお茶を出してくれた。砂糖醤油の味付けだった。普段なら、おいしく頂いていたはずだ。「さあ、食べんさい」と奥さんは勧めてくれた。「体力をつけにゃあいけんじゃろ」

しかし、私はあのバスを降りた日から続く吐き気が心配だった。味付けの臭いが追い打ちをかけた。私はお茶をすすり、海苔はかろうじて笑みを浮かべてお断りした。

「ヒミコさん、体力をつけにゃ」と、負傷を免れた方の肩に手を置いて、奥さんは言ってくれた。その指は骨ばっていて硬く金属のように感じられた。「あんた、痩せすぎじゃ。今日は火傷はどがいなん?」

「ましです。でも、身体が弱ると傷口が開くんです。そうなると、とても痛いんです。それだけじゃなくて、なかなか治らないひどい流感に罹《かか》っているみたいな具合です。看護師にもわからないみたいで、病名がないんです」

「どがいな病気でも、治療は見つかるけぇ」

「毎日こんなに気分が悪いのはもういやです。セキ住職はお強い。ご気分が悪くても、負けたりしませんもの」

「ありゃあ男の人のプライドじゃろ」とトダさんの奥さんが言った。

「とんでもない」と、私たちの会話を聞いていたセキ住職が言った。住職はいつもの白いシャツとネクタイ姿だったが、前よりずっと痩せていた。シャツの襟がゆるくて、首のまわりがだぶだぶだった。「するべきことがたくさんあるし、もっと具合の悪い人がいっぱいいます。ですから、自分が強くあらねばならないのです」

住職も、私と同じように全身の病に罹《かか》っていた。あの爆弾によっておびただしい数の犠牲者たちが患《わずら》っていたのだ。ひどく疲れているはずなのに、住職は仕事を続けた――手紙を書き、数えきれないほどの葬式を挙げた。既に、つぶれた古い寺の再建にも取り掛かっていた。戦争の犠牲者みんなを収容するつもりか、もっと大きな寺を構想していた。

「そりゃそうじゃが、休まんといけんですよ」と、トダさんの奥さんはそう言って、住職を叱った。「ちったあ病気に負けんさい。後になって後悔しんさんな。他の人みたいに、倒れますよ」

ラジオの周波数を合わせるガーガーという音が鳴り出すと、私たちは近寄って耳を傾けた。天皇陛下がまもなくお話をされるところだった。やがて、陛下ご自身の驚くほど高い声で格式ばった日本語が聞こえてきた。私には陛下の言葉の部分部分しかわからなかった。「朕深《チンフカ》ク……鑑《カンガ》ミ非常《ヒジョウ》ノ措置《ソチ》ヲ以《モッ》テ……収拾《シュウシュウ》セムト……」陛下のお言葉はさらに続いた。トダ夫妻は一語一句を聞き逃すまいと懸命だったが、どうやらきちんと理解できたのはセキ住職ひとりだけだった。住職は目を閉じて陛下のお言葉にうなずき、合間に「うん、うん……そう、そのとおり」と言葉をはさんだ。放送が終わると、セキ住職はハンカチを取り出し、曇った眼鏡をはずして拭いた。

日本の天皇陛下が戦争終結を宣言したのだ。一九四五年八月十五日のことだった。日本国民は、日本帝国は、敗戦となり、アメリカ軍に降伏したのだ。私は国家というものに勝利も敗北も感じなかった。ただ、鈍くうずく倦怠感だけだった。

外で一羽のクロツグミが鳴き声をあげ、木の葉が風にそよいだ。

天皇陛下が日本の敗戦を宣言してから二日後のこと、私の両脚が立たなくなった。それに気づいたのは庭仕事をしている時で、私は季節はずれの野菜を植えるために土を掘り返していた。セキ住職がトダさんを呼んでくれた。「どこまで運べるかわからんのう。背が高い人じゃけぇ」とトダさんは言った。

布団に寝かされるや、きっと私は二度と起き上がれないだろうと思った。まもなく、ミキオさんみたいにひどい嘔吐と下痢を繰り返すようになり、何も抑えられなくなった。セキ住職が心配して、医師の助手を呼んで診てもらうことにした。治りかけだった火傷は口を開け、割れ目に分泌物があふれた。

それからの数日、私は死にたくてたまらなかった。自殺の方法をいろいろと考えた――焼死、水死、首つり、ナイフの冷たい鋼鉄を腹に突き刺す「セップク」、あるいは心臓を突き刺すか、それとも手首を切るか、ガラス瓶入りの毒薬やヒ素を飲むか、毒草のトリカブトか。スープに混ぜてみようか。そうして存在と非存在の連鎖を断ち切り、「サトリ」、つまり悟りの境地に達するのだ、と。

途方もない渇きと火のように焼ける熱が私の身体の中で渦巻き、眠っても休まることはほとんどなかった。布団は汗でびっしょり濡れた。悪夢から目覚めようと必死にもがいた。毎夜、サーちゃんのことで自責の念に苛《さいな》まれ、イワオを見失ったこととスミエの死にゆく顔を思うと、胸がえぐられるように痛んだ。悪魔に足で突かれ、私は地獄に落ちた。底なしの闇の世界、悪夢の世界、暗黒界。死者の顔が私を取り囲み、私の裸身を笑った。どこに隠れたらいいのかわからなかった。死者の顔が私の名を呼んだ。私が返事をすると、死者たちの顔と身体はしたたるロウソクのように溶け、あるいは、まるで夏の蔓《つる》からぶら下がる熟したメロンのように破裂した。内臓はやわらかくドロドロだった。死者たちが私を追いかけてきた。街中で見た死者のように、首がなかった。私の頭も破裂し、醜い傷口から出る膿のように体液がにじみ出た。しかし、これほどの譫妄《せんもう》状態にもかかわらず、私は死ななかった。私は絶叫し、布団を叩き、包帯を引きはがし、構わないでと叫んだ。「死なせて！」私は呻き、のたうち回った。セキ住職が呼んでくれた知り合いの看護師が、鎮静剤を打ってくれた。セキ住職は私の生と死へ報恩の念仏を繰り返し唱えた。ナマンダブ、ナマンダブ、ナマンダブ……

そして、ある日のこと、呼びもしないのに彼らはやって来て、私の病状と暗愁という悪霊と闘った。私はこの悪霊に打ちのめされそうだった。彼らは私の身体を、私の命を預かってくれた。彼らが誰なのか、私にはわからなかった。今もなおわからない。というのも、私は目が見えなかったからだ。彼らの存在をただ感じとるだけだった。彼らは普通の医者でも看護師でも僧侶でもなかった。彼らは違っていた。彼らは強い手をしていた。彼らは静謐なる目的をもって来ていた――私を救うという決意を。彼らが私を傷つけたり笑ったりしなければいいがと思った。彼らが私の火傷や細い身体を笑わなければいいがと思った。彼らが私の悪臭に顔をそむけなければいいがと思った。私の身体はもはや私のものではなかった。私はみずからの身体を彼らに預けた。

彼らの手が私の頭の下からそば殻《がら》の枕を引きはがし、私を布団から引き上げ、風呂場へ引きずるように運び、髪を洗い、ミネラルウォーターで身体を拭き、臭くてねばねばする手製の軟膏を傷に塗った。彼らは私の役立たずの筋肉をさすり、血行を良くするために全身を叩いた。彼らはこれを来る日も来る日も続けた。不平を言わず、静かに。ただ、私を回復させようと絶えず看病し慈しみをかけてくれる音しか聞こえなかった。毎日、暗愁という悪霊と闘う私に力を貸してくれたのだ！

彼らは私の傷を湿った空気にさらして、再び覆った。彼らは死んだ皮膚をはがした。彼らは私を起き上がらせ、私の両手に置いた杯に熱い酒を注いで飲ませた。それから、私の手に柔らかいがしっかりとした手を重ねて、彼らは私を再び布団に寝かせた。彼らは私の枕元で寝ずの看病をし、香を焚き、ロウソクを灯した。夜になると私が逃げないように蚊帳《かや》を吊った。彼らは風呂、酒、オイル、それからミネラルウォーターという順番で看病をしてくれ、私を何日も酒に酔った麻痺状態にしておいた。私の意識はよろめいた。白い道を渡る私の身体を東岸の炎が焼き焦がし、西岸から打ち寄せる水が私の身体を洗い、火を消してくれた（訳者註：錯乱した二河白道《にがびゃくどう》幻想）。

次第に私の身体は癒えてきた。火傷は改善し、感染症は治まりつつあった。傷口は頭から足にかけて節くれ立って盛り上がっていたが、手で触れると乾いていた。私は再び生きるための呼吸をし始めていた。お茶を飲み、お粥と梅干を食べ、出された魚をかじりさえした。一口分は小さかったが、その匂いをかぎ、味わった。それでも、具合の悪さは容赦なく続いた。病状は何度もぶり返した。衰弱、高熱、それに寝汗が日々の現実だった。吐き気のせいで、プレジデント・クーリッジ丸の船倉に連れ戻され、私は太平洋を航海していた。そうでなければ、概して具合は悪くなかった。

だいぶ調子が良くなったある日のこと、私は広島駅近くの闇市に出かけてみた。いつまでもセキ住職やトダ夫妻の世話に甘えるわけにはいかなかった――風呂、洗濯、料理、それに買い物――だから、自分のことはできるだけ自分でするようにした。セキ住職には治療が必要なご自身の病気があったし、トダ夫妻が私にしてくれたことは、隣人に期待できる親切をはるかに超えていた。

何にもまして、私は今、生きたかった。することがたくさんあった。みんながどうなったのか調べなければならなかった。イワオ、タカコさん、タカコさんのお母さん、工場の女たち。それに、カズオがどうなったかも。

生きるために必死だったその頃、セキ住職が教えてくれた。九月の初め、日本は東京湾の戦艦ミズーリの艦上で連合国に正式に降伏した、と。私にはその歴史的できごとに関する記憶がまったくなかった。

第三十一章　ヒバクシャ

西広島の私の部屋には桐製の鏡台があって、埃が積もらないように鏡に白い米袋をかぶせてあった。私はそれを外したことは一度もなかった。その布袋は「触るな」とママに注意された燃え始めの火みたいだった。私は触りたくて全身がうずうずしていた。この家にセキ住職と移り住んでからの数週間、私はその布袋をかぶせたままにしておいた。時折、その横を通り過ぎると、手を伸ばして袋に触れることはあったが、実際に外すことはなかった。ただ、私にはわかっていた。いつか自分の姿を見なければならない、と。あの光が私にいったい何をしたのかを。

ある日の夕方、風呂に入った後、私は鏡台の前に立った。勇気を奮い起こし、かがみこんで、負傷していない手で布袋を握った。岩の上からはるか下の冷たい水の中に飛び込むように、私は深呼吸をひとつし、気が変わらないうちに袋をさっと外し、身をかがめ、鏡の前の座布団に座った。あのバスを降りて以来はじめて、私は自分の顔を見た。私に出会っても、カズオには私だとわからないだろう。私の顔は百歳の老婆だった。それを見て、私は軽く嗚咽をもらした。これからは誰も、もう二度と私のことをヒーちゃんとは呼ばないだろうと思った。

頭皮に火傷がある頭の右側は、髪の毛が白くなっていた。ノリオが話してくれた雪みたいだった。顔の同じ側は、生々しく赤いケロイド状の傷が、目と頬骨に向かってギザギザに走っていた。

赤い皮膚の筋がいくつも顔の正面に向かって先細りに広がり、鷹のかぎ爪が顔をつかんでいるようにみえた。私は着物を脱いだ。肩から着物を落とすと、そこに見えたものは、完全には癒えていない首の火傷だった。こわ張る肉は、冷めながら海へ流れる溶岩のように外皮が堅く、足元にかけて引きつっていた。目と頬の近くの傷は髪を垂らして隠せたかもしれないが、首と両手両腕の火傷は簡単には隠せなかった。右の上腕は肉がほとんど削げ落ちていた。肩から背中にかけて、また上半身の下腹部までの柔らかい部分は、火傷の程度がとりわけひどかった。片方の乳房はほとんどなく、恥骨の火傷を負った側には毛がなかった。そこは白い肉がケロイド状に盛り上がっているだけだった。両方の大腿部から膝にかけて、閃光熱傷の痕が一面を覆っていた。前腕は所どころ黒く焦げ、肘は溶け落ち、右手は尾長鴨《おながかも》の足みたいに水かき状になっていた。何本かの指に加え、右腕も曲げるのが困難だった。それに、右足の指が三本なくなっていた。身体のあちこちで皮膚が裂け、臭い膿が滲み出ていた。唯一癒えている傷は、ガラスの破片が刺さっていた右大腿部の傷だった。サーちゃんは見分けがつかないくらい焼けていた。彼女に比べれば、私は運がよかった。

ある日、部屋でうとうとしていると、夢の中で誰かが家に入ってくる足音が聞こえた。「邪魔をして申し訳ない」とその声は言った。すると、部屋に入ってきたのはオガワ医師だった。初めて会ったあの日、イトウ家に入ってきた時と同じだった。私は身を起こし、あの世かと見まごう光の中で顔をそむけた。傷を見られたくなかったからだ。顔を隠すために、私は夢の中で掛け布団をまさぐっていた。醜さを隠すためだった。

オガワ医師は私の布団の傍らに来て床に腰を下ろし、私の傷に何度か目をやり、両手を伸ばして傷に触れようとした。私は嫌がったが、彼は私の顔を正面に向けさせた。彼の両手は私の皮膚にしっかりと触れたが、乾いていて温かかった。夢の中の私たちふたりを高みから眺めていると、自分の両手を見て、彼のすべすべした手と見比べている私の姿が見えた。

「蒸し蒸ししますが、いい天気ですな。すぐに台風シーズンになります」彼は私の傷を調べた。

「ここ数週間、天気のことなどほとんど気にしませんでした」

「そうでしょうね」しばらくの沈黙の後、彼は頭を下げてこう続けた。「ヒミコさん、今日は謝罪に来ました――以前あなたに言ったことを謝りたいのです」

私は思い切って顔を上げ、彼を見た。驚いたことに、彼の目にはやさしさがあった。

医師は続けて言った。「それに、おわかりいただきたいのですが、私はあなたの人生に干渉したくはないのです。これからは、あなたとカズオのことには口出しをしません」ということは、カズオは生きているんだ。「たぶん、あいつの母親の言うとおりです。私は息子に幸せになってほしいのです。この度の爆弾と戦争で負傷した人たちを診ていて、私の考えは改まりました、根本から」

「私たちはみんな変わりました」と私は言った。「でも、謝る必要はありません。カズオさんが私に会いに来るとは思えません。ですから、ご安心ください」

「カズオは母親と一緒に東京に戻っています。退役しました」そう言うと、彼は白い封筒を床にすべらせた。「うちの家族から――スミエちゃんにお香典です」夢を見ている私の身体は、オガワ医師が差し出した封筒を受け取るまいと抵抗したが、記憶しているかぎり、結局は受け取ってスミエの骨壺の脇に置いた。

「私は宗教的な人間ではありませんが、人間の身体がこれほど自然治癒するとは奇跡ではないでしょうか」と彼は言った。

「ですけど、私の身体はもはやまともな身体ではないんです。ただの顔に傷ある女、幽霊女なのです」

「とんでもない。あなたは誰よりも真の人間にみえますよ。あなたは運がよいのです。負傷したからという意味ではなく、顔が傷ついた側ときれいな側に分かれているからです。あなたの苦しみは社会に見えるためにあるのです。彼らがあなたを元どおりにしますよ」

「あなたは私の気持ちを楽にしようとしているだけです。自分の姿はよくわかっています。醜悪。それ以外に言葉はありません」

医師は何も言わずに身体を動かし、鞄を開けた。彼の清潔で白い手が留め金を上げるときの器用な動きを、私は目で追った。彼は茶道の先生みたいに、溶剤とアルコールと軟膏と石鹸を慎重に取り出した。それから、イニシャルのついたハンカチを何枚か取り上げ、きちんと折り畳み、膝の上に丁寧に重ねた。

「包帯は手に入りにくいんです。でも、あなたの治療のために最良のものを探してきました」そう言うと、彼は白地に青味がかった古い陶器の瓶《びん》を取り出し、コルク栓を抜いた。水がいっぱい入っていた。「これは箱根の家にある湧き水です。癒しの効力があるという評判なんです」彼はハンカチに水を含ませ、私の顔にポンポンと当てた。

「子どもの頃、祖父の家によく行ったものです」と彼は言った。治療をしながら話を続けた。「そこに行くのが好きでした」医師は私の顔のきれいな方を拭いてくれ、それから傷のある反対側に移った。私は負傷していない方の手を彼の手に重ね、そのまま一緒に火傷の部分を拭いた。その水はマンサクのエキスみたいに、ひんやりとしていて収斂《しゅうれん》作用があった。

「祖父は家の湧水を永遠の泉と呼んでいて、私は近くで遊ぶなと注意されていました。昼間私の世話をしてくれた祖母は、私が泉に落ちるのではないかとことさら心配していました。祖母は泳げなかったので、万が一のときは私を助けられる人がいなかったのでしょう。私が自力で助かるしかなかったのです」彼は両手を下げ、私の火傷した首から肩を拭いてくれた。

「で、私はひとりっ子でしたので、孤独でおとなしい子でした。両親は忙しくて私に構っている暇はありませんでした。ですから、私は本当に寂しかったのです。遊び友達もペットもいませんでした。寂しくてよく泣きました。ですから、家族に近づくなと言われていましたが、その泉によく行くようになりました。どういうわけか、子どもの頃に感じた悲しみを、今も心に感じるのです」彼は新しいハンカチに替えて、また水で湿らせた。それで私の両手を拭いてくれた。

「恐らく、人間はこの世にひとりで生まれ、一生を孤独との闘いに費やすのでしょう。私たちは時に自分が哀れで泣いてしまいます。この世のすべてを手にしても、満たされることはありません。その泉に近づくと、湧き水は私の顔を映し、涙を受けとってくれました。そうすると、いつも気持ちが楽になりました。泉に住む魚が、目は見えぬとばかりに、餌だと思って涙の粒をつつくのです」医師は思い出して微笑んだが、その笑顔は私の眠りの中にすうっと消えていった。

翌朝、目が覚めると、あの白い封筒を探した。やはり、私はカズオの父親を夢にみていただけだった。私はまたうとうとした。数時間後に目が覚めると、トダさんの奥さんが、ミカンとブドウとリンゴと柿とイチジクをお盆にいっぱい持ってきてくれた。「余分なお金があったけぇ」と、贅《ぜい》沢《たく》したことを恥ずかしがるように、彼女はこっそり言った。「それに駆引きして、いちばんええのを売ってもろうたんよ。うちらは……うちはね、あんたに元気になってほしいんじゃ。うちにゃあ子どもがおらんのよ、ほじゃけぇね……」

トダさんの奥さんが帰ると、私は起き上がって、夏の終わりのすばらしくおいしい果物を味わった。こんな身体がどうして再びこんな豊かな実りを受け入れられるのだろう。私はイチジクと早生《わせ》の柿の薄いスライスをつまんだ。その色合いを眺めた。ひと切れひと切れの甘みと冷たい感触を長く舌の上で楽しんだ。自分の身体がこんな美しい果物をまた受け入れられるようになるとは思ってもみなかった。私はこれまで乾燥わらびと雑草と溝の水で生き延びてきた。それに比べると、これは贅沢すぎると言ってもよかった。

それから二、三日後に天気が変わり始め、九月初旬の暑さはやわらいできた。曇りがちで、日は短く、涼しくなった。

そんなある日のこと、門の外で誰かが呼ぶ声が聞こえた。ぜいぜいという耳障りな声だった。「開けてつかぁさい」と声の主は言った。その日は具合が悪かったけれど、誰かと思い、起きて外に出てみた。門のそばの道端にセツコさんが這いつくばっていた。驚いた。私たちの中で、いちばん丈夫な人じゃなかったの？　それが今は歩くことも話すこともままならなかった。彼女の顔と唇には砂利が食い込んでいた。私は這うようにして彼女を家の中に運び入れ、衣服のほこりを払い、口と手を拭《ぬぐ》ってから布団に寝かせた。セツコさんにはいくらか小さな青いあざがあり、皮膚には点々と小さな出血があった。髪の毛は抜け落ちていた。私はセキ住職の知人の看護師を呼んだ。その頃、この不愛想な女性はアメリカ人の医師たちと仕事をしていた。私を診に来てくれた時と同じように、この看護師にセツコさんの具合を診てもらった。

まるで人間の精神をこれでもかと試すように、その月の終わりに大きな台風が広島地方を襲った（訳者註：枕崎台風）。暴風雨が唸り声を上げ、川は氾濫し、市街は浸水し、橋は流され、道路はえぐられ、看板は吹き飛ばされた。倒木や泥流が道路をふさぎ、嵐の間は移動が、不可能ではないにしても、困難だった。山腹では地滑りが起こり、家が崩れ落ちた。

さらなる死者、さらなるハエ。既に亡くなったりバラバラになったりした何十万の遺体に加えて、さらに荼毘《だび》に付される数々の死体。

「京都から来た医師たち？」トダさんの奥さんと話をしていて、その惨事をたまたま耳にした。奥さんはこう話してくれた。あの爆弾の後、援助に駆けつけた医師たちがいて、彼らの居所が台風による土砂崩れで夜中に押し流された。

「うん、ここよ、記事を読んであげる」と彼女は言った。「人命救助を志す人間みずからが命を落とすとは、無念の極み」地元広島の中国新聞に掲載された犠牲者の中にオガワ医師の名前があった。

たとえ夢の中であろうと、オガワ医師は最後には心を変えて私にやさしくしてくれた。だから、私は彼を許すことができた。あの方は慈悲に抱かれたのだ。彼は今また少年に戻り、箱根のおじい様の家にある永遠の泉に帰ることができたのだ。夢の中の医師は、自分の悲しみに溺れそうだった。だから、悲しみが川となって彼を運び去り、幼いころの泉に連れ戻さなければならなかったのだ。その癒しと奇跡の水の中で、彼は平穏と静寂を見出すことだろう。

十一月も半ばになると、アメリカ軍が物資と食糧をトラックでいっぱい運んでくるようになり、広島の人たちはセミの幼虫が土の中から出てくるみたいに表に姿を現した。人々の目から戦争の重苦しさは消えていた。新たな目的をもって身体を動かし、肉の缶詰や昆布を求めて声を上げた。家を失った被害者たちの多くは、獣が火の周辺へと移動するように、爆心地のはずれに移っていった。爆弾が落ちてからこの方、何十軒もの新しい掘っ建て小屋があちらこちらにできていた。

闇市ではシラミのたかった孤児たちが私の周りに群がった。私の服をつかんで訴えた。「お母ちゃん見んかったか?」「ねえちゃん、お菓子もっとらんか?」「娘さんに、きれいなペンダントはいらんか」「あのう、妹が住んどるとこに行く汽車賃がないんじゃ」妹に会いに行けるようにと、短パン姿で細い身体にぶかぶかの着物を引っ掛けた小柄な坊主頭の少年に、私は汽車賃をあげた。その子は汚い手で私の手から金をさっとかき集めると、敬意からというより反射的に頭を下げて走り去った。

鉄道駅にできた間に合わせの市場あたりで客と商売人のやり取りを聞いていると、懐かしさがこみ上げてきた。ノリオとイワオとサーちゃんの声が屋台の方からこだまして聞こえてきた。その時こう思った。山の中で安全に暮らしているハルエ伯母みたいな人には、復興に苦労しているこの街の事情などわかるはずもないだろう、と。

手押し車で商売をしている人たちは、まだ食料の入手が困難なのにかこつけて、値をつり上げていた。私はこれまでに身に着けた手練手管の限りを尽くして、今までになく値段の交渉を根気よく続けた。市場では自意識過剰にならなくて済んだ。最初こそ、みんなは気を使って目をそらせていたが、私の傷のことなど忘れるのに時間はかからなかった。私のことはせいぜい荷台の向こうの小難しい客ぐらいにしか考えていなかった。私は緑茶、かび臭いスルメ、リンゴ一個、麺、それに古くて酸っぱい臭いのする豆腐を買った。スリを警戒して、セツコさんがくれた宝石とお金を胴着の中に隠し、残った方の乳房の隣にしまい込んだ。

その日、市場をうろついている間に、初めて彼らを見た。ついに彼らは広島にも来たのだ。長身で白人のアメリカ軍人たちは、カーキ色の軍服とまびさしのある制帽といういで立ちで、被害の状況を調査し、地面の土の成分を調べた。彼らは米国戦略爆撃調査団の将校と兵士たちであることを、私は後になって知った。その日、近くで見たふたりは私と年恰好は変わらないようにみえた。ひとりは淡い金髪で、もうひとりはウェーブがかかった黒っぽい髪だった。イギリス人とポルトガル人にみえた——ヒロでそういう男の子たちを知っていたからだ。ふたりは長身で背筋のピンと伸びた上官の傍らを離れなかった。この上官はなまりのひどい日本語を話した。彼らは広島の水道設備について何か話し合い、扱いにくそうな器具で土壌の調査記録をとっていた。私は彼らの近くでぶらぶらして、話に聞き耳を立てた。

彼らの話す英語は私の耳に奇妙に聞こえた。すべての言葉が理解できたわけではなかった。まるで頭の中に霧がかかったみたいだった。ただ、聞いているうちに耳がリズムに慣れてきて、一語一語がだんだんとなじみのある音になり、そのうち私は彼らと同じ言葉を彼らと同じように話したくなってきた。その人たちに話しかけたかったが、まるで語るための声も熱意も勇気も失ったみたいに、言葉が喉の奥で後戻りしてしまった。まもなく、その男たちは通りの向こうへ移動したので、私も後を追い、やがて彼らを追い越した。それから振り返り、遠くから彼らのほうに向くと、彼らのゆったりとした仕草が、勝利者としての自信あふれる態度が、目に入った。彼らの内ひとりはゆっくりとした英語をしゃべっていた。私は彼らに近づいて話しかけ、服従と降伏の言葉を伝えたかった。私はあなたたちの仲間だと言いたかった。しかし、笑われるのではないかとも思った。

故郷のハワイでは白人とのつき合いは限られていた。その頃でも、私は白人には臆病だった。あの人たちはいい車と大きな家を所有し、柔らかくて明るい色の髪をしていて、きちんとした英語を話した。土地のほかの子どもたちとは違って、白人の子はいつも靴を履いていた。学校では私たちにやさしかったが、誕生日とか日曜の午後のパーティに誘ってくれることは一度もなかった。白人は私にとってよそ者だった。子どもたちが履いているエナメル革の靴、乗っている車、それに食べ物を除くと、白人たちのことはほとんど知らなかった。しかも、わずかに知っていることでさえ、白人家庭のパーティを準備したり、広いベランダのある大きなプランテーションの邸宅で働いたりする日本人の使用人から聞いた話だった。

帰り道、私に汽車の切符代をねだった男の子を見かけた。「ねえ、待って!」と私は大きな声をかけた。「どうして妹さんの家に行かないの?」

どう見ても十歳に満たないその子は、うんざりしたような視線を送ると、口の端で笑い、首を振って大人みたいに地面に唾を吐いた。「家? どこの家じゃ? 豆粕《まめかす》を買うて食うたわ」そう言うと、彼は着物の袖の奥から楊枝を取り出して、いびつに曲がった虫歯を突っついた。「バカな女じゃのう。わしを何じゃ思うとるんか? あっち行け――ヒバクシャ!」彼の口から侮蔑の唾が飛び散った。

私は自分に浴びせられた言葉に不意を突かれ、その意味を聞こうと彼の後を追った。「わしに触るな」と彼は言い、逃げる彼を捕まえようとする私を振り払った。

「わしが被爆したかどうかは誰にもわからん」と彼は言った。「ほいじゃが、あんたは――あんたは顔に傷痕がある女じゃ。牛みたいに焼き印を押されとる。あんたが何者か、誰でもわかる。あんたには焼け焦げ悪魔の印がついとるんじゃ！」そう言うと、彼は長い着物を引きずりながら走り去った。

ヒバクシャ。そうか、私は今、被爆者なのか。原爆の生き残り。犠牲者。

その子が私に浴びせた言葉をセキ住職に伝えると、住職は首を振ってみせた。ところが、続けて住職が言ったことに私は驚かされた。「私たちの生は相互依存の関係にあるのです。ですから、私たちはある意味、すべての人間の生における過去ないし現在の所業のすべてに連座しているのです。交戦中の国々はすべて重い業の罪を、原因と条件を、引きずっているのです。それは私たちの互いの生が織りなしたものなのです。そうして、私たちに投げかけられたこの巨大な網を作ってしまったのです。そこにおいては罪なき者はひとりもいず、免れる者もいないのです。しかし、そうではありながら、いいですか、これは天罰ではありません。ただただ無為、あるがまま。真如なのです」人間の生は何もかも、私などが思い描ける以上に複雑だった。

その夜は、滋養分に富む海藻のスープを作り、身に起こったことを理解するのにわずかながら落ち着きを感じるようになった。スープに豆腐を入れてネギを添え、セキ住職と一緒にあまり話をせずにすすった。聞こえてくるのはセツコさんが立てる音だけだった。彼女は食べたものは何でも傍らに置かれた桶の中に吐いた。

「無駄じゃけぇ、ヒミコ」と、私が布団に寝かせようとすると、セツコさんは言った。気分は落ち込んでいた。「なして助けてくれるんかわからん。医者の助手が水分をえっと摂るように言うけぇ、水分を摂ったけど、何になるん？飲んだらもどしてしまうんよ。静養しろとも言われるけど、うちは衰弱して寝とるゆうことを知らんのじゃろうか。ヒミコ、うちを殺して。お願い。そうやってうちを助けて。今は死ぬるよりつらいんじゃ」

私はセツコさんの顔を拭き、濡らしたタオルを額に当て、へばりついた髪を後ろになでつけた。私の両手に抜けた髪が残った。彼女の頭皮には黒い吹き出物が点々とできていた。

「諦めちゃダメです」と私はセツコさんに言った。「命はこのひとつしかないんですよ。セキ住職が言うように、二度とない命です」

私の言うことを聞いて、セツコさんはにこりと微笑んだ。「うちに説教するたぁ、あんたらしゅうないねえ。うちも落ちぶれたもんじゃ」眠りに落ちた時でさえ、彼女の歯はカタカタと音を立て続けた。

私はセツコさんを両腕でかかえ、抱きしめ、慰めてあげたかった。しかし、もはや私たちにそんな気持ちを表現する余裕はなかった。彼女をどんなに大事に思っているかを表現できるのは、ほかの方法でしかなかった。だから、私は彼らが私にしてくれたことを繰り返した——風呂に入れ、身体を拭き、食べさせた。

「どんなにつらくても、頑張らなきゃだめよ。そんなに苦しいのは、あなたの身体が頑張ろうとしているからでしょ」と私は叱った。あの爆弾が落ちてから数日の間は、彼女は気丈で強かった。それが今はやせ細って衰弱し、私と変わらなかった。セツコさんのやつれた顔を見ていると、彼女がスミエにとてもやさしかったことを思い出した。

私は快方に向かい、赤血球の数値も上がってきたので、ある日、ミキオさんの母親を探すために向原《むかいはら》まで汽車に乗った。そこはバスなら広島市街の被爆区域の端から一時間かそこらにある森林の中の静かな田舎町だった。その家は木陰をつくる広い木立の中に、達磨《だるま》の置物みたいにどっしりと建っていた。片目が入った達磨のように窓がひとつあった。私はすぐに気に入った。

その田舎家の戸をノックした。ひとりの女性が戸を開けて隙間からのぞき込み、私をじっと見た。「こんにちは、アオキ ヒミコと申します」その目に向かって私は挨拶をした。

その女性は私の崩れた顔を動揺することなく見つめた。「どちら様じゃろうか」

「あの爆弾が落ちた直後に、息子さんに会いました。約束したんです。もし私が生き延びたら、お母さまに会いに行きますと」

その女性は戸をいっぱい開け、私を招き入れた。彼女は色白で小柄だったので、まるで人形のようだった。

暗くひっそりとした家の中でお茶をいただいている間に、私はミキオさんから死ぬ前に預かった眼鏡とお金を差し出した。

母親は眼鏡を受け取ったが、お金は首を振って断った。

「ミキオはあんたにもろうてほしかったんじゃ。あの子の思い出に取っときんさい」最後にはなんとか封筒を受け取ってもらった。母親は手を伸ばして私の手から封筒を受け取り、胸に押し当てた。その間、礼の言葉を小さくつぶやいた。

「ミキオは苦しみましたか？ 傷はひどかったですか？」

息子さんはほんの数分の内に亡くなりました、と私は嘘をついた。背中の火傷がどんなにひどかったかは言わなかった。母親は詳しいことを知らなくてもよいのだ。

「顔はきれいなままでした」と私は言った。「息子さんが亡くなっても悲しまないでください。天皇陛下と大義のために死んでいったのですから。息子さんが望んだことです。安らかに亡くなりました」

「火傷はひどかったですか」

「いいえ」と、私はまた嘘を言った。

「じゃあ、死因は何ですか」

「なんとも言い様がないのです。他のたくさんの人たちもそうなのですが、閃光を浴びて身体を壊しました」

「あの爆弾は強力じゃったそうじゃけぇ。息子は苦しかったじゃろねえ」

「苦しかったとしても、ミキオさんは顔には出しませんでした。とても勇敢でした」

「あの子がすぐに死んでよかった。その恐ろしい病気のこたぁ聞いとったんじゃが、新聞にはほとんど書いとりゃせんのよ」

母親はむせぶように身体を曲げて泣き、私の悪くない方の手を握った。「息子はええ子じゃった。悪いこたぁいっぺんもしたことありません。捕まえた蛍は放しちゃり、釣った魚は逃がしちゃりました。そがいな子がなんで死なにゃあならんのですか」

「そうですよね」

私はミキオさんの短い人生について尋ねてみた。母親が懐かしむ彼は、如何にも絵に描いたような孝行息子だったことを知り、私は得も言われぬ悲しみに胸が張り裂けそうだった。こんなにも真《しん》摯《し》な生き方があるのかと胸を打たれたからだ。

「人間はたいがい戦争にゃあ無力ですけぇ。何が起ころうと、うちらにはどうすることもできません。あの子がおらんようになって寂しゅうなります」と母親は言った。

ミキオさんの家を出る前に、線香をあげ、仏壇に置かれた写真の生真面目な顔の前に白い菊の花をそなえた。そうして、ミキオさんの短命を悼《いた》んで鈴《りん》を鳴らした。

第三十二章　治癒――一九四六年の春

投薬と治療のおかげでセツコさんは快復し、セキ住職と一緒に寺の修復に取り掛かった。寺の間に合わせの事務所は、当座ほとんどの商売や事業が集中していた鉄道駅の近くにあった。私は家事と庭仕事を買って出た。戦地から帰還して診療所で被爆者の治療にあたっていた医師たちによると、セキ住職とセツコさんと私が生き延びられたのは、爆弾の熱線をまともに浴びずに済んだからとのことだった。あのバスが爆心地から離れていたことと、爆風によってバスの中に押し戻されたおかげで、運転台が私の盾になってくれたのだ。セツコさんとセキ住職の場合は、厚い壁に護られた。ただ、私は体調のせいで仕事に就くのは困難だった。それに、左手でなんとか書けるようになってはいたが、書いた文字は子どもの殴り書きみたいだった。右手は相変わらず役に立たず、ぼろ布同然、しかも火傷に加えて使わなかったせいで、筋肉はほとんどが委縮していた。何軒かの店で店員の職を求めたが、だらりとした私の片腕を一瞥《いちべつ》するや、店主はやんわりと断ってきた。私は自分にできる仕事なら何でもするつもりで、あちこちの店をたずね歩いた。

「きっと何か訳があるんです」と私はセキ住職に言った。「私みたいな人間は誰も雇いたがらないようです。お客さんが被爆者を怖がるからです。どっちにしろ、私は役に立ちません。そもそも日本語をきちんと書いたり読んだりできないのですから」

外部の者たち、つまり近県の人たちや戦争から帰還した男たちが広島に流入し、手に入る仕事のほとんどに就いていく一方で、私たち被爆者は家に閉じこもって身を隠していた。私たちみたいな人間に同情を示す会社もわずかにあったが、その玄関には毎日長蛇の列ができていた。被爆の痕を容易に隠せる人もいたが、私のように傷痕がむき出しの者は自分の正体を隠せなかった。数ヵ月後には、街中で傷痕のある人を見かけることは段々と少なくなった。その多くは亡くなったのだが、自殺した人もいれば、身を隠した人もいた。

だからこそ、視線を浴びた。市内電車に乗っていると、新聞の上から私をのぞき見する男がいた。その男は私から目を離せなかった。私たちの身体は臭ったし、まわりの人たちは私たちの醜悪さについてひそひそ話をした。私たちの病状は感染すると思い込む人もいれば、魂の汚辱と言う人もいた。もっと迷信深い人は、私たちが邪悪な目をしていると決めつけた。街では子供たちが私たちをからかい、闇の魔力が身体に乗り移らないようにと飛び跳ね、私たちの影を踏まないようにした。時々、わざと誰かを触ってやろうかと思ったこともある。電停でひとりの子どもが私に向かって大声であざけった。「顔を見せろ！」私は火傷を負った腕を伸ばしてその子の後を追って脅かし、よい方の手で顔から髪の毛を持ち上げ、鷲づかみ状の赤い爪痕を見せてやった。「幽霊じゃ。化けて出てやる」と、両目を剥《む》いて私は言った。一緒にいた子どもたちは散らばっていった。私はそれを見て笑ったが、心は虚しかった。

同じ日、駅近くにあるセキ住職の臨時の事務所へ歩いて向かっている途中で、アサヨさんにばったり会った。

「あら、まあ」と彼女は声を上げた。「あんた、ヒミコ？ そうなん？」

「アサヨさん、ご無事で何よりです」

「ええ、ええ、これを無事ゆうんやったらね」と、自分の両目を指さして彼女は言った。片方の目はえぐられて虚ろだった。右の耳と歯も何本か、それに髪の毛もほとんどが無くなっていた。

「まだ何とか見えるんじゃけぇ、感謝せにゃあいけんの。もっと運が悪い人もおるんよ」

「タカコさんのお母さん、どうなったかご存知ですか？」

「火事で工場が焼け落ちて、そんとき死んだんよ。娯楽室で杉材の梁《はり》の下敷きになった人がようけおるんよ。うちは逃げられて運がよかった」と彼女は言った。「あ、そうそう、娘さんのほうは、かわいそうに顔がえっと焼けてしもうて」

「タカコさん、まだ生きてるんですか？死んでるかと思ってました。どこにいるんですか？」

「あの娘はひどかったんじゃ。死んではおらんけど、顔の傷がひどすぎて見られんかったよ。最後に聞いた話じゃ、炭鉱で働くために筑豊に行ったんじゃげな。まだ火傷は治っとらんかったし、具合も悪かったそうよ」

「筑豊？あの人がそんな所へ行くなんて信じられない。ひどい所だって聞きました」

「タカコみたいに傷痕があって、しかも頼れる親戚もいなけりゃ、あそこに行くことになるんよ。だあれも傷痕のことやら気にせんじゃろ。そこじゃったら、顔のことなんか気にせんでええんよ」

アサヨさんに礼を言い、また会いましょうと約束したが、会うことはないだろうと思った。彼女がしっかりとした足取りで私のもとから歩き去り、通りすがる人みんなにうなずいてみせる姿を私はずっと見ていた。彼女は人の視線に気がつかないか、見られても気にならないかのようだった。

私は借金をした。闇市でみんなが苦瓜《にがうり》さんというあだ名で呼ぶ高利貸から、お金を借りた。

「元金プラス同額の利息を一年以内に返済すること」と彼は言った。

そのことは後で考えればいい。どうしても筑豊に行って、タカコさんを広島に連れ戻さないといけない、と私は思った。出発する日の午後、セツコさんがおにぎりと魚ひと切れとキュウリの薄切りで弁当を作ってくれた。「気いつけんさい。あそこは乱暴者が多くて危ないんじゃげな」と彼女は言った。私は汽車に乗り、海峡を渡って九州に入った。しばらくの間、汽車は海岸沿いを走ってから内陸に入り、やがて福岡県の山間《やまあい》へと向かった。長い間、ゆっくりと、うねるように走った後で、私は名もなき汚れた町の汚れた駅で降りた。石炭のほこりが宙を舞い、建物を覆い、空を暗くしていた。近くの旅館の中から叫び声や罵り声が聞こえてきた。喧嘩だった。ふんどし姿の男たちが玄関から飛び出して、互いをげんこつで殴り合い乱暴に蹴り合った。私はかまわず極楽旅館という宿屋まで歩いていき、泊まれるかどうか尋ねた。

「炭鉱ん仕事ば探しよんなら、朝早う入り口に来るごと。五時出発やけん」と、私の傷痕に目をやりながら宿の人が言った。

私は宿帳に名前を書いた。左手で正式に字を書いたのは初めてだった。「炭鉱の入り口はどこですか？」名前を書き終えると私は訊いた。

「あんたら被爆者は傷痕があるだけやなかね。まぬけなんじゃね」と、彼女はけだるそうに冷たい言い方をした。「周旋人に訊かんかったと？」

「私は自分で来ました」

「ああ、じゃあ、ここんこと聞いてきたんやな？　あんたは右手が悪そうやけん、どげんな仕事ばくるうかねえ。せいぜい石炭の選別ね。いちばんひどか仕事ばい。そこん山ば登ってから橋ば渡るっちゃん。すぐわかるばい。女ん暗か穴んごたあ所やけん」彼女は自分の下卑た冗談に高笑いをし、声はかすれ、顔は皺くちゃになった。

「仕事にありつけたら、私のような女が寝泊まりできる宿泊所はあるでしょうか」

「会社が部屋ばあてごうてくれるばい。それか、ここらあたりん家にも泊めてもらえるたい。坑夫ば泊める家ばい」

翌朝早く、私は山裾にある横長で低いおんぼろの建物まで歩いていった。どう見ても、飯場《はんば》といった感じだった。階段を上がると、女たちが男物の下着姿で忙しそうにしていた。その内のひとりに声をかけて傷痕のある顔をのぞき込んだ。「あ、すいません」と私は言って、廊下を急いだ。

建物の中で別の女性に声をかけた。「もしかして、タカコという名前の娘を知りませんか」

「タカコ？ えっと、悪かばってん、そげん名前ん娘は知らんね。新しか娘が何人か入ってきたばってん、何者かは知らんばい。ここじゃ、他人《ひと》んことには口出しせんけん」と言うと、彼女は行ってしまった。

それから私は別の廊下に入っていった。片側には大きな汚れた窓が並んでいた。その狭い廊下は建物の端まで続いていたが、タカコさんらしき人はいなかった。その頃は既にたくさんの女たちが裏口に詰めかけ、小さな木製の弁当箱を手に取っていた。外では女たちが裏手の山を登っていた。その先が炭鉱の入り口にちがいなかった。女たちが立坑《たてこう》を降りるか石炭車に乗り込む前に、入り口に立って見張っていたほうがタカコさんを見つけられるのではないかと思った。だから、最初のグループに追いつくように、急いで山を登った。私は入り口に立って、ひとりひとりの顔を食い入るように見た。顔をそむけて下を向く女が多かった。素性がばれるのが怖くて、私の目を避けているみたいだった。

「ほら」とひとりの女が声をかけた。「仕事を探しよんなら、そこで待ってな。ほかに人手がいるか、後で監督が見に来るけん」

女たちの最後のグループが入っていった。どういうわけか、タカコさんは見かけなかった。帰ろうかと思ったその時、山腹に入っていく満員の石炭車から細くて甲高い叫び声が聞こえてきた。「戻ってください」と、くぐもった声が懇願した。タカコさんの声に似ていた。もう一度その声が聞こえた。まちがいなかった。後戻りする石炭車のキーキーという響きに男の不機嫌そうな声が混じった。

「タカコさん！」と言って、私は手を振った。「私、ヒミコよ」

私は運搬車のほうに近寄ろうとしたが、むっつりした見張番が両手で私の両肩を押して制止した。タカコさんはわき目も振らずに運搬車から出て、私に近づいてきた。私たちは互いの腕をしっかりとつかんで抱き合った。

「会えてよかった」と言って、彼女は泣き始めた。私の上腕から手を離し、くず折れるように地面に膝をついた。

「うちの顔を見て」と言うと、彼女は顔を上げ、覆っていた布を横に払った。タカコさんの顔は爆風のせいで焼けた豚の皮みたいに水ぶくれになっていた。「塀の裏に隠れたんじゃけど、間に合わんで熱線を顔に浴びたんじゃ。あなたと別れて、街の中心に向こうて歩いとったの。スミエは？

イワオは？」私は首を振った。

「うそ！　かわいそうに。イワオもスミエも？　……信じられん」

タカコさんの目だけは変わっていなかった。顔じゅう火傷痕だらけだったが、その真ん中で目だけは生き延びていたし、これほどの不幸にもかかわらず微笑んでいた。彼女の明るい性格がまだ残っていた。

翌日、タカコさんを連れて広島に戻った。出発する前に、宿泊所近くの庭で炭鉱の仕事着を焼いた。タカコさんがはいていた坑夫用ズボンと色あせた藍のシャツが、焚きつけ用に集めた紙と一緒に燃えるのをふたりで見ていた。風向きが変わり、焚き火の熱を浴びるようになると、タカコさんは焚き火から顔をそむけた。「熱が当たると顔が痛いんじゃ」と彼女は説明してくれた。「立坑の中でひとつだけええこたぁ、湿気と寒さが顔にやさしいってこと」タカコさんは顔を覆っている薄いガーゼのような布のしわを延ばし、その端をつまみ、口の周りだけ残して顔いっぱいに引っ張った。彼女の傷がどの程度か私には測りかねたが、相当にひどかった。

その日の夕方、西広島の家に着くと、セキ住職とセツコさんが迎えてくれた。タカコさんの紹介をそそくさと済ませると、彼女をセツコさんと私が使っている部屋に入れ、布団を敷いて寝かせた。「気持ちいい」と言うと、その夜、彼女はすぐに眠りについた。

タカコさんが来てからすぐのこと、寺の本山が広島に新しい住職を任命し、セキ住職は神戸にある姉妹寺に移るという知らせを受けた。広島に新しい寺を建てるというセキ住職の夢は、少なくとも住職の手では叶わなくなった。「残念ですが、みなさんがこの家に残ることはできなくなります」と住職は言った。「新しい住職は、寺の境内が新たに整備されるまで、若い家族と一緒にここで暮らすことになりますので」

セツコさんはセキ住職について神戸に行くことにした。神戸で職に就き、手伝いとして寺で働くとのこと。その取り決めは彼女にとっても住職にとっても好都合だった。ふたりを被爆者だと知る人はいないだろうし、それ故ふたりが通常の生活に戻るのは楽になるだろうからだ。その頃、多くの人が共有していた気持ちは、自分を原爆の犠牲者だと認めない方がよい、ということだった。私はというと、自分をどうすればよいのかわからなかった。「一緒においで」とセキ住職は言ってくれた。「ずっと一緒に暮らしてきたんだから。きっと神戸で仕事が見つかりますよ」

「セキ住職、それでなくとも、これまでとても親切にしていただきました。私はそろそろ自立しなきゃいけません。それに、タカコさんを放っておけません。彼女は妹みたいなものです。ですから、世話をしたいのです。それから、家族に会わなければなりません。たぶん、シイチ伯父とハルエ伯母が私とタカコさんをしばらく家においてくれるでしょう。それに、ハワイに帰ることも考えなければなりません。母と姉が心配しているでしょうから」

「じゃあ、日本を去る時は、神戸に会いに来てくれると約束してください」

「もちろん、そうします」

その週の終わり、セツコさんとセキ住職を広島駅で見送る前のこと、私はタカコさんの布団の傍らに座り、彼女の手を握っていた。彼女が吐き気を催して喘ぎだすと、背中をさすり、やさしく歌を歌ってやった。

「ヒーちゃん、顔がひどいことになっとるね」と、吐き気が治まると、タカコさんは私を見上げて言った。

「あなたもよ」

私たちは目を合わせ、笑い出した。

「あら、あなたはとってもきれいよ」と彼女は言った。「髪のピンがぶちかわいい。それに、うちもあなたの白い服が欲しいわ」私は床を転げまわり、ふたりで声を上げて笑った。

彼女がカズオのことを訊かなかったのは有難かった。訊かなくとも、たぶん直観的に事情を察したのだろう。

彼女が眠る前に、私はこう尋ねた。「ねえ、教えてくれない。私があのバスを降りた日、あなたとお母さまは晩ご飯に何を作るつもりだったの？」

「ええけど、今はだめ……しんどうて。うん、うちが考えたドッキリよね……明日話しちゃる」

駅のホームに立って神戸行きの汽車を待っている間、私はセツコさんとセキ住職と一緒に泣いた。他の乗客たちからは離れて立っていたし、多くを語る必要もなかった。私たちは同じ地獄を味わったわけだから、互いの痛みがよくわかっていた。

それでも私は何とかセツコさんをからかってこう言った。「あらまあ、あなたすっかり変わっちゃって。誰だかわからなかったわ」

「こがぁな目に会うたら、自分の未熟さは叩き潰され、その代わり、謙虚さっちゅうもんを知ることになるんじゃ」そう言うと、彼女は大きな笑顔をみせた。

お別れのときは、長い間ゆっくりと手を振った。

家に帰る前に、またお金を借りるために苦瓜さんのところへ行った。「本気か？」と、彼は陰険な目つきで訊いた。「わしから逃げるこたあできんし、隠れることもできんぞ。絶対に見つけちゃるけぇ」彼の助手が椅子に座って、ナイフの硬い刃で爪を丸くシュッシュッと磨きながら私を見上げた。

「見つける必要はありません」

「この金に最初の貸し分を足して、秋分にゃあ返してもらうぞ」

「え、でも、一年もないじゃないですか！」

「嫌ならやめとけ」と彼は言った。

家に帰ると、タカコさんに声をかけた。「ねえ、お茶、飲む？　気分はどう？　すぐにそっちに行くから」

私は手を洗い、顔と首を拭いた。その日は特に蒸し暑く、雨が降りそうだった。家じゅうの窓を開けてから部屋に入った。タカコさんは身体を横にして寝ていた。私は部屋を明るくしようと思い、窓のところへ行き、もう少し開けた。その間、私はずっと話し続け、最後にひとつ質問してみた。反応がなかった。振り返ると、彼女は死んでいた。その瘡蓋《かさぶた》だらけの荒れた顔に、やわらかい陽が射していた。布団の端に置かれた手の先に、口の開いた布袋とすり減った鉛筆と書きかけの手紙があった。「いろいろとありがとう」の文字。「みんな清潔で静かな死に場所が必要よね。炭鉱の中で死なずにすんで本当によかった」

第三十三章　再び京都へ

夏も間近の頃、私はバスに乗って安佐郡まで行き、ヒデ叔父さんの家の近くで降りた。スミエの骨壺をまともな方の腕の脇に抱え、所持品を入れた小さなバッグとみやげ用の煎り豆の包みを持って道を歩いた。戦争から帰還した日本兵みたいに、敗北感に打ちひしがれての帰郷だった。ハルエ伯母の顔を見るのが怖かったが、どうしようもなかった。伯母の前では、自尊心は抑え込み謙虚になるしかなかった。私には泊まる場所が必要なわけだから、また伯母とうまくやっていくしかなかったのだ。

家の敷地まで上がっていく道沿いの田んぼで、チエミさんが田植え用に泥をひっくり返していた。白いほおかぶりと前掛け姿で、くるぶしまで水につかり、もんぺを膝まで巻き上げていた。秋にはここで家族総出の稲刈りになることだろう。

「チエミさん」私は彼女に会えてうれしく、手をいっぱい振って声を掛けた。

チエミさんは顔を上げ、手袋を捨て、あぜ道を走ってきた。私に近づく前から泣いていた。「会えてほんまにうれしい」と言って、彼女は袖で目を抑え、ひと言ひと言に声を詰まらせた。

「私は元気ですよ」と彼女を安心させた。「火傷を負ったけど、今ではたいがい何でも自分でできます――もっとひどいことになっている人がいっぱいいるでしょ？　ヒデ叔父さんはどこ?」

「具合が悪うてね。あんたとスミエとイワオを探しに広島に行ってからそがいなんよ」

「まあ、お気の毒に。知りませんでした」どう言っていいのかわからず、少し間をおいてから尋ねてみた。「イワオは見つかったんですか？」

チエミさんは私の荷物を持ちながら首を振った。

私たちは家に向かって歩いた。緩やかな上り坂を歩いていると、ハルエ伯母が母屋から私たちを見下ろしているのが目に入った。ユキちゃんが私に気づき、駆け出してきた。手を振りながら、聞き取れない言葉を叫び、私たちを出迎えに緩やかな坂道を走ってきた。

「お姉ちゃん！」

最後に会ってから随分と大きくなったようだ。私たちのところへ来る一歩手前で彼女は身体をかがめ、深々とお辞儀をし、それから両膝をつき、学校の制服のひざに顔を埋めて泣き出した。身体を引きつらせて泣きながらしゃべった。「会えてうれしい！」

「私も会えてうれしいよ」と、うずくまった姿に近寄りながら私は言った。それからユキちゃんを抱き寄せた。「泣かなくていいの。私は元気だから」

「ひどい傷痕があるって聞いたよ。顔を見せて」と彼女は言ったが、幼い子にありがちなあっけらかんとした好奇心から出た言葉だった。彼女は私の顔を両手で挟んで、傷痕をつくづくと見つめた。「サーちゃんのほうがもっとひどかった！」

「うん、そうだったね。私の火傷なんか、サーちゃんに比べると何でもないよ。ほら、制服が汚れるから立って」

「うん。それに、お母さんに怒られるから」と言って、彼女はくすくすっと笑った。私もチエミさんも笑ってしまった。ユキちゃんは立ち上がり、私たちの前をスキップして帰った。

母屋に入ると、みんな一斉に話しかけてきた。あの爆弾が落ちた日のことを私に話したくてたまらなかったのだ。ただ、ハルエ伯母は別だった。お茶をいただきながらおしゃべりしている間、伯母は私からいちばん遠い部屋の隅で不機嫌そうに座っていた。私の両手や顔の傷痕をじっと見つめていた。伯母はほとんどしゃべらなかった。多分、私が注目を浴びていることが気に入らなかったのだろう。何度か彼女は犬がうなるみたいに口の端を上げてみせた。だから、私に襲いかかり噛みつくのではないかとさえ思えた。

「あの爆弾はすごい音じゃった」とヒデ叔父さんは言った。禅僧みたいに坊主頭になっていた叔父さんは、自分の小屋から挨拶に来てくれた。「こりゃ絶対世の終わりじゃ思うた。神様が怒っとると」

チエミさんが後に続いた。「身体も耳も爆風で破裂する思うたよ」

ヒデ叔父さんによると、地区の警察が新しい情報が入るまで村を出ないようにと指示したそうだ。「わしゃ頑固じゃけぇ、警告を無視してあんたを探しに行ったんじゃ。あんたが住んどるあたりを二日間探したが、何も見つからんかった」

「ご病気になられて申し訳ありません。命がけで探してくれたんですね」

「シイチ伯父さんもあんたを探すために病院を出たがったんじゃが、医者とハルエ伯母さんが引き留めたけぇ、ほんまによかった」

ハルエ伯母があざけるように鼻息を荒くした。

「兄にとってはつらい時じゃった。あんたや子供たちがどうなったか知らんのじゃけぇ」

「イワオのことは、何と申し上げていいか」と言って、私は上半身と頭を床の上に伏せた。
「イワオのこたぁ、あんたのせいじゃない。あんたが生きとって元気なだけでうれしい。スミエのこたぁ残念じゃった。亡くなったという知らせをセキ住職から受け取った時は、ユキちゃんは大変じゃった」とヒデ叔父さんは言った。

また、戦争が終わってからママが二回も家に手紙を書いてきたと、ヒデ叔父さんが教えてくれた。ママは生きていたんだ。病気が何であれ、致命的な病ではなかったわけだし、私が何日も眠れぬ夜に恐れた不治の癌ではなかったわけだ。

ヒデ叔父さんはその手紙を読んでくれた。最初の手紙は一九四六年四月付だった。

拝啓　お兄さん

戦争が終わってから何カ月も経つのに、郵便物停止が続いていました。ハワイ在住者には、最近になってようやく手紙同封の小包に許可が下りました。お砂糖を少し送りますので、みなさんで分けてください。

ただ、私のいちばんの心配はヒミコです。何か連絡がありましたか？　とても不安です。ここ数年、あの娘から何の便りもありません。あの娘がどうしているか、あの娘と孫がどうなったか教えてください。ここのところ、ハワイの生活は不安ではありませんが、対処できないことは何もありませんでした。私たちは日本と兄さんたちの無事のために祈りましたが、日本が戦争終結を宣言しなければならなかったという悲報をラジオで聞いた時、ハワイ在住の同胞たちは悲しくて泣きました。

と同時に、安堵もしました。

ハワイ在住の日本人は地元の白人に蔑《さげす》まれることなく、良好な関係を保ってきました。ですから運がよかったと思います。どうか、そちらの事情をもっとお知らせください。

妹より

「わしゃあんたのお母さんに返事を書いて、みんな元気じゃが、スミエとイワオが爆弾で死んだと知らせちゃったんじゃ」とヒデ叔父は言った。

次の手紙には、ママはこう書いていた。

お兄さん

あの爆弾でスミエが死んだなんて悲しすぎます。私は一度も孫の顔を見ることはないのですね。ヒミコの傷はひどいのですか？ つらかったことでしょう。あの娘の具合をもっと教えてください。私とミヨで何かお分けできるものをなんとかして送ります。まもなく、衣服と缶詰が入った箱が届くはずです。

お兄さん、みんな年取ってしまいますね。私は白髪になり、歯も入れ歯です。足が痛いだの腰が痛いだの、いつも文句を言っています。ミヨは結婚していないので、家事を手伝ってくれます。私は脳卒中で左半身が不随になったので、ミヨがいてくれてとても助かります。少し字を書くことぐらいはできます。もう一度お願いです。ヒミコのこと、もっと知らせてください。

妹より

ヒデ叔父さんは手紙をたたんで封筒に入れながら、私の顔をつくづくと見た。「あんたにゃ、いたしい長旅じゃったなあ。ハワイから広島じゃけぇ」

「はい、長い旅でした」

そうか、ミヨは結婚していないのか。私が日本に来るためにミヨのお金を使ったせいだろうか。私はヒデ叔父さんとチエミさんの前に出て、こう言った。「またご迷惑をおかけしますが、帰国の手はずが整うまで滞在するところが必要なんです」

部屋の隅に座っていたハルエ伯母が、急に咳払いをしてこう言った。「ヒミコ、お前は頼む人を間違ってるよ。それに返事はノーよ。お前を家に置くわけにはいかない。特に伯父さんがいつ帰ってくるかわからないときに。伯父さんは身体が弱いのだから、お前の病気がうつったら困る」

「ハルエさん」とヒデ叔父さんが言った。「多分、わしもヒミコと同じ病気じゃ。そのせいでヒミコを追い出すこたぁでけん」

「荷物になりたくはありませんが、助けてほしいのです」と私は懇願し、畳の上で身体をぐるりと回してハルエ伯母の顔を見た。

「お前にはここにいる権利はないよ。いちばん必要なときに出て行ったんだからね」伯母はヒデ叔父さんをにらみつけて、さらに続けた。「うちにはこれ以上の病人はごめんだよ。この娘がうちで暮らすんだったら、あたしはこの家にいるわけにはいかない。だから、ヒデ、チエミ、そういうことになれば、あんたたちが小屋から出て行って」

私は気が動転していた。「お願いです。申し訳ありませんが、ほかに行くところがないんです。お金もほとんどありません」

「ちょっと、あんたは誤解してるよ。ヒデ叔父はこの家の所有者じゃないよ」

「え？」

「この地所は全部シイチ伯父さんのものだよ。ということは、この敷地にあるものは全部あたしの財産だということさ。伯父さんが留守の間は、あたしが好きなようにできるんだ。ヒデさんとチエミさんは、あんたのお祖父さんお祖母さんがシイチに残した田んぼの手伝いをしてるだけなんだよ。なんでそんなこともわからんのかねえ。ふん、あんたは自分のことしか考えないから、わからなかったんだよ！」

そうだったのか。私たちが最初に京都から着いた時、ヒデ叔父さんとチエミさんが母屋を出て、小さな小屋に移ったのはそのためだったのか。ばかだなあ。自分とカズオのことばかり考えていたからだ！

「お願いしますけぇ、ハルエさん」と、夫の傍らからチエミさんが丁重にやさしく言った。「ヒミコさんを追い出すこたぁできません」

「チエミさん、あんたが言うことじゃないでしょ。この娘が家に何を持ち込むか、あんたにはわからないのよ。それに、ずっとあたしには薄情だったんだから。この娘はとんだ疫病神よ」

「そりゃ、あまりにもむごすぎるじゃろ」とヒデ叔父さんが言った。

ハルエ伯母は叔父を無視して、私の顔をまっすぐに見た。「あたしはあんたと何の関わりももちたくない。近寄るな、戻ってくるな！」伯母は立ち上がり、戸をぴしゃりと閉めて、別の部屋に入っていった。

「冷たい人じゃ。すまんのう」と、耐え難い沈黙の後で、ヒデ叔父さんが言った。チエミさんは座ったままうなだれて、しくしく泣いていた。

「お母さんはひどすぎる」とユキちゃんが言った。

「大丈夫よ。ユキちゃんはいい子にして、お母さんの言うことちゃんと聞きなさい。しっかり勉強して、お母さんの言うとおりにするのよ」

「それでも、ひどいことはひどい」ユキちゃんの大人びた言い方に、私は笑ってしまった。

私は立ち上がり、戸口まで歩いていき、スミエの骨壺を取り上げた。「じゃあ、もう行かないと」と私は言った。

「申し訳ないのう」とヒデ叔父さんが言った。「何か力になれることがありゃあ、言うての」

別れ際に、ヒデ叔父さんがスミエの香典を差し出し、私にも余分にお金を手渡してくれた。私はその「余分」を拒まなかった。その方が、礼儀にかなっていると思ったからだ。また、私はシイチ伯父が入院している療養所の住所と名前を教えてもらった。

広島の街に戻る途中で、シイチ伯父を見舞いにあおぞら療養所に立ち寄った。運よく、そこは伯父の実家から歩いて行ける距離にあった。私の顔を見ると、伯父は感極まったとばかりに唇を震わせた。「ヒミコさん、生きてて本当によかった」

シイチ伯父はずいぶん具合がよさそうだったし、快復に向かっているようだった。いくぶん体重も増えていて、もはや生ける屍には見えなかった。「医者が新薬を試してくれてる」と伯父は言った。

「それはよかったですね。すぐにまた元気になりますよ」私は伯父のそばに行って腰を下ろし、手を握った。「いろいろとお世話になりました」と私はささやくように言った。

私は家に帰っていたことも、そこで何があったかも、伯父には言わなかった。ただ、伯父に話しをしている最中《さなか》のこと、どうしても伯父に言っておかなければならないことが脳裏によみがえった。「伯父さん、今日はお別れを言いに来たんです。私、京都に戻ります」

「京都？」

「ええ、京都です。スミエの遺骨をあの寺に置きたいのです――ノリオとサーちゃんと一緒に。あのう、伯父さん、サーちゃんは……」

「シーッ。もう言うことは何もないよ」

「でも、伯父さんはご存じないんです」

「いやいや、わかってる。だから、言うことは金輪際、何にもない」

伯父は私に罪の告白をさせまいとしているかのようだった。それに、私の思いを伯父と分かち合えば、私の苦しみ、つまり私の暗愁は軽くなるかもしれないが、伯父にはさらなる苦痛を味わわせることになるだろう。伯父の言うとおりだった。伯父は知らないほうがいいのだろうし、伯父がそう望むのであれば、その気持ちを尊重しなければならない。自分の父親のように愛するようになっていたこの人の気持ちを。

ハラ法師は境内の落ち葉を掃き終わり、小山にした葉っぱにマッチで火をつけるところだった。私は背後から近づいていった。法師が振り返った。見あげたその顔が陽射しを浴びた。法師は瞬《まばた》きをし、目の上に手をかざした。

「おや、ヒミコさん！」

「すみません、驚かすつもりはなかったのですが」

「いやいや、その逆ですよ。ちょうどあなたのことを考えていたところです。しかし、あなたが本当に現れるとは思ってもみませんでした。さあ、日陰に入りなさい」

法師は私を陰に導いてくれた。「顔をよく見せてください」と彼は言った。法師につくづく見られて落ち着かず、私は目を伏せた。「恥ずかしがることはありません。あなたは少しも変わっていません。確かに、あちらこちらに多少傷はありますが、あなたの人となりはそのままですよ」

「私は、先生がお考えのように、いつも正しく立派であるわけではありません。いろいろありました」

「そうではない人がいるでしょうか。いませんな。不完全なのが人間、愚かなのが人間。しかし、あなたの目はまだ健やかで生き生きとしています」

「ひと目見ただけで全部おわかりになるのですか?」と私は思わせぶりな訊き方をしてみた。

「私にわかることは、あなたがあまたの苦難をくぐり抜けてきたということです。あなたの傷痕――それはあなたの個性の印です――原爆の犠牲者として生き延びることを物語っています」私はその言葉が大嫌いだった――犠牲者、生存者――ただ、その言葉はまさしく私の実体を表現していた。

「ほかの人たちも同じように感じてくれればいいのですが。被爆者は社会ののけ者扱いです」

「人はみずから理解できないものを恐れるのです。この国では、人と異なるということは、望ましくないとみなされます。しかし、あなたの違いは常にあなたの強さの一部なのです」

私はハラ法師と小さな読書室まで歩いていき、そこで話を続け、その後のあれこれを語り合った。テルオと他にふたりの小僧さんがまだ寺にいた。私たちが時間も忘れて話に夢中になっているのをみて、彼らは食事を運んでくれ、境内のろうそくを消してくれた。ただ、私たちがいる部屋のろうそくは燃え続け、壁に映る長い影が次第に小さくなっていった。私はハラ法師と夜遅くまで話し込んだ。

「あなたが生きていることはわかっていました」と法師は言った。「しかし、京都で会えるとは思ってもみませんでした」

「ほかに行くところがなかったものですから」

ハラ法師はうなずき、それから手を伸ばし、私の肩をやさしく叩いた。その夜の会話には、カズオの名前は一度も出てこなかった。私は尋ねるのが怖かった。

法師は再び私に宿泊場所を提供してくれたし、料理人兼家政婦という元の仕事をあてがってくれた。私は法師に癒合《ゆごう》した手を見せた。もはや小さなしゃもじみたいになっていた。こんな手でどれほど役に立てるかわからない、と法師に伝えた。

「心配なさるな。今以上に悪くなることはありません。寺ではまた料理番を交代制でやっていますから」

「それに、私はよくわからない病気に頻繁に襲われ、それがとてもつらいんです」

「そんな時は、私と小僧たちが代わりましょう。ただ、小僧たちが何人いたってヒミコさんには、片腕で具合が悪くても、かないませんけどね」と法師は言って笑みを浮かべた。

私が以前この寺にいた時には小僧さんが五人いたが、ひとりは原因不明で死亡、もうひとりは僧侶になることは天職ではないと決心したそうだ。テルオを含む他の三人は短期間従軍してから戻ってきた。テルオは左腕を撃たれ、砕けた骨の手術を受けていた。彼は私を見ると深々と頭を下げた。「お帰りになられてうれしいです」と彼は言った。

「小僧たちは私の実の息子みたいなものです」後日、ハラ法師はそう言った。


スミエの納骨をする日、カズオの母親が私の部屋を訪ねた。両腕に白いボタンの花束を抱えていた。黒いドレスを着た彼女は細身で気品があった。未亡人姿がよく似合っていた。落ち着いているようだったし、特に悲しみに沈んでいるようにはみえなかった。

「どうぞお入りください」と私は言った。

彼女はハイヒールをそっと脱ぎ、腰を曲げて礼をすると、私がすすめた座布団の端に座った。それから小さな黒いハンドバッグを膝に置き、その上に花びらのような白い指を重ねた。彼女が両手を合わせると、高価な真珠の数珠がかすかにすれ合う音が聞こえた。私は失礼をして台所に入り、お盆に小麦煎餅と緑茶を載せて部屋に戻った。

母親は物思いにふけるように煎餅を小さくかじり、お茶をすすった。視線はお茶に注がれていた。私たちは黙って座り、それぞれに思いを巡らせていた。

ようやく母親は湯飲みを置き、私をまっすぐ見つめると、こう言った。「ご愁傷さまです。スミエは私にとって孫娘みたいでした」

「お心に感謝いたします。ご主人が不慮の死を遂げられた由、私からもお悔やみ申し上げます」

母親はバッグを開けると封筒を取り出した。夢の中で彼女の夫がくれた封筒を思い出させた。封筒を私の前に滑らせるように差し出すと、彼女は床の上に伏してお辞儀をし、それからゆっくりと身を起こした。

「お気持ちは大変うれしいのですが」と私は言った。「これ以上あなたからいただくわけにはいきません」

「どうかお受け取りくださいーースミエが私に与えてくれた喜びのために」

そう言われて、私に何が言えよう。私は封筒を着物の前の折り目に収めた。

「それでね、ヒミコさん、カズオのことなんだけど……」と母親は言った。

「私、近いうちにハワイに帰ります」と、私はさえぎるように言った。母親とカズオの話をして、平生でいられる自信がなかった。

それでも彼女は続けた。「私はお悔やみを述べに来たのですが、それだけではありません。あなたにカズオのことを話したかったのです。ここ数ヵ月、あの子があなたのことでどれほど苦しんだか、どうしても知ってもらいたいのです」

「あの人が？　驚きました。あの人がそんな風に感じていたなんて、思い当たるふしは全くありません。ですから、あの人に言ってください。私は相変わらず元気で、間もなく母と姉に会うために帰国するのだと」

「それでは私の気持ちが収まりません。どうしても、カズオのことを話さなければならないのです。あの子はあなたがいなくてとても寂しそうで、それが心配でした」

私は大きく息をした。カズオが、寂しい？　私を裏切っておいて！　私は彼を愛していたし、彼も同じだと思っていたのに。結婚するつもりじゃなかったの？　私を探す努力すらしなかったじゃない。

「たぶん、あなたに会いにくれば……」と彼女はようやく口を開いた。

「私に会いに？　ありえないと思います」

「あなたがあの子の胸の痛みを和らげる言葉をかけてくれたら、そうしたら」

「わかりました、そこまでおっしゃるのなら。あの人に言ってください。放免します、許します。どうぞお幸せに、と」

「その言葉をあの子に伝えてよろしいんですね」

「はい、どうぞ」

それを聞いて、母親は安堵した様子だった。数分後には、私の部屋を立ち去った。


一九四七年の春、京都の新聞にカズオと花嫁の結婚写真が載った。父親が息子のために選んだ女性だろう。おとなしくて内気そうだった。ウェディングドレスは白くて美しく、高価なものであることは見てわかった。カズオは白い上着姿で、両手でシルクハットを握っていた。観念したような顔つきだった。近頃の新郎新婦は大概そうだが、ふたりとも笑顔ではなかった。だから、お互いにもう飽きているようにみえた。その写真を見ていると嫉妬と怒りを覚え、彼に対するなけなしのやさしさをも焼き尽くした。

その年も月日を重ね、白月の秋祭りの季節になると、私は具合が悪くなった。湿度の高い天候のせいで、病気がぶり返したのだ。夜遅く、境内でスミエを探して歩き回っているところを、ハラ法師に見つかった。世界を変えてしまったあの光の中を彷徨《さまよ》うかのように、焼け焦げた手を差し出して歩いていたのだ。あの火の中を、耐えがたい痛みを冷やしたり鎮めたりする奇跡の見込みもないまま、飢餓の亡霊のように他の人たちみんなと歩いていたのだ。

「何をしているのですか」とハラ法師が言った。

錯乱状態で法師に話しかけていたのをぼんやりと覚えている。「スミエを、カズオを探してるんです。どうして私はまだ生きているんですか？　どうやって生き延びたのですか？　イワオはどこ、ノリオは、サーちゃんは……スミエは？」


その後しばらく経った頃のこと、まだ熱があった私は布団に横になっていた。あたりを見回してみた。小さな部屋の窓際には、切り花が無造作に花瓶に挿してあった。まもなく最初の入門儀礼となる剃髪の予定だったテルオが、近くに座ってバリトンで歌うようにお経の練習をしていた。黒いズボンに白いシャツ姿で、両手には経典を開いてあった。

「お花畑に転げ落ちたのかと思ったわ」と私は言い、花を見上げた。「自分は死ぬんだなって。だって、あなたが枕経《まくらきょう》をあげてるんだから」

テルオは微笑んでから、窓を押し開けた。

「外はいい天気ですよ」と彼は言った。「ヒミコさん、目が覚めてよかった。ここ何日か熱が高かったものですから。お医者さんがね、傷痕の組織にできた水疱の水を抜かなきゃならなかったし、輸血もしたんですよ」私は身体の右側が窓に沿うように寝かされていた。その右半身の包帯に触れてみた。

「何日？」

「四日間です。熱はようやく昨日わずかに下がったんです。あなたが少し快復したのをみると、ハラ法師も安心されるでしょう。今日はここにはいませんが」

「ここはどこ?」

「病院です。オガワ病院」

「オガワ病院?」なんと、カズオの病院だ。「ねえ、私、ここにはいられないの。支払いができないし。お願い、お寺に連れて帰って」

「できません。でも、ハラ法師と先生にはお気持ちを伝えておきます」そう言うと、テルオは一礼して部屋を出て行った。

私は濃厚な甘い香りのする花をじっと見つめた。名前はわからなかった。鮮やかな色合いの花びらは蜜蝋《みつろう》を塗ったような光沢があって、火がつけば極彩色に燃え上がるのではないかと思われた。

窓の外は日が高くなっていた。急に陽射しが上から注ぎ、きらめく陽光が部屋中に輝いた。まるで、光があの花からはじけたかのようだった。とっさに私は左手で顔を覆った。その閃光の中、部屋に入ってくる人の姿が見えた。カズオだった。

「ヒミコ?」と彼は言い、椅子を引き寄せた。相変わらずハンサムではあったが、以前より痩せたようで、表情は重く、少しふけてみえた。白衣を引っ掛けていた。

「この病室に来たことある?――私に会いに」

「いや、きみがここにいることは知ってたけど、何を話していいのかわからなくて。今日来たのは、快方に向かっていて退院が近いと聞いたものだから」彼は私の左側に座っていたので、私の顔のきれいな側しかみえなかったはず。だから、彼には私の変わりようがわからなかったのだ。「親父が死んでからは、ぼくがこの病院を経営しているんだ。それに、医師の国家試験を受けるために勉強してるんだ。それが思ってた以上に厳しくてね、競争も激しいんだ。でも今日は、きみに会って……」

私は何も言わなかった。何度となく長い沈黙が続いたが、その合間ですらほとんど言葉は交わさなかった。私には話すことが何もなかった。というのも、これ以上私のことを彼に知られたくなかったからだ――痛み、裏切られたという気持ち、負傷、恐怖、罪意識、悲しみ。私は花瓶の花に目を移し、薄いカーテン越しに射し込む光の線を追った。その時、火傷をしている手を外に出しているのに気づき、シーツの中にさっと隠した。自分の身体の悪い側をカズオに見られたくなかったからだ。しばらくして、カズオは椅子をベッドの近くに寄せた。「ヒミコ」そう言いだしてから、彼は口ごもった。「スミエのこと、お気の毒です」

「どうも」

「それから、もうひとつ言いたいことが……」

「言う必要ないわ」と私は言い、目はまっすぐ花を見つめた。「あなたが何をしようが、私にはもう関係ないことです」たしかに原爆の直後には会いに来てほしいと思った。が、もはやそれも終わり。放免すると伝えるよう、母親に言っておいたはず。「この部屋を出て行って。二度と会いたくない！」

「頼むよ、ヒミコ。謝りに来たんだ」

「謝ることは何もありません」

「ヒミコ、ぼくが間違ってた。ひどい間違いだ。どれだけひどいか、きみにはわからない」

怒りが込み上げてきて爆発しそうだったが、虚しさを覚え、言いたいことも言わなかった。何の権利があって、この部屋に入り、私の許しを請うのか？　自分のつらさと自分の罪悪感しか考えないなんて、何という自己本位か！

私は両脚をベッドからずらし、脇にぶら下げた。もはや抑えがたい怒りが煮えたぎる中、私は身体をまっすぐ彼に向けて言った。「カズオ、私の顔を見て」私は顔の傷ついた側から髪を大げさに払ってみせた。「ちゃんと見て。首の傷痕も見て！」私は首の火傷痕がある方を彼に向け、着物の襟を引き下げた。それからベッドをすり抜けた。彼の方に二、三歩進み出て、彼の目の前に立った。ところが、彼は追い詰められた猫みたいに慌てて椅子から腰を上げた。私が腕を伸ばして彼の手を握ったものだから、よけいにカズオをびっくりさせた。

「何をするんだ」と彼は言って、手を引き離そうとした。

「私の傷痕にさわってほしいの」

「なんでこんなことするんだ」

「なんで？」私は彼の手を握りしめ、首へと導いた。「私に会いに来てくれたものと思ったからよ。いい？　私は私の傷痕なの。ほら、いま目にしているもの触れているものはお気に召さない？　この傷痕と、この私と、愛し合いたくないの？」

次には無理やり私の顔に触れさせた。「ここにいる間、私の顔がどんなか、少しも気にならなかった？」彼は目をそらした。「そんなことしかできないの？　顔をそむけることしか」しかし、私にはわかっていた。カズオは不快を覚えると同時に、惹きつけられてもいたのだ。やっと彼は抵抗をやめ、恐る恐る手を動かし、私の顔に触れた。

私は自分が毎日触れなければならない傷痕を、カズオにも触れてほしかった。太古の永劫《えいごう》の百万劫の劫の十万年の千年の百年の毎年の毎月の毎日の毎時間、毎分、毎秒を、私が何を引きずって生きているのか、被爆者が何を引きずって生きているのかを彼に知ってほしかったのだ。彼が私と同じ傷痕をさらして生きて死ぬことになるとすれば、それがどういうことかも知ってほしかった。さわって！とりわけ、私たちがもう一緒にはなれない理由を、彼には理解してもらいたかった。

私は彼の手を離し、右肩から着物をすべり落とした。「こっちには乳首がないの。それから、ケロイドも見て。赤くて形がギザギザでしょ」と私は言った。「ほら、私の乳房に火傷の手が触れてるでしょ」左の肩からも着物を落として、傷ついていない乳房を手で覆った。私は役に立たない右手をカズオの首にまわし、彼を引き寄せた。

「ヒミコ、やめろ」と彼は言った。「離してくれ！」

「まだ行かせるわけにはいきません」と私は言ったが、彼の首を押さえる力がどこから湧いてくるのかわからなかった。「さあ、私の肩にキスをして、自分の唇で私のでこぼこの肌を感じなさい」私は自分の身体を彼に押しつけた。「あなたの妻の柔らかくて滑らかな肩にキスをするときはいつも、私の肩を思い出しなさい。妻ではなく、私の感触を味わいなさい。私があなたのことをどう思っているか、忘れてほしくないのよ、ずっと。わかる？　だからキスをして」

カズオの息遣いが激しくなった。私が近寄ると、彼は後ずさりしようとした。「なんでこんなことするんだ？」

「私、そんなに気味が悪い？」すると、彼は私を引きずるようにドアの方へ向かおうとした。「ねえ、まだ行かないで」と、私ははにかむふりをして言った。「余興は始まったばかりよ」カズオを行かせまいと、私はすばやく自分の背中をドアに向けた。

「ヒミコ、もうこれ以上きみの傷痕は見たくないし、キスもしたくない！」

「でも、まだ終わっていません」私はよい方の手で胴体を覆っている包帯を解き、それを彼の顔に突きつけた。「臭いをかいでみて。この臭いを忘れないで」と私は言い、手首を使って蜘蛛の巣状の手を彼の首にきつくまわし、彼の顔を引き寄せ、それから押さえつけた。「私の死臭をかいで！」

「頼むから……」

「この臭いがあなたに一生つきまとえばいいわ」

「もう、たくさんだ！」

「たくさん？　どうして？　気分が悪くなるから？」

「きみの本心じゃないからだよ」

「じゃあ何？」

「わからないよ」そう言うと、彼は私の手を引きはがし、両手で顔を覆った。

カズオは諦めたのかもしれないが、私はそのつもりはなかった。彼の顔から両手を引き離し、もう一度、彼ににじり寄った。私は帯をほどき、着物を床に落とした。カズオの目の前で裸のまま立ち、彼の手をむき出しの恥骨に押しあてた。「ここにさわって、一生忘れないで。ほら、さわって！」

「わかった、わかった。きみの勝ちだよ。きみの言うとおりだ。ぼくはきみの傷痕が憎い。きみがこんなことにならなければよかった！」

「でも、なってしまったの、でしょ？」と私は言った。怒りが冷め、急に気が抜けたような感じだった。くじかれたような。「それでも、私はヒミコよ」

「いや、ぼくが知っているヒミコは死んだんだ！」そう言うと、カズオはさっと部屋を出て行った。

第三十四章　真なるあるがままの生

カズオとの一件から間もなくのこと、私はハラ法師に言づけを頼まれて京都駅に行った。そこで進駐軍の連合国軍総司令部が掲示した求人広告が目に入った。「通訳求む」とあった。近くの小さな事務所で応募手続きを済ますと、私は堀川通を走って帰り、高辻通の寺に戻った。書斎にハラ法師の姿を認めると、駆け込んだ。座りなさいと言われるのを待たなかった。

私はお辞儀をしただけで息もつかずにしゃべった。「先生、私は今日、アメリカ軍の通訳者の仕事に応募しました。できるでしょうか?」

「通訳? もちろん、できますとも。その仕事に就けるといいですね」

「すごくワクワクしてます。こんなに興奮したことありません! この仕事、チャンスをいただければ、ちゃんとできると思います。でも、私に資格があると思われます? 教育をきちんと受けてませんから。唯一の有利な点は、英語が話せることと、日本語をかなり知っていることです。でも、ああ、こんなこと思いもしませんでした——アメリカ軍の文書の翻訳を頼まれたらどうしましょう。そしたら運の尽きですね。私は読み書きがほとんどできませんから。だったら、どうしましょう」私は段々と早口になっていった。

ハラ法師は笑って言った。「ほら、ほら、落ち着いて。大丈夫だと思いますよ。アメリカ軍は色々な求人広告を街じゅうに掲示しています。あなたを翻訳者として使えなくても、ともあれ何かほかのことに使えますよ」

アメリカ軍からすぐに返事が来るものと待っていたが、来なかった。二週間後、もう声はかからないなと諦めかけていた時、急ぎの通知が寺に届いた。翌朝九時に面接をするという内容だった。きちんとした服を持っていなかったので、テルオの古い着物を借りて着た。アメリカ軍は男物も女物も区別がつかないだろうと思ったので、大丈夫だろうと高をくくった。通りすがりの日本人はじろじろ見つめ、ひそひそ話をするかもしれないが、私は人に見られることに慣れていた。この傷痕のせいで、どっちみち私はじろじろ見られてるんじゃない？

面接の十分前に鉄道駅近くの事務所に入ったが、例の感じがよくて丁寧な若い白人の士官はいなかった。最初に応募手続きをした時、その若い士官は私の傷痕は気にもしない様子だった。ところがこの日、デスクの後ろにいたのは、背が低く葉巻をくわえただらしなさそうな男の人だった。その口は大きくだらりと下がっていたので、歯の治療を受けるために口を開けているみたいだった。「あっそ」やっとそう言うと、その男は少し頭をひねった。「ピーターソン大尉が、アー、すぐ相手をするから。そこに座って」と言って、彼は椅子を指さした。「きみは、アー、いわゆる……だね？」

私は無視した。ただ、その詮索に私が目を細めてにらみつけたものだから、男は目をそらした。ピーターソン大尉は背が高く背筋がまっすぐ伸びた人だった。私が部屋に入ると、彼はすっくと立ち上がり、デスクの上で前かがみになった。まるで、小さな船の舳先《へさき》から霧の中を探っているかのようだった。「どうか」と、私は手で制止しながら言った。「お辞儀をする必要はありません。私はアメリカ人です」

「応募書類にそう書いていましたね」と言って、彼は目の前の書類に目を落とした。すると、今度は握手をしようと右手を差し出してきた。その手を握ると、乾いていてがさがさだった。それから彼は人差し指をなめ、その指で私の応募書類をめくり、ざっと目を通した。「申し訳ないが、まだ書類をきちんと見てないんだ。それに、あなたは被爆者ですね？」彼が私の傷痕を見たとしても、いやな視線ではなかった。

「はい、そうです」

「ここに来る前、私も広島にいたんだ。だから、あの惨状は見ている。負傷されたようでお気の毒です。ただ、あなたの医療費はぜんぶ負担させていただきますので。あれはよくなかった。ただ、あのようにしかできなかったのだろうと」

あのようにしか？　よくもそんな！　焼夷弾のほうがまだましだったでしょうよ。突如として私は怒りの波に襲われ、あやうく椅子を蹴倒しそうになった。大尉が私の激怒を免れたのは、私の対応力のおかげだった。私は「ガマン」という日本的精神を発揮したのだ。だから、言いたくてたまらないことを抑え込むことができた。私は何としても仕事が欲しかった。アメリカ軍が京都に来さえすれば私は救われる、などという甘い考えをもっていたとすれば、その迷妄からたちまち目を覚まされることになった。援助など一切なかったからだ。自分のことは自分自身で、自分流に、自分の時間でしなければならなかった。その頃はミヨとママとはたえず連絡を取っていて、ミヨは帰国の船賃を出してやるとまで言ってくれたが、私は彼女のやさしい配慮を断った。以前にもミヨのお金を使っていたので、二度はできなかった。それに、スミエを置き去りにはしたくなかった。

「仕事内容を教えていただけませんか」と、意識を再びピーターソン大尉に戻して尋ねた。

「ああ、単純なことだよ。士官たちと車に乗って、通訳をすればいいんだ。それだけさ。できると思うかね？　ここにいる英語のネイティブの中で、あなたほど日本語を知ってるやつはあまりいないのでね。それと、士官と奥さん連中に日本語会話を教えてくれる人が必要なんだ」

「日本語はしゃべれますが、読んだり書いたりはあまりできません」

「それは大した問題じゃない」とピーターソン大尉は言った。「キャリア組と奥さんたちが語学学校で勉強したいのは、基本的なこと――こんにちは、さよなら、金の計算――日常生活に必要なことだよ、転属になるまでのね。やれるかね？」

「もちろん、できます」と私はひるまず言った。

「結構、じゃあ明日から始めよう、通訳の仕事だ。語学学校のことは後日改めて話そう。ＰＸ（訳者註：軍駐屯地内の売店）で必要な被服費については外にいる職員に聞いてくれ。詳細はそいつが教えてくれるから」

それ以来、私はいろいろな士官や運転手たちと共に仕事をした。私の仕事は建築事業に必要なあれやこれやを入手するために、彼らを街中や周辺へと案内することだった。当初、彼らも仕事相手の日本人たちも、私の傷痕がもの珍しそうだったが、資材の交渉に入ると傷のことはたちまち気にしなくなった。

通訳の仕事に就いてから一ヵ月ほど経って、私は日本語を教え始めた。受講生は主として進駐軍の上級士官とその妻たちだったが、私を講師に迎えたことを喜んでくれた。というのも、私は日本語の基本表現を教えるのに英語を使ったし、言葉を板書するのに初歩的だがわかりやすい略式の自己流ローマ字で書いたからだ。士官たちは鉄道駅近くの学校に週三晩通ってきたが、この人たちは通訳の仕事よりも骨が折れることがわかった。

最初の授業に行くと、男女とも私の顔をじろじろ見つめた。これは予期していたことではあったが、男たちよりも女たちのほうが私の顔の事情を知りたがった。ただ、当初、彼女たちを驚かせたのは、私がアメリカ国民だということだった。

「どうして日本にいるの？」と、ひとりの女が訊いてきた。すると、これが集中砲火の口火となった。「歳はいくつ？」「ハワイ出身なの？　じゃあ、収容されなかったのね？」「ジャップはあなたをアメリカ人という理由で監禁しなかった？」彼女たちの質問は不謹慎極まりなかった。私は大したことは言わずに、できるだけさらりと質問に答えた。戦争中に日本で捕まったのだと説明しておいた。個人的なことはほとんど言わなかった一方で、言えることは全部言ってみんなに知ってもらい、肩の荷を下ろしたいという思いもあった。

「顔と首の傷痕はケロイドって呼ばれるもの？」とひとりの女が尋ねた。

「ええ、でも、私のは小さい方ですよ」

「ヒエーッ！」と彼女は声を上げ、夫の肩の背後で身をすくめた。

その最初の授業で、彼女たちは段々と私の傷跡には関心を払わなくなり、時たま私のほうに視線を送る程度で、他の話に移っていった。

私の会話クラスに来た士官と奥さんたちは、それぞれ京都植物園の近くに建てられた住宅に住んでいた。私には軍が寺からの交通費を支払ってくれた。とりわけ奥さんたちは、日本語は日本に滞在する間だけ必要だったわけだから、まるで休暇中であるかのように振舞った。だから、彼女たちは一晩学習したことを次の授業までに簡単に忘れてしまった。日本を出ていくのが待ち遠しくてしかたがなかったのだ。設備は気に入らなかったし、母国のような便利で快適な生活ができなかったし、日本食は口に合わなかった。夫たちもまた退屈していて、私の授業に耳を傾けるよりも市内で進行中の事業の話ばかりしていた。彼らにとって私の授業は大きな社交クラブみたいなものだったのだ。

日本語教育の仕事を始めてから一ヵ月が経った頃、私は受講生たちの私語にもめげず会話授業を続けていたが、誰も聴いていないとわかると、荷物をまとめてそのまま教室から出て行った。あいつらの特権的生活に、侮辱的な視線に、ぶしつけな質問に、総じて礼を欠いていることに、私は辟《へき》易《えき》していた。

「授業に戻ってくれるかね」私が辞めたことを知ると、ピーターソン大尉がこう尋ねた。「受講生たちは男も女も不真面目さを詫びているよ。きみはこれまでの先生の中でベストだから、みんな心から悔いているんだ」

「残念ですが。ほかの人を探してください。ただ、士官たちの通訳は続けます。ですが、授業の方は、とてもあの人たちには、あの、あの……」そこまで言って、私は彼の部屋から出て行った。あのぐうたら連中！　アホども！

一九四八年の春になると、よい知らせが届くようになった。セツコさんが手紙をよこし、セキ住職と結婚の予定だと伝えてきた。「ささやかながら神戸で結婚式と披露宴をするの。ハラ法師と一緒に出席してくれない？」私は出席しますと返事を書いた。ハラ法師は招待を断ったが、私にプレゼントを預けてくれた。

私はセツコさんとセキ住職の結婚祝いに、お金とアメリカ製のトースターを贈った。トースターは京都に駐留している米軍の小さなPXで買ったものだ。贈り物を手渡すと、セツコさんは私にウィンクをしてみせた。「あんたはまだ闇市で商売しとるん？」私たちは女学生みたいに笑い合った。


セキ住職とセツコさんは神戸の寺にほど近い、小さいが心地よいアパートで暮らしていた。セツコさんにとってセキ住職の存在がどれほど心の平安をもたらしたか、私にはよくわかった。「あなたはすごく堂々としているので、もう見間違えるほどですよ」と私はセツコさんに言った。

この夫婦は任命された寺の仕事に没頭していて、近々、原爆で孤児になった子どもを養子にする計画を立てていた。すでに子どもは選んでいて、それが結婚を急いだ理由のひとつだった。名前はサダオで、広島の孤児院で撮ったスナップ写真を見せてもらった。四歳の元気そうな明るい子で、ふたりの結婚式が終わったらすぐに退所する予定だった。

神戸から帰る日の夕方、私はセツコさんの手を取ってこう言った。「私たち頑張ったよね。しっかり生き延びたじゃない」

「うん、お互い、頑張ったよね……」

私たちは互いに頭を下げたまま、涙を抑えられなかった。


連合国進駐軍は通訳の仕事に結構な賃金を払ってくれた。私はユキちゃんの教育費に毎月少額ずつ取っておき、それを郵便局の預金口座に預けた。大した額にはならないが、この資金は将来ユキちゃんのためになるだろうと考えた。それが、ハルエ伯母に直接現金を渡さずに、伯父一家に恩返しをする私なりのやり方だった。

それとは別にお金を貯めておいて、ある日そのお金で汽車に乗り、広島へ行った。夏の盛りを迎える前に、シイチ伯父と家族のみんなに会うためだった。広島に戻ってみると、ふと苦瓜さんに借金があることを思い出し、いつか返そうと心に決めた。

広島は私が出て行った頃よりも街じゅうがずっと活気づいていた。シイチ伯父とハルエ伯母が住んでいる安佐郡まで短い間だが汽車に乗っている間にも、以前よりもたくさんの人々が田畑で働いている姿がみえた。ヒデ叔父さんの小屋へ続く道を歩く私をいち早く見つけ、シイチ伯父は母屋から大声をかけてくれた。「ヒーちゃん、お帰り！」そう言うと、伯父は私を迎えに道を駆け下りてきた。チエミさんも小屋から飛び出してきた。私を出迎えた後、チエミさんは場を外し、田んぼの仕事に出て行った。やつれて虚弱そうなヒデ叔父さんは、伯父と私が小屋に近づくまで戸口に立っていたが、疲れたのか、すぐに寝室に引き下がった。叔父さんは白血病と闘っていた。原爆の後にスミエとイワオと私を探した結果がそれだった。

それに比べ、シイチ伯父は元気そうで、少し太ったようだった。小屋に入ろうとした瞬間に、母屋の戸口のカーテンの間からのぞいているハルエ伯母の姿がチラッと目に入った。それでも、伯母は私を出迎えには来なかった。一生、伯母と関わることはないだろうと思っていたし、その方が私には都合がよかった。

「ハルエ伯母のことは謝るよ――お前を追い出してしまって」と、みんながヒデ叔父さんの小屋の中で腰を下ろすと、シイチ伯父は言った。「その時わしが知っていたらなあ。だけど、何もかも思ったよりうまくいったわけだね」私は笑みを浮かべてうなずいた。「結局、それがいちばん肝心よ。うまくいっているということ。それに、みてごらん」

伯父は私を立たせ、くるりと回転させた。そうして、うんうんとうなずいた。「すごくアメリカ人らしい。そのストッキングに、白いブラウスに、黒いスカート。それに、ハイヒールも！　お母さんにそっくりだ——私の手元にアメリカの服を着たお母さんの写真があるんだ」

しばらくの間、あれやこれやと楽しくおしゃべりをしていたが、従妹弟《いとこ》たちに対する罪悪感の重さを私は振り払うことができなかった。顧みるに、自分の罪を償うために伯父の許しを求めるなどということは、浅薄な試みの繰り返しにすぎなかった。「伯父さん、サーちゃんのこと、それにイワオのことですが……」と私は言いかけた。

シイチ伯父の目が急に暗く冷たくなったので、私はそれ以上言うのをやめた。前にこの問題を切り出した時は、伯父は言葉で私をさえぎったが、今度は刺すような視線だった。今度ばかりは、その視線に間違いなく咎《とが》めるような鋭さがあった。その時わかった。サーちゃんの死に私が関与していることを伯父は知っていたのだ。だから、それまでずっとそのことが伯父を苦しめてきたのだ。それなのに、この問題を蒸し返すなんて、私はなんと残酷だったことか！　今にして思えば、伯父はハルエ伯母の疑念をかわすために何度も仲立ちをしてくれたわけだ。ただ、もはやこれ以上は私をかばえないと思ったのだろう。伯父はそれまでずっと何も言わなかった。ただ、もし私が何も言っていなければ、それはそれで問題はなかったのだろうが、私が口を開いた瞬間に伯父は思ったにちがいないのだ。おそらく私はわかっていないな、と。つまり、言わぬが花ということもあるのだということを。

「すみません。何もわかっていませんでした」と私は言った。自分の無知、自分のエゴへの執着を思い知ったし、なかんずく、今後は私の帰省も伯父の配慮も限られることになるだろうと思った。

この度の帰省のなにもかもが悲しく思え、その気持ちを抱いたまま私は京都に戻った。自分はまだ何も学んでいないのだろうか、あれほどの惨事を生き延びてきたというのに——しかも、愚かにも、学んだはずだと思っていたとは。真なる理解というものはないのだろうか？

その年の八月、再びお盆の時期の終わりを迎えると、五山の送り火のために京都の街じゅうが暗くなった。提灯《ちょうちん》を下げた人々の長い行列が街中の展望の利く場所を求めて移動した。私は東山の山腹に燃える「ダイ」、つまり「大」の文字を観るために、平安神宮あたりまでバスで行った。神社の近くを流れる疎水沿いで送り火を観るつもりだった。

一組の男女が、カズオと奥さんに似ていたが、送り火の明かりの影から歩み出た。ふたりの顔はまわりの提灯の灯に照らされていた。カズオのことをこれほど身近に感じるなんて、私は予期すらしていなかった。その男の顔を見上げると、彼はひるむことなく私の目を見返してきた。彼は私を知らないわけだから、その表情からは彼が何かを感じたかどうかはわからなかった。ただ、何を感じたにせよ、その男はおなかの大きい妻をさらに人ごみの中へと引っ張っていき、私から遠ざかっていった——私の傷痕を不快に思ったからに違いない。

私が見たところ、ふたりは悲しそうでも楽しそうでもなかった。京都で普通の休日を過ごす普通の夫婦にみえた。ただ、その普通というものを、私は自分の生活に無性に欲しかった。

その瞬間だった。私はとあることを思い立った。広島に戻らなければならない、と。被爆者と、私に繋《つな》がるあの人たちと、共にいたいと思った。あの街に戻らなければ、自分はいつまでも真実から身を隠すことになると思った。というのは、普通の人たちと共にいて普通であるように感じるほうが、気持ちはずっと楽だったからだ。私は日々思い知る必要があった、自分がいったい誰で何者なのかを。

「結局あなたはあそこに戻りたくなるだろうと思っていましたよ」と、翌朝、私が自分の計画を伝えると、ハラ法師は言った。「私たちは最も深い苦悩の場に戻らなければならないのです。それはしごく自然なことなのです。あなたの命に立ち返らなければならないのです」

「ええ、そして、命に感謝しなければならないのです」と私は言った。「私がこんなこと言うの、おかしいですよね」

「いいえ、とんでもない。変化し成長しなければ、何のための人生ですか。それより、あなた、大丈夫ですか?」

「はい、大丈夫です。また字を書けるようになりましたし——左手で。今はあまり足を引きずらないで歩けます。下手くそな字ですが、死んだ友人の母親に手紙を書いたんです。息子さんはミキオという名前で、被爆直後に出会ったんです。それで、向原にある自宅に泊めてくださいと母親にお願いしました」

「亡くなったお友達の母親に?」私はうなずき、ハラ法師は続けた。「あなたのご親戚ではなく?」

「ええ、親戚も私と縁を切らねばならないのです。どう考えても、あの人たちと人生を共にすることはあり得ません」

私はアメリカ軍から広島への転属許可をもらった。京都を去る前日、ハラ法師と小僧さんたちのために作った最後の昼食を済ませると、私は自分の部屋に戻った。すると、春の花の香りに包まれた。小僧さんたちがお別れの印に摘んできて、私の部屋に置いてくれたのだ。私は花束に鼻を近づけ、京都で暮らした日々やカズオのこと、それから、ふたりで歩いた京都の街を懐かしんだ。花は古い寺の花瓶に挿して、私の文机《ふづくえ》に置いた。

その花はスミエとユキちゃんが二条城で手にしていたヒナギクやユリに似ているなと思わずにはいられなかった。思い返してみると、あの日、二条城で、私とカズオは普通の家族の普通の夫婦にみえてもおかしくなかったはずだ。ふたりは屈託のない幸せに包まれて、名もない野の花を摘む娘たちを見ていたのだから。家族がよくする話をし、夕方には家に帰り、飾らぬ夕食をとり、子どもたちを寝かしつけ、その後はふたり向き合い、夫婦として自然に普通に愛し合う。その自然な生活の中から、待望の赤ちゃんをひとり身ごもっていたかもしれない。人生とはそういうものなのだ、と私は思った。

カズオはよい父親になるだろうか、ちゃんとした稼ぎ手になるだろうか、よい夫になるだろうか。記念日や誕生日を祝い、人の死を悼む、そんな普通の生活を幸せだと思うだろうか。彼の父親や母親と違って、普通の人になれるだろうか。翻って自分はというと、カズオに覚える烈火のごとき怒りと嫌悪はおおよそ遣り過ごしたとはいえ、普通の人生を十分に手にするためには、まだまだその炎を克服しなければならなかった。彼の裏切りに対する恨みを、自分のプライドにかけて放っておくことができるだろうか。ふたりの関係を深く顧みると、彼をみる私の目は成長したように感じられた。彼がこれから経験するであろうささやかな幸福の瞬間も、生きている間に得られるであろう心の平安も、私には羨《うらや》むことなどありえないと思った。彼の幸せも安寧も、すばらしく持続することを私は願った。彼の普通の生活の普通の居場所で燃える暖かく穏やかな火にも、その火の安定した輝きに彼が覚える感慨にも、私は一瞬たりとも自分が不幸だなどとは思えなかった。彼が愛人をつくって妻を傷つけ、すべてを壊すようなことはしてほしくなかった。よき夫であってほしいと思った。彼には最高の人生を願った――私が決して知ることも生きることもない人生を。

花瓶の花は午後遅くにはしおれてしまうだろう。傷の痛みはなお残るだろうが、少なくとも私はカズオとの関係をもう悲しいとは思わなくなっていた。ふたりの関係はすでに清算済みのはずだったし、戦争がなければ、事情は違っていたかもしれないのだ。そういうふうに私は理解することができた。カズオに会ったあの日、私の怒りはあまりにも大きかった。ただ、あれほど厳しい態度をとったことは後悔していた。というのも、そのせいで今後ふたりが会う可能性はまったくなくなったのだから――「やあ」と挨拶することさえも。

私は広島でGHQの通訳として仕事を続けた。あのバスを降りてから四年後、広島の街は驚くべき勢いで復興を遂げていた。新たに広い道路が計画されていて、この地が被った荒廃を考えると、元の姿の見分けがつかなくなりつつあった。新たな建物や店舗が建設され、荒廃地の範囲は段々と縮小していった。建設が進めば進むほど、原爆は市民の心から遠ざかっていくように思えた。私たちは再び生活を前へと進められるようになった。

ミキオさんの母親と暮らし始めて一年かそこら経った頃、残念なことに、彼女は医者にもよくわからない病気でひどく具合が悪くなった。何ヵ月も私と妹さんが交代で看病したが、日増しに具合は悪くなっていった。

「ヒミコさん、げにありがたいんじゃが」と、ある日、ミキオさんのお母さんは身体を起こして言った。「家におらんでもええけぇ。仕事に行きんさい」

「はい、妹さんが来られたら、すぐ行きます」

「ほいじゃが、仕事がのうなるんじゃないか？　うちのせいで仕事がのうなってほしゅうないんじゃ」

「ご心配は無用です。失業はしません」

「あんたがここに来てくれて本当にうれしい。あんたがおるとぶち安心じゃ。ほんまに辛抱強いの。いっぺんも怒ったことがないし」

「いつもそうとは限りませんよ」と私は正直に言った。

　奇妙な感覚だった。私はミキオさんの病気の母親を看病するために、生まれて以来ずっと原爆の閃光を待っていたのではないかという気がした。家族のためにご飯を用意し、子どもたちを風呂に入れ、自分の髪を洗い、学校に行き、踊り、歌を歌い、木に登り、焚き火を熊手でかき、額にキスをし、膝をすりむき、眠りにつく、そうしたすべての時間、私はあの光と地球上のこの場所へと向かっていたのだ。背中でくすぶるモグサ、海岸での休日、パパの火の玉、サトウキビを焼く火、伯母とのいさかい、ハマダさんを遠ざけたこと、ノリオの死、サーちゃんの死、イワオの死、カズオとの関係、これらすべてが私をあの時間、あの一分、あの一秒、あの瞬間へと導いていったのだ。そして、あの光の中へと。

　かくして、私はミキオさんの母親の部屋へとたどり着いたのだ、看病をするために――善きことを、それはそれで至極《しごく》普通のことをするために――家族が互いのためにすることを――命のつながりの中で、子あるいは老いたる者の世話をし、どのような境遇になろうとも、それで幸せでいるということを。

「お茶と鎮痛剤を持ってきます。妹さんが来られるまでに、お薬を飲んでください」と私は言った。「妹さんが来られたら出かけます」

「ずっとここにおってくれたらええのにね」と母親は言うと、立ち上がろうとする私の手を取った。「あんたはやさしいし落ち着いとるけぇ好きじゃ。感情的にならんけぇ。妹は、なんか発作みたいなことが起こるとね、ヒステリーっぽうなるけぇの」

「でも忘れちゃだめですよ。笑わせてくれるたったひとりの人です」

「そりゃ間違いないわ！」

「それに、間違いなくいいことですよね」

「そう、ええことじゃ。でもうちはあんたが好きじゃよ。穏やかじゃけぇ。小さいことでいちいち大騒ぎせんじゃろ。いっぺんも声を上げたことないし」

「今の私をみるとわからないでしょうけど、私は癇癪《かんしゃく》もちだったんですよ。うぬぼれも強かったし。それが、今の私はどうでしょう」

「うーん。生きとったら学ぶもんじゃ」私は戸棚から薬を取り出した。確かに、人は生きながら学ぶものだし、抑えの利かない癇癪やうぬぼれがいかに惨憺たる結果を招くかを、私は高い代償を払って学んでいたのだ。

「シーッ！おしゃべりはそのくらいにして、お薬を飲んで寝てください」

「あんたは何でも真剣よの」と母親は言って微笑んだ。

私が真剣なのには理由があった。私は受苦の意味を理解していた。戦禍に巻き込まれる現実を理解していた。怒りと怒りに身を任せることの結果を知っていた。食べ物が欠乏する実情を理解していた。胸が痛むほど平和と安全を渇望することがどういうことかわかっていた。身体が醜く崩れ絶えず痛むということを知っていた。わが子を失うということを知っていた。人を殺すとはどういうことかを知っていた。嘘をつくとはどういうことかを知っていた。私の暗愁は私の個人的な暗愁だったかもしれないが、その一部は今やより深くより広い意味をもつに至っていた。私は自分の人生の重さを――子どもたち、家族のほかの者たち――愛した人たち、嫌悪した人たち――に対する罪意識を背負う一方で、ほかの無数の人々の重さを、ひいては人類すべての重さをも背負っていたのだ！

原爆投下から数年の間に、アメリカの医師と物理学者の訪問団が、被爆者のために医療施設を開設した。向原で暮らし始めた頃、私は治療のためにそこに行き、身体と傷痕を診てもらった。施設のジェイムソン医師は私のことを気に入ってくれた。私が遠慮なくはっきりものを言うし、自分の身体を医師たちの検査にすっかり任せるからだ。「さあ、どうぞ好きなようにしてください」と、検査を受ける時に私は言った。

ジェイムソン医師はいつもこう言ってほめてくれた。「あなたは原爆が人体に及ぼす影響に関する追跡調査のための優れた人体標本だよ」

休戦協定の調印から早くも一週間のうちに、アメリカ陸軍軍医団調査班が来ていた。病院や街中で、手にメモ用紙を持って測定値を記入しながら被爆者に話しかける姿を見たことがあった。被爆者のケロイドの大きさに驚いた様子だった。それからほぼ四年が経った今、彼らはまだ被害者の記録をとり、追跡調査をしていたのだ。その対象者に、私とヒデ叔父さんが含まれていた。私が叔父さんを調査プログラムに登録しておいたのだ。

私は診察室で裸のまま座っていた。明るい電球が頭上にぶら下がっていた。私はまるで糸から外されて風にふるえる裸のてるてる坊主みたいだった。白衣の医師たちが私の身体を検査する間、私は白い部屋の白い明かりのなかで宙ぶらりんだった。彼らが検査を何度繰り返しても、恥ずかしいとは思わなかった。治療が続く間、私は故郷の歌を口ずさんだり、雑誌をパラパラめくったりしていられた。ケロイドを削らせたし、穴という穴をのぞかせ、あらゆる割れ目、四肢のひとつひとつを測定させた。脚を開いたたし、培養のために痛みに耐えて膿瘍に穴をあけさせ膿を出させた。ただ、こうした検査は私にはまったく意味がなかった。なぜなら、私は私のままだったからだ。

これは墓場まで携えていく身体なのだ。私は醜くも美しくもないし、良くも悪くもない。虚栄心に満ちていたあの頃とは違って、命の媒体にすぎない身体にはもはや未練はなかった。この身体は医師団の研究のために提供することができた。求められれば身体を動かし、求められれば目を開け目を閉じ、求められれば腕を上げ腕を下げた。白いシーツに染みをつけても、身体が臭っても、恥ずかしいとは思わなかった。彼らの薬を飲み、彼らの軟膏を塗り、そうして自分の身体を彼らの検査のために委ねた。再びあのサトウキビ畑を走り抜け、缶をけり、苦い草の葉をかじっているみたいだった。自分の醜く変容した身体を受容した。

ジョーという名の軍の写真家がいて、私はそういう名前でしか知らなかったが、私と私の傷痕の写真を撮りに来た。彼はそのたびに感謝してくれた。「いつもじっとしていてくれるから、本当に助かるよ」と彼は言った。「決して泣かないでしょ、それがいいんだ。泣きごとを言われることなく写真が撮れるからね」フラッシュが白く発光し、もう一度白く光り、身体のネガが撮られ、私はその光の中で宙づりになっていた。「きみは模範的な患者さんだよ」と彼は言った。やがて、私の噂は北海道から沖縄まで広がり、それからさらに遠くまで広まった。私の手元に届いた写真には私の身体の風景が写っていた。私がこれまでに訪れたことのある場所の風景だった――パホイホイ溶岩流（訳者註：表面は滑らかで波状あるいは縄状の塊を形成する玄武岩性溶岩。ハワイ語）、熱帯雨林、長い海岸線、ぐるぐる回る渦。足元に注意をして通り抜けたススキの原、楡の林、垂れ下がる松の針葉、風に揺れるしだれ柳、青い花の群生。「これらの写真はね」とジョーが言った。「芸術作品なんだよ」でも、私にはわからなかった。私には、それらの写真は私の実体の記録にすぎなかった。薄気味悪さがあったとか、神秘的だったとか言う人は今もいる。またか。そんなものでは絶対にない。

ある日、私を診察していたジェイムソン医師がこう言った。「これまで撮った写真に添付する体験文を書いてほしいんだ」最初、私は抵抗したが、ジェイムソン医師は続けてこう言った。「あなたの体験文は原爆の恐ろしさに光を当てることでしょう。それはいいことだと思いますよ。多分、あの写真を見たら、戦争に参加するのではなく、平和を希求することになるでしょう」私は同意した。体験談を書かない理由などあるはずがなかった。

次第に私はどんな誹謗中傷も、どんな悪口も気に病まなくなった。自分の身体を受容する一方で、その身体から自由でもあった。それは奇妙だがすばらしい感覚だった。医師たちも、写真家たちも、その写真を見る人たちも、その感覚とは何ら関係なかった。というのも、私は侮蔑も悲哀も、歓喜も欲望も、嫉妬も嫌悪も感じなかったからだ。私の身体は崇高でも冒瀆でもなく、ただ一《いっ》と知覚される全《まった》きものなのだ。この絶対なる身体は私のものであり彼らのものでもある。そして今や、世界中が見つめる対象であるのだ。この現実において、私はもはや私の身体の所有者ではない。私の身体は私のものではなく、元素たる熱と光の一部なのだ。そう認識するや、私はただ自分の真なるあるがままの生を生きていた。

過ちを犯し後悔を引きずりながらも、経験したことのないある種の自由な状態を私は生き始めていた。次第に自分をあるがままに見られるようになったし、生そのものの本性をより認識するに至っていた。他者を責めることなく、自分のしてきたことすべてに責任を負うことによって、私は徐々に孤独でも怖くもなくなった。この火宅《かたく》において、私たち皆の救済を約束してくれるのは、不可思議光の本然のみ業《わざ》なのです。

私はみずからの過去とその結果たる今の自分を受容してはいたが、最も個人的で最も暗い悲しみは、記憶の縁からそう遠くないところにあった。時折、自分が傷つけた人たちや爆弾や業火の恐ろしい夢を見ることはあったが、長くは続かなかった。ただ、スミエの夢だけは別だった。

あの娘は私を見て顔に手を触れ、私を見つめたまま目を離さない。全幅の信頼を寄せる表情。この人はちゃんと自分の世話をしてくれる、という表情。その瞳は心からの愛情と心からの悲しみをたたえて私の目を見つめる。私は胸が引き裂かれる思い。娘は口を開けては閉じて呼吸をする。私はもはやじっと見ていられず、娘の頬に顔を押しつけ、胸を娘の胸に押しつける。

火の玉は逆巻く渦の轟音の中へと上昇し、その中心にあるものすべてを溶解させ、炎の放射熱を天空へと押し上げる。目の前にあるすべてのものの――家々の、人々の、塀の、馬の、骨の、肉の――放射熱を。そこにあるのはただその力だけ、私をとらえた恐ろしい信じがたい力だけ。

それから、しんとした静寂に包まれる。この静寂に、泣きわめく声が止むことなく響きわたる。生涯、私の耳を離れることはない。とらわれ、焼かれ、あるいは生き埋めになった人々の泣き叫ぶ声。

スミエの呼吸は速く、かろうじて息をしているが、死は近い。ほかには一切音を立てない。私は彼女の頬に触れる。すると、スミエは精一杯微笑もうとする。「お母ちゃん」と、彼女は最後にささやくように言う。

「大丈夫だからね」と私は彼女に言う。幼いけれども、スミエは自分が死ぬことがわかっている。しかも、間もなく。

彼女の両目の端から大粒の涙がこぼれる。その涙は私の焼け焦げる手の中に落ちる。そして一瞬、まるで泉の水のように、手のひらにひんやりと冷たい。

訳者あとがき

私は知りませんでした。二〇一九年、ローマ教皇が来日した時に紹介された写真「焼き場に立つ少年」。原爆で死んだ弟をおぶった少年が、唇をかみしめて焼き場の前に立ち、順番を待つ。はからずも、本小説はまさにあの写真に共鳴します。ハワイ日系二世の若い母親が、被爆直後の広島で幼い娘を川岸で荼毘に付す。この小説に描かれる東京大空襲も原爆も意識上の風化が否めない今日、あの時代、あの年、あの日、普通の人たちがどのように生き延び、どのように命を落としたのかを、日系人とはいえアメリカの作家によって教えられました。最近の類似作品としては映画・テレビドラマ化されたこうの史代の漫画『この世界の片隅に』や『夕凪の街 桜の国』があります。ヒロシマを生きる若きヒロインたちの気丈さと美しさ、そして傷ついた人々とのふれあいは神聖ですらあります。

空襲に使用された焼夷弾とはいかなるものなのか、被爆の瞬間とその後はどのようであったかを、本小説は臨場感をもって描きます。戦後世代で浅学寡聞の訳者には不明の事象も多く描かれ、訳出は新鮮な学びでもありました。東京大空襲、沖縄戦、広島、長崎、そして終戦。「七十五年は草木も生えぬ」と言われた被爆から、七十五年はすでに過ぎ去りました。私たち日本人は真摯に平和を希求する姿勢をくずしてはならず、本小説の出版がその姿勢表明の一端となれば幸いです。

物語には戦時中および戦後の日本が詳細かつ具体的に描かれていて、いわば横軸として豊かな文脈を形成しています。作者はリサーチと執筆に十年をかけたとのこと。その一方で、縦軸として物語を推進するのが、若きヒロインを学びと成長へと導く浄土真宗の教えです。仏教に暗い身としては訳出と理解のために調べ学習を余儀なくされましたが、作者コーノ自身が浄土真宗の僧侶でもあるという事実が、ヒロインの人物造形に信頼性を与えてくれます。ヒロイン、ヒミコの学びは性急ゆえに理解はまだ青いようにも思われますが、経験の苛酷さが、なかんずく空襲と罪責と被爆と娘の死が、学びをある種の悟りへと急加速させます。

広島は古くから浄土真宗が信仰の中心でした。その信徒は安芸門徒と呼ばれ、被爆後の広島においても鎮魂と平和への導きの中心的存在でした。また、広島はハワイをはじめ多くの海外移民を生んだ土地ですが、それも浄土真宗が古くから移動を容認していたことや他力本願の救済観が誘因のひとつであったと考えられています。本小説において、広島の中国軍管区司令部の尋問官がヒミコの唱える正信偈を聞いて涙を浮かべます。不自然に思われるかもしれませんが、その涙は尋問官が地元広島出身の安芸門徒ゆえではないか、という解釈を許すでしょう。

先に紹介した作者自身の僧侶としてのアイデンティティは、ヒロインの着想と無縁ではないでしょう。コーノは本小説の出版社バンブーリッジとのインタビューで、こう語っています。ヒロインの成長を仏教の教えを通して描いた――ヒミコの成長とは、最終的に生の脆弱さと無常を知ること、エゴや欲望や虚栄がいかに自己と他者に大きな痛みをもたらすかを知ることにある、と。その成長のどこかに、京都のハラ法師に教わった暗愁という言葉が漂います。捉えがたいその言葉は、やがて心を蝕む暗い悲しみと深い罪責感の呼称として輪郭をあらわします。読者もヒミコの成長に寄り添い、ヒミコとともに学ぶ。京都のハラ法師から、広島のセキ住職から。惹かれながら懐疑し、求めながら逡巡する。

さて、物語の中では軽い言及に過ぎないのですが、決して軽視できない事柄があります。冗長のそしりを覚悟の上で紹介させていただきます。記録によると、被爆直後の九月十七日、枕崎台風が広島地方を襲い、広島市を中心に大災害をもたらした。県下の死者は二千人を超えたという。この意外と知られていない事実を、この小説はきちんと描き込んでいます。広島郊外にある寺の別邸で静養していたヒミコに、隣人が台風被害を報じる地元紙『中国新聞』を読んで聞かせる。その記事に掲載された犠牲者の中に、オガワ医師の名前。被爆後の援助に駆けつけていた京都の医師で、ヒミコが結婚の約束をしていたカズオの父親。

私は中国新聞社に当時の記事の有無について問い合わせました。回答によると、同新聞社は原爆で本社が破壊され、新聞発行が不能であった。ただ、大阪、九州、松江の新聞社に打電して代行印刷をしてもらっていた。枕崎台風のときも同様であった、とのこと。

そこで、被爆直後から枕崎台風あたりまで一ヵ月半弱の間に発行された中国新聞を求めて、私は検索に没頭しました。その結果、ふたつの収穫を得ました。ひとつは柳田邦男著のノンフィクション『空白の天気図』、もうひとつは長崎大学核兵器廃絶研究センター客員研究員（当時）の桐谷多恵子氏の論文「戦後広島市の『復興』と被爆者の視点――『中国新聞』の記事を資料として――」。前者は原爆と枕崎台風で壊滅状態の広島にあって、懸命に観測と調査を継続した広島気象台の奮闘を描きます。その中に、枕崎台風の被害を報じる九月十八日付の中国新聞記事が紹介されています。後者は資料を丹念に調査して被爆直後の広島の実態を解明しています。中心的資料として挙げられているのが中国新聞（一九四五年八月—一九五一年八月）です。私は即座に桐谷氏に同新聞の存在を確認すべく問い合わせました。丁寧な対応をしてくださり、広島市中央図書館の保存資料を紹介していただきました。さっそく同図書館に問い合わせた結果、同図書館事業課館内サービス係広島資料室の担当者より懇切丁寧な情報提供を受けました。特に九月十八日付の中国新聞が同図書館にマイクロフィルムで保存されていることと、『中國新聞百年史』に枕崎台風を報じる九月十八日付の記事の掲載とともに代行印刷の背景が詳述されているとの情報は、訳者としては十分すぎるほど有難いものでした。

はたして『百年史』には、驚くべきことに被爆から三日後の八月九日に、朝日新聞大阪本社、毎日新聞西部本社、松江の島根新聞社による代行印刷紙の配布が開始され、九月三日付からは温品《ぬくしな》村（現、広島市東区）工場で自社印刷に切り替わったことが報告されています。しかし、枕崎台風で再び自社発行が不能になり、再度、朝日新聞大阪本社と毎日新聞西部本社による代行印刷となった由。台風襲来の翌日九月十八日付温品版最終号の紙面には「橋は落ち、道路は湖　颱風廣島縣下を襲う」と題する記事が掲載され、その論調は原爆と台風の災禍、すなわち火と水の試練を重ねる。記録によると、原爆で壊滅状態であった広島に京都大学研究調査班が救援と調査に来ていて、大野陸軍病院を活動拠点にしていた。しかし、枕崎台風で大野陸軍病院が山くずれにあい、真下《ましも》俊一教授（内科）ら十一人が犠牲となる。

埋没したかに思われるこの歴史は、本小説でさらりとではあるが言及されています。しかし、その意義は大きく、歴史の風化にかろうじて歯止めをかけてくれるばかりか、心を洗い清める泉のような感動をもたらしてもくれます。互いに許すことのなかったヒミコとオガワ医師。そのオガワ医師が静養中のヒミコのもとを訪れ、熱傷を治療する。治療に使用したのは、オガワ医師が孤独な幼少期にひとり遊んだ箱根にある祖父母宅の泉の水。癒しの効果があるとされる。オガワ医師は笑みを浮かべ、青磁の瓶《びん》に詰めた癒しの水でヒミコの焼けた肌を拭く。ひんやりと冷たい。だが、それは夢だった。その後まもなくして、ヒミコは台風被害と犠牲者を報じる中国新聞記事の中にオガワ医師の名を認める。非情で尊大な人ではあったが、たとえ夢の中であれ、やさしく治療してくれたオガワ医師を最後には許し、心の中で和解する。

　オガワ医師が鞄から取り出した青磁の瓶に透けて見えるのは、観世音菩薩が手にする水瓶《すいびょう》。それを満たす功徳水《くどくすい》——閼伽《あか》、アクア。癒しと許しと救いの水。泉の湧き水は、夢の中の水瓶を経て、エンディングで回想される死に瀕した幼子スミエの涙となって、ヒミコの手のひらの感覚によみがえる——「彼女の両目の端から大粒の涙がこぼれる。その涙は私の焼け焦げる手の中に落ちる。そして一瞬、まるで泉の水のように、手のひらにひんやりと冷たい」。

　小説の中で紹介される枕崎台風の報道は半ば事実に基づき、半ば作者の想像力によって虚構化され、人の愛情と哀しみ、喪失と和解を描き、ヒロインを苦しくも深い学びへと導く。

　ヒロインの日系二世としての人種・文化的問題やアメリカによる被爆調査の政治性などは、研究上の議論に譲りたい。『暗愁』は読者がどの、あるいは誰の、視点で読むかという繊細な問題を内包しています。しかし、この小説はこれら諸問題の分析を超越した次元で息づいているように思われます。結末においてヒロインは日系ハワイ人の身体をアメリカの被爆者調査にゆだねます。そこには原爆傷害調査委員会（ＡＢＣＣ）が透けて見えます。ただ、ヒロインの語りに人種性や政治性は、皆無とは言わないが、希薄であると言えましょう。なぜなら、ヒミコは経験するがままに現実を語りながら、その精神は現実たる人種性や政治性あるいは身体性を超えているからです。この小説が息づく次元は、壮絶な経験と仏教の教えに導かれるヒロインの性急な成長、ある種の覚醒にあるのではないでしょうか——被爆で失った幼い娘の笑顔と涙を暗愁の中に記憶しながら。

二〇二三年八月

前田一平

Juliet S. Kono（ジュリエット・S・コーノ）

1943年ハワイ島ヒロ生まれ、ヒロ育ちの日系三世。ハワイ大学マノア校卒業、同大学院修士課程修了。大学在学中にハワイ文芸誌Bamboo Ridgeの文学運動に参加。詩人として執筆活動を続け、詩集Hilo Rains（1988年）やTsunami Years（1995年）を出版。Anshū: Dark Sorrow（『暗愁』）（2010年）は長編小説第一作。これまでハワイ文学賞（2006年）など様々な賞を受賞。現在はホノルル在住。『暗愁』出版当時、地元のリーワード・コミュニティカレッジで創作を教授。浄土真宗の僧侶でもある。

前田一平（まえだ・かずひら）

1953年、高知県中村市生まれ。広島大学大学院博士課程修了。セントラル・ワシントン大学客員教授、ワシントン大学客員研究員。鳴門教育大学名誉教授。著書に『若きヘミングウェイ　生と性の模索』（南雲堂）、監修・共著書に『ヘミングウェイ批評　三〇年の航跡』（小鳥遊書房）、他。翻訳にジェイミー・フォード著『あの日、パナマホテルで』（集英社）。

暗愁

2023年12月27日　初版1刷発行
著　者― ジュリエット・S・コーノ
訳　者― 前田一平
発行者― 岡林信一
発行所― あけび書房株式会社
〒167-0054　東京都杉並区松庵3-39-13-103
☎ 03-5888-4142　FAX 03-5888-4448
info@akebishobo.com　https://akebishobo.com
印刷・製本／モリモト印刷
ISBN978-4-87154-247-0　c0097

あけび書房の本

落ち穂ひろい

碓田のぼる著　90歳を超えた歌人の回想エッセイ。恩師を思い起こし、歌友を訪ねる。順三がいて、啄木がいる。回想は、過去の時系列に規制されながら、同時に「現在」と「未来」を抱えている。

1210円

地球で月も考えた「生命も経済も元気になる未来」

月から一石

桑田泰秀著　2月の欠片が地球に旅をした。人は、地表を作り変え、文明を築いた。一方で、貧困も犯罪も戦争も絶えない。なぜ悪があるのだろう？ 命が尊いって本当だろうか？ 月が、捨て犬のポチが、鶏のタマ子が、探り出した答えとは…。

1650円

眠れないあなたに

「二桁九九」で眠る

野﨑佐和著　長年、不眠症に悩んできた著者が編み出した睡眠法「二桁九九」を紹介。睡眠を測定するスマートウォッチの睡眠モニターや、コロナ禍での日々などについても綴る。ふりがなつき「二桁九九」も掲載。

1540円

PTSDの日本兵の家族の思い

PTSDの復員日本兵と暮らした家族が語り合う会編　「あったことをなかったことにしたくない」。〝記録〟されなかった戦争のトラウマ。戦後も終わらない戦争の〝記憶〟を生きた元兵士の存在。家族の証言で史上初めて日本社会に投影する。

1320円

価格は税込